彭见明作品自选集

―小说卷―

彭见明 著

中国书籍出版社
China Book Press

图书在版编目（CIP）数据

彭见明作品自选集.小说卷/彭见明著.--北京：中国书籍出版社，2021.6
ISBN 978-7-5068-8223-1

Ⅰ.①彭… Ⅱ.①彭… Ⅲ.①小说集—中国—当代 Ⅳ.①I217.2

中国版本图书馆CIP数据核字(2020)第250410号

彭见明作品自选集.小说卷

彭见明　著

丛书策划	尹　浩
本书策划	尹　浩
责任编辑	尹　浩
特约编辑	刘　春　许　红
责任印制	孙马飞　马　芝
装帧设计	闽江文化
出版发行	中国书籍出版社
地　　址	北京市丰台区三路居路97号（邮编：100073）
电　　话	（010）52257143（总编室）（010）52257140（发行部）
电子邮箱	eo@chinabp.com.cn
经　　销	全国新华书店
印　　刷	三河市顺兴印务有限公司
开　　本	889毫米×1194毫米　1/32
字　　数	310千字
印　　张	12.25
版　　次	2021年6月第1版　2021年6月第1次印刷
书　　号	ISBN 978-7-5068-8223-1
定　　价	59.00元

版权所有　翻印必究

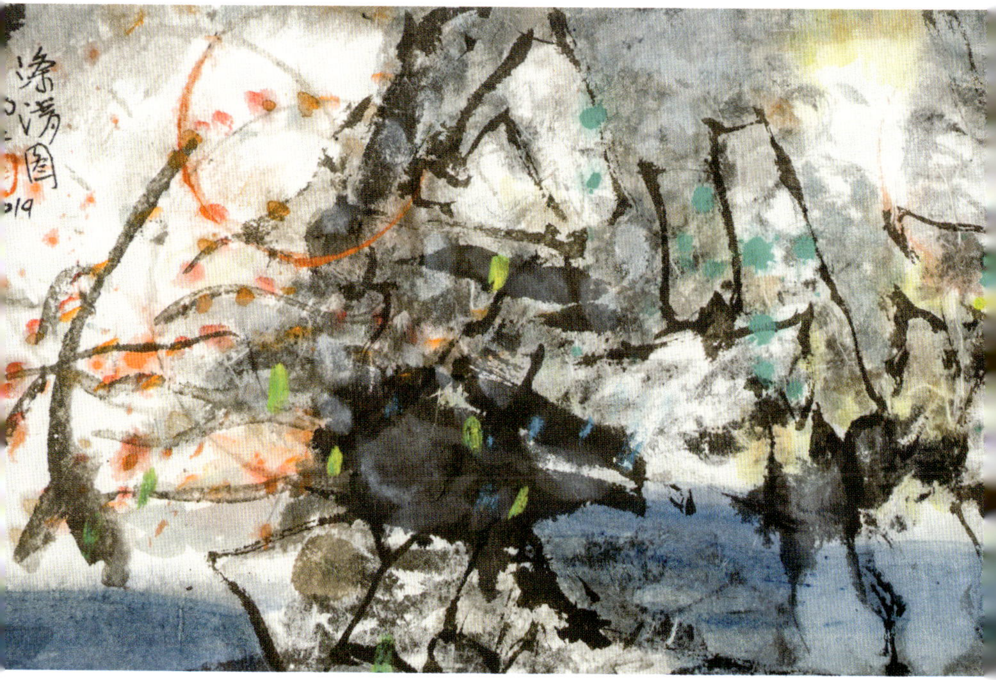

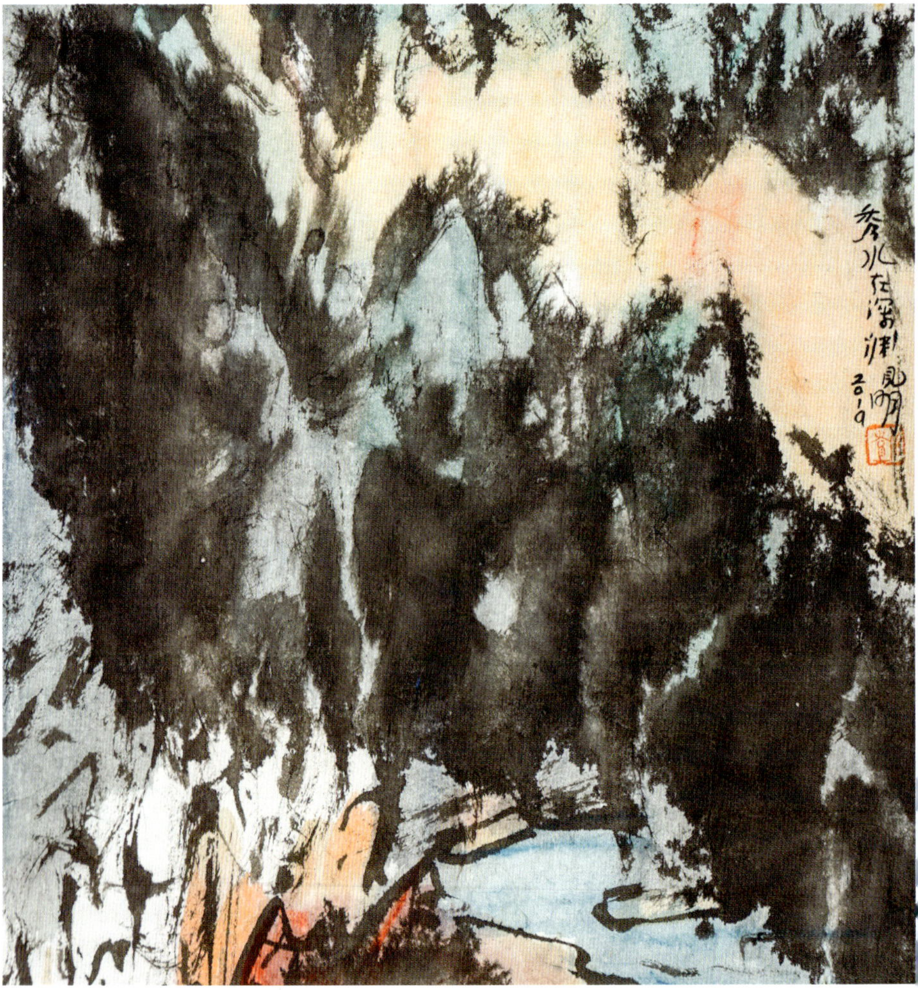

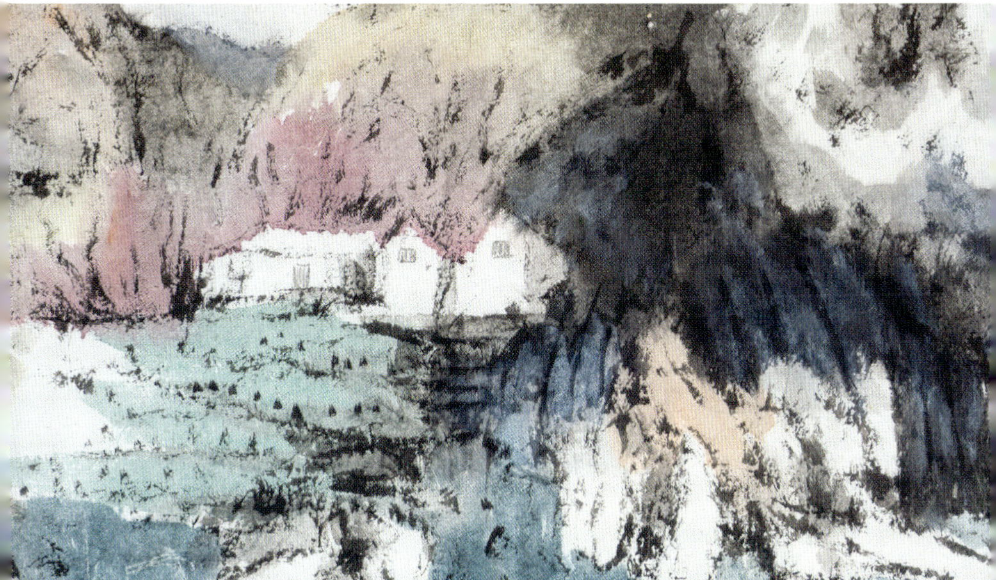

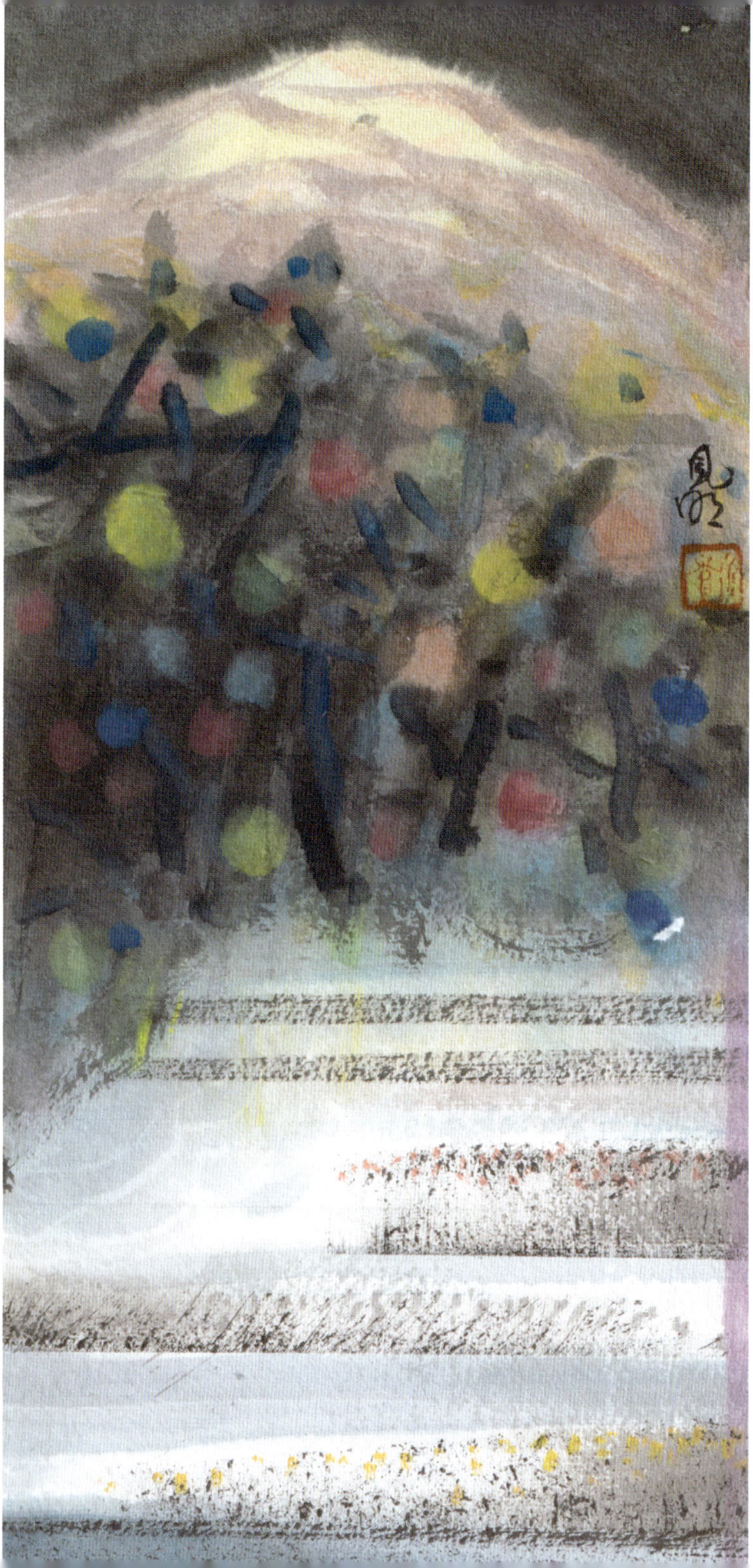

虎耶宽州庚子

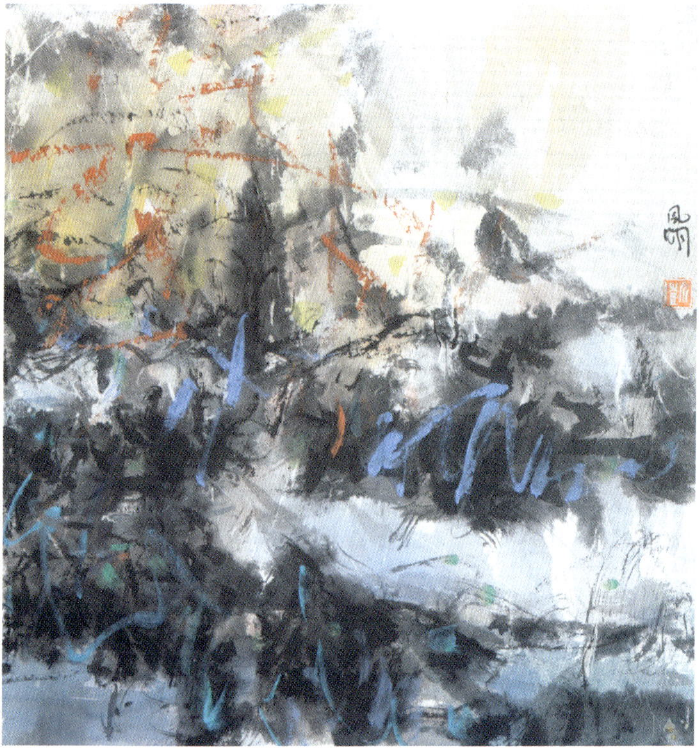

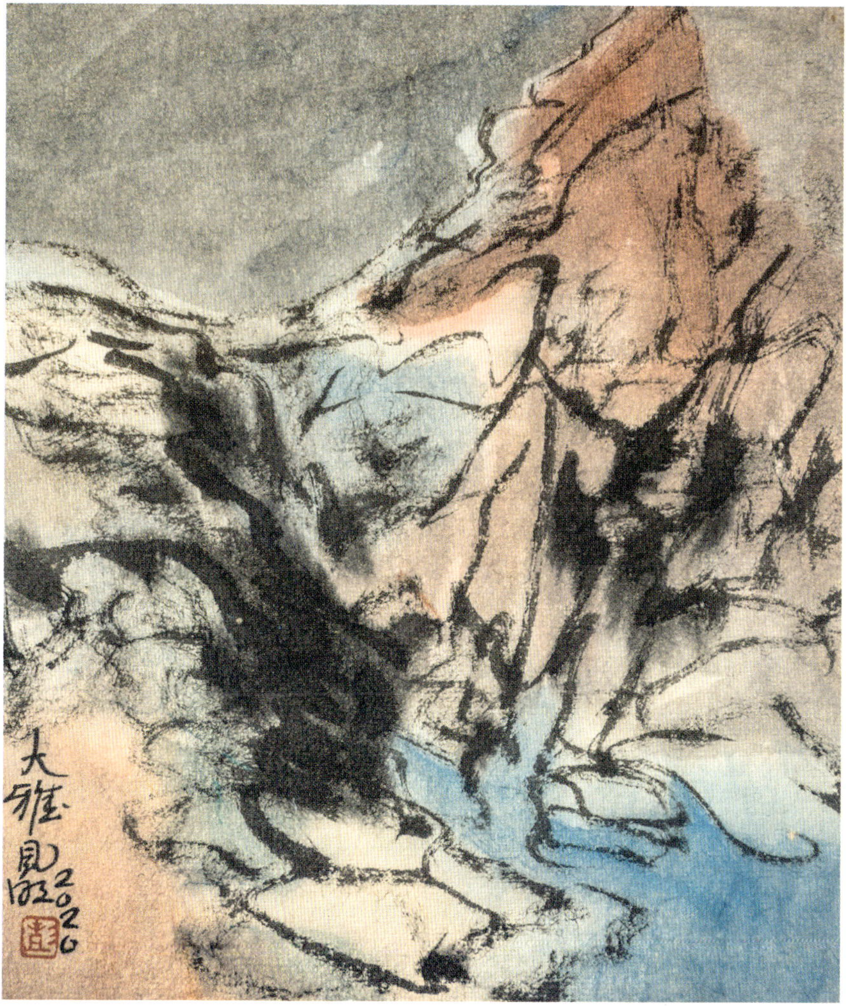
大雅
2020

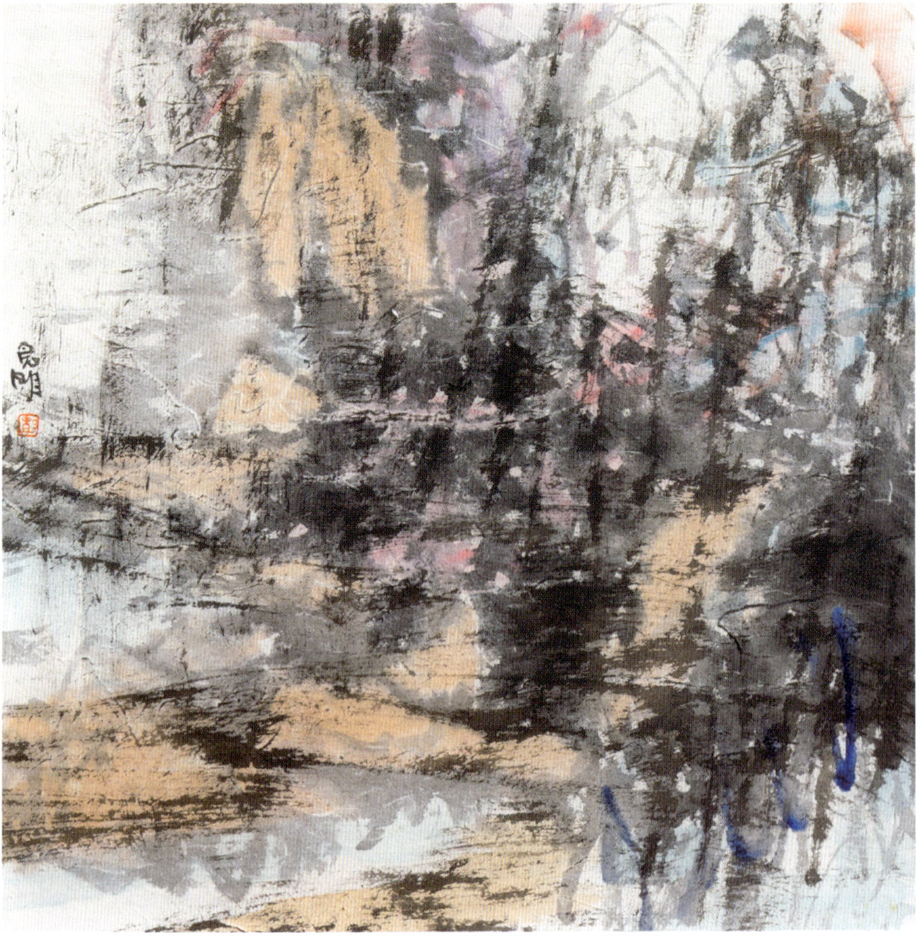

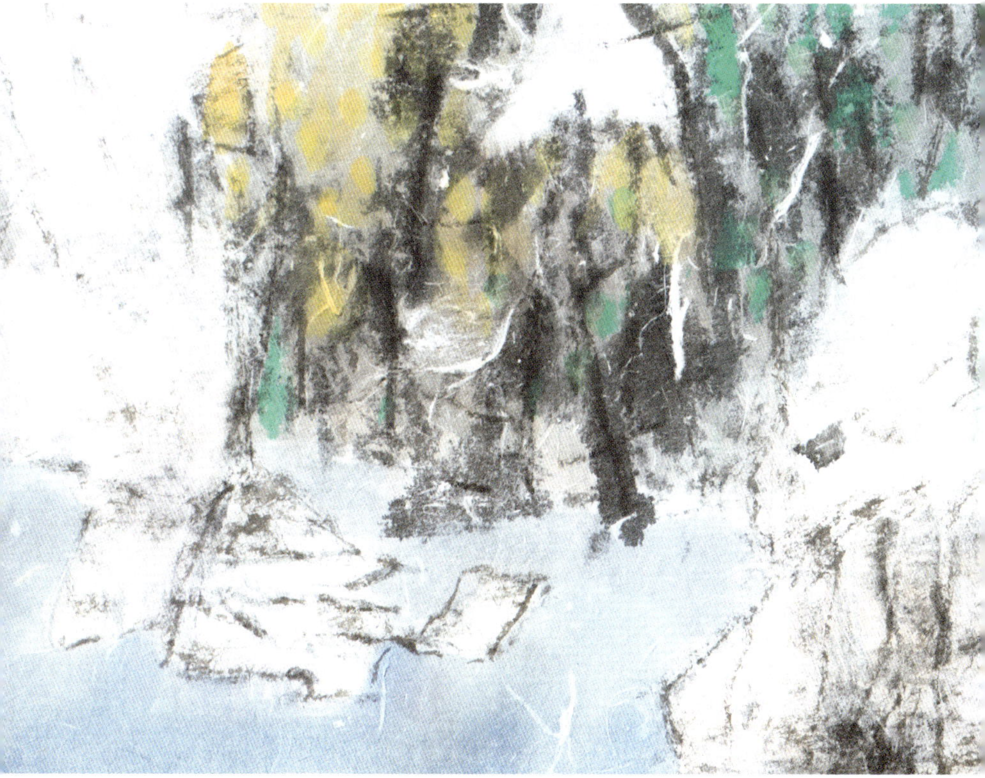

清气盈//新
见明 二〇一二

室雅何須大花香不在多 鄭板橋句

室雅花香

湘人彭見明庚子金秋

杨柳青青著水流,鶯兒调舌弄嬌多,栗桃紅縐得花時,零露低垂,風笑不休,斜倚春風笑不休

元·元稹闻·鶯鶯

湘人 鈐印

劉見明書 鈐印

东风袅袅泛崇光,香雾空濛月转廊。只恐夜深花睡去,故烧高烛照红妆。

宋苏轼诗 临学书

夫君子之行，静以修身，俭以养德，非澹泊无以明志，非宁静无以致远。夫学须静也，才须学也，非学无以广才，非志无以成学。慆慢则不能励精，险躁则不能治性。

诸葛亮 诫子书

见明

编辑作者对话录

彭见明　尹　浩

尹：彭老师，今年是您从事文学创作四十周年，在这个具有纪念意义的时刻，由我们出版社来出版您的小说和散文集，您有怎样的感受？

彭：感谢你们以这样的方式，来伴陪我的"文学生日"。我的感受是高兴又惶然。

尹："惶然"一词怎么说？这四十年来，您的创作成绩斐然，发表出版了近千万字的文学作品，有二十多部长篇小说和文学集问世，您的代表作小说和电影《那山　那人　那狗》，在国内外都享有美誉。

彭：过奖了，美誉谈不上，只能说也有人注目。文字确实是码了一大堆，回望过往，平心而论地总结：汤多渣少，毛多肉少，扯草凑篮。就是你所赞扬的《那山　那人　那狗》，也留下了不少遗憾。

尹：过谦了吧，倒是真想听听您对"遗憾"的解释。

彭：这个小说，是我开始文学创作一年后发表的作品。当时我在一个小镇上写作，那时对外联络，就是靠写信，我几乎每天要去光顾只有两三个人上班的邮电所——一个留所，一个下乡送邮件，另一个可能是替班。一来二去，我与留所的熟了，他说你们写文章的，要写一写我们这跑乡邮的，挑着邮件爬山越岭，跑一趟要走三天，三天回来后，装满邮包又下去了，这样一跑就是几十年……素材就这么几句闲聊，不久后我写成了这篇小说，匆匆拿出去发表了。现在我有点害怕人家提这篇小说，那时候，刚开始写作，急于求成，要是当时我能随这位在一条邮路上一跑几十年的乡邮员行走一趟，这篇小说一定不是这个样子。这份遗憾，是任何成就感也替代不了的。

尹：我相信您的感受。后来，您没有弥补这个遗憾吗？

彭：没过几年，山区陆续开始修能跑拖拉机的路了，乡邮员也开始配单车和摩托车了，我的小说背景一去不复返了，没有了现场感，再去体验已无意义。后来，电影《那山那人 那狗》在日本放映，日本 NHK 电视台好奇，要派记者来拍我小说和电影里乡邮员真实行走的场景，我说真实场景已经消失好多年了，他们不相信，还是要来。于是我只好请县里的邮政部门找个邮递员，穿一套幸存的旧日衣服，挑一担邮件，寻一条荒废了的石板路，表演一番了事。

尹：您的电影和小说在日本很受欢迎，小说出了四种版本，电影票房近十亿日元，小说和电影均创造了中华人民共和国成立以来在日本发行与收视之最，您怎么看这种现象？

彭：我读了一些日本媒体的报道，估计日本读者和观众，可能是比较看好该作中的"敬业精神""父子情深"和"简练质朴"的文字表述，比较接近他们的审美情趣。

尹："简练质朴"是您的行文风格吗？

彭：我没有总结过我的文风是什么，也从没想过要形成什么风格。但"简练质朴"，倒是我向往的生活方式，也是几十年不变的生活态度和习惯。我在乡村生活的十几年是这样，在城市生活的四十多年还是这样，叫作"江山易改，本性难移"。至于生活态度是不是会影响和形成一个人的创作风格，我想也许会，也许不会。

尹：那您的阅读倾向是不是趋向于"简练质朴"？

彭：这个要从源头说起，我十二岁上初中，十三岁"文革"开始，就没有学可上了，其实，正儿八经读书，只读了一年。那时学校图书馆的门被砸烂了，附近的乡人来捡书纸去当引火柴，我也赶紧捡了些小说回家去读，其中有不少明清小说，这批最初映入我眼帘的文学作品，无疑是影响着我以后的写作的，如果用四个字来归纳我理解中的明清小说叙事风味，就是"简练质朴"。后来读沈从文，很对胃口，读日本作家川端康成，也对胃口，再读日本的文风、画风、建筑、烹饪、服饰种种，可以看出，是明显受过汉文化熏陶的。所以,我想,日本人看《那山 那人 那狗》这类电影,会有兴趣。

尹:这部电影拍得您还满意吗?

彭:电影已经是导演的艺术了,原著不过是一个影子而已。隔行如隔山,这个问题我回答不了。但依我的阅历来看,这部电影是很多根据文学原著改编的影片中,保留原著因素最多的影片之一,连片名都沿用了原著篇名。

尹:据我掌握的信息,您最初是学美术的,是什么机缘促成您走上了文学之路?

彭:我既没有学过美术,也没有学过文学,只是喜欢写写画画。我十七岁那年,高中还差两个月毕业,就招工到了县剧团,我被招工的一个重要因素,可能是我当时去剧团玩,用各色粉笔替他们办过黑板报,领导就认为我有用。开始是当演员,但一有空,我就去帮舞台美工画布景,不久就接手独立做了舞台美工。但是文学的阅读兴趣从没有减弱和间断,我有工资了,二十世纪七十年代末八十年代初国内出版的几本重要杂志,被我全部订阅,每本从头读到尾。有句古话叫"熟能生巧",读多了,鉴赏水平也就会自然高,自然而然就知道文章应该怎么写。我进军文坛比较迟,二十七岁动工,二十八岁发表作品,第一次投稿就发表了。

尹:您的文学之旅虽说起步晚,但是很顺利,我们知道,您的小说处女作《四姊娌》一发表,就被当时唯一的选刊《小说月报》转载,同时获得《萌芽》文学奖和湖南省文学创作奖。两年后,《那山 那人 那狗》便摘得全国文学奖桂冠。您那时是怎样的心态?

彭：我记得我去北京领《那》奖时,是从安徽一个笔会上去的。我当时注意到一个细节,在领奖台上,十九位获奖作者,十八位穿着皮鞋,只我穿着一双时下基建工地上农民工穿的黄色胶鞋。我没有想过为了领奖还专门上街去买一双皮鞋。能获奖当然高兴,但不至于狂喜。我非常明白自己的分量,这个明白,也是来自阅读,与那些我阅读过的中外名著相比,我的写作还处于小儿科的地步,这种谨慎的提醒和客观的比较,一直伴随着我。

尹：您的文学起步,除了得益于早期的阅读,还有什么?

彭：更要紧的是得益于我的家庭和生活环境影响。自我这一代以上,我们家族世代务农。自小我就是以卑微之心抬头仰望星空,在这种环境中成长的过程,于以后的世相分析、人心解剖、文学观察,是大有益处的。

尹：您说您现在写得很少了,是不是因为仍然没有摆脱"谨慎"的阴影呢?

彭：倒也不是。俗话说"大狗叫小狗也叫",不能说攀不上高峰就不走路了。有句很富哲理的话叫作"见好就收",我是感觉到自己也写不出什么让自己满意的句子了,就不勉为其难了,这也叫有自知之明。

尹：这次我们社还出了您一本散文集。您怎么看您的散文?

彭：应该说我是不会写散文的,在我最初的文学阅读中,就没有上过散文这一课。

尹：但是您还是写了不少散文。

彭：我是在开始写小说之后，才认识散文的，这一缺憾，也没有什么不好意思讲。我没上过大学，也没有饱学之士给我推荐过书目，我是肚子饿了，抓到什么吃什么，于知识，是先天不足。迄今为止，我对散文的理解还很模糊，比如说我就搞不清杂文、游记、随笔、小品、日记等文体与散文有什么不同。我觉得篇幅短一点、人物性格的塑造和故事编织不太复杂的文字就是散文了。

尹：读您的小说，常见散文的笔法、诗意的影子，如小说《那山　那人　那狗》，不重人物性格塑造和故事曲折，被评家定位为"诗化小说"。读您的散文，又很鲜明地感觉到，大都侧重讲故事。

彭：对，这正是我的散文立场。在我看来，无论是小说还是散文，它存在的价值，无非就是把人类日常生活中有趣的事情，归纳成有条理的故事讲给大家听。世间万物，人生百态，皆可成篇，我等做作家的，顶多也就是一根线，如何筛选遍地珍珠，然后将其串起来而已，没有那么高深伟大。

尹：您出生在偏远山区，饱吸山野气息，又具备在大、中、小城市生活几十年的丰富经历，光是记录点行走足迹，身边见闻，就可以写出大量的散文小品来。

彭：恰恰相反，我写散文，比写小说拘谨多了，我的路子窄、办法少、天地窄。

尹：您不是说文学素材有如"遍地珍珠"吗？您这样的老手，信手可拈啊！

彭：未必，珍珠有时也是烫手的山芋。有一些散文写作领域，我就走不进去，比如：我就写不好抒情散文。好的抒情，在我看来，应该是不动声色的，深藏在骨子缝里，流淌在血液中，绝不是一件艳丽的衣服，不是花哨空洞的句子，无病呻吟，艾艾怨怨，而这类"抒情"散文，还很走俏，沿袭者甚广。以我的品性，不愿矫情，又固执，是写不好此类散文的，便只好选择放弃。近些年来，冒出另外一支劲旅，名曰"文化散文"。这种提法，令我费解，不管是写得好的散文或者是不怎么好的散文，都是要有一定的文化底子支撑才能完成的，怎么也不能说有一种散文叫文化散文，还有一类叫非文化散文。那么，文化散文与非文化散文有什么不同？不同之处也容易看出，此类散文，除了填塞大量古典诗词歌赋、名言警句、历史故事、哲理玄学、自然知识等以展示有学问、知识广之外，也看不出有什么新的手段。如今方便了，想要什么知识，去百度网搜就行，还不至于犯学术性错误，更不会写错别字，如此就叫"文化散文"，就是笑话了。我想还不如写几句发自内心的话好。虽不怎么文化，至少也没有"借鸡生蛋"的嫌疑，毕竟是自己的声音。

尹：近几年来，您开始重拾书画旧业，文字写得少了。

彭：因职业关系，我接触过多个艺术行当，其实最丰富、最具魅力的，还是玩文字，但越是往后走，路径越窄，我的人生经历和生活阅历，都过于平常，过于普通，我写不来波澜壮阔、针砭时弊、凶险刺激、大起大落、大恨大爱的场景，时尚做派和网络码字，更是难以效仿。有俗话说"强扭的瓜不甜"，还说"东方不亮西方亮"，好在我写小说前，有过近十年做剧团美工的经历，学写字的经历更长，"文革"前就跟着私塾先生练过毛笔字，只是开始写小说后，淡了这些手艺。四十年的文字打磨，同时也是对书画艺术潜移默化的互补，所谓"书画同源""水涨船高"，好的书画作品，必是文气盎然的，无一例外。显然，重操旧业，必须要有从零开始的准备，这活可不是轻松活，不是凭激情和耍小聪明就可以玩像的，有道是"条条蛇咬人"，攀登任何艺术高峰，所付出的努力都是一样的。当然，以后要是猎到了好的文学素材，有了好的感觉，还是不会放弃写作的。

尹：您从事文学创作四十年，也算得个"老"作家了，关于写作，能对文学青年说点什么吗？

彭：用自己的舌头说话，说人话，说人听得懂的话，说有意思的话。

2020 年

目　录

- 四姐娌　/ 001
- 那山　那人　那狗　/ 015
- 忠的门　/ 032
- 下　乡　/ 072
- 落霞秋水　/ 085
- 黑　滩　/ 132
- 梨木梳子　/ 148
- 三月桃花水　/ 216
- 老　铳　/ 232
- 富丽山庄　/ 244
- 酒　人　/ 273
- 洪　鼠　/ 287
- 山地笔记　/ 310
- 汤汤水水　/ 324
- 没有驼铃的骆驼　/ 359

四妯娌

西边的最后一片彩云落下去了,大地很快蒙上一道灰蒙蒙的轻纱。在作菜土的四妹快分不清瓜叶与土地的颜色了,怕伤了生芽,这才恋恋不舍地扛着板锄回家。站在地坪子里,她看见二嫂把玻璃灯罩擦得铮亮,灯火捻得通明,嘴巴上挂着一丝甜甜的笑。这时,正巧做上门生意的缝纫师傅三嫂从后门进来,二嫂那双有神的眼睛马上盯住了她,上上下下打量起来,像不认识她似的,嘴巴上那一丝笑更甜了。弄得三嫂有些不自然起来,忙上下左右查看自己的身上,是不是沾了野草灰尘,有什么逗人发笑的地方。

"二嫂,你发了疯?死死地看我做什么?"三嫂说。她确实找不出人家对她发笑的原因。她有着一张白皮嫩肉的脸,有一手扬名四乡的手艺。或许是长年做不完的生意,躲避了风雨烈日的缘故，才养下了这一副白净的、逗人爱慕的模样吧！她二十七八岁年纪，才结婚，此刻，她的脸绯红了，姑娘家的羞涩至今还保留着呢。

二嫂呢，那双不饶人的眼睛更厉害地看着她，咧开嘴巴笑她了。

四妹想了想，忙把锄头往阶基上一扔，拦腰抱住二嫂："一定是三哥来了信，放在哪里？快拿出来！"她最喜欢念三哥的信，他写的句子最有味。

"死鬼，先吃完了夜饭再读不行？"

"不行，不行，马上就看。要不，我把你放倒。"这个武高武大的四妹，胳膊、大腿小桶般粗，走路一阵风，开口粗声瓮气，挑百二三十斤的担子不在话下。她轻轻一把就搂起了二嫂。

二嫂果真拿出一封信，那正是三百里外医学院念书的三祥来的。这是她断黑时分到大队分销店打酱油时捎来的，她拆开过，但认不完全三祥那龙飞凤舞的字，只见有张三祥的彩色照片，背后写着："亲爱的荷留念。"这是送给三嫂荷香的，故而二嫂要这样笑她。这种笑有两个原因：一是有几分羡慕，她们的丈夫是不搞这一套的，写信来连温言柔语也没得一句；二是那"亲爱的"措词，这在农民的脑瓜里尚是新鲜的，妯娌们最喜欢相互抓辫子，一旦抓住了谁的什么事情，一宣扬就是个把星期。

因为是丈夫的信，三嫂只好装作不冷不热的样子，故意站在二嫂的肩后；不过，眼睛却比谁都尖，思想比谁都集中。这也难怪，他们这对名义上结婚两年的夫妻，实际上共同生活只半年多。而今又是半年才得见一次面，怎么叫她不想他、盼他呢？突然，四妹那只大手从信封里抽出一张照片……那是怎样的一张照片啊：大眼、宽额、嘴右角的一个不大显眼的黑点，这都是她最熟悉、梦见千百回的。只是头上新蓄了个"大西装"发型,看上去确实更有派头了,但他那种神气样子,是不是……她心里飘过一种异样的感觉。

"你们三个看什么?看什么?"铜锣般响亮的嗓子,从厨房里"嗞嗞"的炒菜声中爆出来。这是大嫂,这个家由她掌瓢。

"三哥来了信。"四妹扬了扬手中几页信纸。

"你们先别念,等等。"她转过满是汗珠的胖脸,手里边翻转冒青烟的菠菜边喊。四妹不听,亮亮喉咙,开始读开了:"亲爱的……"

"听见没有?好,你们念,我把菜焖在锅里,由它熬,做猪潲吃。"大嫂开始威胁那三个。

"好,你先炒菜,我们等着。"她们怕她真做得出,只好等到她炒完这个菜,把剩菜汤倒在锅里热着,才开始念信。

在明晃晃的油灯下,四个脑壳挤在一块。四个不同年纪、不同脾性的人物,心情都这么热切、激动。在这繁忙、单调的劳动之余,"前方"的每一封信对她们都具有极大的魅力。

信的开头是这样写的:"亲爱的二嫂、大嫂、四妹、荷香……"

这是一个很有趣的开头。按照一般规律,在这个父母双亡的家庭里,四十岁的大嫂理该是一家之主,但实际上并不是这样,如果再翻一翻那黑漆抽屉里厚墩墩、齐扎扎的丈夫们的来信,无一不是把二嫂的名字摆在前面;就是大嫂的丈夫——在市氮肥厂当电工师傅的首祥,也是这样起头写家书的。二嫂——这个身子单薄、有着两只大眼睛的温柔女人,是实际上的一家之主,她深得这个家庭每个成员的信赖。

四妹用不高不低的声音读着信,加上高中生那种善于绘声绘色的本领，常引起阵阵前俯后仰的"团体笑"。尤其是对三祥在照片后面提的那句话，更笑得三嫂恨不能钻到墙缝里去！

这笑，一阵阵越过屋脊，飞过十来丘田，感染着河背大屋的二十来户人家。"他们的丈夫来信了。"对河的人们已经习惯于这种笑声了。由于习惯，他们又往往不由自主地放开手中活计，把钦佩的眼光投向河这边傍山而立、被浓绿的树木包围着的五间青堂瓦屋。不值得佩服么？公元1977年，中断了十年的中国高考，在这一年，向所有青年人敞开了大门，在这栋平平凡凡的土砖瓦屋里，同时出了三名"秀才"——二哥进了省工艺美术学院，三哥进了省医学院，四弟也进了市农机学校。自地壳运动形成这条小山沟以来，可是第一宗了不起的大事啊！

笑完了，揩干了眼角笑出的泪花，她们开始热烈地议论起三祥给这个"女王国"提出的难题。什么难题呢？他需要四十来元钱，想买一台收音机。他是学医的，因为深感自己知识不足，准备利用收音机再多学一门外语。

但是，自从三个男人去"深造"以来，家庭经济却直线跌落。主要劳力上了"前方"，扔给她们一个沉重的家庭生活担子。除首祥从工厂里每月汇来几十元钱外，就要靠她们四双女人的手，养活"后方"这大大小小一家八口人！

眼下，正是青黄不接的时刻，还要筹钱籴两石粮食才能接到早稻分配。可在这个节骨眼上，三祥却提出这样的要求。四十来元钱，不过是干部的个把月工资，可是，在这个以分来计算支出的"女王国"，却是一笔可观的数目啊！

"屋里的粮食都接不上，还谈买收音机，空口呱呱。我看，回他一信，说拿不出。"三嫂说。她认为丈夫大话喧天，全不知家中难处。

"不,他不是为着好玩,是读书要用,在理上。我看,少穿件衣,油盐上把紧点,这收音机轻慢不得。"大嫂说。

"大嫂说得在理。"四妹马上支持。

二嫂呢?她没表态。她眼睛看着脚尖、脚尖搓着地面。饭桌上的菠菜热气越冒越小了,但谁也没想起该吃夜饭的事。她们三个望着她,等她表态。财权在她手里。

二嫂从嫁到这里来的第一天起,就成了这个家庭里的当家人。她和次祥的爱情,多少还有点传奇色彩。她是原来在这个公社工作的一把手的独生女。那天,公社的新办公楼落成,粉墙上要写些毛主席语录和标语口号。公社秘书向她父亲汇报:"昨天找是找到一个会写一手好字的,就是出身不好。我们做不了主。"

"是谁呢?是那个许次祥吗?"二嫂的父亲问。

"对,就是他。中学的老师们说他那笔字是全区第一、全县第二。"

"你说怎么办呢?"

"就是考虑出身问题。如果非他来不可,就对下面说:调他来公社搞基建,省得满塘蛤蟆叫。"秘书说。书记不语。秘书知道:他默认了。

二嫂是个爱读书写字的人,她跟着秘书去看次祥写字,并断断续续打听到关于次祥的一些家庭情况:他父亲在旧政权里当过文书,又出租过几亩土地;家有四兄弟,他排行第二;他母亲在大灾年间得水肿病亡故……

次祥在公社写了五天字,二嫂就在那里看了五天,并帮他提油漆桶子。他的字写得太好了,就像他的人样,挺拔,有力,有文气。

在她不长的人生经历中，他是第一个引起她倾慕的人。不久，她向家里表示：她爱上了这个"写字后生"。当书记的父亲晓得女儿的秉性：言语不多，心地善良，办事谨慎，生性耿直，说一不二。何况，他完全知道所谓"出身不好"是怎么回事。在"土改"中，次祥的父亲既未划为地主，也未划为富农。在他在职期间，也从未发现这四兄弟有什么违法行为，确实是些守规矩的农业劳动者，而且他们都一个个好学习、有本事。在当时这种咄咄逼人的形势下，他虽不太愿意在政治上惹什么麻烦，但毕竟没有横加干涉的理由，何况女儿又绝非那种可以随意摆布的人。

这样，书记的女儿不要一分钱的嫁妆便来到了这个清贫的家庭。她的到来，给这个家庭的社会地位带来了明显的变化。生产大队一些非法的无偿派工不敢登门了；一切人事应酬、社会事务，都由这个办事干练、说话有分寸的媳妇代替了。她着手大力改造起这个家庭的生存方式，对各个人的特点做了一些安排。这些大男子们竟然服服帖帖、愉愉快快地听从她的指挥。渐渐地，生活起了重大变化：被风雨剥蚀得斑驳满身的土筑屋墙刷上了白粉；屋四周栽上了各种树木花草，还精心培育着几株桃、梨、枇杷等果树。在短短的几年里，家父的死，二个小叔子的成亲，都是她一手操办的，而且办得一丝不乱，圆活利索，皆大欢喜……

"二嫂，你表态啊！"四妹在她腿上狠狠拍了一巴掌，吓得她跳起来。

"死鬼，什么事啊？"她在思考另一个问题。

"你同不同意给三哥寄钱？"

"你说呢？"

"我们宁愿生活苦些,也要支持他!"

"二嫂什么时候和你们有过二心?"

"好嫂子!"四妹兴奋得很,她用她那汗涔涔的下巴在二嫂干净的脸上亲了一下。她晓得,她们这个家的开支十分紧张,但只要二嫂同意了的事,就一定有办法。

"开餐,开餐!"四妹收好信,呼地弹了起来。事情谈妥了,问题解决了,肚子马上就造反了。可是,桌子上的菜早已成了猪潲,锅内热的黄瓜汤开始冒黑烟了,但她们几个却很香地大碗扒着饭。

吃完了夜饭,便干开了各自分工的夜班工作:大嫂洗碗筷、喂猪扫栏、收拾厨房。二嫂纺棉线、纳鞋底,这家十二口的布鞋基本上出自她的手。三嫂每晚有计划地缝补拆接一家十二口的破衣烂裤,用各种花色小布接成小衣,谁也没看见过这栋屋里走出去的小孩破破烂烂。四妹力气大,粗活她包了:洗农具、扫地坪、挑猪粪浇菜地、到地坪坎下百把米外的河里挑供一家数口用的水,使的是男子汉的水桶,一担百二十斤,吼几句皮影戏文,扁担"吱吱"响,大步流星冲进了屋。收拾洗涮完,就坐在油灯下,在大嫂的"摇篮曲""花灯调"中,在二嫂"嗞嗞"的纳鞋声中,在三嫂的裁剪声中,认真看书。她只看两种书:一是医药学。她已经是一个附近享有名望的中西医都行的郎中了。她现在正在研究牲畜,自学兽医。她看的第二种书是长篇小说,她的丈夫寄给她一张飞天仙女的彩色塑料书签,读到哪里,夹到哪里,然后把每天读完的这一段讲给妯娌们听。她们之中,任何一个可以走开一至几天,唯独走不了四妹。她一走,这个家庭就失去了生气,她所讲的没收场的故事总吊在心坎上,晃晃荡荡,怪不落心的。

每夜时钟指向十点,大嫂便催她们去睡。她说她们还年轻,睡少了,会损身体,老来的日子不好过。她像哄妹妹似的把她们送上床,然后把灯盏拿掉,省得她们还开夜工。她自己呢?查前看后,门上加闩,男子不在尤其要谨慎;鸡埘上压块石,防备野东西偷袭;然后再切好第二天的猪菜。今夜,她送走两个小的,却扯住了二嫂。她一直想着那四十元钱的事。她不像四妹那样简单,以为二嫂应允了就解决了问题。钱从哪里去开支?她对眼下的家底清清楚楚。

她的几个小叔子上大学、上进修班的那些日子,逢着的人无不恭维她几句:"大嫂子,恭喜恭喜,你们家出一屋的秀才","你服侍他们十几年,日后必有好报哇……"她兴奋、她荣幸,她觉得她是活在这个世界上最光荣的一个人物。她结婚到这里二十年,三个小叔子的衣袜缝补她包下了,有了病痛,是她一手一脚服侍。婆婆的早故,使她无形中代替了这个位置。他们兄弟三个读书,每晚读到深夜,她夜夜陪到他们睡去,并每夜都安排他们的夜宵。家里困难,没什么好吃的,她有时泡碗红薯粉,有时煮碗酸菜汤;她捡茶子从山上摘来野猕猴桃,埋在谷糠里,三九严寒生不出火,她便扒出几个让他们填填肚子。三个叔子,一个初中毕业,两个初中肄业没有继续升学了,一则是经济不允许,二是受社会歧视。高中课程都是他们自己找教材,早晚去请教附近一所中学的老师,才学完的。这个纯朴善良的大嫂为他们的艰苦求学,不知浇过多少汗水。

小叔们走后,家庭面临困难。她更加勤奋、更加吃苦了,想用此来减轻一点家庭负担,为读书人积累一点钱。她起用了"离婚"的词令逼迫她的丈夫戒掉抽了几十年的烟。她丈夫一月才五十多元工资，她每月要他交回四十元，然后又一分不少地交给二嫂。她把一个十二岁的男孩送到娘家读书，吃用一概要娘家负担。身边的两个，她做了三四夜的工作，说从此再不许吵着要买零食吃，一分一厘都要支援在外面读书的叔叔。她起早摸黑地喂养着二十来只鸡鸭；天气好时到河畔、溪边捞鱼虾、捉泥鳅；上山扯笋，捡菌子；每天想方设法变换着饭菜口味，努力保证不进店铺砍肉买荤；不让妯娌们进厨房，怕的是年轻人毛手毛脚多费了油盐酱醋。

以前她痛恨自己从娘胎里带来的毛病——睡觉睡得死。一倒下去，要是任其睡够，第二天还可以睡一个上午，雷鸣风吼都催不醒。可现在，责任大了，到了一个时辰要做两个时辰的事的时候，每天，她把闹钟紧满发条，摆在耳朵边，保证了天不亮就起床，煮饭喂猪，清理家务，然后和四妹一起出工。她俩身体好，是家里的"全劳力"，占全家工分的四分之三。她还想了一个好办法：出工歇息时，她不去喝茶聊天，倒在田边地角埋头就睡，出工时叫人用锄头柄把她敲醒，这样来补偿睡眠的不足。家里有一大堆的事要做呀，等着要开支呀，"前方"要钱用呀！

现在，她悄悄地问二嫂："家里哪来这笔钱呢？"她这个想法一直憋住没有暴露。四妹脾气暴，会吵得下不了台；三妹多愁善疑，会睡不稳觉。她只能私下里和二嫂商量。

"我想了一下，眼下市面上枇杷都没影了，我们那一树还一个未动，大概收得五六十斤，卖个好价没问题。明天挑去卖，大致可以卖十来元。三嫂昨天结了五元多工钱，原准备去籴粮用的，也凑上去。粮食嘛，我去我娘屋里借一石。还缺的钱，我再去想些办法。"二嫂说。

"我看还是先卖掉一头猪。"

"不行，不行，这几只猪，一天长四斤，来势很好，再喂个把月就够上一个等级了，可多卖几块钱哩，籴口粮要靠它哩。现在卖掉，是做背时生意。"

"就依你，你做主吧。"大嫂真心真意地佩服二嫂的见识。她从不以大卖大，干涉二嫂的安排。别人来借东西、买猪，她一口辞得焦干："等我家二嫂回来问问她。"

听着二嫂周详的安排，她心头的包袱放下了，思想轻松了，端着灯盏，送二嫂回房。

新的一天开始了，四妯娌心中有事，起得更早。根据二嫂的安排，她们摘下一树黄澄澄的枇杷。大嫂捡起掉在地上破了皮的几颗，塞住了三个孩子的嘴巴，其他的都让二嫂担着到镇上去卖。

清早，四妹挑着缝纫机，送三嫂去做上门生意，赶主人家的早饭。

"四妹，你说，你三哥那副模样，那个'大西装'头你看得惯么？"走了老长一段路，三嫂突然提出这个问题。

走在头前的四妹回过脸来，看见三嫂浮皮肿脸，眼珠好像有些红。

"什么看不惯，这是初一，还有十五哩。等他将来当了干部，或者做了教授，岂止是这等风度！"

"只怕他记不得我们这伙乡里女子，看不惯我们哩！"

"他敢！我们是立了结婚证书的，不是打伙来的。再说，我敢担保，他们兄弟不是那种人。"

"那自然是，只是，他们的本事越来越大，我们太傍不上了。"

"要傍得上干什么？都去读大学，农事谁做？裁缝师傅谁搞？"

一个有心，一个无意。说着说着，到了主家。四妹放下机子，一溜小跑,趸回家吃早饭,还有一天的扎实功夫等待着她哩!

三嫂,这个多情又多心的女子,昨夜接到丈夫的照片,乱七八糟想了一通夜,以致这一整天的生意都做得不顺手,时而针扎断了线,时而画错了粉,心里乱麻麻的。

她是妯娌们中最漂亮最显得斯文的一个,心灵手巧,做得一手好裁缝。她热爱她的丈夫,她选了他们兄弟中最英俊的三祥做丈夫。她有一个妹妹在县剧团当演员,她从妹妹那里或多或少学到了一点点城市女子的风味。当初,她和三祥约会,常要他陪着到河边、柳下、山包上、树林里逛一逛,去享受鸟语花香、习习微风和山野小景。她学着电影里的样子,让三祥拉着自己的小手,自己把头倒在他那厚实的胸脯上。她把那缠绵之情、慢言细语当作最大的快乐。对现在男人们的高升,她像妯娌们一样,那么兴奋,发狠做事,但她却比她们多一层忧虑:丈夫已经是一个了不起的角色了,大学毕业成了一个人才,还看得起乡下女子?人往高、水往低,古之常理哩!有一回在街上看到一个疯婆子,说就是十年恋爱,丈夫发迹了丢开她而造成的,还有戏中的陈世美……从古到今,这样的事例少吗?

她也承认,娘生就她一个多忧多愁的脑壳,凡事朝明处想得少,往暗处想得多。她也清楚,三祥不是那号角色,但他那副越发洋气的派头,使她很难丢开这层忧虑。

她常常关上房门,坐在镜子前对自己说着心事——她能跟谁去说呢?另外三妯娌是无忧无虑的,她们把自己当作丈夫的宝贝疙瘩。她拿出三祥的照片摆在镜子前,反复和自己的容貌比较,觉得丈夫没任何理由认为她配不上。不过,她还是开始注意打扮起来,学城里人的样子把刘海及辫子的尖尖烫卷起来,乡下没有条件，她就用烧红的火钳慢慢卷，以她本就练得精巧的手法，做出令丈夫无可挑剔的发型来。她尽量少担重担，少晒烈日，保持她那俊俏的模样，苗条的身段，白嫩的皮肤。等三祥回来，让他看看，这乡下女子仍旧是一个风流人物，未见得城里女子会比她娇艳几分。

由于男人们的外出，家庭生活困难，她同情妯娌们那样苦做苦吃，也一分一厘地把缝纫工资交给二嫂。然而，这样一些默默的努力并没能减少她的多少忧虑。中饭过后，她头痛得厉害，想回家来要四妹拿两个药丸子，反正只三里路程。

刚跨进门，就遇着大嫂手忙脚乱往外面奔，脸色极不好看，眼眶里含着泪水。"三妹。你回得正好，你去喂一下猪。"她说。

"大嫂，出了什么事？"

"……没什么事。你快进屋去，当顶太阳好毒，你气色也不好。"她颤抖着很胖的身子，朝镇上的方向高一脚低一脚跑去了。

屋内，桌上吃过饭的碗筷没有收拾，乱糟糟的，也不见一个孩子和大人。糟了，出事了！她不禁有点心情紧张起来。

一会，满头大汗的四妹背着一个人进来了，是二嫂！她眼睛紧闭着，脸色苍白，身子像一只软袋似的任人摆布。四妹放下她，大口喘着气，布褂子边都湿得拧得出水。后边跟着一个本队的男子，担着二嫂那卖枇杷的空箩。大嫂以及几个小孩哭哭啼啼跟在后面。

"出了什么事？四妹！"三嫂吓得不行，忙扶住二嫂躺下，用小手帕替她揩着汗。

"倒在坳背田边，亏得贵叔看见。"她指着那个告辞了的男子说。大嫂从内房拿出医药箱。四妹捏捏二嫂的人中，摸摸额头，把一把脉，掰开嘴看了看舌头，说："不要紧，是饿加累，中暑休克。她体弱，经不住就晕倒了。"她熟练地注射了一支葡萄糖，做一阵按摩，二嫂这才慢慢地醒过来了。三嫂忙煮好两个鸡蛋喂给她吃。

"二妹，你不该饿着肚子回来。"大嫂鼻子一酸，流下一串泪来。

"我看中饭还赶得到，省得把钱扔到饭铺里。"二嫂轻声解释着。

"赶饭？现在都几点了？下午一点多了。你还是天光早去的，还担几十斤东西。"大嫂气粗地责怪道。

"二嫂，你……身体要紧呀！"三嫂、四妹含泪说着。

二嫂不作声了。她晓得今天引起了一场全家的惊吓，心里也有些不安。大嫂、三嫂扶住她，替她换去拧得出水的裤褂。大嫂准备把这些裤褂浸到脚盆里去，一抖，抖出一叠票子。她点了点，有三十一元五角。

"二嫂，枇杷卖什么价？"

"二角一斤。"

"二六一十二，只卖得十来元钱，怎么有这么多？"

"这……借了一点。"

"不对，二嫂你扯白！"四妹忽闪着两只眼睛，"大嫂，你过来。"她附在她耳朵上说了句什么，然后朝内房走去，一会儿又奔出来了。

"二嫂，把你娘家送你生日的那块料子布卖了？"

"……"

妯娌们知道此事，忍不住抱作一团哭了起来。这哭啊，什么样的滋味都有。突然，三嫂一抹眼泪奔进住房，从箱底拿出自己出嫁时母亲给她的一副银耳环，塞到二嫂手里。三嫂家里并不富裕，她妈说这副耳环，传了三代，她希望女儿能够传给她未来的闺女……

这个突然的举动，倒使大家愕然了。三嫂伏在二嫂肩膀子上，身子一抽一抽地暗泣，二嫂可是为了给她丈夫凑钱晕倒的啊。二嫂忙替她揩眼泪："亲爱的荷，莫哭了，莫哭了，我们能给老三买收音机了，喜事啊。我们这么大一个家，也不至靠你的传家宝来凑这点小钱吧？亲爱的荷。"她笑着用三祥写在照片后面的风流句子劝解三嫂，试图冲淡这个过于沉重的气氛。三嫂经不住逗，"嗞"的一声笑开了。她挥起她那白嫩的拳头，在二嫂的肩膀上擂鼓般地捶着……

1981年《萌芽》5期；

1981年《小说月报》7期转载

那山 那人 那狗

父亲对儿子说:"上路吧,到时候了。"

天还很暗,山峦、屋宇、河渠、田野,都还蒙在雾里。鸟雀没醒,鸡鸭没叫。早啊,还很早呢。可父亲对儿子说:"到时候了。"

父亲审视着儿子阔大的脸庞,心里说:"你不后悔吧?这不是三天两日,而是长年累月的早起哩!"

桌上摆着两个整整齐齐的邮包。邮包已经半旧。父亲在浆洗得干干净净之后,庄严地移交给儿子,并教他怎样分门别类装好邮件,教他如何包好邮布。山里雾大,邮件容易沾水。

父亲小心地拿过一条不长的、弯弯的扁担,熟练地系好邮包。于是,在父亲肩上度过了几十个春秋的扁担,带着父亲的体温,移到一个厚实的、富有弹性的肩膀上。这肩膀很有些力量,像父亲的当年。父亲满意这样的肩膀。

父亲觉得：自己的手有些发抖。特别是手脱离儿子肩膀的那一刻。眼睛有些模糊，屋里的摆设忽然间都模糊了，把儿子高大的身影也融到了墙那边。呵呵，心里梗得厉害。他赶紧催促儿子："上路吧，到时候了。"

父亲和儿子的手背，同时拂过一抹毛茸茸的东西——是狗，大黄狗。它早起来了，老人倒给它的饭已舔光。狗紧挨着老人，它对陌生的年轻汉子表示诧异：他怎么挑起主人的邮包？主人的脸色怎么那样难看？这究竟发生了什么？

不管怎样，是要出发了，像往常一样。远处，有等待，有期望。在脚下，有无尽伸延的路。那枯燥、遥远、铺满劳累、艰辛而又充满情谊的路啊……

吹熄灯，轻轻地带拢邮电所的绿色小门——轻轻的，莫要惊醒了大地的沉睡，莫要吵乱了乡邻们的好梦。黄狗在前面引路，父亲和儿子相跟着，上路了。出门就是登山路。古老的石级，一级一级朝雾里铺去，朝高处铺去，朝远处铺去……

在很漫长的日子里，只有他和狗，悄悄地划破清晨的宁静。现在，是两人——他和儿子。扁担和邮包已经换到另外一副肩膀上，这是现实，想不到"现实"的步子会来得这么快……

支局长有一回上山来，对他说："你老了。"

老了么？什么意思？他不理解。他和狗辞别支局长以后便进山了。

不久前，支局长通知他出山。在喝过支局长的香片茶以后，支局长按着他的肩膀，把他带到立柜上的穿衣镜跟前，说："你看看你的头发。"

他看见一脑壳半"霉"的头发,心里略顿,想:年岁不饶人哪,是老些了。

支局长捋起他的裤管,抚着膝盖上那红肿的地方,说:"你看你这腿。"

不假,腿有点毛病。但这算什么呢?人到老年,谁也不能够保证自己没个三病两痛哩。

支局长涩涩地说:"你退休吧!"

他急了:"我还能……"

"莫废话了。你有病,组织上已经作了决定。"在找他谈话之前,支局长就暗地里让他儿子检查过身体,填过表,学习训练了半月余。

他没有让过多的伤感和执拗缠住自己,他清楚,他的"热"和"能"不太多了,像山尖上悬挂的落日,纵有无尽的眷恋,但是,那又能维持多久呢?他恨自己的脚,这该死的脚,那么沉重、麻木,还钻心般痛。唉,脚的事业,怎么可以没有硬朗的步伐呢?郎中说,搞蜈蚣泡酒吃或许有效——他吃了一百条蜈蚣,不见效。有人说:吃叫鸡公炒酒、吃狗肉也能治风湿病。都吃了,也不见好。这膝盖骨也真的不给面子,哎,什么地方都可以痛,就是这个地方痛不得,一片茅草阻河水,他干的可是走路的职业。

让儿子顶替,他能顶替吗?这活凭着年轻血旺、能走会跳就能干好吗?没那么容易喀。

于是,要带班,要领他走路,要教他尽职,还要告诉他许多许多。

于是,上路了。那新人迈开了庄严的第一步,那老人开始了告别过去的最后一趟行程。

还有狗。

晨雾在散,在飘,没有声响地奔跑着,朝一个方向劈头盖脸倒去。最后留下一条丝带、一帕纱巾、一缕轻烟。这时分，山的模样，屋、田畴、梯田的模样，才有眉有眼——天亮了，近处有啁啾打闹的小鸟，远处回荡着雄鸡悦耳的高唱。

父亲发现：从平川里来的年轻人满脸喜色，眼睛四处乱转。是呵，对于他，山里的一切都是新奇的。

父亲想告诉儿子：要留神脚下，山中无平路，一不小心便会失脚，一失脚便会出大事，到处是悬崖峭壁、百丈深渊。但他没说，让他饱览一番美景吧。让他爱上山，他要与山过一辈子，要爱呢！

他告诉儿子：他跑的这趟邮路，有两百多里路。在中途要歇两个晚上，来去要三天。这第一天要走八十里上山路，翻过天车岭，便是望风坳；走过九斗垄，紧爬寒婆坳；下了猫公嘴，中午饭在薄荷冲；再过摇掌山，夜宿葛藤坪。这一天最累人，最辛苦，所以要早起。走得紧，才不至摸黑投宿。

"不可以歇在其他地方？"儿子问。

"不能。每天有每天的活，第二天、第三天不好安排。"父亲说。

狗在前面慢慢走。它走的是老乡邮员曾经走的速度。以往跑邮，高大而健壮的黄狗颈上系着一根皮带，上岭的时分，主人一手抓着皮带的另一头，狗便四脚发力，使劲帮主人一把。今天出发的时候，狗依惯例伏在老人脚旁，等待着系好皮带。老人却拍拍它的脑袋，酸楚地、动情地说："今天，不用了，走吧。"狗昂起头看定主人，它不相信。当看到邮包确实已经移到了另外一个肩膀上，才慢慢爬了起来。它跟随主人九年，以往出发，主人总和它喃喃地"聊"着。今天呢，没有！是因那年轻人的缘故吗？也许是。狗恶意地看了新来的陌生汉子一眼。

儿子嫌狗走得慢，便用膝盖在狗屁股上顶了一下。父亲说：

"不要贪快哩,路要匀着走。远着哩,暴食无好味,暴走无久力哩!"

狗越过陌生汉子的胯裆,看看老人的眼色。它没看出要加速的示意。它不理睬年轻人的急躁,它依旧平衡着它的速度。

老人从狗的步子里,知道速度和往常一样。但是,他发觉自己的双腿已经不适应这种步子了,他不理解,两肩空空,净身走路竟会这样吃力。倘若没人来接班,倘若今天还是自己挑担送邮,倘若支局长不催着自己退休,那会是个什么样子呢?是不是因为有了依赖,放下了一身枷,病痛就抬头了,人就变娇了呢?是的,一定是。唉唉,人呵人,怎么会这般不耐用。

儿子从父亲的呼吸里听出了什么,他站住双脚,稳稳地用双手扶着扁担换换肩。他回过头,看到父亲那风干了的橘皮一样的脸庞上,浸出豆大的汗珠,儿子心里一疼,但他努力制止自己流露出不安,他晓得父亲好胜,他不希望他可怜他。

他对父亲说:"爸,你累了。"

父亲用袖子揩去汗珠子,故作轻松地说:"走热的。"

"爸,这一条现路,你也走得太熟了,你不用送我了,转身回去歇着吧。"

"没什么,只是年岁不饶人,比过去走得慢些。"

"你回去吧,放心,我晓得走的,俗话说,路在嘴巴上。"

父亲脸色一沉,快要生气了。

于是,这才继续着行程。

在半山腰上,他们看到太阳已经把山顶染成一片金色,而山脚却被云遮雾盖了,好像这山浮在水里,风吹雾动,这没有了根基的山也跟着浮游。"难怪神仙要住在山上呢!"老人每每目睹这样的美景,便要想起传说中的神话。每逢此景,他的神情便特别专注,说不定,哪个山坳拐弯处会飘过来一朵五彩祥云,上面站着观音圣母或是托塔李天王呢。这空空山野、漫漫行程,是一个任那万千思绪神游的天地。这空幽而飘渺的云中岛屿,确实能勾起身临其境的人恍惚而神奇的联想。

呵呵,人哪,幻觉和想象的重要,不比吃饱肚子弱,老乡邮员靠着它,战胜了无数寂寞,驱散着万千疲劳。现在,他又回到了过去,他又陷入痴想,一个人兀自笑了,觉得身子腿脚轻松了许多,甚至,想吹几句口哨儿。

可是,老人那憨实的独生子却早已游离于那迷人的景色。

那脚步,沉重得多了。

"汪、汪、汪!"

狗站在金色的峰峦上,站在那块最高的岩石上,朝山那边高声叫着。那声音在山谷间碰撞,成了这天地间最动听、最富有生气的乐句。

想不到,这像父亲一样沉默的、温驯的狗,竟有这么响亮的嗓门。它双耳耸起、昂首翘尾,竟有这么威武、神气。父亲说:它在"告诉"山下塅里的人,说什么人来了,将有什么山外边的消息和信件带给他们。

对于盼望,无论是谁都会觉得,每一天都是漫长的。狗及时在向山中人发布预告,在减短那漫长等待中的时间。

在山顶,在金色的、温柔的阳光里,父亲、儿子和狗打住了,这儿有一块歇脚的宽大的青石板。父亲指着山的那面,告诉儿子这叫什么地方、有多少个生产队、有多少个屋场、有多少户人家,需要分门别类发放怎样的报纸和书刊。这笔细细的流水账,纹丝不乱地刻在他那有着花白头发保护层的大脑里。

在谈完业务以后，父亲特别叮嘱儿子："倘若桂花树屋的葛荣荣有信，那就要不惜脚力，弯三里路给送去，他和大队长关系不好，大队长经常不给他转信。"

"哪个桂花树屋？"

"你看。"父亲用手引领着儿子的眼睛，在山下的冲里、垄里、屋场间穿梭。

"木公坡的王五是个瞎子，他有个崽在外面工作，倘若来了汇票，你就代领了，要亲手交给王五。他那个在家的细崽不正路，以前曾被他瞒过一回汇款，记住了？"

"记住了。"

"螺形湾这两年养了兔子，去送信时，要喊住狗，莫做野兽子咬，狗还没习惯……"

还有许多，站在山顶，俯瞰着纵横交错的山冲、塅落，父亲让儿子靠在他身边，详尽地讲解着他的业务、经验、自己曾经注意过的事情和有必要引起注意的事项……每说一宗，他都要问儿子一句："记得不？"看儿子认真地点过头，他再接着说。他甚至背出了马上就要通过的几个大队的干部、党员、民办教师、重要人物、经常性服务对象的人名单。儿子是否都点过头？都记得牢？老人已不大追究了。他觉得：一些话，应该说，应该让儿子知道。他不是来接班的吗？父亲知道的，接班的怎么可以不知道呢？

儿子很像父亲，笑的模样、讲话的语气、利索干净的手势、有条有理的工作，都像。父亲高兴，乡亲们更高兴。于是，大队干部马上带头鼓掌欢迎这位新人。人们自然要问起老乡邮员的去路，他怕乡亲们承受不了这一突然变故，他没说退休的事，他撒谎说：他还是要来的，他会和儿子轮班跑这条邮路。说这话时，他觉得眼圈那儿一热,他赶紧掏出手帕擦擦鼻子借以掩饰。啊啊,这个谎,可是一个叫人心酸的谎啊。

邮包掏空了一些,但很快又塞满了。有要寄包裹的、要发信的、汇款的,都准备好放在学校民办教师那里。这是父亲的规矩,邮递员也是邮收员呢。七八十斤的邮包,挑回去,往往是有增无减。

其实,只隔三天没来,父亲就像隔了半年似的,没完没了地打听山里的情况:牛啦,猪啦,结亲嫁女啦……鸡毛蒜皮,面面俱到。

容不得父亲再婆婆妈妈,年轻汉子和狗已经沿着乡间的傍溪小道,打前头上路了。

夜幕快拉紧的时分,黄狗"倏"地跑过山坳,"汪汪"地一阵吠,然后又兴奋地摇着尾巴跑转回来。儿子猜想:葛藤坪到了。

葛藤坪有一片高低不等的黑色和灰色的屋顶,门前有一条"哗哗"奔跑的小溪。小溪这边的菜土里,有人在暮色里挥舞锄头,弓着腰争抢这一天中快流走的光阴。

黄狗又跑到一个穿红花衣服的女子身边,不走了,高兴地在她身边转着。红花衣女子摸一摸狗的脑壳,伸起腰,拿眼睛在路上寻找老乡邮员,用生脆的嗓音高喊着他的名字,并放下手中活计,奔跑过来,当她去接担子时,发现挑担的却是一个年轻人,不禁怔住了。老人看到,在儿子那高大的身架面前,那张有模有样、健康红润的脸庞分明拂过一片胭云。

老人向那姑娘介绍说:"这是我的儿子,是刚上任的乡邮员……"

说这些干什么呢?儿子狠狠地白了父亲一眼。

因这位新人的光临,便招惹了不少麻烦呢——进门洗脸水、放了姜末的细茶、一顿丰盛的晚餐、饭后送到脚边的洗脚水、干干净净的铺盖，还有夜宵……

父亲发觉自己荒唐了，为什么要那么热情地向这个红花衣女子介绍儿子，并住到她家来呢？他有些慌乱。

他回想起自己年轻时节在平川里跑邮的时候，由于经常在一栋大屋里歇脚、吃中午饭，引起了一个年轻女子的注意。于是，那年轻女子竟限时限刻站到枫树底下等他。后来，又偷偷地送他。最后，偷偷地在那绿色的邮包里塞了一双布鞋和一双绣着并蒂莲的鞋垫……结果，这个女子后来成了儿子他娘。

他对不起儿子他娘，几十年来，他跑他的邮，女人在家里受了百般苦楚。人家的丈夫是棵大树，为女人避风挡雨。他只不过做了个名誉丈夫，更多的只是给女人带来想象，一个月回家一趟，也只是像住店的旅客一样，住上一两个晚上……

父亲过去的经历会不会在儿子身上重演呢？说不准。你看那女子，那喜欢劲。老人后悔没想到这一层，为什么不住到别人家去？他真不愿儿子重演自己过去的一幕。

可是那姑娘哪儿不好呢？他还真说不出。老人看着她长大，他喜欢她，也喜欢她家兄妹。她父亲是个好匠人，母亲是个贤惠女子。以往，老人多是住在她家。那冬天的厚絮和热天的凉席，都是他记忆中特别深刻的。在姑娘小的时候，他经常开她的玩笑："将来把你带到平川里去做我的儿媳妇，好不好？"姑娘推他，搡他，扯他的头发。只有一次，姑娘认真地问：你儿子长得体面吗？高大吗？性情像你吗？老人还记得，姑娘当时那神情特别有趣。于是，老人继续开玩笑，把自己那独生儿子夸成了天上的星宿。

俗话说：小孩子记得千年事。现在真正带着儿子来了，怎么就没想到过去的玩笑呢？莫要弄得戏语成真言哩。有一出老戏叫作《十五贯》，就是戏语成真言。

他喜欢这个姑娘，这孩子比自己年轻时节碰上的儿子他娘漂亮多了，有文化，也出色多了。时髦呢，更不必说。那时节的姑娘懂什么？只晓得绣并蒂莲，连面都不敢出来和人相见，说句话把头埋到胸脯上。现在的时代女性，居然……你看，不顾儿子脸不脸红，眼睛死死地盯着年轻的乡邮员，嘴巴不停地问平川里的事：问拖拉机、问水轮泵、问渡船、问自行车……那么认真，那么专注。她手托着香腮，眼睛里荡漾着秋波。有半点害羞吗？没有！

看来，在这条路上跑邮的年轻人，最终将难逃脱那人儿的手腕。好不好呢？固然好。可是，一个女子嫁给乡邮员，是要吃很多苦的呀！咳咳，说转来，乡邮员总不能不结婚呢？管他去，儿孙自有儿孙福。

第二天，换了一身更合体的红花衣裳的姑娘坚持要送父子俩一程，年轻人好像还有话要说，父亲便退后一截独自走。

终于告别了。父亲便哼一段打口腔给儿子听："过了曲江是禾江，禾江下去是浊江；浊江、南江连昌江；背江、横江、矮子江，末末了是婆婆江。"

这是这一天的行程，是这一天的拦路虎。七十里弯弯路，不平坦也不陡险，就是难过那挡路的九条江。山里没有大河，"江"是尊称，其实只算得上是小溪流。春夏季节，水足溪满，一场暴雨，猛涨三尺，溪面丈余，浊浪翻滚，架不成桥，砌不成墩。冬秋之季呢，滩干水浅，河床干涸，遍布鹅卵石。不怕路远山险，不怕风霜雨雪，倒是怕这无足无头水，怕这变幻莫测的恶流。对于山里人，并不具有很大威胁，涨水便不过河或绕道而行。对于乡邮员呢？必须毫不犹豫地脱袜卷裤下河，严寒也罢，急流也罢，必须通过。有时，还要脱掉裤子过河，把邮包顶在头上送过去。说不定，老人的关节炎就是这样长年累月而积疾的。

支局长跟过一次班，体谅他，要给他请功，考虑要给他换一个地段，让年轻人来。他不，他担心人家不熟悉这儿的水性。

在平川里，他家乡旁边有条大河，儿子从小在河里玩大，是水中好汉。可是，儿子不一定能过好小溪，不一定能在生满青苔的溜滑的石板上踩得稳脚跟。他要一一告诉儿子过溪的方法；告诉他每条小溪下水的合适方位；告诉他在某种情况下河水的大体深浅……肩膀上挑的是千斤重担，这不是儿戏啊！

儿子有一双粗实的有茧的脚，有着庄稼人稳重的步伐。他从容地涉过小溪，把担子放在溪那面干净的草地上，又涉过溪来背老人——他不让父亲脱鞋袜，该是父亲结束下冷水的时候了！

狗不肯先过河。它历来是伴着老乡邮员过河的。它用它的身子，在上游吃力地抵挡着水流，试图减缓急流对老人日渐消瘦的腿杆子的冲击。

老人听从了儿子，没脱鞋袜。狗在一旁感到惊讶。

狗看着陌生汉子那粗壮但冻得通红的双脚稳稳地踩在岸边的浅水里，然后弯下腰去，反过去朝老人伸出双手……

就这样，父亲弯着腿，双手搂着儿子的颈根，前胸、腹部紧贴着儿子温热的厚实的背。儿子那粗大而有劲的双手，则牢牢地托着老人的双膝。

狗看着这一幕很高兴，它兴奋地"嗷嗷"叫着，冲进溪流，将身子紧傍在儿子的上方，替他抵挡着急流。

父亲有一瞬间的眩晕，他怀疑这不是现实。当他睁开眼睛，看见溪面在缩，水推着狗的"哗哗"的声音在变小——这显然是过河了，快靠岸了。而脚呢？确实是温暖的，没有了半点多年来被冰冷的山中水浸泡过的那种疼痛的感觉。呵，竟然，对过去只留下了记忆，老人止不住滴下了一滴眼泪，眼泪就掉在儿子的颈根上，儿子一缩脖子，儿子扭扭脑壳，嘟哝了句什么。

……在父亲的记忆里，他也背过一次独生儿子。那一次，过年的时候，支局长命令他回家度三天假。嘿，可以和小儿子痛痛快快地玩三天哩。他女人生下二女一男，儿子出生他不在家，老婆反而托进山搞副业的地方人，给他带来了红蛋，祝贺他做了父亲。她竟把他当作外人了。

满周岁，特别隆重，他家四代都是独生男孩，一线单传，视男儿为宝贝，据说办了不少桌酒席，而他呢，带着狗，在深山里跋涉。回所后，留所的同事：家里带来了红蛋，还有红烧肉和高粱酒。于是，和同事、狗，一道在山脚下、在邮电所绿色的门坎里，享用着儿子做生日的佳肴。

这回啊，可以认真地亲亲儿子了。他买了鞭炮，买了灯笼，在山里挖了一只竹蔸给儿子做了一把打火炮的枪。

没搭车，车要等。于是，和黄狗抄近路，爬山越岭往老家赶。

这年过年，他让儿子骑在他背上玩了一整天，儿子不想骑了，想下来，他也不让。他要弥补作为父亲的不足——他只背过儿子一次，作为父子情谊，能记起的，仅止于此啊。

现在，儿子背着他，背着他已经苍老的身躯。这背腰、已经负过生活重荷的背腰像一堵牢固的屏障、像山、像密密的林子，保护着他，有一种安全、温馨的感觉。父亲惊奇地发现：他已经理解到了"享受"的含义，他正在享受着做父亲的那种享受。

呵呵，几十年独身来往于山与路、河与田之间，和孤单、和寂寞、和艰辛、和劳累、和狗、和邮包相处了大半辈子，那其间的劳苦，现在被一种甜蜜的感觉给全部融化了。父亲的这滴老泪，是对过去万般辛劳的总结，还有对告别这熟悉的一切而难过。

上岸了，狗"汪汪"地朝老人喊，告诉他：别痴痴呆呆，该要做什么了。

是的，差点儿糊涂了。老人和狗急忙奔进河沿的树林子里。一会儿，狗奔跑着给年轻乡邮员衔来一把茅草，又闪电似的奔进林子。儿子刚找到父亲准备的火柴，点燃暖脚的茅草，狗又拖来一小把枯树枝。

篝火已燃起，父亲把火拨旺，好把儿子冻红的脚暖过来。狗在远处使劲抖着身子，把水珠子从毛里撒开去，然后躺在火边烤着。它温存地用舌子舔着年轻汉子的手背——它觉得他不陌生了，他是个好人，他驮着它的主人过了河，它感激他。

狗叫着，跑着，朝被墨绿色的大山挤压得十分可怜，而又被暮霭搅得七零八落的村庄跑去。远远的，又引来一群人。

父子俩已经闻到了晚炊和铺盖底下稻草的气息……

和儿子跑完一趟邮后的第二天，太阳很好，父亲和儿子搬来椅子，坐在邮政所后院当阳的地方。狗躺在一旁，用脚爪和蝴蝶闹着玩。

父亲要对儿子说的，说了三天，似乎已经说完了。但还是说个没完，也许全是重复，父亲记不起了，儿子也不厌烦。

父亲说完了，儿子才开始说。

在山中，新上任，他没有资格多说。父亲现在要回平川里的老家去代替自己的位置。他出来工作了几十年，一切对于他都是陌生的，一切都要重新做起，他是生手。应付那一揽事务，将是极不容易的呢。

"爸，回乡以后，头一要多去上屋场老更叔公那儿坐坐。困难时节，他照顾了我们家不少呢。借他家的油和粮食，计数不清了，后来他一概都不让还。"

"债是一定要还的。他是个好人，是得去感谢。"

"感谢倒不必，他是个爱面子的角色，他说你架子大，在外面当了干部，就不去他家坐了。"

"哪能呢？抽不出时间嘛！"

"是倒是，今后你得注意点。"儿子又说，"爸，大队长是个厉害角色，千万不能得罪，看不上眼听不顺耳的事情，就当是耳边风呵，莫要惹翻了人家父母官。他要给你好处，容易。要给我们小鞋穿，更容易。有时候，你得忍气吞声。"

"这人我听说过，不正路，莫非是只老虎？"

"爸，你管他什么虎。"

"你莫管，人家说老虎屁股摸不得，我看要摸的该摸。我是国家干部。"

儿子急了，说："你不晓得，将来种子、化肥、农药、用电、灌溉……都有要求人家帮忙的时候，撕破了脸皮不好。"

"嘿，我看没那么吓人，人不求人一般大。"

父亲性子倔，儿子不好多说，但露出了恳求的目光。

父亲理解少年老成的儿子，缓和地说："当然，我也不是个蛮人子，不会乱搞的。"

儿子告诉父亲：一家四口人，包了三丘水田。田里工夫他来顶职前已经委托给了同辈好友。他要父亲答应：不理水田里的事，不下水——儿子担心父亲的腿病。

"爸，你保证不下水吗？"儿子问。

"就不下。"

儿子说："母亲曾经咯过一口血，冬天里气喘得厉害，她不吃药，也不肯请郎中看，你回家后，一定要带她到县里去检查一次，县里你有熟人。"

父亲点点头。

…………

"这回乡下去，会有这么复杂呵！"父亲想。

父亲痛惜地望着早熟的儿子。十几岁时，他就无可推脱地挑着家庭重担，默默地像牛一样劳作，为在远山奔走的父亲解脱，为操劳过度的母亲分忧。他过早地放弃了学习，他没有得过独生子所能得到的娇惯。那厚实的然而仍是幼嫩的肩膀竟承受着这么沉重、这么复杂的担子。

这过早的重荷,完全是由于自己的缘故啊。他真想抱一抱儿子，亲一亲他。可是，他长大了。他想对儿子说几句感激的话，可是，说不出来。夸耀的句子，他一辈子没用过呢！父亲最后为儿子装好两只绿色的邮包。这邮包是他一生中装得最满意的。但装的时间太久，老人的手已十分不听使唤了。

父子俩睡在一张床上，三天来的疲劳加上傍着儿子强壮的身躯所散发的热量，老人应该是香甜地睡去的。但是没有，很久很久还光着眼睛。夜风轻轻地敲打着玻璃的声音，不知名的草虫"咝咝"的叫声，那么清晰、那么顽固地灌进他的耳朵……

狗准时来催他们起床，它用嘴巴在扯蚊帐，并"嗷嗷"地呼唤。父亲用力推醒酣睡的儿子。

默默地煮熟饭，和狗一道吃过。父亲把扁担放到儿子的肩膀上，吹熄灯，关拢门，相跟着，走向还眨着星星的旷野。

走下门槛的石级，父亲踉跄了一下，他不知道是怎么挪开步子的，又是怎样的踉跄一下，他只知道身子往下一沉。他赶忙撑住儿子的肩膀，才没倒下去。

在一条哼唱着歌谣、不知疲倦地奔跑的小溪旁，在一座古老的不长的石拱桥的桥头，儿子挑着邮包，站住不动了。父亲如果不转回山坳那面的绿门绿墙的邮政所，他决计这样站下去，直到晨雾散去，直到朝阳升起，哪怕耽误一截行程。就这样，让七八十斤重的担子压着肩膀，就这样站着。雾不大，加上溪水的反光，父亲分明地看见儿子脸上的固执。

于是，他决计不再送了。他对儿子说："你……小心，走吧。"

儿子默默地点点头。鼻子酸酸地"嗤"了一下，但他仍没有开步。

于是，父亲转过身去。

狗呢？站在桥的当中，"嗷嗷"地着急地叫着。父亲返身走上桥，蹲下身抱着狗的颈根，像哄小孩子一样地对它说："去吧，跟他去，他会待你好的。去吧，他需要你，要你做伴，要你做帮手；过河需要你；过丝茅源需要你带路，不然，他会迷路的；没有你，他斗不过拦路的蛇；还有，山里的人要听你的声音，他们也……舍不得你的。听见了吗？听清了？呵，呵……"

"汪汪汪。"狗着急地喊。说不愿意？还是要跟老人去？

"你去吧，去！"老人猛喊。

儿子在逗狗："嗝，嗝。"

父亲猛地扭转头，径直往回走了。狗略一踌躇，也跟了去。在老人身边"嗷嗷"叫着。

老人突然捡起一根竹棍，朝狗屁股上抽去。

"汪——汪汪。"狗负着痛,朝桥那边跑去。

老人把竹棍丢进透明的跳跃的山溪水里,喉咙里猛地堵上一块东西。好一阵,他觉得一股热气直扑膝盖。他睁开眼一看,是狗!狗在吻他的膝盖骨。

老人又俯下身,从口袋里掏出手帕,替狗擦去眼泪,轻轻地喃喃地说:"去吧。"

于是,一支黄色的箭朝那绿色的梦里射去。

1983年《萌芽》5期;

1983年《小说选刊》7期转载

忠的门

我十五岁那年冬天,父亲发下话来:明年的书不再去读了。原因很简单:养不起,家里要人手干活。我虽才十五岁,但已是一个出色的劳力了,从山底的河里挑一担连桶重一百一十斤的水到半山腰的家里,可以不歇肩不喘粗气。这个暑假里从早到黑一天里挣的工分比父亲还多,这在父亲和乡亲们普遍看来:再把一个壮实的出了力的大小伙子往那并不读书的学校里放,实在是件蠢事。何况那时父亲确实再也掏不出一分钱来供我读书。母亲病病歪歪已有了三年,好的时候顶多做点饭洗点衣还下不了冷水,歹起来三伏天要蒙上两床棉絮。这样死不了人的病父亲不重视,从没看过郎中,不花钱敬敬菩萨什么的倒是不反对。并非父亲心狠,也是口袋里掏不出子儿来。我下面尚有三妹一弟。父亲的意思是要尽一切努力让我们兄妹五个都到学校里开开眼睛,好日后至少能认得自己的名字和打个借条什么的。所以送我读完了初中便已是使足了劲了。父亲不重男轻女,女孩子也送读书,这一点令人钦佩。如果天如人意的话,我家祖辈的香火续下来,也应是个书香门第。我老祖父是清末的秀才,在外面多少尝过做官的味道,更多的光阴是在乡中教私塾。祖父是他的学生之一。祖父肚里也装了不少墨水,但倒给父亲不多一点便一命呜呼,时年还不满三十。能证明我祖上曾辉煌过的是(仅仅是)一方石砚,不大,八寸长,四寸宽,猪肝似的色泽,石质细腻,不必设水,哈气即可研墨,雕刻成了一块竹的形状,樟木的盒子已被手抚得油光漆黑。祖母说这方砚是老祖父和祖父极珍爱的东西,便小心留着传给父亲,父亲于这砚中,竟也写出了至少在我们这乡中最好的一笔字来,大队上的语录牌和开斗争会以及最新指示发表的庆祝会标语横幅大都是他的墨迹。父亲于这砚中,又手把手教我写字,我不大的手握上一支笔后,手心里要塞一个鸡蛋,如是鸡蛋稳握手心还能流利地写字,便算是步入正常的程序了。我刚开始时,不是鸡蛋被捏破便是"嗒"一声掉桌上变成汤,于是后脑壳便必然"喀"的一响,父亲农人的有劲的手指弯曲着极利落地便要于我的草似的黑发中造就一个半圆的小小坟丘。当然这样一来,鸡蛋是很快便握稳了。一旦握稳了,父亲便不让再握鸡蛋了,却常似猫般敏捷和无声息地掠到我身后,一下抽走手中的毛笔。笔抽走了,留一手的墨,后脑壳又重复一个故事……当父亲抽不动我手中的毛笔之后,我就成为班上和学校里毛笔字写得最好的学生了。父亲于是郑重其事让我保管这方石砚。任何时候写完了字,都要当时就用清水洗净、抹干、盖上盒盖。它是我们家中唯一被看重的东西——这方石砚至今保留在我书房里,经考证这是一方珍贵的端砚,被使用的年代要推到明代中叶。

父亲宣布不让我再就读后,最伤心的是我和我祖母。

尽管那时候实际上学校里既无老师上课也没有什么好读的,但我依旧迷恋学校特有的气息,无论怎样,十五岁是个读书的年纪而不应是干其他的年纪。且与那些没有打倒却又不准离开学校的老师接触,还是在间接地吸收一些知识。特别是我有抄不完的大字报和分配给我的写不完的标语,这是件令我很兴奋的事情。以往在家里练字,多是蘸着清水写在一块青石板上,在纸上实践是件十分奢华的事情,而学校里红红绿绿大大小小的纸足够我尽兴驰骋。现在父亲要剥夺我的这种享受,我突然觉得生活已没有什么意义了,前景无比黑暗。

父亲的决定是祖母告诉我的。放寒假回来时,父亲已去洞里捐竹子,从高山上把砍倒的竹子扛到山溪旁,扎成排,待开春桃花水涨时将其运出山来。我们这里的健壮的男子汉们,每年年前结伴去干这种世上最苦的差事,赚几个钱回来斫过年肉和籴过年米。

祖母告诉我这个消息之前就已是泪水涟涟。祖母对我是寄予一些厚望的,如果顺利的话,我是她心目中重新点燃书香门第之火的希望。不为争这一口气,她也就犯不着二十几岁开始守寡。祖母知我一门心思在读书和学校,这个家是无论如何留不下我的心的。她曾多次请算命先生替我算命,无一不是言及我是一个"出门八字",命中注定了是要离乡背井远走他乡、不能在父母身边生活的,谓之:出门欢喜进门愁,命里带"进升"。男带"进升",打马进朝廷;女带"进升",穿金戴银。因是受了算命先生的指引,祖母是更坚定了指望我沿着读书这条道去圆全她的美梦的。恐怕父亲咬苦送我念了九年书，也多是祖母的坚持。如今生活所迫，父亲不得已要断了我这条"进升"之路，祖母的伤心程度是不亚于我的。

十五岁的我竟开始体验失眠的滋味。我见祖母的床也彻夜"咯吱咯吱"响。我们这房里开三张铺，三个妹妹睡一床，我一床，祖母带小弟弟一床。

第二天，祖母血红了眼睛，对我说："你去你姑夫那里打个转身来，他来找过你。"

"么子事？"

"找你的事。不过你要小心，那个贼骨头东西，叫人信不过。"

我按祖母的意思去姑夫。出发前，到河里帮娘洗一桶衣服，她下不得冷水。娘说："为你读书的事，你婆驰和你爸吵了一架。""结果是婆驰败了，爸胜了吧。"我说。"也不是说谁败了谁胜了。你爸也确实手头紧。"娘说。我问："姑夫来找我做么子？""不晓得，好像是找你写字。"娘是个可怜的人，家里的事都由祖母和父亲说了算，她的任务就是生孩子、做事和病。

提到有关写字的话题，我去见姑夫的兴趣就高了，太阳一竿高时，我替娘洗了衣，挑了一缸水，吃过饭，就上路了。姑夫住在山里，去他家，要过一个大水库。十里水路，再走三里山路。我和父亲去山里捡柴时，到他家住过。

祖母对姑夫的印象很坏。理由有二：其一，姑妈三十多岁就死了，怪姑夫照顾得不好。其二，姑夫在姑妈生前曾"坐人家"偷人。姑妈之所以死得过早与怄气是有关系的，所以祖母终生不能原谅姑夫。但姑夫却不生气，好些年来，过年过节，照样要来走亲拜岳母娘，给他一张恶脸也不见怪。

去姑夫家，经过的这个水库叫青龙水库。当时在我们县里是很大的水库了，横面不宽，却七曲八拐的很长，大就大在容积。两面是高耸的青山，水就更加绿得难以形容，谓之"骨绿"，绿到骨子里去了，就是在热天，一见这水面，便要觉骨子缝里都凉快起来了。以青龙水库为界，水库上面便是洞里，坝下便是塅里了。洞里没有田，生活苦，妹子到了嫁时纷纷往塅里跑，塅里的妹子就很少有嫁到洞里去的。我在一篇题为《青龙水库》的小说里，曾记录过一对尚未成年的姊妹，无法忍受生活的清苦，去塅里的舅父家吃了顿有猪头肉咽饭的饱饭之后，双双将辫子结在一块，浸没于深深的碧水中了。她们太急，等不到出嫁的年龄了。这故事发生在水库修好后的两年里。青龙水库是"大跃进"的产物，一道泥坝全是肩膀挑就的。我每坐上这叶片似的船，便要朝溢洪道那对姊妹跳水的位置看一看，不知为何要看一看，而且身上顿时冷飕飕地起鸡皮疙瘩。船像一片叶子，紧贴着水，只坐上五六个人，离水进船舱也就只两三寸的距离，有时候多到坐十来个人，还要堆放种种货物，这时人稍一动，便有水泼进舱来。船是由两片桨木推动，桨长，也像两片叶子，慢悠悠地在绒缎子似的水面上一扑一扑。十里水路，要走两个钟头。船老板慢慢地摇着桨，说着笑话和唱着歌，坐船的多是洞里的人，都熟，说着熟话，两个钟头也不长。青龙水库是很少有风浪的，两旁高山遮了，风成不了势头。但青龙水库也是常翻船的，突然就歌声没了笑声没了人没了，很平静的，没了就没了。塅里做功夫时常有人公布：某日翻船了。说说就过去了，事关性命的事似乎与生活没什么关系。什么原因翻的船呢？或许是库面上起了怪风，或许是水底下有什么古怪，或许是船上的人打打闹闹让船侧了……这是我的猜测，公社里从没人去做过调查。

十里水路，是五分钱船钱。那时一个鸡蛋在镇上的卖价是五分。我每坐上这"双飞燕"小船时都要想到那对姊妹自葬和翻船的景象，心里难免有些紧张，已经做好了一旦翻船就如何摆脱同时落水的人的扯绊，尽快往岸边游的准备——游过这个水面我在十岁时就不成问题。但我看看所有同行者的平静样子，好像那一切悲剧都不曾在青龙水库发生过。那么是不是人们把死看得麻木了呢？……

姑夫他们队上的田，就在这水库中部和尾部的底下。移民时上面动员姑夫到塅里落户，但姑夫没有搬到塅里去，只是把房子从谷底移到半山，按祖母的说法是他懒，留恋山中的闲散，到塅里来要作水田，他受不得那个起早摸黑。结果姑夫的屋刚重建好，姑妈便撒手西去，在祖母的怨言中，也是怪了姑夫不出山而造成姑妈死因之一的。

那么祖母为何要把姑妈往洞里嫁呢？我没敢问这令祖母伤心的事。或许是没修水库时，姑夫他们那里，不算真正的洞里。

姑妈死后，姑夫没再娶。我想并不是姑夫思想纯洁，而是他真正成为百分之百的洞里人后，再也没有女人愿上门了。

下得船来，走三里，转过一个山坳，便见姑夫的屋。那屋门户紧闭，早不住人了，姑夫已往桂花洞去打工，替人看山。这我是晓得的。我没去过桂花洞，同下船者有去桂花洞的，我一言姑夫名字，便被人主动领着走。

我见到姑夫是冬日快近中天了，他还在一个茅棚屋里呼呼大睡。这时我想起祖母关于他不想出洞的评价是正确的。塅里人是绝不能困懒觉的，活儿多，容不得人懒惰。

姑夫道："我以为你不会来了。"

"么子意思？"

"你婆驰讲你不会来，讲你读书学生，不干这等事。"

"干么子事？"

"赚钱的事。"

"砍柴还是捐竹？"

"不费力又赚钱的事。"

"么事？"

"画'忠'字门头。"

那时乡中普遍将家家户户朝外的门头用石灰浆粉了，上头是半圆，两侧是条幅状。半圆中央，用墨画木刻毛主席像。上用红油漆书"敬祝毛主席万寿无疆"，像下则是一个"忠"字，四周簇拥着三朵向日葵。门两侧条幅上书毛主席诗词中对称的两句，也是红的颜色。

"桂花洞还有搞？"我问。

"没有里手的。"

"没请人？"

"请不到人，会写的都请走了。我想到了你，他们就让我来请你，被你婆驰把我骂了回来……是婆驰叫你来的？"

"是的。"

"来了就好，我带你去见队长，不晓得他们请到人行。"姑夫哆哆嗦嗦从一床烂絮中钻出来，黄着牙，蓬着头，肿着眼皮，往光身子上套件旧军棉袄，起床领我去见队长，在高低不平的道上说："你婆驰，只怕真是老了，颠三倒四。"

这很易想到：祖母是想让我自己赚点钱，把书往下读，才让我来干这活。我不找父亲要钱，他也就不好阻拦我继续上学了。

想到读书又有望，心里顿时充满温暖，很感激姑夫和祖母。我对姑夫说："要是做得成，赚了钱，我给你买烟。"我在那茅棚里，见姑夫用手捏碎了枯黄的芋头叶子卷着做烟抽。"先做了再讲吧，"姑夫说，"八字还有一撇哩……你婆驰也真是，怎么还是要你来了……"姑夫一直在思考这个艰深的问题。姑夫穿条单裤，没着袜，光脚套在一双破布鞋里，后脚跟突起两根筋，小腿肚细而紧，这样的脚是走山道的好脚。

……十五岁的冬日再次走上青龙水库大坝等船时，我手中拎着从家里带的一瓶墨汁和一桶大红油漆，红、黄、绿三样广告瓶颜色，用九宫格放大了的画在厚纸上的正面的和侧面的三张领袖像，几只毛笔和油画笔、复写纸和铅笔。

天气如同我的心情，出奇的好。太阳悬在东面的山巅，便把水库割成了两块，一块如净蓝的天空，一块似深绿的东山的坍塌。水鸟从深的一半上犁过去，一串串晶莹的珠子就洒在了大山的身上，也俨似有数珠蜜滴进我的心田，一种我十五岁前还时常用空心草管吸吮山茶花花蕊中的蜜的甜润在胸间弥漫开来。我情不自禁地站在大坝的中央，让身子一半埋在山影里，一半沐浴在冬阳下，"嘀嘀"地高吼着。那"嘀嘀"的回声也就一层层顺着山垅和碧水朝远处传去。

很快大坝上有了几个候船的人，都手提肩挑着东西。很快就有呛鼻的草烟味飘出，很快也就有船从前面山坳里拐出来。船上装着柴火，柴火上坐着人，船舷被压迫得只要稍动便要进水样的，不由得人不抽一口冷气，但船还是稳稳地靠了岸。

忙了一阵，该上岸的上岸了，要赶水路的都在敞着的船舱里坐好了，我择了靠近摇桨的位置而坐。大家坐定了，看着船老板不紧不慢地抽烟。大家不催，明白是还要等一些人。果然大坝背后就有瓮瓮的"嗬嗬"声起，那是给船老板发信号。很快有人额头上流着汗翻过大坝来，坐到船上喘粗气。再等一阵，听不到什么声音了，船老板朝草里吐一口浓痰，解了绹，跳上船来，准备开船。这时水面上有一只更小的"双飞燕"飞也似的奔来，一起一伏的一个身子高喊着："喂，剑师傅！"便迅捷地把船靠拢来。"剑师傅，你坐过来。"那汉子两眼瞪着我喊。我一时懵了，不知喊谁，一会儿才明白过来应该是喊我。我问："喊我？"那人道："是的。"便一手将一片桨插于水中稳住船，一手伸出来拉我。我便从那船上跳过来，两只小船均很厉害地一晃，有女人便尖叫起来。

那汉子道："队长叫我来接你，差点没接上。"我道："接么子，不是有船。""队长讲，那样不客气。你也是大师傅了。"乡中称手艺人作师傅。我去写字画画，也是师傅。经他提醒我才当了师傅了。那汉子放好我的行头，便调转船头，开船，赞赏地说："想不到，剑师傅你还冇年纪，就这么昂，我还真冇看见过这么冇年纪就这么昂的角色哩，也难怪，你们祖上出过秀才，聪明有种……"我听到他的夸奖，心里更像是融了蜜团，十五岁的我尚不知谦虚谨慎。只是我觉得这条大汉说话有点女声女气的，与那身坯不大相符。这汉子虽也高大，粗手粗脚，但亦可看出并非健壮，有些虚浮，但怎么讲也不应该女声女气的说话。

我独坐一船，令那面船上的人以及船老板惊讶，都定定地看我。先是两船并行，但我们很快便抢了头。

来接我的人叫草生。

草生的划船姿势很优美。

我问草生你原先会划船吗？他说以前看都没有看到过船，有了水库才不得已要学会划船的。我说我想试试划船。他说不行弄不好会搞翻。"这水怕是有些凉吧?"在腊月里他穿着两件衣还高挽着袖子说,"你会洗冷水澡吗?""会。""也不行,这水凉。"他的意思是这船还是尽量不翻好。

上了船,再走十里山路,才到桂花洞。我和草生刚好走完一半陆路,迎面就碰上了生产队长和姑夫来接我。我说:"队长你就太客气了,不是派人来接了吗。"队长道:"应该的应该的,来画毛主席的大师傅,敢是不接。"姑夫说:"队长也真是的,真是客气。"姑夫脸色蜡黄,眼泡依旧肿着,一副讨好的神色。

见队长和草生恭谦的样子,我就应做出些真正大师傅的神气来。队长边走边汇报:这些日天气好,石灰底子都打好了,干的已经干了,不干的正在干。上得马了,队上派草生和另外一个劳力左右帮事。

我说:"好吧。"

"还要准备么子?"

"不用了。按讲好的,颜料都是我备办。"祖母找她后家一位在供销社工作的堂侄子在店里赊的颜料,讲好结了工钱立马去还。

队长说:"好,好,天气也好。"

首先是在队长门头上开工。

草生和另外一个帮事的,在大门下面架起了桌凳,我换了行头,旋开颜料瓶盖,小心抖开领袖像,站到桌子上。将领袖像下面铺了复写纸,用图钉端端正正固定于石灰的半圆中央。开始用铅笔按木刻像勾画时,队长放燃了一挂爆竹,"噼啪"的回声在山间碰撞,极是郑重,像办喜事似的。我反脑看,不觉中地坪子里已站满了围观的人。妇女们纳着鞋底拥在一团,老人们都在屁股底下夹着烘笼子围坐在近处，中年和青年男人手里拿着锄头和没拿锄头站在一旁看，倘是好看，便要看下去，不好看，随时准备去做点什么。

我很快勾好领袖像的轮廓，填上墨，毕，底下"哇"一声沸开，队长粗喉咙言："嗨，活了，活了，活的一般。"有人便附："真正是活的一般。"接着画向日葵。这活于我来说是轻而易举的，在学校的黑板报和墙报上，不知操练过多少次了。然后是持狼毫的毛笔，醮红油漆写"敬祝毛主席万寿无疆"和"忠"字。父亲教我的是颜体。在学校里我又受了一位老师的草书影响，怕桂花洞人不识草字，便取了行楷的中庸。因是站在门的中央，门头圆弧的左面不好用势，我便用左手执笔写"敬祝毛"三字，其余的再用右手按弧度来完成。这行字我恐也写过千百遍，无论是左手还是右手，闭着眼也能写得有模有样。写毕，底下观者又一声"哇"："这个后生师傅，真看不出，左右开得弓⋯⋯""怪不得，他祖上出过秀才，树有根，水有源。""吓，莫乱讲，那是'四旧'。"我听出来这是姑夫的声音。"莫紧张，冇人送你顶地主帽子，想戴也冇得。""反正，反正，过去的事少讲。"姑夫道。"也是的，么子不好讲？要讲古。"一老人言，我想那老者神色定是严肃的。接下来写"忠"字，用的是排笔，老宋体。亦是写熟了的字，不用定位，出手就将其方方正正立在领袖像下葵花之上。然后撤掉桌子，只留小凳，在门两侧写条幅，亦用行楷，队长的门框用的是：右联，"四海翻腾云水怒"。左联，"五洲震荡风雷激"。毕，满院人长吁一口气，都言一个"好"字，并和了些稀落的掌声。队长眼里竟有些潮湿，擦一把道："想不到，真想不到。"姑夫即刻讨好上来："队长，我讲了不错的吧，人家是幼操，写烂过多少笔，多少纸的。"队长说："不错，不错，真不错，谢谢你引荐。"队长用锉似割人的手来握我又去握姑夫。

这时茶就用木条盘端了上来，队长娘子用一条毛巾遮了头和半张脸，端盘的手是粗而黑，严冬于皮肤上咬出许多裂缝，缝里嵌着血丝。

再举头看，西沉的落日正照亮了整个武装过的门头。红色的字、黑色的像和绿的葵花叶子，相映得倒也真是动看，未干油料亮闪闪光芒四射。我是头一次使油漆写字，因写不动而放慢了速度，虽有做的痕迹，倒是显得成熟而老到。

群众满意。

我也满意。

有位老人凑上来："敢问剑师傅，你是练过颜真卿的帖子吧？"我见有知音，便谦卑地答："正是的，请问老人家……"老人忙打断我的话头："不敢不敢，我只是看见人练过颜帖，我是大字不识的。"队长插进来："那姓颜的，没问题吧？如今有本事的，都有问题。"姑夫说："那是本书，又不是个人，有么子问题。"队长道："如今很多书不是也有问题。"姑夫言："也是，也是，看来，只贫下中农没问题。"队长说："也不见得，坳背王佬五是几代贫农，去镇上买干鱼，没纸包，到外面扯了半张大字报，还不是被抓起来了，喂了一夜蚊子，饿了三餐饭才放人。"姑夫一伸舌子："真是，真是，门也出不得了。"队长一抬眼睛，闪烁些深刻，看众人："若用草纸包的干鱼呢，是革命的，用大字报包干鱼，便成反革命了，你看，你看，就有这么吓人。所以凡日后，家里有字纸的，要小心着用。"众人连连点头。

在谁家画门框，便在谁家吃饭。第一日的中饭和晚饭在队长家里吃。姑夫是没了田地的人，由桂花洞、梨花洞、茶花洞三个队请了看山。那个时代，唯一抓得紧的生产便要算是封山育林了。因是本队人互相都熟，产生不出来能看守山林敢得罪人的角色来，只好请外面的人。姑夫便做了得罪人的角色，工钱由三个队出。桂花洞在队上公房棚子里腾一间小屋给姑夫住，自己在屋角架三口砖当灶煮饭吃。他如今请了我来办体面的事，便以功臣自居，人家并不请他，也朝夕伴着我到人家吃饭，谁也不好撕下面子来赶他的。画"忠"字门，不是桂花洞的独创，是全国人民政治生活中的头等大事，桂花洞倒是晚了别处许多。这是国事、公事，要队上出钱的，队上有食堂，我的饭分派到家户，统一由队上补点小费，买荤菜。有客人和匠人来，主人家必是要备些荤腥的，这样才成敬意，也是古来习俗。我们这地方虽是穷些，但待客的热忱却是一流的。队长家里，中饭和晚饭，荤菜都是肉片汤和辣椒蒸干鱼。饭蒸在甑里，只见红茴丝不见白米。上桌前主妇去茴丝底下挖两大碗白米饭给我和姑夫，他们一家五六口便全吃茴丝了。队长上桌便使着筷子像指挥棒似的挑着我们的视线集中到鱼肉碗里，口里老喊："来，来，这里用菜。"自己则自始至终不曾朝那碗里挟过丁点儿。其余的小孩老人更是不往荤碗里伸筷的，甚至都不看一眼，好比就不曾有过荤腥上桌。这省己待客的风范，在我十五岁的经历中，是司空见惯了。姑夫答应着队长："不要喊，不要喊，自己来，自己来。"却也不轻易来，要见我来过之后，他才来。姑夫把握好了分寸，我是师傅他是陪人，不喧宾夺主。但当我快用完饭后，姑夫就不客气了，大举进攻那漂浮于汤上的薄薄肉片和寸长的干鱼，有些当仁不让的味道，不一阵，那荤碗就底朝天了。队长家小孩惊奇地看他吃，他不以为然，视而不见。

晚饭还在吃，草生便蹲在了队长门槛上吸烟，用指甲去试那字干了没有。队长问："吃过了？"草生道："我吃还不容易。"队长言："一条屌，一把嘴，是易得塞满。"又问："有事？"草生说："我来邀剑师傅去我那里困，你家里没铺。"队长道："倒会来讨我的好哇。问题是你那个狗窝……"草生道："我人穷点，干还是干净的。"队长："嗯，在你们那帮单身汉当中，你还是讲点卫生的。问题是，不冷吧，冻了剑师傅，活就干不完了。"草生："我又加了一层稻草秆子。"队长道："那就好。"然后"咔"出一口浓痰，射到从门口经过的一只瘦狗身上，狗一惊，夹着尾巴跑了。姑夫这时放了碗，满嘴油光，打着饱嗝道："今夜，我接我侄子到我那里困。""你那也是个狗窝。""养得狗活也养得人活。"姑夫笑了笑。鼻子歪到一边，我听祖母说过姑夫是个歪鼻子，一辈子没好运走。队长说："给你侄子准备了夜宵啰？"姑夫道："做姑夫的，也不能没个意思吧。"队长拍板："那剑师傅今夜就困你姑夫那里吧。明夜困草生那里。"草生说："好吧。"但并不走。

吃了饭之后是吃茶。吃了茶由队长娘子打来洗脚水。洗脚水是在煮完饭菜的锅里烧的，一股油盐味。姑夫说："也好，搭你贤大嫂一个便，洗双脚，回去懒得烧水。"洗了脚，男人们不紧不慢吸水烟，一人吸几口，轮换着，要几个回合才过上瘾来。我和草生都不吸烟。队长娘子说草生你不吸烟闲着也是闲，替我纳鞋底吧，便扔给草生一只正在完成中的鞋底。草生接了，竟熟练地将针去头发上蹭了蹭，穿针走线起来，我惊讶："你会做针脚？"草生道："会一点。"然后掷给我一个笑，内面有些妩媚，这让我心里一凉，这男人，果然有些女气。

待姑夫烟茶俱足后,我们才告辞队长出门,野外是一片漆黑,远近有豆似的几粒灯火在摇曳,夜已是很深沉了。我相跟着姑夫,高一脚低一脚往坡上队屋里走去。草生也尾随着送我,后悔:"早晓得你走不惯山路,冇到队长屋里点根香出来照明。"

到姑夫小房里,点燃了依然似豆的一粒灯火。姑夫关了门,让我把脚拥到床上棉絮里,怕冻着我。其实他们都言夜里凉,我却是没有什么明显感觉。十五岁的年纪是不怕冷不怕热的年纪。姑夫让我坐好了,便从黑暗处摸出个小纸包,在床上摊开,是约二三两熟花生,又在一堆谷糠里摸出一把板栗:"山上捡的。桂花洞山上,原先野板栗多,如今搞不成器,还没熟就都打光了。"他说着,将板栗也置于一片小纸上。然后在窗台上拿下一只有盖的小杯,递给我,揭开盖,酒气冲上来。姑夫说:"山里潮气重,喝一口,解寒。"又道:"草生,你也喝一口。"草生道:"你一口我一口,还不够我喝一口的。"姑夫说:"莫讲大话,等我发了财,我要看你到底能喝几口。"草生言:"大小是个意,长短是根绳,也总算是招待了侄子的。"我拿了酒,要草生先喝,草生推让了又推让,只剥花生。我说姑夫你来喝,我没喝过。这时姑夫眉毛皱作一团,弯腰抱了肚子,说:"我……出去……一下。"便出去了。草生说:"怕是肚里痛,屙了就好了。"

姑夫从外面进来,脸上才装上笑,欲摆出陪我的客套来,眉毛忽又紧作一处去了,抱了肚子,又窜出门。草生笑:"十有八九拐了肠。"

草生坐一阵,告辞了。

姑夫果然是拉稀。隔一阵,就要出门去拉。不久睡意袭上来,我就睡了。大概是快天亮了,我被一股气味呛醒,睁眼看,房里还亮着灯，姑夫在那也叫做灶的灶里生了火，身子蜷作一团似虫，偎着火，满房就白烟笼罩。我问姑夫："你何式不上床来困？"姑夫道："肚子不好，隔一阵就要起来，我怕老掀被凉着你。你困吧，我没事，老骨头了，耐熬的。"这时我也困不着了，烟熏得两眼直淌泪。昨夜人倦，一歪就困死了，此刻才闻出被絮的气味十分难闻，是综合了汗气脚臭气油盐气柴烟气霉腐气等种种。立时我也觉肚中作痛起来，有了要呕不呕的感觉。我忙拉过自己的罩衣，蒙了脸鼻，才稍好一些。窗外仍是一片漆黑，我命令我困过去，那样会好受些，不知不觉嘛。不一阵倒也朦胧起来。迷蒙中听见姑夫又出去了，在墙外轻声呻吟。无疑是穷吃队长家的肉片汤所至。昔日肚中寡空的，一时受不下那剂补药，过量便生出事来。

以后几天，姑夫说见肉就腻，口气是充满遗憾。

来日，我由人指引着逐一登门写画。门头是没甚变化的，只门框两侧的对联各不相同。我写到哪里，看热闹的就跟到哪里，反正这也是个没甚活干的季节了。这样很好，满足了一个十五岁少年的虚荣心，在一片赞扬声中，我那时也真以为自己就是个师傅了，不禁也拿些派头出来，比如说我便像那些老师傅一样，坐着不动，享受主人送上来的拧干了的洗脸手巾、热乎乎的洗脚水、滚茶热饭，等等。

每临一个要写的门框，便有人告诉我，写什么内容。都是毛主席诗词中的佳句。看不出这穷山僻壤，农人无甚文化，却也像塅里人一样，都熟读了毛主席诗词的。大都书："虎踞龙盘今胜昔　天翻地覆慨而慷""宜将剩勇追穷寇　不可沽名学霸王""喜看稻菽千重浪　遍地英雄下夕烟""冷眼向洋看世界　热风吹雨洒江天""洞庭波涌连天雪　长岛人歌动地诗""天生一个仙人洞　无限风光在险峰""金猴奋起千钧棒　玉宇澄清万里埃""独有英雄驱虎豹　更无豪杰怕熊罴"等,大都是豪气的、壮美的、吉祥的,毕竟诗词中的好句子不够用,便重复着使。

其实我这身后的崇仰者,也是可怜之至了,无不灰脸蓬头,睛黄唇白,暮气沉沉,顶多也仅仅能给一个十五岁少年以满足感。我偶尔也看看身后的观众,便要联想起煅里的说法,有些模样的女人要出去,稍稍周正些的姑娘不进来。

正午时分,草生来帮我收拾行头,言要开饭了。我从桌子上跳下来,看热闹的老少男女们陆续地往各个方向走。这时我看见远远的樟树下,有个穿旧红花衣的姑娘,脸色出众地白净,见我看见了她,一低头隐进了绿中,脑后一条黑油油的大辫就一甩。我估摸那是个和我年龄相仿的姑娘。我顿生好奇:这洞中怎会藏有如此白净的女孩?莫非是狐狸精现身?这洞中是狐的温床,许多蹊跷的故事多是出自洞中的。我忙问草生:"那妹子,是你们队上的?""哪一个?""那,樟树后面的那个,穿红衣的。""是的。""是的么?""何式,你不信?""我见你们桂花洞,有一个长得白净的,只她白净,以为是狐狸精现身。""这你倒是讲中了。"我一惊:"真是有狐狸精?""真假我不管,我们叫她小狐狸精,叫她娘老狐狸精。""原来是个诨名。"草生道:"她叫李巧巧。长得白净是吧?"我说:"是的。""可是她阶级不对,可惜了。""阶级何式不对?""她娘原是地主的小老婆。是你们青草煅毙了的大地主衮子胜的六房姨太太。娘那时养得白胖,生下女来有根本。""她怎么嫁到这里来?""这话就长了……"这时姑夫在那面坡上催喊吃饭,便搁下话头。草生说:"少陪了,下午再来。"掉头往自家走了。

一个下午我都在想那地主与六姨太的事。还想细看看那白净妹子,可她没再显脸。

这地方居然还藏着一个阶级斗争的故事,在十五岁好奇的年龄里我觉得很亢奋。

第二晚,姑夫坚持要我还去他那里困,草生也如头晚所约来接我。我回忆起姑夫被絮的气味胃里直翻,不想再去遭罪,忙说去草生那里困吧,草生高兴得咧嘴就笑。姑夫不再坚持:"酒没喝完,花生也没剥完哩,还给你留着。"

草生的家是两间正屋,一间侧屋,谓两正一偏。只一间上了瓦,两间盖茅。屋里屋外,打扫得干净,看上去是桂花洞收拾得熨帖的人家之一了。草生的父亲死后,娘出身下了堂,草生十六岁以后便守着祖业单独过。房里铺盖也干净,床上铺的草有尺把厚。细闻来,房里有一丝女人用的雪花膏的香味,草生这大男人未必使这个?来草生这里感觉很好,想今夜能困个好觉了。而且草生的煤油灯有玻璃灯罩。此前我所见的几家,无一灯上有罩的,人经过略生风,那豆似的火便躺卧下去像是起不来了,却又顽强地再站起来。

茶也吃了,脚也洗了。草生说见我不吃酒,便没打酒,倒是藏了些猕猴桃候我,说着去一只木箱里捧一把出来,请我吃:"莫客气,论年纪我算是你的老兄。论本事你是大师傅我狗卵子不如。"

房是干净,灯是亮爽,便急于要听完白天留下的一截故事了。草生说:"急么子?夜长着呢。"草生便打了水去洗抹一阵桌凳碗盏什么的,我是没见过男人干这活的,草生果是爱洁净。不过他不干谁替他干?男人是他女人也是他。草生头发中杂着白,估摸也有二十大几了。

　　后来草生告诉我说，那六姨太在袁子胜那儿叫金枝，毙其夫时，她过门只一年多，解放那阵只十九岁。树倒猴子散，六个堂客削的削发，改的改嫁。那时金枝如花似的美貌，又正值青春，却是如毒药蛇蝎，人人见了流涎却是人人不敢沾的。现在金枝是复了家中原有的名字了，叫钟妹它。妹它现在的丈夫，"土改"的时候，地方上也是个人物哩，那时候他当了民兵队长，拿下袁子胜的保镖袁光胜就是他。袁光胜是子胜的堂弟，四乡八塅有名的拳师。袁子胜有家业，养下了堂弟那班使拳弄棒的子弟，光胜就护着子胜的宅院家业了。那刻县上把袁子胜这宅子做"大老虎"打呢。万一民兵拿不下，是准备派军队的。

　　民兵队长李猫，那时是条猛虎，去山上拿过豹的角色，天不怕地不怕。说要打袁宅，他是一马当了先，持一柄大刀就砍进去了。他是砍进去了，一见身后的民兵，一个个被那门口的石狮子就镇退了，心立时怯了，想再杀出来，"咣当"一声漆黑的大门就关了，李猫成了牢中囚人了。

　　李猫后来对人讲，出是出不去了，横竖是个死，不如就拼了。这样想，也就不怯了。袁子胜住的是五进的宅子。李猫血红了眼睛乱舞大刀，并无人阻挡，一直空杀至三进的大厅。只见天井的麻石花栏上，立着袁光胜。这袁光胜小他堂哥袁子胜二十余岁，也已有五十多了。白净的面皮，精瘦的手脚，毫无威武的外貌。李猫以前仅见过一面，也仅是记住了这光胜鹰似的一双眼睛和浓黑的眉毛。至于他勇武的故事，只是传闻而并未见过实践。这时袁光胜着一身青布袍子，口里衔着一只暗红色的烟斗，一手还端着一碗茶，模样极是悠闲，无视那宅外的腥风血雨。那茶的热气往天井上升腾，天光从天井上泻下来，脸上表情就被头发遮了。这时李猫见袁光胜牙齿一白，有冷飕飕的干笑冲出来，无比的蔑视他李猫。李猫是打算了死，又经这一激，便成了彻底的亡命之徒了。他狂呼着挥舞大刀直取袁光胜下三路，真个是刀影叠嶂，阴风惨惨，一只蚊子也休想于那刀法中逃脱的。这时李猫余光里见三进的厅上，黑暗处还立着十来个打手哩。但李猫并不知怎么回事，双手就麻了，大刀飞开去跌在天井里"咣当"一响，那袁光胜手里的热茶以及若干瓷片就嵌在他的脸上了。他什么也看不见了，只觉得有铁板似的一个肉身子就贴紧了他，憋得他快要喘不过气来。也不晓得是反动派合该天数已尽还是他李猫不该死，李猫猛地想到了裤腰上还有一把小刀，作为猎人，那是必备的东西，在山里是随时要作用的。李猫绝望之际，拔出那小刀就往贴身的那"铁板"刺去。结果袁光胜大叫一声朝后就倒。于是情形发生了根本变化，漆黑大门兀自开了，三进厅上的打手作鸟兽散。李猫成为英雄，就住在这大宅子里养伤，后伤科郎中验出：一瞬间的工夫里那强人还按断了李猫两根肋骨。袁光胜一倒，那垂暮老者袁子胜就如同是死鱼一条了。照说那武林高手是不可能被李猫算计得到的，这也是让人一直不解的事情，难道真是袁家气数已尽？

后来将宅子里所有的东西都搬出去分给贫苦农民。李猫什么都没要，便要了那金枝。组织上马上便撤了他的民兵队长，李猫在所不惜，携了金枝到桂花洞过日子，叫她妹它，不再叫金枝。其时光棍李猫比钟妹它长了二十岁。

这是令我又吃一惊的事情，想不到这桂花洞还藏龙卧虎，有过如此轰轰烈烈的壮举。至于李猫是如何勾得那金枝，是十五岁的少年不感兴趣的事情。我那时是崇拜勇武的年龄，我曾听祖母讲过大地主袁子胜，他是我们这方圆百里山地里的首富，而袁光胜的故事则是第一次听讲。

我问草生："那李猫还在？"草生答："当然在。""就是那个杀死袁某的李猫？"草生一笑："当然是。你不信？"

我这时极想一睹那李猫的风采。

"后来呢？"我问。

"后来，后来何式？"草生反问我。"后来，李猫，还有那六姨太。""都在呀，都在过呀。""呵，呵。那个叫李巧巧的妹子呢，是李猫生的吧。""有人讲，是李猫的，也有人讲，是那老狐狸精带胎来的，当然，不是袁子胜的种，老家伙七十多了，还吃得动'豆芽菜'？讲是老地主的第三个公子干下的种。三公子在攻打那宅子时就跑了。""去台湾了？""不晓得。""李巧巧像谁？""像她妈，白白净净，晒不黑。"

说着，睡意袭了上来，我连打几个哈欠，草生就铺被叫我困。我想着：明天头件事，就是去见那英雄李猫，要和他说点么子，说么子呢？再想，但头一打横就困死过去，十五岁是个要困的年龄。

夜里有梦，觉出是在大热的天气，又似是在田里"双抢"，伴着浓烈的稻草的味道，有一股浸凉的泉水从脑中慢慢沁入，经喉咙，经心口，经腹脐，再至下身尿管，此时也就通体畅然，凉爽清澈，十分地舒坦。下身似是被什么塞住了，而那甘泉却要通过，下身就膨胀了起来，我见它直挺挺地竖了起来，不禁存些羞涩。在十五岁的经历里，这样让它挺着而且伴有些说不出的念头的次数，为数尚不多。这时我见那穿件旧红衣服、面皮白净、留条乌青大辫的李巧巧朝我走来，慌得直冒冷汗，忙用手捂了下身。

这一惊非同小可，便醒了过来。见窗外是一片漆黑，我的手是依了梦境捂着下身，它依然是直挺着，奇怪的是被草生一巴掌握着，且上下在捋动。我顿生不快，忙叫草生。草生不应，还打着呼噜，不知是真困还是假困。我解开草生的手掌，侧身朝内困了，摸摸颈根和腋下，果然是汗，许是草生的稻草秆子垫得太厚。

草生这是么子毛病？十五岁的我不解。这羞人的事也不好问人。

天大亮后，我们起床。草生像什么事都没发生过一样地招呼我洗脸，然后送我去人家用早饭。吃过早饭的头件事，是要去见那英雄李猫，问好了李猫是哪栋屋，却又挪不开步子了，因是在梦里出现过那悦目的李巧巧，反倒有些怕见她了。么子时候开始怕见喜欢见的女孩子呢？约是在桂花洞的这一刻。因了李巧巧的隔误，便不好独自去会李猫了，那就到画他家门框的时候吧。

这一天里无心做事，老反过身去看李巧巧来没有。那日并未看清她的模样，没看清的东西总是想看清的。那钟妹它真如草生所言那般白净美貌吗？李猫付出如此代价要了她，也一定是有理由的。

当夜又是草生来邀我去睡。我还想听草生讲讲李猫与钟妹它现在的情况，便应了他的邀请。然草生什么也讲不出来了，就一句话：还不是同大家一样，吃饭睡觉做地种菜，一样，没两样。

这一夜，简直没睡好，草生又抚弄我，唬得我直冒冷汗。

我只好决定不再来草生这里睡了，以躲避为上策。

抽了个空子，我问姑夫："草生怕也有二十几了吧？"姑夫说："快三十了呢。""他何式不结婚？""结婚？他结不得婚。""何式结不得婚？哪个男人结不得婚？""光棍熬久了，就结不得婚了。""我不明白。""他做不得事……唉,小伢子不问这些事,讲了你也不懂。"姑夫说,不再答这方面的问题。那时我确还不懂男女间的事情,那个时代乡中的十五岁是与现时的十五岁无法比的。我没有把草生的事告诉姑夫听,想来想去这是件说不出口的没有意思的事,完了也就完了。

我无意见李猫,反倒见着李猫了。一日在我做事的地方,队长也来了,见人像开队会似的到得齐,便分派起工作来:"周全一个,仁牛皮一个,李猫一个,你们三个,还约一个,四个,去塅里,把队上的两个犁圆坯子和一架弹花机卖了。今天去也好,明天去也好。李猫,你不是讲塅里有人要犁圆坯子和弹花机么?反正我们队,没几朵棉花,机子放在那里空,锈也会锈烂去。"叫李猫的走出观众席:"主子是有,价钱就要队长你做主。"队长道:"随行就市吧,总有个合理吧,你们看着办,卖是要卖了。"另一个人说:"有队长这话就行了。"

这样我便看到了李猫。

一看却是大失所望。李猫已是驼了背的小老人了,脸上是乱草似的须,额窄鼻塌,目光灰白,双手揣在袖里,穿着黑不溜秋的衣裤,形同一只饿猫无异,哪有与一强人斗过狠的半分虎气?这使我要大大怀疑草生的故事来。这样看来,那昔日的金枝也肯定不怎么样。李巧巧也顶多是一副白净面皮罢了,我有么子怕见他们的地方?

添了些勇气之后,我由好奇心驱使,马上就想去识破那母女俩。草生称她们是老狐狸精小狐狸精,我看未必会有迷人的地方。

本来按队上的安排,还没轮到写李猫家,这天收工时,我对草生说我明天去李猫家。草生说:"真被那小狐狸精迷住了啊。"

我说:"莫扯淡。有你陪,怕么子。""你呵,还小。"草生在我头上摸了一下,他的玩笑,十五岁的我还理解不到实质。尽管我还不懂男女间的事,但李巧巧那个影子在我心里一晃,便有一丝甜润的感觉。草生说:"告诉你,画他们家,有些不同。""有何不同?""队上交代好我了,饭不在他们家吃,阶级不对的人家,是没资格接待你这大师傅的。""他们家是么子成分?""钟妹它当过大地主的小老婆,好的成分也要被她染黑了。另外,"草生道,"他们家的对子是写'一从大地起风雷 便有精生白骨堆'。阶级不对的人家,要用这句子镇一镇,让人一看就明白了是何样的人家,不要上了圈套。""完了?""完了。""这是队长的意思?""队上的意思,大家定的。""好吧,"我说,"要是依我写,应是'独有英雄驱虎豹 更无豪杰怕熊罴'这一条,李猫打死过袁光胜不也是算个英雄了?""可惜他又被狐狸精迷住了,功就难抵过了。不然,如今李猫少也要当个公社武装部部长的。唉,世上就女人害人。"姑夫讲得对,这草生不像男人,不讲女人一句好话。

又一日,吃过山里的早饭,太阳便两竿高了。地上的霜开始化了,石子路上湿漉漉的,山茶花花蕊里露珠和花蜜都要往下滴的样子。要上山干活的,陆续地都扛了家伙在一些弯曲小路上移动。队长昨日安排下的几个去塅里卖东西的,长吆短喝,呼唤齐了,扛了挑了家伙,正走在通往山外的一条大道上,不久就隐到山坳后不见了人影。我吃过早茶,等草生。不见来,主人家又泡一碗上来,吃过,还不见草生来。不能老等,我要抓紧做完了,好回去过年。再过两日就是古历二十四,过小年了。便告诉主家,说今日去李猫家,若草生来了,叫他上那里去。

我拎着行头，翻过一个小坡，来到绿树掩盖的李猫家，这是一栋土坯的独屋，三间正房一间偏房，两间盖了瓦，余者是新换的冬茅草。小小一个土院扫得干干净净，落叶是一片也看不到。出进的路级也填修得方正平整。我在心里赞叹李猫的勤勉，同时想到这与女主人爱洁净是有联系的。一个勤一个懒决然是弄不出这成色来的。刚迈上台阶，立在地坪子里，蜷缩在偏房檐下的黑狗便叫了，并不起身，泛泛地叫，它也是认得我了，是一种欢迎的态度。

　　大门关着，小门也关着。李猫去了塅里，那母女俩未必还在睡懒觉？我想开始独自干活，但无一桌一凳搭台，没法干，便用拳擂大门："有人吗？开门，开门。来写字的，画门头的。"擂一遍，不见人应，又擂一遍。这时有女人的声音从内房应："来了，来了。"隔一小阵，才有人开了门。想是那六姨太了。她高挑的个子，恐比李猫还要高些，着青色的裤子，白底碎蓝花的棉袄，身上是一尘不染，面皮果是白净，像是保养过的镇上女子，未见有风霜磨损，除额上有些细皱外，骤看是很年轻的，按草生的说法，她应是三十来岁的年纪了，而乡下三十多岁的堂客，无不比她要显老十来岁。看来做过大地主的小老婆还是不一样。见过钟妹它之后，我又有些相信草生的故事来。这姿色在乡间确是极少见的，就外貌而言，她跟了李猫，确是鲜花插在牛粪上。钟妹它此时脸上有些红晕，头发也有些乱，不像是刚起床，在忙么子活似的。她悦悦地说："坐，坐，怠慢了你剑师傅。"便搬出了红漆的椅子，是干净的，也取干的手巾抹一遍。"山里的人家，狗窝样的，剑师傅莫嫌邋遢呵。"她说。动作和话语，都是温顺轻柔的，让人觉得舒坦，我就坐了下来，举目看这小小堂屋，也是收捡得干净熨帖。

这时听得内房干咳了一声,队长衔着"喇叭筒",满头满脸烟雾迷蒙地从内面走出来,道:"剑师傅今日到这里写?"我忙答:"是的。""我还以为你明日来。"我说:"原说是明日来的。"那六姨太忙接口:"一样,一样,今日来明日来,都要来的。"队长道:"反正是都要写的,一样。那我就不陪剑师傅了,队上还有些工作要安排。"说着队长就烟雾缭绕地走出了门,未曾看清他脸上的眉目。"队长你好走。"六姨太送客,然后低了头对我说:"队长来谈事。"我说:"你们家,真干净。"女人说:"女人家,做不了外面的事,在家还不是收收捡捡的。只怕是剑师傅过奖了。"又道:"看我看我,光顾了讲话……你坐啊,我去烧茶。"就进偏屋去了。进去了又出来了,双手递给我一支皱巴巴的纸烟:"剑师傅,抽烟。"我谢绝:"我不抽烟。"这纸烟在桂花洞是很奢华的东西,还没见谁抽过。她说:"真是养了好习性。你坐,茶就好。"便听见劈柴生火的声音,铜壶接水的声音,这桂花洞尚没有热水瓶这稀罕物件。除偏屋里有些响动,这独屋便如旷野一般的寂静了,只有轻风拂弄屋外树叶的沙沙声。我仔细听了,那李巧巧是不在屋内了的。我想我破例了先来这里做事,其实是要见见李巧巧的,一俟看穿了自己的心思,脸也就有了一点烧。想如果李巧巧像了李猫,也就不会有么子看头了。倘像了钟妹它且又真是那袁家三公子的种,李巧巧就一定会十分美艳了。

这时草生气喘吁吁上到土院里了,见我坐在堂屋里,连连致歉道:"对不住,对不住,我来晏了。队上的牛脱了绹,我帮着赶牛去了。"说着便解衣,满头大汗。我说:"快坐下歇着。"草生也没歇,一路喊着:"妹大嫂在忙些么子?"便往冒烟的偏屋里走。内面就说开了话。说着话，俩人又出来了。那六姨太再出来时，头发已梳得整齐溜光，脸上的红晕也褪了，对草生说："你是嫌我阶级不对啰，怕中毒啰，半年不来走一回啰。"草生道："那就讲得巧，我一不是么子，二不是么子，怕了谁送我一顶帽子不成？有帽子送也好，我正缺帽子戴。""那为何不来走走？""我也不晓得乱忙些么子。"我对草生说："开始干活吧。"草生说着好就去搬桌拉凳搭台。那六姨太便拉住了草生："慢点慢点，先喝碗茶再做也不迟，我还有些话要对兄弟和剑师傅讲。"草生道："还怕讲不赢？边做边讲就是，莫误了剑师傅的工。""不成不成，就等一阵儿吧。"口气里就有了哀伤的恳求。草生看着我，我道："那就喝茶吧。"女人面露悦色："茶就好，吊壶叫了。"一小会茶就泡出来了，很细嫩的叶子，我问："这是自己做的茶吧？"女人答："是的，手艺不好，剑师傅莫见怪，不过，干还是干净。"这是我到桂花洞来头回喝到的好茶叶，可见主人做工的细腻。眨眼工夫，女人又于堂屋里摆了张小桌，将茶置于桌上，很快取出一碟炒黄豆、一碟炒南瓜籽、两杯谷酒，一并放在桌上。我说："讲么子客气，不是才吃饭？"草生则言："妹大嫂，有么子好吃的，都摆上来。"那女人一媚眼光："你兄弟是笑话我穷么？你帮嫂子陪好客，敬好酒啊。"又对我道："剑师傅你就笑话我了，这也算是客气？山里的东西，不值钱。"说着一扭身子，进了偏屋，那风拂过脸鼻，闻到了女人身上一股雪花膏的香味，如草生使的那种。而桂花洞所有女人身上，无不散发出一色的柴烟味，这也是我要对这女人生出好感的地方。豆子炒得好，瓜籽也炒得好，脆脆的却又没半点烧糊之处。我吃了几颗。草生也吃了一把，还没吞下，突然睁大眼睛，喉咙像鲠了刺似的，小声附我耳上说："这酒、果子，吃得吃不得？"我一惊："不会有毒吧。"也停了咀嚼。草生道："不是那个意思。我是讲，队上既然不准在她家里吃饭，未必这个就吃得？"我反问他："吃不得吗？"草生言："照讲是吃不得。"却把未吞的吞了下去，不再朝那酒和果子看。

这时那女人又端上来两只热气腾腾的碗，放在我和草生面前，是两碗荷包蛋。草生瞪大了眼睛："这，这，这又是搞么子？"女人道："就撑胀坏你啦？我看你这个单身汉，年头到年尾，难得看到鸡屁股的。"这时草生露出哭笑不得的神态，又紧张地朝屋外的路上张望："说句不好听的话，嫂子，你也不要生气，这东西，我，我是吃不得的。剑师傅，你呢，吃得，反正过几天一拍屁股走了，没满十八岁的人，犯了法也不算犯法的……"

都一时无话，空气是僵住了。

很快钟妹它的眼圈就红了，滴下两行清泪来，便掏出手帕来擦了，然后朝院外狠狠地吐了一口痰，似是做了镇定情绪的样子，并解下围腰，面对我们坐了下来，说："草生，你讲的意思，我也全明白，你是话里有话，我不怪你。只怪我自己，只怪我的命歹。我十八岁以前，也是苦出身，么子苦没吃过？我娘家如今就和你草生一样，是硬邦邦的贫农。到袁子胜那里做小，也不是我的错，过门没一年，天就变了，我还没挨上地主的边，就做地主婆做到今天，还要做到死。这不是命苦是么子？我是认了，想来想去，也没么子叹气的。李猫原先讲，我跟了他，臭帽子也就会摘，做了贫农的堂客嘛。结果呢，他那贫农却被我染成了地主的颜色，他也抬不起头来了。难怪人讲我是狐狸精，我害了那袁子胜又害了李猫，同谁睡就害谁，我的命就真的这么硬？所以你草生，还有桂花洞的人，都是怕从我屋门口过的，怕我害人，看我们一眼都是要烂眼睛的。不过草生你，还有剑师傅，刚才你们喝过了地主婆的茶，还是冇中毒吧……"

草生道："妹大嫂，你也莫这么讲。你这样讲，你心里不好过，我心里也不好过，剑师傅也不好过的。过去的事又如何讲得清的，就不讲那些了吧。谁也没真讲过你是狐狸精。谁也没讲你坏过，你也是身不由己。"

女人继续讲："我晓得，剑师傅写到哪家，就在哪家吃饭，今日队上就不让在我家吃饭，是怕我放毒，这也罢了，谁叫我命歹呢？我也晓得，今日队上安排我门上写的是'白骨精'的句子。那是要让世人都晓得：我是白骨精了。白骨精是人人痛恨的妖魔，我便是那种妖人了。写上这句子，是要长久镇住我们母女、夫妻……不错，我起先是想要讨好剑师傅你，大笔就在你手上，何式写还不在你一句话，写好了未必再改过来？我心里讲，我担那'白骨精'的名是冤枉了的。其实我也无所谓，地主老婆是做过的，就是那老东西根本就没挨过我的身子，我是跳到青龙水库里也洗不清的。可我闺女巧巧，日后还要嫁人呀，当门便写着'白骨精'，日后谁敢要'白骨精'生养的女？想到日后几十年的光阴，我是想求求你剑师傅开恩、笔下留情的。可是按草生今日的口气，这一定是件蛮为难的事了。也不是你们心狠，你们也是身不由己的，帮不上忙的……罢，罢，你们爱何式写，就何式写。十多年我也活出来了，我也硬要往下活，不信命就这么苦，不信就转不了运。"这时的六姨太便判若两人了，变得刚毅泼辣甚至要顶天立地了。她站起来，指着桌上的吃食："你们硬是怕中毒呢，我就把它喂猪，莫连累了你们。"说着挽袖子要收碗筷。我头脑一热，竟十分地同情起这女人来。十五岁的脑海里并无太多的阶级观念，也没怕过么子，便拿出近日所培养出的大师傅气魄来，伸手制止女人："妹大嫂，我领你的情。"便头也不抬，"咕咚咚"一阵就吃下那碗荷包蛋。毕，觉出蛋和汤已凉，心里有腻的感觉，便灌了一口谷酒压腻。抬头看那女人，她又泪流满面了。草生则张大嘴巴看着我的行为。略顿，也举碗学了我的样，毕，道："我草生也冇怕过哪个卵。"那女人脸上就喜色连同泪水一齐洋溢，道："这阵就真连累了二位了，跳进青龙水库也洗不清了。"我安慰她："妹大嫂，不要想那么多。你门上的联子，我替你换过来，将'一从大地起风雷 便有精生白骨堆'换作'独有英雄驱虎豹 更无豪杰怕熊罴'如何？"女人想想："英雄，英雄……也莫写英雄，愚夫李猫，早就不是英雄，是只死猫了，改写条别的吧。"我想想，想到李巧巧的红衣服，心里一暖，道："就写'斑竹一枝千滴泪 红霞万朵百重衣'吧。"主席的诗词和语录本子，在我脑中早已是滚瓜烂熟了的，信手便可招来，女人听了，不禁拍起手来："好，好，剑师傅，我们一家，一世都会记得你的好处的。"说完就收下碗筷，留下果子和酒。这时草生忙附上我耳朵："改得吗？"我道："请师师为主，我就改了，有错也是我挑了，不关你的事。""我担心。"草生怯怯地说。我说："万一担心，你去请示请示队长。你向队长讲，我要这样改的，有问题我担了。我是贫农后代，叔祖父是烈士，我也是不怕么子卵的。"有豪气直冲脑顶，我敢做敢为了。草生道："也好。你现在就先写对联后画门头。我这就去队长那里请示。到时候，万一队长不同意，也就生米煮成了熟饭。"我道："就这么干。"说着，便分头动作起来。

一个人若是对另一个人有了好感，他是会尽一切可能去为人家做点什么事情的，城府不深的十五岁，这种表现便更直截了当一些，也就不会由理智去干扰行为。我由了某种冲动，很快就写完了"斑竹一枝千滴泪 红霞万朵百重衣"的联子，且是我认为写得很顺手很潇洒的两行字。当书至"红霞"二字，内心那曾被红色李巧巧勾起过的春潮立即涌了上来。这时钟妹它静静地立在一旁看我写字，我几次想向她打听巧巧的去向，终因是害羞而未出口。人生中为一个女孩而害羞便是从这个干净独院开始的。我说不清为何要为一个连面目都没看清楚的女孩而害羞。

很快草生来了。我问草生："队长何式表态？"草生咳一声，没讲，把我拉到一边去。我猜他是见院子里有了些看热闹的人，不好讲。这时他悄悄说："我向队长讲了你的意思。队长讲：'这是队上研究的意见，如何好改呢？'我说：'蛮为难吗？'队长说：'当然是为难的事，如今要抓你的辫子，别的都抓不牢，这点就抓得死。'我说：'你是怕人家讲你私通她们家啰？'队长骂我：'一把嘴巴乱讲么子。'我说：'请师师为主，就推在剑师傅身上吧。'队长道：'你狗脑壳真是不想事，他还没满十八岁，不负法律责任的。'我问：'法律是么子？'他说：'法律都不晓得？咳咳，都是不读书的好处。'我说：'你又不是不晓得我的情况，爷死得早，娘又出了身，谁送我读书？'队长说：'越扯越远了。法律嘛，法律就是……就是他犯了该坐牢的法也不坐牢，年纪不够。'我说：'那，那你就讲，如何办吧。'队长急得搓手。我说：'也好办，那就叫他按原来的写。'说着我就回来。队长又叫：'慢着。'我说：'何式？'队长说：'要是他一定要改，便由他改算了，你也莫拦他，千万也莫说我不拦他啊。如今看来，也只有往他身上推了，只讲是他做主改的，反正他也没错，写的都是毛主席的话。就是错了，他也不坐牢。你我错了就要坐牢，晓得吗？'我说：'这我还是晓得。'……"草生还要讲，我已听得有些烦了，这大男人怎像女人样的絮絮叨叨："那么好吧，我早讲了担子由我挑的。你开始搭台子吧，我把门头上的画了。"

中午，钟妹它要留饭，草生坚决不让我在这吃，大概也是队长吩咐了的。我想错误可不能一犯再犯，况且别处已备下了饭。李猫去墩里卖犁圆和弹花机还没回，李巧巧也没回，六姨太也没强留。

我们走时，见钟妹它笑脸送客，一转身就有两行泪滴了下来。我晓得她是为么子伤心。

草生在路上对我讲："今日的事，我想来想去还是有些蹊跷。""么子事蹊跷？"我问。

草生道："你早晨来，队长是从她房里出来的吧？"我答："是的。""如何出来的？""两只脚走出来的呀。""当然是脚走，未必还是手爬？我是讲，就他们两个在屋里？关了门没有？"我答："我敲开的门。""队长在内面？""在。""这就对了。""不可以在内面？队长有工作要谈的。""当然，当然。我讲何式我在路上碰上了队长哩，想想他大清早何式往坡尾巴里跑，果是从钟妹它家来。""这有么子稀奇的。"我说。

草生问我："你想过一个问题没有：那六姨太，何式晓得你要写那'白骨精'的对子？"

我一时噎住了："是的，对子在你我心里，她何式晓得的？"

"我逼队长，讲要你改到原定的方案去，他又不让，文章在里面。""草生，你对这事如何这么感兴趣？讲点别的吧。"

"你到底是年纪轻，对这些事不感兴趣。好吧，不讲这些了。讲么子呢……喂，我问你，如何不去我那里困了？我那里，没谁家的干净？论干净，我除不敢与李猫家比，桂花洞没第二家。就是李猫家也有不足，李猫这个人就邋遢。他堂客就常不让他同她困。李猫要在家百依百顺、做牛做马了，才换得同那地主婆子困一觉，那是个金身子，下身也是个酒眼了，也不晓得李猫当年何式杀得袁光胜死，他如今是蚂蚁都怕踩死……你今夜，去我那里困吧。"

我支吾："还是，队长不是安排了地方？在谁家写画，吃住就在谁家？"

"人家人多，巴不得你不去困哩。我是个单身和尚，就没么子了。"

"那就，看吧，你也莫作我的靠，我来了就来了，你不要来接，路也走烂了，我晓得走。"我努力做解释，心里那疙瘩是无法解开了的，想起草生的嗜好心里便要作呕，我说，"有一些人家，也是真心留我困的，我也不好意思不去的。这样子吧，没人请我就上你那里困。"我尽十五岁的说话能力去安慰和支使他。"今夜不能在李猫家困，那就上我那里吧。"草生有点哀求的味道了。"队长讲了要我过去困的。""他家里？一只狗窝，那么多人，哪有空铺。""队长娘子领着几个小的，去后家吃喜酒去了。""哦，哦，那就看你何时有空啰。"草生失望地低下头去。

这晚在队长家困。队长娘子倒也心细，给我困的床上换了被米汤浆过的被子，有一股米汤的清香味，一闻到这种气味，便要使我想起祖母，这时我就有些牵念起祖母来，好像离家很久了似的。忽然我又感觉到祖母为我掖被子了，把我爱露在外面的胳膊搬到被子中间去，于是我总是在祖母多年来的爱抚中温甜地睡去。

也不知什么时候，我被静谧夜色中一阵说话声吵醒，是队长和另外的人。也不知是么子时候了，窗外是一天的星，嵌得又深又远。队长吼道："胡说,胡说。"另一个显然有些老态的声音平静地说："你吼么子?吼有么子用?干这种事,大家不大都也有些明白的。好吧,我也不硬栽你讲你困了她。就是你真困了她,没有赃证谁也奈何不了你。有言道是捉奸捉双。何况桂花洞也没有谁去捉你。只要你堂客不去捉,姓李的不去捉,谁也懒得操这个空心。只是写对子的事你就不要扯到一起做人情了,公是公,私是私,队上大家研究了定的事,你如何可以松口?""我讲了我没松口,是那剑师傅做的主。"队长放低了些声音,仍吼。"你不要讲了,草生都讲得仔细了。铁了是你通的风给那老狐狸精的。她才找的剑师傅。你困她也就罢了,这等错误就犯不得的。当然事情也过去了,不成把字铲干再粉再写,检查的也快来了。只是你要吸取教训,政治上的错是出不得的。明摆着的错就更犯不得。"队长说:"我讲了,这事与我无关。""茅坑里的石头,你还嘴硬。""反正,反正我……"队长软去许多。"这错你是一定要承认了的。你当队长还没权动大家的决定……"他们还在叽叽咕咕磨嘴巴皮,我听出事情也不过是这么个事情,眼皮支撑不住,又困死过去,直到早晨太阳洗亮了对面半截子山,觉出尿胀了,才打开后门,朝那阳沟里一只癞蛤蟆头上一顿好淋。

一直到腊月二十九,桂花洞的"忠"字门头才大功告成。到最后两天,心里觉出有些烦了,"小孩子望过年",这已是该我们畅快地玩的日子了,我却还在干活。队长说好了,腊月二十九下午队上派船送我,我上午就想走了。吃过早饭,我去见队长,队长哭丧了脸对我讲:"剑师傅,真是不好意思,还有件事情要麻烦你。"我说:"么子事?"这时队长背后窜出一个矮小的人,脸上极尽卑躬之色,对着我一顿指手画脚,队长止住他:"这个人,是个哑巴。莫看他哑,人是蛮好的,也是贫农,他祖父曾是个赤卫队员,本来是要随彭老总上井冈山的,因是打县城时负了伤,他留了下来,嗨,命也是命,倘他老人家真跟彭老总走了,如今了得?嗨,那就不讲了吧。如今,全队该画的门头,都画完了,完完美美。只哑巴一户没画。没画呢,也不是别的原因,因哑巴的屋,不是土又不是砖,竹竿夹的墙,石灰浆粉不上。就是当时粉上了,日后也会脱落的,这领袖像,可是不能掉一块的呢,就没安排了。可如今哑巴不让,说他家也要画。尤其是他堂客病在床上,有半年没下地,讲是邪气太重了,要托毛主席老人家的福来压压邪。清早就登了我的门,讲又讲不清,脱不得皮。情况呢,也是个实际情况,都画了好门头,丢下他们家,心里也是难受的,人家口哑心不哑,也是热爱毛主席的。所以这件事,剑师傅你看有没有办法成全他一下。"队长无可奈何摊摊手,求助于我。这时哑巴又窜上来打手势。队长用手势制止了他,才安静下来,额上青筋还在跳,心里是十分激动的,坐在那里,手脚都在发抖,眼里浊浊地滚动着泪水。

我有些同情了,便没想回家过年的事,我说:"去看看场面吧。""要得。"队长高兴得快跳起来,忙翻译给哑巴听,哑巴一下就跪在我和队长面前。我心软,眼泪就出来了。队长也是个心软的汉子,扶起他来,眼眶也红了。于是由哑巴领路,往他家去看场面。哑巴家住得远,要过三只坳还要过溪上坡,在半山腰里搭了个茅棚。队长在路上告诉我:哑巴作孽,一世没过上好日子,一个人埋的爷娘。爷死了,他没告诉乡邻,一人扛着,装在自己用板子钉起来的棺木里,埋了。然后下山告诉大家:爷死了,埋了。我们才去那坟上烧了些纸。告诉他:娘死了,可不能这样,队上凑份子也要替她热闹一夜。结果娘死了,他也一样悄悄处理了,然后才告诉大家。这是个生怕麻烦别人的人,嘴哑心善。后来有个讨米的女人来了桂花洞,大家便说给了哑巴。女人比哑巴大了十把岁。不管它,总算是成了一堂亲,好好歹歹,哑巴也做了一回男人。今年下半年那女人病了,郎中也看不出么子病根来,就只好躺着。说着,也就到了哑巴家。这屋才一人多高,细竹竿编织成的墙,冬茅盖的顶,进得屋去,潮湿昏暗。石灰浆确是粘不上。"有办法吗?"队长问。我说:"看来只能画在纸上,弄得到纸吗?"队长说:"纸倒是买了几张,准备写欢迎检查组的标语的。""那就好。""问题是,这竹竿上,石灰浆都糊不上,纸不是保不住两三天?""有办法,把纸裱在木板子上,又平整好画,又吹不烂。""好主意。"队长一拍大腿,高兴起来。

我们当即就行动,队长嘱人去队会棚子里下了一块旧门板,锯成两截,又嘱人煮苕粉裱纸。这裱活我在学校里干得多,常往墙上裱纸办专栏。很快在这半截门板上裱上几层纸,木板的缝就遮住了。我便在太阳下,边由阳光烘干苕粉代用的糨糊,边画了几朵向日葵,画领袖像,再写一个大"忠"字。当家家户户屋顶开始冒烟的时分,工作就完成了,那哑巴喜滋滋地抱起来,左看右看,然后一定要请我、队长、姑夫去他家吃饭。"说"他斫了有肉、打了有酒在家里。队长见他家无人做饭,又怕耽误我下午回家,便谢绝了哑巴的盛情。哑巴便"嗒"地朝我们跪下了,磕一个头,泪眼汪汪地扛着领袖像回家去了。

吃过中午饭,太阳斜得快沉于西山峰巅之后了。乡中的中饭,一般也是下午三点左右了。而一入冬,庄户人都是吃的两顿,日子短,粮食艰紧,正好要省出一顿饭来。当然我去做师傅,就一定要吃三餐了。队长和我算了账：价格不少也不多，按了乡中所有画"忠"字门头的市价。大门框一个八角钱，小门框五角钱。按算我可得三十多元钱。我读书，挑柴挑米去学校里读寄学，一个星期，不开支其他，仅供吃的，五角钱也就够了，如此算来，这阵子的收入，光是供我上学，是几年也花不完了，我这时不再只十五岁，我是一个大男人了，我身上的钱，可以帮家里办很多事。这时我心里便灌满了阳光。

但队长把算盘一放，道："实在难得出口，剑师傅，我们队上，还拿不出这么多现金。"他拎出一个布袋，"现金呢，只凑了二十多元。这点绿豆，也是值几个钱的，你也带上，凑个数。莫见怪呵，不是我们克扣，实在是……"队长一脸愧疚。这时姑夫插上话来："确是确是，我晓得，这二十多元，还是他们卖了两张犁圆坯子、一张弹花机的钱。绿豆则是队长自己土里长的了，也拿出来充公，大侄子，你看我面上，就不作话说了。"我说："绿豆就不带了吧，有这么多钱，够了够了。"我将钱深深地藏进棉袄内面贴肉的衬衣口袋里。十五年的经历中，我还从没有经手持过十元一张的大票子呢。我那时的手是颤抖的，心也狂跳不止。我这时是要感谢那方小小的石砚和父亲的严加管教的，不然，我又哪能赚得到这笔钱？当然我还要感谢这场伟大的革命给我带来了一个练习字画的机会。这时我似又闻到了那纸和墨的香味。我的生命是决然离不开这种气味的，我这时多么想飞到学校里和同学们在一块呵……队长说："绿豆你嫌少就莫带上，你看得起我就带上，你若是嫌我穷就把它像丢破布样丢了。你日后还记得住桂花洞就拿了去。"姑夫说："带上带上，是个意思，走走，我送你。"他兀自拎了绿豆就出了门，我仅带走几只尚未秃尽毛的笔向队长和队长娘子道了谢，就随着姑夫走。草生在外等着送我。

出门来，外面站满了人，老少乡亲都来送我。我心里一热，眼泪就要掉出来。我寻了人群中，没有李猫一家。令我十分遗憾的是：至今没见那李巧巧是么子模样。两个月后，我突然去过一次李猫家，那钟妹它热情地接着我，我是专门去看李巧巧的，不知她是出外了还是躲在房里不出来，仍未见到她。

我告别众人，随姑夫和草生走下坡。突然有人喊起来："看看看，哑巴，还有哑巴娘子，来了。"我一看，见哑巴搀扶着他堂客也来送我。有人就大声说："真是神了，真是神了，毛主席像一挂，他娘子就下了床。"众人唏嘘不已。这时队长冲下来，握着我的双手："剑师傅，你晓得吗，你做了件大善事哩，果然治了那个女人的病。你是个有福气的人，你日后会有大出息的，会有的……"

我走出几十步，再回头与众人告别，一抬头，见远离人群的另一个坳上，站着钟妹它母女。那李巧巧仍着那件在绿林中十分悦目的旧红袄，六姨太则是白底蓝碎花衣。她们朝我默默地招招手，我也朝她们默默地招着手。我看不清她们的面庞，心里很是难受。姑夫和草生没有看见她们，我不知我为何能于广袤的山林里发现她们。

走了十里路，到了青龙水库。草生去解船缆，我掏出几块钱，给姑夫："这点小意思，给你买烟吃。"姑夫忙推："笑话，笑话，颠倒的，你来了我这里，我冇么子好送你的，倒要你破费，不是为难了我？""不是你引荐，我哪里赚得到学费，明年爸就不让我读了，不是你，我就真没书读了，这烟钱，你是一定要受的。""大侄子，你这就要折我的寿了。你的本事钱，该你得，哪有姑夫受小侄的礼的呢？要是你日后成了气候，出了远门，你送我姑夫十元八元我也受得起……莫啰嗦了，上船吧。"我说："姑夫，你也苦，我见你吸的是瓜菜叶子烟。""那有么子稀奇，大家都这样过的，谁叫我学了这个坏毛病呢？去吧，去吧，侄子，你在桂花洞显了圣，我做姑夫的脸上也有光，谁都不敢小看我了，你给了我这个面子，就是无价宝了啰，姑夫心里高兴呢。"这时我想：祖母讨厌姑夫，是一个错误，我应该纠正祖母这个偏见，姑夫其实是一个大度的人，只是穷点罢了。

上得船来，心就更靠近祖母了，更靠近想来就心热的属于孩子的新年之乐了。而且在这个新年里，当我向家人展示我的富有时，那将是怎样一种景象呢？我这回家去应是先到镇上取了祖母找人赊下的颜料欠条，再为祖母、父母以及弟妹们都买点礼物，然后进门，让大家高兴高兴。

船划出一里光景，忽的一个山嘴上有人喊船并叫草生的名字。草生把船往山嘴上靠，对我说："是李猫的声音。"近了去，果是李猫在那里招手。李猫站在岸上，朝我说："剑师傅，感谢你为我家写了幅好对子呵。我堂客想来想去，想不出送你么子礼物才好，饭也有吃一餐，也不好当着大家的面，送你么子，我们是阶级不对、脸上有黑的人家，怕误了你的前程，你大人莫见小人怪啊。想来想去，来水库里钓几条鱼送你为最好。我半夜就来了，又打了食，怕运气不好，鱼不上钩。还好，守了半夜又半日，总算有了几条好看的。一个小意思，不成敬意，带回去打点汤喝。"说着从草里扔来大大小小一串十来条鱼，大的怕有斤把，不容我说么子，李猫惊慌地看看四野，说："快走吧快走，怕水库里人看见。草生，拜托莫要对人讲我在水库里钓了鱼呵。"草生道："害你有么子意思？你是只死猫。"说着李猫便扭身潜入柴草中。

草生调过船头，往中央驶，说："李猫送你这份礼物，不容易，要担风险的。""何式？""水库里的鱼是不能钓的，他阶级不对，若是抓着了，要上台挨斗的。""哟。"我抽了口冷气，"那你不会揭发他吧？"草生道："你笑话我了。我是怕强不欺弱的。死猫有么子打手？何况这事就只你知我知天知地知。""这就好。"我的心落了下来。从那晚偷听的内容来看，草生未必是个豪杰，所以我担心他坏李猫的事。

上得水库大坝，辞别草生，我便迅跑起来，心里高兴呢。别草生时，我见他眼圈也红了，话也说不出来，只是招手，船在水中团团转。

我径奔镇上，天还未黑，正值供销社关门，取了欠条，为家人买了几样东西，飞也似的往家跑。

这年家境十分不乐观，腊月二十九了，还没有斫过年肉，我进门时，屋里还坐着一个木匠一个铁匠，讨上门做的工钱。

祖母见我果然赚了钱，十分欣喜。然后做了个折中：和父亲谈妥了，书是让我继续读。但我的积蓄要"借"给父亲还账斫过年肉。我听祖母的，一分不剩把钱掏给父亲。我见父亲是抖着手接钱的，因是灯光暗，看不出父亲的表情，这时我也是绝不敢看父亲的表情的。

1994年《青年文学》第3期

下 乡

李丘林在开往八十里乡方向的客班车上找到自己的座位,便伏在前排椅靠上睡觉。他有个坐车就睡觉的习惯,车开多久就睡多久。这班车的终点是八十里乡,不愁没人叫醒他。

其实,县里到八十里乡远远不止八十里。不晓得这个地名是根据什么取的。

李丘林被跟车售票员摇醒后,八十里乡的高山已经吞了西坠的太阳。下车后他发现自己的一只裤脚直往下落,一看,湿了一大截,一股尿臊味直冲而上。不晓得是车上哪个小儿干的好事。

八十里乡政府泊在一块油茶山上,红砖黑瓦,很孤单的样子。它附近不远的树丛里有些炊烟冒出来。

李丘林走进乡政府。这是个四合院。进门右侧有张门开着,其余一眼便可览尽的门全部关着。有个女声在这开着的门里"喂喂喂"。凭李丘林并不多的下乡经验一下就判断出来：那是电话总机房。李丘林走进总机房，见一青年女子牛仔裤勒着水红衬衫，短头发像个男孩子。脸上有几分姿色。李丘林用很温和的口气问那总机："请问书记在家吗？""不在。""乡长在吗？""不在。""人大常委会主任在吗？""不在。""秘书呢？""不在。""副乡长副书记其他同志呢？""不在。"李丘林看那女子，她低着头在干什么，头发又黑又粗。"你是干什么的？"轮到她问。"县里来的。""有事？""有事。""看看介绍信。""好的。"李丘林掏出介绍信。"怎么事先没打电话来？""要打电话来？""看来你没下过乡。""这怎么说？"年轻女子只花半眼便看毕介绍信，说："是协作办的。"李丘林正要纠正说我是作协的，作家协会。女子说："协作办我去过。就在计划生育办旁边。"说着，女子便站到门边，朝空空荡荡的院子里喊："谷爹，谷爹！"

这时晚霞照亮了女子半边身子。李丘林见那女子红衬衫内面的乳房很肥硕，幅度很大地舞蹈，乳头的部位湿了一大块衣襟。李丘林再在室内搜索，见房内床上躺着个小孩。

女子没喊应谷爹，回过头来有些怨气："你应该先打个电话来。在这住吗？""当然。""所以就应该来个电话。好安排饭。这样吧，你先去客房里歇气。"她扬手一指靠北的一溜房，李丘林看见那指甲很长。

李丘林顺着指引,踩着平均有一尺高的秋草小心翼翼地前进，他是最怕蛇的。他属鼠。老鼠不得不怕蛇。尽管小心翼翼还是踩着一只蛤蟆。蛤蟆委屈得"哇"地叫了一声，吓得李丘林一跳三尺高。李丘林不明白，现在蛤蟆被人们杀绝了，刚刚像蛙便抓来供人"米西米西",怎么这里还藏龙卧虎。

李丘林看到靠北的一溜房有四间上做了标记:客房〔1〕、客房〔2〕、客房〔3〕、客房〔4〕。都没上锁,八十里乡太平盛世。李丘林每间都推开看:有三间,架着四张床,黑漆,老式架子床。有一间,两张床,浅棕色,吊圆帐,时兴的高低床。李丘林选了客房〔4〕,有四张床的那间。他没有行政级别,不敢住那高低床。怕突然上面又来了人,半夜催他腾铺,那样会难受的。房里有蚊帐,有铁皮桶、脸盆、木沙发和瓷碗。李丘林觉得很好,但是光线正近黄昏再加他的近视眼,具体细部就不得而知了。李丘林找到电灯开关,一拉,灯没亮。李丘林提提热水瓶,是空的,不过,他口不渴。他坐下来歇歇,但也不累,坐下去又起来了。

忽然四合院围住的草场里有响动,李丘林出来看:见一个矮矮黑黑的孩子在院里骑一辆载重式单车。孩子腿短,根本坐不上去,只能用脚伸过三脚架勉强踩着踏脚板。但是孩子的骑术相当高,可以飞快地在场中盘旋。有时单手操作,另一只手可以去草中捡东西。孩子见有人捧场,更是得意。两根鼻涕吊出来老长,却抽不出手来甩掉。孩子再度优美地驶过总机房时,"啪",头上挨了很响的一巴掌。那女子的声音:"骑死,骑死!散了学不进屋,不做作业,骑死!"孩子身子一歪,差些出车祸,但单车快触地时又站了起来。女子说:"快骑车去喊谷爹,说县里来了客。"孩子便得意地睃一眼李丘林,一蹬脚,就冲出了大门,决心还把鼻涕送给谷爹看。

在客房里待没意义,李丘林想出去随便看看风景。一看表,刚改过来的冬时制五点一刻。这时候城里日头还老高,八十里乡就只救得一天晚霞。李丘林踱到大门口时,总机同志就坐在凉爽的山风里奶孩子,肥硕的雪白的奶子肆无忌惮地袒露着,那小小婴儿的小小脸蛋只是遮掩了一小半。李丘林放慢了步子,他承认他的眼睛同意识有些下作,但并不准备改正。那女子抬起头来却不怎么看他,唐突地问:"那么你认得钟红霞啦?"李丘林一怔,他这记性尚好的脑子里怎么就没收留过钟红霞。他想再记一记,口里故作"咳"一声作为缓冲,趁机捞一把椅子靠那乳房不远坐着。女子说:"你不是农业局协作办吗?"李丘林索性就不更正她,悲哀地想:如今谁晓得有个作协?便支吾:"是啊。""那么你应该认得钟红霞。""好像,认得。她在……""在你们协作办隔壁上班。""对,在计育办。"李丘林反应过来了。"她是我表姐。""对,对,很胖,很和气的。""不对,瘦。""哦,对了,我还是上半年看见她的,那时还穿着毛衣。""不过,脸上还是不见瘦。""我说是嘛,我还是认得她的。""我表姐夫当计生委主任。""呵,唔!"这时李丘林看见那杰出的乳房把过剩的奶洗到婴儿的颈脖里。"我还有个表叔在农委当个什么员,去年还是农委主任,你一定认得。""唔。"李丘林的注意力显然分散。"我看你对政界不是很熟悉。"李丘林心不在焉答:"是的。""你是大学生?""唔,分来不久。""分来就打进了协作办?""对。""那要一点关系,大学生进机关不容易。""我堂舅舅把我要过来的,他现在当副县长。"李丘林随便捏造一个招牌,来抵挡这乡中女子的俗气。"赵副县长还是徐副县长?""就徐副县长吧。""徐副县长还没结婚,怎么做得你的舅舅。""过去农村里还有叔叔舅舅姑姑姨姨比本人小的呢,有什么稀奇。""这倒也是……我说怎么了吧,你就像个大学生,下乡的规矩也不懂。""下乡要什么规矩?""下乡要先来个电话呵,好准备菜嘛。"

那女子的口气柔和了些："现在是想执行也没有菜了。"李丘林说："下乡嘛，又不是来吃吃喝喝。""这说明你是个外行。"这时婴儿吃着吃着就睡了，乳汁流湿了总机的牛仔裤，她才察觉，转身将衣拉下，藏了宝物。李丘林顿觉没趣，起身往外走。那女子道："六点半来电，再给你烧开水。叫谷爹去了，饭也不要很久。"口气里有了客气。李丘林晓得：自己亮出的招牌比她那招牌更大，所以有客气。李丘林出大门时，反过脑壳去，见那女子放了小孩，撕开牛仔裤拉链往内里塞衬衫下摆——又要爱俏又要当母亲。

　　李丘林出大门便见不远处有一口大水塘，像很多小说里形容的很美的那种。那么刚才进门时怎么就没发现呢？李丘林看到有好水，马上就想起有条裤脚上的尿，他想去那塘里随便洗洗。因没带换洗的，不好脱下来洗。他走到塘边时，发现有两个孩子在聚精会神地钓鱼，用书包垫着坐。钓竿十分简单，就是一根竹枝。李丘林没有急于洗裤脚，怕水响通知了鱼而搅了孩子的战事。小朋友们是最恨汉奸的，恰巧自己现在就穿了电影里汉奸穿的白圆领衫和青长裤。他踅到孩子后面看收成。两个孩子并排坐着，一个打赤脚，一个穿跑鞋。一个旧衣旧裤，一个新衣新裤。一个单瘦却结实，一个胖墩却嫩弱。李丘林刚站到孩子后面，忽见有两条人影飞快地窜过来，一女音高喊："高尚，高尚，我的个宝贝，心肝！"音到人到，说着就拦腰抱起那个胖孩子："高尚，哪个叫你到这水塘边来玩的，你呀，你呀，急死妈妈了。"同时有一个男人也和女人站到一起，脸色骇得惨白说不出话来，仿佛他们迟到一步，这孩子就要被钓竿上的鱼拉下水。胖孩子使劲挣那女人的束缚："这有什么？梁秋生经常钓鱼，我怎么就钓不得鱼。"那男人突然朝另一个孩子俯下身，狠狠道："梁秋生，你怎么邀高尚来钓鱼？你晓得这口塘有好深。"那孩子委屈得眼泪在眶里转，却说不出话。"梁秋生，你出了问题不要紧，我们就……"男子打住了，也很委屈的样子。李丘林晓得，那话再往下说就不吉利。这已经很明显：高尚是独生子女。梁秋生不是。说着男人不由分说把那胖孩子驮到背上，哄孩子："就是你要学钓鱼，也要爸陪着来嘛孩子。"那女人拾起书包："快回去吃饭孩子，饭都上了桌，只等你。"随手把那当钓竿用的竹枝折断丢到塘里。李丘林看见那男人的小腿又黑又瘦，却养了个白胖儿子。再看塘边，梁秋生早逃得无影无踪。李丘林蹲到水边洗脚时，看见搅起的涟漪一圈圈扩散满一塘。

李丘林顺塘坝往下走，那边有人声，但隐在油茶树林后面，李丘林想，那边一定热闹，或许藏着个小集镇，应该去看看。又要经过乡政府门口，这时晚霞使色彩暗淡的东西更暗，浅色的东西更神采。如这挂在红砖墙上的长长短短的众多招牌就很夺目。来时匆匆看一眼就去找人，现在可以详细地看看，李丘林开始一块块地念："中国共产党八十里乡委员会。山峰县八十里乡人民政府。山峰县八十里乡人民代表大会。山峰县八十里乡人民武装部。山峰县八十里乡纪律检查委员会。山峰县八十里乡文化站。山峰县八十里乡畜牧站。山峰县八十里乡农机站。山峰县八十里乡财政所。山峰县八十里乡山桂花蜜开发公司。《山峰》文学社。八十里乡科技咨询服务中心。"

李丘林刚念完，来不及发感慨，便见总机打发喊人的孩子竟用单车驮来一个人。孩子一头一脸的汗，却是精神百倍。车到门口，双双下车。李丘林去迎那老人，说："您是谷爹吧。"老人满脸菊花："是的，是的，多有得罪，多有得罪。我见没电话说来人，就想回家去看看,谁知领导同志又来了。来了好,不急,我马上弄饭,马上,不会饿你的。""不忙,谷爹,天还早。"

预计饭一时三刻难得到口,李丘林准备实施其计划,往油茶林密处走去。走了好一阵,茶树越见密,却依旧未见房屋,心里有些虚,赶紧抽身出来,小说里描写的绿林好汉就是藏身于这等既有过往行人又树绿林密的去处。

李丘林折转身未往乡政府走,迎面碰着谷爹,便问:"谷爹,往哪里去?""一点菜也没有,去神佬保那里看看还有不有肉斫。""谷爹,你就不要去斫什么肉了,看园子里有什么菜,随便吃点。""怎么随便嘛,荤菜还是要有一点的。我们乡长布置了的,凡是上面来检查指导工作的领导,都要招待好。马虎了,可是要刮胡子的。"说着谷爹让过李丘林,顺一条红色的黄泥巴路往油茶林深处走。李丘林说:"你一定要去嘛……我同你去看看。""你就歇着吧。""不累。"便跟定谷爹,其实再往前走一点,便到了开阔处。这里错落了些高低不等的房子,从油茶林中冒出的炊烟的源头便在这里。屋前屋后活跃着些人和狗,比乡政府热闹许多。谷爹在一个简陋的独屋前停下,檐下有一张屠凳。人近屠凳,凳上成百上千只苍蝇便腾空而起。"神佬保,还有不有肉斫?"屋里有瓮瓮的声音答:"刚才还有个卵,现在卵毛都没有了一根。""莫开玩笑,上面来了人。""上面要来人,你怎不早同我讲?你也是,老糊涂了。现在一只猪,半下午就销了。""还有办法吗?""有个卵办法。""再想想。""想个卵。哦,你到郭占保那老畜生家看看吧,他家多斫了些,准备明天早饭用的。""那我走了。""慢些走,莫翻死了。"谷爹朝李丘林笑笑:"这个屠夫,一脸麻子,一口绿。"李丘林晓得:一口绿指的是口里不干净。谷爹朝另一条路走，关照李丘林："你先回乡政府吧，我就来。我去占佬保家匀点肉来。""唉，谷爹，何必呢……""那可不行的，你莫管。"谷爹说着打一溜小跑淹没在另一片油茶林中。

李丘林慢慢往回踱，顺手在油茶树上摘了茶包拿在手里玩，不远处有群暮归的鸟在叽叽喳喳讨论，他举起茶包朝它们扔去。"嘭"，打散了一个会。忽然李丘林觉得眼前一暗，来不及退却，有一辆单车擦身而过，他甚至听见那铁器磕着皮带的声音。车过旋即飘出一串清爽的笑声，李丘林举眼寻，一男载着一女飞快驶去丈余，并不曾减速，女孩被颠得上下跳，那眼里放射出些侮弄他的光泽。那单车没有铃子，两个踏脚板都掉了橡皮，只剩一根光棍。李丘林没工夫生气，倒是十分佩服这山地人的单车技术。他就想那大概只有十一二岁的男孩怎么驭得动谷爹？何况这山路总是坑坑洼洼、高低不平、拐弯抹角的。

李丘林再走出一段，便听到另一处油茶林深处飘过来一个高亢悠扬的唱山歌的声音，这民俗方面的捕捉马上使李丘林兴奋起来，他停下步来息心静听，但是那人只唱两句便没有再唱。李丘林不由自主"唉"了一声。

李丘林回到冷清得像座荒庙的乡政府，看看天色，已经真正开始暗淡了。这时总机抬手看看表，说："来电了。"就扯亮了电灯。接着手忙脚乱地去摆弄一台机器，又抬起头来对他说："马上给你烧开水。"李丘林看见床底下放着只电壶。壶盖上晾了块尿片，碎花的浅色布，但愿不是女短裤改的。这时候屋顶上忽然发出巨大的"嘎嘎"声，一瞬李丘林以为要倒屋，但马上想到这是广播喇叭发出的噪音——总机在放广播。一阵调台时刺耳的噪音过去之后，就亮出了中央人民广播电台播音员美妙的声音。这广播李丘林是十分陌生了,还是做小孩子时听到过的。城市里高音喇叭,要等节日游行和开万人公审大会枪毙人的时候才打开。现在人人看电视,除一些老同志早晨跑步时提只小收音机偶尔听听广播外,人们似乎忘了广播那个词。这时李丘林替广播电台的同志们抱不平。其实,他们的本领并不比电视台的同仁弱。

李丘林初听几句还感到新鲜,但再听就不行了,耳膜震得生痛,心脏也跟着乱蹦。再说什么也听不清,这高音喇叭隔不远就架了一个,说话又不同时说,后一个比前一个慢两个字音。跟小孩子学舌样一个学一个,那句原话是什么也就把不准了。因是有了广播叫,这沉寂安宁的山野立时充满生机,像千万个人头在攒动,在欢呼,在吵架。

正好谷爹回来了,李丘林便和他躲到厨房里去,这里背喇叭,安静许多。谷爹从老乡们那里借来了肉和蛋,喜笑颜开。李丘林见谷爹背上的衣服颜色深些,再探,是汗湿的。谷爹手脚麻利烧火、淘米、切菜做饭。烧的是劈柴,这闪烁的原始的火一时令李丘林很激动,他也是很久很久没有看见这劈柴毁灭自己奉献火焰的动人小说主题了。这里是大锅大灶大食堂。食堂一角堆起几十张桌子。霸满蜘蛛网。谷爹告诉李丘林,那都是过去了的事情,过去经常开大会,一吃十把几十桌,厨房里多达十几个人办厨。那大锅大灶桌椅板凳好久好久没有使用了。火快,又是一个人的饭,一眨眼工夫就有了吃的。谷爹不在此吃。总机也不在此吃。谷爹告诉李丘林:总机的饭是她婆家送的。一日三餐送。怎么不送?她替他们家生了个能接代的,子贵母荣,没道理不送。谷爹说:"现在农村里,难搞的就是计划生育。"李丘林想:乡政府空城了,都搞计划生育去了吗?菜做得好,竟有四菜一汤,两荤三素。李丘林连连喊好，谷爹说："我在这做了三十年呢。"这就说明问题了。吃过饭，谷爹带李丘林去参观他喂的猪。李丘林不怎么懂猪，只晓得都很大，都很臭。还有一群小猪傍着母亲睡。"这猪收入不小吧？""不喂不行哪，乡政府开销大，光是招待费，一年不知要开销多少，过去有门路，现在主要是靠这些猪了。""你辛苦呵，又搞饭又喂猪。""过去是三四个人搞，现在就我一个了。""你也快退休了吧？"谷爹"扑哧"一笑："我说你这位同志嘛，一看就晓得你下乡少。我们有什么休退？回了就回了。""呵，这不公平。"李丘林说。

又和谷爹闲扯一阵，广播息了，李丘林才走出厨房。这时总机也吃好了饭，正在把房里和阶沿上的饭粒菜屑纸片什么的，往长满草的院子里扫。李丘林提醒自己：可别去那草里踩，那婴儿的粪便肯定也排在内面。他踱过去。那女人问："吃好了？""吃好了。""开水送到你房里去了。""谢谢……你们的广播，天天要开的？""早晚各一次，每次一小时。""声音太大了。""不开大点怕人家不听。""我是好久没听广播了。""是呵，城里是不准这样喊叫的。乡里不一样，这个思想教育阵地，领导很强调的，不按时放，要吃批评的。就是冬天难起早床。"那年轻女子面无表情地说。李丘林想：要是那还算体面的脸上挂点笑容就活泼了。

那个骑单车的孩子拖一张桌子出来做作业。姿势不正确，双手伏着，塌着腰，歪着脑壳。总机走过去，"啪"，在歪头上赐了响亮的一巴掌："教不改的猪。"她骂。歪脑壳一下子就打正了。但不出一会，又朝那边栽下去，像不倒翁，立不住，两边摆。"啪"，又有更响亮的皮肉碰撞声进出，总机骂："是猪也教改了。"

这时那孩子的脑壳才算站稳了。李丘林俯身下去看：正脑壳指挥下写的字却是歪的，歪脑壳时写的字倒是正的。不禁掩鼻一笑。总机对李丘林说："这是我弟弟。""你还有这么小的弟弟？""他最小，老七，寄在我这里念书。""你们有七兄妹？热闹呀！""还热闹，怨命。老东西都是不知死活的，放猪崽子一样生。""那时候，没有节育措施，也难怪。""这个畜生就完全可以不生。"那学生抬头来白他姐姐一眼："可我下面还生了一个。"李丘林问："人呢？""死了。"那孩子说。总机骂："叫你多嘴。"又一巴掌扇过去，那孩子敏捷地一闪，躲开去。

李丘林觉得无聊，踱出去。问总机："没电视看吧？""我们这里山太高，收不到。"李丘林自言自语："乡里干部都不回来住啊？"总机说："说不准。大都是清早下队，下队去的路都远，又不好走，很夜才回来，有时候就不回来。"李丘林说："照说秘书是应该留家的嘛。"那做作业的孩子抬起头来答："我听张老师说邀周秘书去'砌墙'的……"总机马上又"啪"地甩过去一个耳光："叫你多起一把×嘴。"转过来对李丘林说："莫听他乱说。周秘书今天不回，明天清早肯定会赶回来……要是你事先来个电话就好了。"李丘林不再问什么，踱回客房。他晓得那孩子说的"砌墙"是干什么，现在到处兴"砌墙"——打麻将。

李丘林回客房后拉亮电灯。他看见灯头上巴满了飞蛾的尸体。灯泡上也密密麻麻屙满了追求光明的飞蛾们的黑色粪便。他到门外的冷水龙头上接一点冷水，再兑一点总机送来的开水，将就着抹个脸，洗个脚。从包里取出只曾经装过药的瓶子，倒了点开水——现在许多干部带这种玻璃瓶子出差，上面盖得严，下面有防止烫手的塑料套——难怪这种药好销、效果佳。喝开水的时候，李丘林特意闻了闻，看有不有尿臊味。结果没有。其实，童尿也没有什么可怕。乡下女人生了崽，要讨童尿喝呢，那是破淤血的良药。李丘林出去倒洗脚水的时候，有一阵轻风送过来一阵异香。他顺着香味寻过去，见客房前五六尺的地方，长着一排整齐的盛开的兰花和矮种的菊花。李丘林有次在一个大工厂里看花卉展览，听行家介绍过，这兰花和菊花都是名牌型号，很可惜，在这里被野草埋了。李丘林蹲下去闻闻，再闻闻，很惬意。

　　李丘林看看这个大院，就他房里和总机房里亮着灯。谷爹不知什么时候走了。再看大门外，则是一片漆黑，百里无声。他缩回房里，去包里拿出本杂志，看那篇介绍电影明星打官司以及喂名贵狗的文章。刚看不久，感觉到有一种轻柔的物质纷纷降落到颈脖上。抬头寻找，大吃一惊，那灯泡竟被数以万计的小粉蛾包围了，战败者就埋葬在地下和他身上、颈上。他起身一抖，地下白了一层。他忙合上书，准备上床睡觉，只有熄了灯方可躲避灾难。

　　李丘林借着微光顺着长长的西房廊，去对面的食堂和厕所方向屙尿，不知厕所电灯开关在哪，他摸错了门，进了猪栏。尿屙到猪背上，肥猪喉咙很享受地一咕隆，骇得他差些把尿缩回裤裆里。

　　李丘林关灯上床放帐子睡觉，美美地想：这宁静的乡间将赐他一个美梦。城市的噪音实在是太多个了。当他的心刚静下来，便听到了满世界的草虫唧唧和青蛙歌唱。从分贝的角度来说，虫鸣蛙唱虽无法和汽车轰鸣比，但李丘林却一下子适应不了这乡野静中之不静。他细细捕捉声音，好像虫子就在床头地上房里叫。他爬起来，扯亮灯，一看，到处是可爱的蟋蟀。那很尖锐的声音便是从那小小身躯里发出来的，它怎么会有那么大的气量而且连绵不断叫唤呢？李丘林晓得：蟋蟀是不伤人的，不必害怕，但老叫就烦人。他试图把它们捉起来送出房间。他瞄准一只肥的,空着手心一按下去,那小玩意竟灵巧地跳开了,再按,再跳。李丘林失望了。何况怎么捉得尽呢?他无可奈何地又钻上床去强睡,竟不久也就睡着了。

或许是太睡早了,不久他被尿胀醒了。想起再绕过西廊去厕所小便,便怕,就斯文扫地站在客房门口朝草地上屙。他听见静谧的空荡的夜气里,传来轻微的呼吸声——那无疑是总机房里输出来的。他担心尿响被那青年女子听见,便握着尿管画圆圈,那样尿就会向四面八方溅落,于是就没了声音。

凭他的感觉:夜里没有干部回来。

1992 年《青年文学》1 期

落霞秋水

那是一个令人难以忘怀的夜晚……

七十年代中期的一个寒冬。

他记得：是快要过年的时候。这天，下了一场小雪。雪没下透，天没放晴，出现了霜冻。俗话说：阴霜阴雪冻死狗。真冷哪，四野里不停不歇地刮着刺骨的小北风。人们都龟缩在屋子里、火塘边，非要紧事都懒得出门。因此整个墩落里，成天都是空荡荡的。半下午时分，三眼桥邮电所的小葛用一块花头巾紧裹着脑壳，抵挡着寒风，踩着积雪和薄冰，朝他家奔来。她踩着冻麻木了的双脚，骂着该死的天气，然后郑重其事地告诉他父亲：

"马师傅，县里有一个电话，说郭老首长回来啦！"

"什么什么？你再说一遍。"父亲连忙放下手中在打的草鞋，急切地问。

"郭老首长到了县里。"

"谁打来的电话？"

"一个男子的声音。他没留下姓名。"

"首长搭哪里的车回来？"

"说县里不派车。"

"什么？不派车？！……这么说，是要我们去接啰？"父亲显得异常激动。

"没这么说。大概是吧。"

"好，操劳你啦，小葛。哟，看看，大冷的天气，让你站在外面说话。快进来烤火，看把你冻的，这该死的天气。"

"不啦！我在当班。"小葛车转身，往回急疾地奔去。

"文庆。"父亲高声喊。

他当时在烤火。

"文庆，喊上几个有气力的小伙子，扎好一张躺椅，马上出发去县里。"父亲用不容商量的急促口吻吩咐道。

他又强调："竹椅上垫两床厚絮，他有病，经不起寒冷。"

已经是半下午了。到县上三十多里，打转身显然已是深夜，何况又是落雪天，路冻着。山里的夜路是不好走的。这个问题父亲考虑了没有呢？儿子这么想。但看着父亲很少有的一脸严峻，他不再犹豫，马上照着父亲的吩咐办事去了。

郭老首长是三眼桥的骄傲，是 1929 年从这里拉出去一支队伍投奔革命的传奇式人物。关于他的英雄事迹，文庆早就全听说了，他随便可以说出一些关于老首长的故事来。

将军当年草鞋赤脚投身革命，现在青衣布鞋重新回乡下老家来。为什么呢？北京就容不下他吗？是他自己想回来看看吗？既然自己想回来，为什么解放几十年了，老说回，一次都没有回？而在眼下这种时候……谁也作不出这个解释。

当时的县革命委员会主任用四个不字来迎候将军："不接不送，不欢不迎。"这"四不"，文理通不通呢？没人计较。革委会主任行伍出身，只读过三年初小。只是人们听到"四不"的说法，便隐隐地感觉到：将军这次回来，不是用"看看家乡"的意思可以简单解释得了的。县里那种不冷不热的态度，悄悄地在人们心灵上罩下一层隐忧。

不管怎样，三眼桥人将要以最热情的态度来迎接自己的亲人。

于是，在两根竹竿夹着的一张竹椅上，垫上了厚厚的棉絮垫，布衣老将暖暖地卧在当中。八个身强力壮的山里汉子，在套靴底上牢牢地系着一根棕绳防滑，轮换用肩膀抬着将军，稳稳地踩着溜滑的雪路，把他接回家来。

马师傅——文庆的父亲——三眼桥这一带的著名厨师马大兴捏着手电，照着汉子们脚下那弯弯扭扭的山间小路。不能有丝毫闪失啊，这是要求三眼桥的汉子们最要办得稳当的大事。

马文庆则走在最后。因为，将军还带回来一个人。一个娇小纤弱的城里姑娘——将军的最后一个女儿。

一个乐观的姑娘。对山、对河、对这里的一切都充满好奇、充满新鲜感的女孩子。她大概在城市里跳惯了舞，敢在崎岖不平的山道上蹦蹦腾跃。天！她倒无所谓，可吓坏了断后的退伍军人。马文庆紧张得不知流了多少汗，生怕她失足跌下崖坎或是滑倒在地。那么一个水灵嫩弱的人儿，能经得起一丁点儿碰撞吗？

"我叫郭霞。"姑娘告诉所有的山里汉子。她和汉子们一见面，就像一家子人样的亲呢：

"你们不要把我当作外客看待，我也是三眼桥人嘛。嘻嘻！爸爸说的，叶落归根。这一次，可以看看三眼桥是什么样了。爸爸把三眼桥说得那样美，真美吗？"

"姑娘，真对不起你。不知道你也回来了，我们只准备一副轿子。唉，怎么办，怎么办呢？"在城里，上路之前，马师傅急得团团转，在这陌生的县城，去哪里再找副轿子呢？

"走嘛！"她说得轻快。

"哪能呢，哪能呢！你从来没走过那号路哩！"

"怎么不能走唔，我还是短跑健将呢。嘻嘻！"

将军也说让她走。说锻炼锻炼也好。

那就走吧。也只有这个办法了。就是明天搭汽车进山，也还要走一段路才到三眼桥。于是，让马文庆专门保护她。

她一路讲个不停、问个不休，给这黑暗中的行程增添不少活力。

"你们怎么都不爱说话呢？哎哟，太闷啦！我唱一支歌给你们听听吧。"于是，她又对着群山，放开喉咙唱歌。唱的是最流行的革命样板戏唱段。一支又一支，这动人的歌喉，是山里人从来没有听到过的。

"郭霞，你走得动吗？"每走出几里路，文庆便问。他是一个认真的人，他丝毫也不敢忘记自己的职责。

"走得。"

"郭霞，你走……"马文庆大概问了十来遍。他多么想搀扶她一把呵，或者是驮她一截。特别是后十来里路，姑娘显然是吃不消了，走得歪歪斜斜的。可是，她是一个大姑娘呀，这怎么帮呢？他们对不起她。让她有生以来第一回走了这么长的一段山路，而且，又都是在黑地里。

县里不派车，不在乎。将军是三眼桥的，理该归他们迎接。将军几次要下轿来行走，他们不肯。他们不停步地抬了三十多里。让将军在三眼桥的后辈们肩上舒服地度过了几个小时。任何一副肩膀子啊，都将是无比荣幸的。他们为怎样的一位英雄效过劳呵！

对于三眼桥，那又将是怎样的一个夜晚呢？

所有村子里的人都没有睡觉，在等待。隔三眼桥五里远的区镇所在地的大多数干部职工，听到消息后，也都聚在这里迎候将军。

三眼桥灯火通明，人声鼎沸。当眼尖的人看见山坳那边亮着的手电和一行抬轿的人们，发一声喊之后，几挂联起来的千子鞭炮点燃了，在夜空里、在群山环抱着的塅落里响开了。

将军说回，说了几十年，一直没有回成。人们盼望着哪。

"这次回来啊，不走啦。在家乡度晚年。以前想回，不行，身兼数职。现在，好了，无官一身轻。我还是告老还乡，回家务农。哪来哪去嘛！"将军下轿后，对迎接他的人们说。

"好啊，好啊，盼着你回来哪。"将军儿时的伙伴，现在还活在人世间的婆婆佬佬，满脚沾着雪，用冰冷的茧手拉着他，说。

"不走啦，不走啦。我那三间小屋还在吗？"将军动情地说。

"在，在。碧溪，大伙儿保护着呢。"人们不称他首长，叫着将军的小名。

"几十年了，还在？好的，你们给我收拾一下，等几个月，我的家小都要搬来的。"

"那好呵，碧溪，你当了大官，没敢忘记家乡，好，好！只怕是粗茶淡饭，塘里水浅容不下你们一家子。"

"老姐子，哪里话，当年我郭某是吃什么长大的？你忘啦？"

"记得哩，记得……"

"菊婆婆，首长累了，要歇着呢！你……"有人插言。

"看我，嘿嘿！碧溪，你快歇着。后头有聊的日子呢，你歇着。看我，人一老，话就多。"

当晚，将军住在文庆家。他家里早燃起了一盆旺火。将军那三间屋，虽说人们用心保护着，但毕竟太陈旧了。

夜深了，看望的人们散去，厨师马大兴才把文庆介绍给将军：

"碧溪，这就是我的独生儿子，四十多岁时生下的。他来接你啦，那会儿没时间，没告诉你。"

"啪！"刚刚退伍回乡才几天，还穿着崭新军装的马文庆很自然地来了一个立正。

将军问："刚退伍？"

"是的，首长。"

"好小伙子！不过，别客套了，我现在是老百姓，不是首长啦。你退伍了，我复员了，咱们是同行，哈哈！你，是党员吗？"

"队伍上入的。"

"好的。党员，贫农，退伍军人。大兴兄弟，你养了个好儿子哩！"将军高兴地拍了拍他的肩膀。

"唉，好在哪里哟，还不是拱泥巴坎的命。"

"你说哪里话。作田不好？你作了一世的田，我也是作田出身，我们比谁矮一截啦？"

"那当然，当然。田也是要人作的。俗话说得好：锄头把竖得稳，作田是根本。人活在世界上，就是混一口饭吃。"父亲说。

将军听了连连摇头:"不对,不对,又不对。你怎么就不想想为国家多作贡献?中国,没有我们农民,行吗?小伙子呵,好好干,不要学你父亲那思想。那是老眼光,死脑筋。哈哈,不过,大兴兄弟,你办厨的手艺还是不错的。我记得你十七岁那年就可以脱手掌瓢了。那时节,你手艺好,大户人家三五天吃一轮筵席,都想攀你去,把你师傅的生意都抢了。我还记得,你常拉我去帮厨,嘿嘿,趁这样的机会,可以吃几顿饱的剩汤剩菜呢!"

"哎,那是老黄历啰。那算不得本事。兄弟,比起你,一个在天,一个在地。你是四海扬名,天下英雄啊。我呢?一个烧火师傅,火头军。"

"你看你,又说落后话了。我们都是平等的,都是人民的勤务员嘛!"

父亲的那一套,几乎都要受到将军的指责,但他们却又谈得非常投机,没完没了地回忆着儿时的有趣事情。将军一直拉着文庆坐在身边。他觉得:将军对他的第一印象非常好。

也许,就是因为这个良好的第一印象,致使他马文庆在以后走了许多弯路。

该记起的,还有那一段美好的,然而是短暂的经历。虽说后来……

郭霞虽说二十岁了,可是关于农村,什么都不懂。三眼桥这块荒凉而贫瘠的乡土,在她眼里却是新奇的,美好的。她什么都想知道,什么对她都富有强烈的吸引力。

她整天缠着马文庆,要他解释种种她不理解和不知道的事情。

她亲热地称他"文庆哥"。

她不知道竹子的成长过程，她为嫩嫩的春笋破土而出，然后变成高耸云天的楠竹而惊叹不已；

她不晓得油茶子变油的经过。她于是成天让他陪着，去榨房里看榨油。那古老的榨油方式使她着了迷。那沉闷的击榨声和悠缓的碾磨声，使她有生以来第一次听到这么深邃、粗犷而古朴的音乐；

她在电影里欣赏过小孩子骑在水牛背上那种悠闲自得的镜头。她于是和小伙伴们结队去山上、冲里放牛，然后仿效着电影里的样子往山区的黄牛背上爬，结果被从来没玩过这种游戏的老牛摔得一身泥巴；

她穿着草鞋，跟着姑娘小伙子上山砍柴。结果把油茶树和刚植起的幼松树砍倒当烧柴；

她把麦苗当作韭菜；

她教山里妹子去河里游泳。当她脱去衬衣，只留下一身粉红色的、把身子绷得紧紧的游泳衣时，山里妹子被惊骇得一哄而散……

郭霞刚回乡下的那些日子，文庆花了不少时间陪同她。这是出于一种义务，她那一个小小的愿望是应该得到满足的。其次，他觉得自己已经无法离开她了。她的身姿好看，她的歌喉动听，她的笑语脱俗。他觉得和她在一起，饭吃得特别香，梦做得特别甜，心里是充实的。世间的万物，在他眼中，忽然间都增添了不少光彩。他的贫困的家乡好像也换了一个样子。

他不觉疏远了伙伴们。但伙伴们并不责怪他，照管好将军的女儿，同样也是山里人的义务呢，伙伴们只是善意地、悄悄地揶揄他：

"文庆，看样子，你怕会当将军的女婿吧？"

他立刻严肃起来。能这样想吗？什么玩笑都能开，这样的玩笑，就叫做是天大的笑话了。

"人家是下乡来玩玩的，到时候要回城里去的。人家是金身玉体，我是什么？凡夫俗子，你们不要逗我的宝好不好？再说，要是让人家郭霞听到了，多不好。你们的嘴巴该注意注意啦！"他正儿八经地说。

是呵是呵，自古以来，龙配龙，凤配凤，乌龟配王八。你马文庆，无非是个退伍军人，一个农民，算个老几？玩笑都值不得开呢。人们不再戏弄他了。但人们眼浅他的福气，一个美貌无比的姑娘居然整天随着他转。

镇上成立了剧团，排演样板戏。郭霞自然而然地成了剧团的导演和主角。她每晚都去。农村中白天有事，一般是在晚上排练的。马文庆不爱唱戏，也不爱看戏，但他每晚必陪，他送她去，然后自己坐在一边打瞌睡，劳累了一整天，必须要保证一定的休息来恢复体力。而他们排戏，常常总是深夜一两点钟才散，好好地瞌睡了一阵之后，戏也散了，他便小心地护着郭霞回三眼桥去。

在那漆黑的山道上，郭霞害怕极了。抬头便是黑黝黝的山峰。白天，还隔得挺远，一到黑夜，这些峰峦便装模作样，扮着狰狞的面孔出现在头顶上。四野，静极了。时而从哪里冒出来一声猫头鹰以及野兽的凄凉的哀鸣，真使人毛骨悚然。

她害怕，老往文庆跟前靠。文庆把手电捏紧不熄，也减少不了她的畏惧。

他害怕她靠，老退。

"我怕。"郭霞终于抵挡不住夜的恐怖。

"怕什么？路这么大，不要怕！我六岁就一个人敢去镇上走。"他用无所谓的口吻安慰她。

"可，我还是怕。文庆哥，你不能靠我近一点吗？"

"好的，好！"他哆哆嗦嗦地挨拢她。

"你真封建。你们这些山里人。"郭霞不高兴地说。

他把脚步踏得很响，又靠拢一点。已经闻到了她发际的清香啦，他的心开始狂跳。

"你唱歌就不怕了，郭霞，真的。"他提议。

"不，不！"

有一只青蛙"咚"的一声跳进溪里。

"呀——"她尖叫一声，一把抱住了他。有一束柔软的头发擦着他的脸颊。他的心猛地一震。他想抽开身子来，然而，一个温热的软绵绵的身子整个儿压在他的肩上。

"那是一只青蛙，没，没什么。"他颤颤地说。

好一阵，郭霞才缓过气来，"你也怕吗？"她问。

"我不怕。"

"你怎么颤抖？"

"哪里……笑话，夜路，我走惯了。"他掩饰着。

"吓死我了。文庆哥，你搀着我。"于是，她便挽着他的坚强有力的臂膀，把身子很紧地靠着他。每晚都这样——在她觉得可怕的地段。

他不好推脱。他让她挽着。他不能封建。其实，这并没有什么新鲜，人家大城市，这已经是很平凡的事。他在广州郊区当兵的时候，这样手挽着手的情形已是司空见惯。但他警告自己：心里不能有一丝儿邪念。只能像一个大哥哥似的,保护着她。她是圣洁的,她是他心目中的神。想到这一层,他坦然得多了,他觉得所发生的太平凡了,太自然了。

他当兵的时候,有时进城执行任务,好些姑娘一看到他们这样的乡巴佬大兵走过来,老远就避开他们,好像他们身上有一种什么病毒。而现在,在夜深人静的山道上,居然,有一个比任何一个他所见过的城市妹子更娇俏、更有身份、更出色的姑娘紧紧地挽着他、傍着他……

更要紧的是:看得起他!

啊,那一种纯洁无瑕的情感,是多么宝贵、多么值得永久存留哟!然而,这种美好的光阴很快就伴随着岁月的流逝,流走了,远去了……

在人们认为他得到了最大的幸福的时候,他却悄悄地哭了……

又是一个春天里的一天。

他在河边撒网。

郭霞穿着白里透红的拉毛绒衣,配一条深蓝色直筒裤,刚洗过的头发用一条尼龙帕巾草草束起,自然而潇洒地披落在双肩上。在春天的阳光抚照下,她的脸上泛起两团健康的红晕。她手里捏着一朵小花,突然出现在捕鱼人的身后。

"嗨!"她尖叫一声。

"哎哟!"文庆失手把刚刚抓到手中的一条小鱼不由自主地扔到了水里。他猛地车转身:"吓我一跳,郭霞,是你!"

"哈哈,捕鱼人,收获怎么样?"

"你看吧。"他递过鱼篓。

"哟，不少。正好，我家里今天有客，你这鱼，恐怕要姓郭了。"

"我是准备给你爸送过去的。"

"真孝顺呀，难怪我爸说你好，你是诱之以物。好吧，文庆哥，休息一会吧。"

"好的。"他放下网，洗净手，然后惊奇地打量着她：

"郭霞，你今天怎么啦。穿这么好？你？……平素是不爱打扮的呀。"

"是吗？我今天想到：我还是个闺女哩。嘻嘻！"她用辣辣的眼睛盯着他。

"嘿嘿，嘿嘿！"他低下了头。

原来人们以为，郭霞不过是随着父亲来乡下玩玩，住一向，就要回去的。在大城市里长大的人无论如何是受不了农业劳动这份苦差事的。下放到镇上附近的知识青年做不了两天，就跑回城去了。就是你经受得了生活上的艰苦，也经受不了精神上的空虚，一个月有一次电影看就很不错了，其他呢，什么都没有。无法用文字写出那种无聊和空虚来。

然而，郭霞却并没有像人们预料的那样。她熬下来了。太阳和劳累居然在她的皮肤和意志上留下了令人钦慕的印记。

走夜路，再不需要文庆陪同了。

她的肩膀和肌肉也已经渐渐地适应劳动强度的承压了。去远山里捡柴和采蘑菇、挖冬笋，她可以毫不逊色地混在青年女子当中。只一年多时间，她便学会了干很多活。

人们器重她，处处关心她、爱护她。她不像其他人那样需要考虑吃的穿的。因此，她的生活是愉快的。到处可以听到她的歌声笑语，看到她活泼而生气勃勃的身姿。

"郭霞,来坐呀!"马文庆拿过自己脱下的衣服,铺在河滩的卵石上,招呼郭霞。

郭霞不满地拿开他的衣服:"你这是干什么?"

"我看见你今天……今天特别……"

"今天怎么啦?就该把你的衣垫屁股?你能坐,我也能坐嘛,爸爸说,人和人应当是平等的……"

"好好,来,你往这坐。"他搬过来一块干净的青石板,吹了吹灰尘。

他们并肩坐在河滩上。醉人的春风轻轻地拂过河湾。河湾这面幽蓝幽蓝的镜子顷刻便泛起五彩的涟漪。太阳在它身上做成无数个美丽的光斑,碎波推着光斑,一齐朝他们涌来,涌来。

在河的左右周围,大自然用它那粗犷的笔触刷出对比强烈的色块——柠檬黄的油菜花;深绿色的草子田;褐色的刚犁出的土地;蓝黑色的树丛和近山。远处,则又是用细腻的功夫轻轻描绘着起伏峰峦的轻柔曲线,线条平缓而又舒展;微妙的然而是清晰的色阶一层又一层朝天际淡去、淡去,直到与天空相连。

他们在河滩上坐了好一阵,听任醉人的风和暖暖的春阳抚弄着。

"文庆哥,我跟爸爸说过啦。"郭霞朝他靠了靠,用从来没有过的温柔语气对他说。

"说了什么?"

"你不要装作不知道。"

"我知道什么?"他愕然。

"和你的事。"

"我——的——事?!"

"嗨,难怪爸爸说你忠厚。告诉你吧……你,你太幸运了,一不要嫁妆,二不要办酒席,三不要请媒人花钱……"郭霞转过脸去,很不连贯地说着一些什么。她懊恼自己怎么会这么反常。她没把话说完,把那一朵小花毛手毛脚地插在退伍军人的内衣小口袋上,起身朝镇上方向跑去:

"我去接妈妈。告诉你,全家都来啦。今天不用你们去抬,有车送。"

他瘫软在沙滩上。

这是怎么回事?郭霞说什么来着?她说的是结婚的事么?是的。世界上会有这样奇怪的婚姻吗?他们山冲娶一个媳妇,不死也得脱层皮哩。他不相信他会得到这样大的幸福。

郭霞是不是指别人呢?是不是家里来了说客呢?爱开玩笑的郭霞是不是又在开一个什么玩笑?不行,得问问清楚。一紧张,他便糊涂了。

他爬起身,丢下网和衣,朝那个蝴蝶般轻盈的远去的身影赶去。

他追上了郭霞。

"郭霞,你,你是指谁?"

"什么指谁?"

"你刚才说一不要,二不要,三不要……是不是家里来说客啦?"

"说客?嘻嘻,哈哈!"望着文庆木然的模样,她大笑起来。

"郭霞,你莫笑,你是说?……"

郭霞低下了头,说:"你不愿意吗?"

天哪!

"不行!郭霞,不行,我是个粗人。"他说。

"我爸爸说，他也是个粗人。他说他喜欢粗人。"

"这么说，你再也不回城里去啦？"

"全家都来了，我回去，谁做饭给我吃呢？你呀你，蠢宝！"她用手指头在他额头上点了一下："快回去换衣服，十一点半到镇上去接岳母娘。"

"郭霞，我总以为，你爸爸还是要回北京去理事的。"

"回去又怎么样？不回去又怎么样？"

"倘若他等些时候要回去呢？"

"那你……别管……"她一转身，一颠一颠地顺着田埂朝镇上方向跑走了。

他又回到了河滩。他把头浸到山溪水中，想让自己彻底地冷静下来，发生得太突然的事件使他的脑壳发痛。

这么说：他将要平步青云，成为将军的女婿了？他将要和那个他十分崇仰和爱慕的城市姑娘在一起生活了？这已经不再是玩笑，而是现实。呵，太突然了。他不敢相信，他还不能答应。

他要去问问父亲，问问和他同生同长大的伙伴们。

在一块人们在锄麦的地里，他向他的伙伴们报告了这个突如其来的消息。现在伙伴们不再捉弄他了，都陷入了苦苦的思索。这样一件使人不敢想象的事情在即将变为现实的时候，在这个光棍一大把的山沟沟里，人们适应不了，转不过弯来。

沉默了许久，民办教师李良对他说："依我看，可以答应。"

"理由呢？"有人问。

"第一，将军是一个彻底的革命家，在他心目中，将军和农民确实是平等的，因此他不会小看你马文庆，绝对不会！第二，郭霞是将军的女儿，从小受到过良好的教育，她不像那些水性杨花、朝三暮四的女子。她们这样的高干子弟，钱，见识得多，不计较，不像我们乡下女人，动口就讲彩礼、财产。结了婚也多是为钱打架扯皮。地位呢？她更不会计较。中国哪一级的大官没见过？她不是说她和毛主席都讲过话、握过手么？她不会小看你的。文庆，依我看，这桩事并不突然，在情理之中。你只管大胆答应，千万别错过了机会。何况，是郭霞提出来的，这就更加难得呢！告诉你，说不定将来时世好一些，还会安排你的工作。人家是将军，战功赫赫，别看他现在受了冲击，被贬回老家，我坚信这都是暂时现象，他可是开国将军，这个天下是他们打出来的。谁也打他不倒的。"

"我不图那个。"他说。

"那当然，当然，总而言之，这婚事可以办。第三点，我看你的人品也不错嘛，四方国字脸，浓眉大眼，虎背熊腰，身强力壮。我看，要不是郭霞身份高一点，洋派一点，配她，不相上下。伙计们，你们看呢？"

经民办教师这一分析，大家觉得不无道理，齐声答道："可以。"

"祝贺你，文庆哥，你祖上葬了好坟地呀！"

"说不准，将来你有了工作，我们穷哥儿们还要沾你一点光呢。到时候，你可别装熊啊！"

"文庆，你太走运了。不花一分钱就讨了一个仙女样漂亮的老婆。世道也太不公平了。我哩，二十八了，相了五堂亲，人家都……都嫌我穷，瞧不起我……呜呜……"一个叫苟苟的大小伙子竟蹲在麦地里哭开了。

他浑身像针扎一样难受。在幸福面前，他仅有惶惑和麻木。

将军把他叫了去。在座的还有他的父亲。

"文庆，你们的事，霞子已经跟我谈过了。你对霞子有什么看法吗？"将军问。

"我，不配。"他把头埋得很低。

"我不要听你这个话。我现在是要听听你的意见。"

"她很好。她比我强一百倍，真的。"

"你怎么不强？共产党员，退伍军人，贫农出身，根正苗红，思想纯洁，又身强体壮，怎么不强？你不要小看自己嘛！如果你本人对霞子没意见，我表个态，我是赞成的。霞子跟我一说，我就赞成。将军的女儿找农民，这很合道理嘛！"将军又转向他父亲："大兴兄弟，你家招了这样的媳妇，既喂不好猪，又弄不好饭，只怕是个麻烦哪！"

父亲高兴地摸了摸下巴："哈哈，要是我祖上真的有福，能招上这样的好媳妇，我什么活都不让她干，我养下她。让她看书，让她唱歌。"

将军脸一沉："兄弟，我的女儿不嫁了。"

"这话怎么说？"

"照你那样娇宠，会害了我的女儿。"

"那，那就当媳妇使吧。到时候莫说我马大兴把媳妇累坏了。"

"不怪。我有五个子女，四个在外面当干部，唯独没有一个当农民的。我是诚心带她回来当农民的。你马大兴能给我带出来一个好媳妇，我谢你。"将军说。

…………

父子俩告别了将军。

在三眼桥边的代销店里，厨师马大兴用海碗打了半斤白酒。

"孩子，为你的好事，为祖上的好福分，来一口。"

"我不会喝，爸。"

"只一口。父亲平素也不喝,但今天要喝。"

那么,喝吧。是该喝的时候。一口白酒下肚,辣得他心口生痛,脸上火烧样的难受。

父亲则烂醉如泥,是他驮着回家的。

文庆一踏进家门,刚放下背上的醉汉,母亲便递过来一个纸条。

他凑在微弱的灯光下,看见半截小学生作文纸上歪歪斜斜地写着这么几个字:

今晚在三眼桥东头等你。

没有署名。谁呢?有什么事白天不能上门说,非要晚上说呢?他去还是不去?得去!他是一个热心肠的汉子。他从来没有拒绝过人们对他的所求。特别是在他现在心情特别畅快的时候。

这是一个漆黑的夜晚。他带上手电,上路了。

三眼桥,古老的麻石拱桥,据说有好几百年历史了。桥不长,一丈五六。不宽,能过两辆土车子。天长日久,桥身霸满了绿色的和紫色的藤。一到春天,便织满了白色的和粉色的星星般莹亮的小小花朵。桥西往垅里来,桥东靠山。有几根大樟树矗立在桥头,挺拔劲秀,郁郁葱葱。大白天,桥上人来车往,热热闹闹,是一处交通要塞。如果说有心赏玩景致,倒也是一个去处。

夜,静极了。空荡荡的夜空里,除了几声狗吠,除了几声单调而水平低劣的自制二胡的呜咽外,再没有了任何一点声音。只有那小溪流水撞在石头上发出的"啪啪"声显示着河的岁月永远没有黑夜。

他拿手电朝大樟树那儿照了照。人呢?

"喂!"他喊。

"把电筒灭了。"一个姑娘的声音。

他熄了手电:"你是谁?"

"是谁你还听不出来吗?"好厉害。

"哟,是米兰。"他听出来了。他朝她走去。

"不要拢来。"她说。

他停住,坐在大树根上:"米兰,黑灯瞎火的,你找我有什么事?"

"……"在五六尺远的地方,可以听到不太均匀的粗粗呼吸声。

"你有事情要我帮忙,是吗?白天不好说,是吗?"他诚恳地问。

"你自己说吧。你装宝。"米兰显然带着气。

"哟,米兰,我……我怎么会知道。"

"你这个……没良心的,还装聋作哑呢。"

"米兰,倘若我心里藏着事情不说,我敢赌咒……你就不能说穿吗?"

"是要说。"米兰很火,"我问你几件事:你去当兵的时候,穿军装出发的那天,夹在你背包里的那双布鞋,你穿了吗?"

哟!他吃惊不小:"糟糕,原来是你送的?我还以为是我娘放的呢。看我,多粗心。唉!"

"你妈会绣那样的垫底花吗?会吗?"

"不会。"

"我还问你,你在部队的时候,我写过一封信给你,你收到啦?"

"收到了。我不是回了你的信吗?"

"那信的最后一句话,你没倒过来念过?"

"天!没……没有啊。"他说。我怎么没想到世界上还有这么复杂的读信法啊。他暗暗骂着自己笨。

"你的圉心被狗吃了呀!"

"这……"他不知说什么好。

"我还问你,上回县剧团来区里演戏,那晚上我给了你一包葵花籽,你吃了?"

"吃了。"

"那纸呢?"

"那纸上也写着字?"他真正吃惊了。

"装得倒像,哼!"

他身不由己,"咚"的一声跌坐在粗大的树根上。

他笨哪。人家几年前就对他有心,而他竟没有半点察觉。人家三番五次在暗地里向他表示一个少女最可贵的情意,而被他草草地给伤害了。

米兰是一个心灵手巧的姑娘。她虽说像自己一样,没读多少书,但十五六岁就跟着她母亲做缝纫,眼下已是一位鼎鼎有名的缝纫师傅了。米兰虽说性格泼辣一些,但心地善良,为人诚恳,待人热情。他们在一块长大,在他的印象中,米兰是三眼桥地方少有的好姑娘哩。

可是,现在!

"米兰……"

"别喊我,去喊你的郭霞吧!"

郭霞!

"先前人家说你老和郭霞在一起,天天晚上陪她去唱戏,我不见怪。人家是首长的闺女,是我们三眼桥的贵客,理应陪她,保护她。没想到,你还真的怀着一肚子坏水……"

"别说了,"他痛苦地喊,"米兰,完全不是像你想象的那个情况……"

"就是那样的！就是那样的！"米兰终于憋不住，抱住一根树干，号啕大哭起来，"人家什么都知道了，还想骗！……"

远处茶树林里手电闪了一下，又闪了一下。有人朝这边走来了。

她擦干眼泪，抬起一双泪眼，"我找你来，你别以为我想赖在你身上，你别怕，我还没有那么贱。我也不会自寻短见。我不值得为你去死，没了你，我照样活得下去。"说着，她从怀里掏出两双手工编织的厚实的毛绒袜子，塞到他的手里，说："祝你……幸福。她比我强十倍、百倍。你运气好……恭喜你。好生照顾她吧。她不比我们农村人，她身子贵……"

"米兰！"这时，他觉得自己快憋不住了，要哭了。

"我走啦。"

她径直走过三眼桥，头也不回地拐上一条小道，朝她自家的房子走去。

…………

结婚这天，虽说岳父一再制止不准搞排场，但父亲还是杀了一头猪，请了三桌客。

米兰意外地来帮了一天的忙。她手脚麻利，调排清场。泡茶、接客、烧火、端茶，她一个顶俩。她忙得没有伸腰。她为什么要来帮忙呢？这种时候，应该说是她心里最难受的时候呀。

在太阳落下西山、晚霞布满天穹的时候，米兰迈着显然是艰难的步子，回家去了。

新郎官不由自主地走出屋子，伫立在自家院子的树荫下，目送着那个身影远去，远去。他的眼角里，不禁掉出一滴泪来。

他哭了，在心里。

在他的奋斗史上，说得上是登峰造极了。可是，你知道他是怎样度过那些日月的吗？……

一个普普通通的退伍军人，一个只有高小文化程度的厨师的儿子，突然间头顶祥云，飞黄腾达，摇身变为一个区委副书记。

这是怎样搞上去的呢？

这用不着解释。很简单：他是将军的女婿。而又恰恰是在一场灾难性的风暴刚刚过去，像郭老首长这样的参天大树依旧傲然屹立、更加清丽挺拔的时候。

组织上很慎重，是和将军商量过后决定的。

这在三眼桥，可是一件大事啊。人们为他的好出息而十分高兴。人们信赖他的忠实、可靠、踏实、本分。他们希望天底下的领导人大都能像他这样。

"文庆哪，你能！你是我们看着长大的，你能当好领导，大家信任你。"

"好好干吧，小伙子。咱们就盼着你有出息，你能为三眼桥争一口气的。"

父老们为他饯行。放了一挂长长的鞭炮——这是风俗——对于任何一件值得喜庆的事情，都是要这样表示的。

那么，他呢？

他会作报告吗？不会。在部队上，他是炊事员，年年当先进，但一篇学习心得都不敢在班务会上念。他害怕说话，更害怕在大庭广众之中抛头露面。

那么，区委副书记怎么可以不会讲话呢？上任第一天，区委书记便要他去参加一个中心小学的表彰会议。无疑的，区领导去了，要讲话。怎么办呢？他开始翻报纸，然而，不能念报纸呀。他想请区委秘书写几句。可区委秘书是一个老资格的干部，牢骚满腹，爱说风凉话，因为他有很多实际问题组织上没帮助解决而肝火正旺。才几句话，请他写，他不会发火吗？他想起了区粮站搞办公室的小余。小余是他们三眼桥招工出去的。本乡本土，好说话。他于是请小余写了一张半纸的发言稿。

当中心小学校的师生拍响了雷鸣般的掌声，欢迎区委领导作报告时，他不知道他是怎样走上讲台的。"啪"！他朝所有师生，来了一个立正敬礼。这时，他仿佛听见坐在第一排的男女老师中间，有人忍不住笑出声来了。

他开始念，一慌乱，前言不搭后语，句都没有断好。幸亏一个空荡荡的礼堂，没有麦克风、喇叭，加上学生们吵吵嚷嚷，什么也没有听清。丑，总算遮过去了。

区委分工，让他抓机关。他一口推辞了。抓机关工作，每天要处理纠纷，找人谈话做思想工作，要到各单位的各种会议上去作报告、讲话。各机关单位的头头又是很有资历和本事的人物，他根本吃不开，他不能接受这个分工。

那么，还要一个副书记抓农业。他更不行，那是最重要的岗位。一个区，近十万人的生产，近十万人要吃饱饭，那不是儿戏啊。在三眼桥作了这么一些年的田，许多作田经他还弄不清呢。他怎么可能去指导别人呢？

剩下一个工业书记。现在已有人在。他是权威、内行。抓了几十年工业，那宝座稳坐，一时谁也取代不了。现在时势不同了，开始十分明显地强调内行领导、专业对口的问题。

当初，他是横竖不肯来当这个副书记的。他知深浅，他晓得他不是那块料，他只能做一辈子农民。

然而，他是党员，退伍军人。军人以服从命令为天职，党员以服从组织为天职。

领导上找他谈话："当农民是工作，到领导岗位上来也是工作嘛，都是人民的勤务员。不会做工作，学嘛。你岳父生下来就会当将军吗？他读过几年书？可他能指挥千军万马。哪来的本领？学的嘛。"

他没话可说。服从！

说来说去，首先不应该去吃那份国家粮，填那份招干表。要是不吃那份口粮，一切麻烦都没有了。可是，不行呀，正如他的好友、民办教师李良对他说的：

"老兄，你想想。郭霞现在也是国家干部了，而且不久便会生下一个孩子来。这孩子的户口是要随在农村的那一边的。将来孩子大了，没城市户口，会恨谁？日后，你让他跟你作田吗？像你一样没出息吗？再说，你想想：你老婆如今是一个大剧团的大演员，红火得很。而她的丈夫，还是一脚的牛屎，人家不说什么，郭霞也难为情呀。她口里当然不会说什么，她爷老子还没死呢。可她心里不会有想法吗？人心都是肉做的，你好好替她想想吧。你倒是无所谓，身体好，作田也没什么，可你不能害她一辈子呀！

"再说，上面安排你搞工作，你还是做事吃饭嘛。又不是让你去吃老百姓。你这原则性固然好，但是谁欣赏你的'好'呢？都像你呀，农村招工都没人去了，国家的事，谁来搞？……"

他被李良的一篇言辞打动了，顺便就请他给填上了表。

人要生活下去，是多么不容易啊。过苦日子，受不了。有好日子过，也是那么不情愿。好吧，不多想啦，日后好好干工作就是，只要争口气,不被人家耻笑就够了。为了老婆,为了未来的孩子,他吃上了国家粮,当上了干部……

工作会议开完了。

"书记,还有别的工作吗?苦的累的,脏的重的,派给我吧。"他向书记央求。

区委书记告诉他,区上准备派个领导干部带民工上前几年遗留下来的水利工程搞突击,暂时还没分工派人。

"我去!"他马上抢下了这个领队。这是去干他吃得消的工作,这是他的本分。

他来不及和郭霞商量,和家里老人通气,便高高兴兴地带领着各社调来的民工出发了。

一上阵,他就身先士卒,以身作则,带头做苦的做累的。到悬崖上打炮眼;上大坝抬石头;跟车去外地调水泥;下食堂帮厨;驮病人看病……他什么都干,哪里都有他的身影。他上工比别人早,下班比别人迟。三个月,他没下工地,摔落了十斤肉,眼睛深深地陷了进去。

他想:我不能舞文弄墨,也没有领导者的气魄和口才,我应该扎扎实实干自己力所能及的事情。你是将军的女婿,你在某种程度上说来,是依赖着一种背景和关系提拔起来的新干部,你更应该干出一点成绩来。这样,也许才能真正使人信服你,使人们觉得你并不是完全靠一种势力捧起来的废物。我应该是一个人,一个劳动的和能干的人。他想。当他找到了这个位置之后,他的精神开朗多了。这也完全可以想象得到:他将会怎样地把一副百多斤重的身子交给工地,交给党委派给他的工作岗位。

这可是少有的好领导啊。群众对他赞口不绝,人们没看到过这样吃得起亏的领导。行动本身就是一种最好的号召。善良的民工们觉得如果自己比领导还懒惰和怕累，那就是一种过错了。于是，整个马文庆负责的工区，群情激奋，干劲倍添而又经久不衰，各项任务和指标都跑在全工地的前头。他所领导的工区夺走了红旗和奖状的大部分。广播喇叭节目也被他们工区占去一半。

他高兴，他痛快！落几斤肉算什么。区委副书记，大概就是这样当的吧。

然而，他并没有当好一个区委领导干部。

一天，他正在替砌坝的石匠师傅做帮手，赤着臂膀递石块；一个汗淋淋的民工把他领回了指挥部。指挥部里来了好几个陌生人。其中一个戴眼镜的中年人告诉他：他们是县财政局委派的清查小组。财政部门发现了他们工区的财经管理有漏洞，他们准备着手进行清查。

两天两晚的清查结果公布了：他们工区的财经账目一片混乱，有几千元钱去路不明，肥了私人的荷包和肠肚。其中有一些有疑问的条子，竟是他马文庆签字同意报销的。他管辖下的一部分行政、财务、管理人员，欺他生疏，欺他业务不熟，在他的鼻子底下玩弄了各种把戏，而他却没有丝毫察觉。好些人瞒着他，大肆挥霍公款，借出外采购物资之机，逛城市、进馆子、饮酒作乐，拉私人关系。一车车的建筑材料直接运进自己的家里，而能够大大方方地报销各种单据……

当时的几千元，是很大的数目。那是人民的血汗哪！

那时喂大一只猪，要提出送进几百次潲桶，吃掉上千斤饲料，烧掉无数担柴火，要花一年的功夫；一个鸡蛋只值几分钱；有的困难户，实在没盐吃了，跑十几里路去供销社，一次只能抠出买半斤盐的钱……这些这些，都是他熟悉的、经历过的啊！他小的时候，为了买一双新出品的海绵拖鞋，硬是去山里挑了两天炭。

一种未曾领受过的沉重的压力，把他的精神彻底地摧垮了。他经受着三十多年来最痛苦的一场折磨。这一场折磨，使他突然间苍老了许多，消瘦了许多。那个英武和健壮的退伍军人的形象已经离开他了。

三眼桥的乡亲们，你们所寄予的希望和信赖，便这样化为灰烬了。

一个区委副书记，一个真正的领导人，并不是像你们想象的那么简单。

有一个名词叫作：平等。那么，为什么不属于他呢……

米兰结婚了。自从和他分手后，米兰心情郁烦，一赌气，在家待了好几年，成老闺女了。丈夫现在是区上银行营业所的干部。远路人。家在河北，一个人单身匹马在这工作。他姓郭。年纪并不大，或许是他在生活中过于严肃，穿着打扮过于拘谨，人们都习惯地称呼他老郭。

在这位身材高大、脸色黝黑的北方大汉面前，米兰俨然像是一只小猫咪。

好几年，文庆没有认真看过米兰。当他郑重其事地应她之邀，换好衣服去喝她的喜酒时，他才得以有机会静坐在米兰那体面堂皇的新房里，仔细地端详一番幸福的新娘。他着实大吃了一惊：米兰竟比过去年轻多了，白净多了。穿着打扮得使人有些反感。他听说过：米兰家改建了两间很讲究的缝衣间，由于她的本事远远超过了乡下的同行们，所以，她成了三眼桥以及区镇所在地的一流缝纫师傅。最贵重的料子、青年人特别讲究的新式服装，现在不再送县城去做了，都乐意而且充满信心地送到她家里来。也许，因为这，她赚了一笔钱。于是，她可以大摆一阵阔气。在结婚时，摆上令人眼花的"几机""几十条腿"。由于生意的兴隆，又正式开起一家接衣的店子，她不再需要去参加户外劳动，可以不晒太阳，不经风雨，因而也就可以保养得像现在这么姣好。

她还是那么风风火火的。

"老郭，喊客坐呀，上菜了。""老郭，快快，东边堂屋里设了酒。""老郭，添糖啊。"她一个劲地使唤着老郭。

高大的老郭，像小孩子一样服从她。不停地转动着身子，忙着，奔跑着。脸上没有很多的喜气，但也没有丝毫厌烦。

席散了，人走了。他被米兰留下了。

"老郭，你来，"她从隔壁房里拖来老郭，"我给你介绍介绍，这就是我跟你说过的马文庆——马副书记。"

"你好！"老郭伸过手，脸上毫无表情。

他心里暗暗叫苦。米兰这个人，真是，有什么必要把他介绍给新郎官呢？看老郭那神色，说不定已经知道我和米兰的关系哩！

"怎么啦，老郭，你不高兴啦？告诉你，他现在调到我们镇上来了。见面的机会多了，你要不高兴，就直说了。我要跟你说的，都说过了……"

"米兰，你胡说些什么。"他连忙打断她的话。心想：你这个厉害女人，成心想让我出丑，下不了台。

"说些什么？我说过我和你过去的事。嘻嘻，怎么啦？你对不起我，还要我赔不是？"

"米兰，你，你，怎么这样说话？"他冒火了。当着人家老郭的面，能说这些吗？

"老马，你莫认真，她开玩笑。"老郭说着递过来一支烟。幸好老郭没有生气，不然真不好下台。

"唉，你呀你！"米兰用手指头戳了一下老郭的额头，"和你，开不成玩笑。"

这个米兰，果然是在捉弄。

她去给老郭打来一桶洗脚水。待会儿又给老郭送毛巾，倒洗脚水。——她并不是一味地使唤老郭啊。

正面墙上，挂着一张十二寸的彩色新婚照，两个彩色的脑壳斜斜地靠在一起；有两支牙刷，也紧紧地相依着插在玻璃缸内；两个枕套；两双新皮鞋……

平等！他心里即刻浮起一个字眼。

可是，平等怎么不属于他呢？他涌起一阵心酸，他赶忙起身告辞了幸福的人们。再在这新房里待下去他会想起许多不愉快的。

他回到了自己的单身房间。

房间里一片零乱，摆着公家的一床一桌一椅，自己的家具就一只衣箱、一双鞋、一条毛巾、一个枕套……都是"一"。他房里也有一张很不错的照片，但只有一个人——那是郭霞，是一张很有风韵的演出照。天差地错，他们竟没有一张结婚照，而且，天差地错，也没补上……

岳父本来是要让郭霞在农村干一辈子的，然而大局的需要比首长个人的安排重要得多。郭霞从大城市里来，从小有着良好的艺术修养，而地区歌舞团是一个新建的班子，缺少的就是郭霞这样的人才。几百里路，他们团里派员跑了五次，终于从首长身边、马文庆家里要走了这样一根可以撑门面的栋梁材。

相隔几百里,他们成了牛郎织女。那时他还在乡下,还没有当干部。在农闲的时候,便带着在乡间能弄到的、郭霞最喜欢吃的东西去看她,去她那里住几晚,去给她收拾一次房间,洗一洗被帐衣服——郭霞对过生活是很不讲究的,她不懂得也不会照顾自己。

忙啊!她简直没有机会陪他。老是没完没了地排练、演出、观摩、外出。

艺术,毕竟是高雅的东西,它完全征服了郭霞。是啊,艺术怎么可以与学做饭、学喂猪、学料理家务、下田种地相比呢?

他由衷地感到高兴:因为郭霞找到了真正可以发挥她艺术才能的用武之地。而真正按她父亲的要求:将来当农民,当家庭妇女,她会过得不愉快的。他也已经看出,郭霞离开农村才一年,便对什么山呀水呀,花呀草呀,统统不感兴趣了。那一股好奇心完全消失了。人呢?性格呢?他发现:也变了。变得喜欢皱着眉头,痴痴地望着一个地方,凝神想着什么。是啊,什么山呀水呀,草呀花的,识破了,看穿了就没什么意思了。有句俗话说:识破不值半文钱。那些,统统都是静止的,呆板的。而无止境地发展演变,奥妙无穷的艺术以及五彩缤纷的城市才是真正值得向往的和迷人的呢。何以有"人往高处走,水往低处流"之说呢?这或许是对人生很客观的总结吧。郭霞同样是一个普通的人,她知道什么是好,什么是不够好。

人,不应该受到束缚。尤其是郭霞,她有才能,她有天赋,让她白白地去当一个农村妇女,那将是可悲的。她应该也只有在艺术的王国里自由飞翔才有她的幸福和前途,那应该是属于她的人生的真正位置。现在好了，歌舞剧团的新生活重新点燃了她的活力。马文庆为她感到由衷的高兴，幸亏剧团领导得力，下狠心把她弄出来了。

洗完了郭霞积压的脏衣脏被脏鞋，擦净了地板墙壁玻璃，还干什么呢？

郭霞请他评价她的唱腔、舞姿。天哪！他怎么行呢？他觉得那一招一式、一字一腔都是美妙无比的。

"你，你怎么老是一个'好'字呢？"妻子嗔怪他。

"真的，这话是心里说的。真正好。"他急了，恨不得捧出心来给她看。

郭霞见他闲着没事干，便要他去看她的排练演出。他去了，他当然要去的。坐在空荡荡的排练厅里或是剧场的前排软垫沙发椅子里，他总是努力装出非常认真的表情去欣赏妻子的表演，那是她的劳动，他懂得那种创造的价值，他懂得尊重。但是，他只能看一会儿，眼睛不由自主地开始打架，接着便不可克制地坐着呼呼大睡——像过去他陪着郭霞去镇子上排样板戏一样。幸好，郭霞从来不问他的观后感。也许他从没发表过议论，郭霞也就无需问他索讨一个"好"字了。

岳父对女儿的要求是十分严格的。他老人家的工资高，三百多元钱一月，除了吃伙食、穿衣服，多余的宁可全交党费，宁可掏出几千元存款支援大队上修电站，他不肯给女儿一分钱零花。郭霞一参加工作，老子就要求她自食其力。二十八元五角钱一月哪，派什么用场呢？他十分体谅妻子的苦衷，他把在家里辛辛苦苦担竹、挑炭、喂猪赚的钱，带给她花。她是城里来的人，花惯了，现在又经常出外演出，出门就要花钱哩。不像在乡下，多有多用，少有少花。

他招干了，又当了区委副书记。他把除开吃伙食之外的工资全寄给她用。好几年，他没给家里寄一分钱，扯一寸布，幸好父母亲原谅他，不骂他讨了老婆忘了娘爷。他觉得这样才心安理得，他自己艰苦一点，换得人家的愉快，他满足，他痛快。要是将军的女儿因为生活艰苦、手头拮据而过得不顺心，首先是他的责任，也可以说是他们三眼桥人的一种过错。

可是，他们之间的共同语言却越来越少。在他们热恋的时候，特别是在她刚下乡的那些日子，整天有那么多话说，像小河流水一样，汩汩而欢快地不停不息地流着。她对什么都充满着兴趣，她甚至崇拜他知识的"渊博"。而现在，说话成了勉强应该完成的义务。

难怪啊。郭霞再不是那个二十岁的姑娘了。她想知道的，已经填上了空白。她也不再是生活在父母亲身边，生活在"摇篮"里。她开始独立生活，她一心一意干她的神圣事业。他去看她，她不觉得生活中增加了什么，没有久别夫妻的那种狂热。他要走了，也没有什么留恋。他们相敬如宾，过分地互相尊重，像一对远古时代的夫妻。他所看到的许多夫妻之间的那种恩爱，调笑，甚至是口角，吵闹，在他俩之间都不复存在。有人说世界上最倒霉的是"柴米夫妻"。他倒有时也爱慕起柴米夫妻的生活，至少，他们可以经常为柴米油盐的开支和紧张吵吵嘴巴。

有一回，她苦笑着对他说：

"我怀孕了。"

他十分高兴。谁不想做爸爸呢？想的。他们乡下像他这个年纪，小孩都七八岁了。他马家就只他这一根独苗，妈妈为抱孙子，不知偷偷地跑到山里的一座幸存的观音庙里，敬过多少次"送子娘娘"。

他准备说几句高兴的话，但当他看到郭霞冷淡的神态时，心里不由得一紧。想：莫非有什么心思？她怎么会不愉快呢？

"我想打掉！"她说。他听得出，那并不是和他共同商量的口吻，好像带着一股无名火气似的。他的心不由得冷了半截。他没表示反对，也没问为什么。他从不干预她所要办的事情。

也许，她是为了事业，为了保护身材——一个舞蹈演员的"生命"吧。

他去看望她的次数越来越少了。因为他去了，不但没有给郭霞带去温暖，相反好像给她增添了麻烦似的。她极想去干她的，但又不得不陪陪他，结果两个人都弄得惶惶不安。

当他在工地上打了败仗，拖着疲惫的身子住进医院之后，多么想写一封信给郭霞，让她回来一趟。他多么想得到一点抚慰啊，他的心情太沉重了。哪怕是她给他削一个苹果，他都会轻松许多的。但在他落笔写信时，又替她设想了许多困难：要是她工作紧张呢？要是她出外了呢？要是她不乐意呢？还是放下笔吧。这是没有必要办的事情。困难，应该自己咬着牙顶着，而不应该拉着别人来承受。咬咬牙，就会过去的。

他于是一直没有把这次重大的挫折告诉妻子和家里。在医院住了不长时间，当能挣扎着走路、吃饭了，他便拖着虚弱的身子，坐上一辆需要八个小时才可以到达终点的长途汽车，去看望郭霞，几个月没看望她了。

当他俩见面时，双方都不由得为之一惊。

他自然是快被她认不出来了。消瘦，苍白，佝偻着背腰。而她呢？实然间发福了。不，是虚浮。剧团里人告诉他：她引产了，大流血。

"你这个丈夫是怎么搞的？你爱人吃了这么大的亏，你却无动于衷。看都不来看一次……现在你还来看什么？你，你怎么搞的嘛。谈何夫妻，比同志都不如……"背地里，有一个和郭霞很要好的女友狠狠地训了他一顿。他一句话都没说，低头忍受。

郭霞并没有责备他，也没有冲动，只是用一种从来未有过的冷淡的表情迎接他："想不到吧，我还活着。"她的嘴角露出一丝难以察觉的刻薄的挖苦。

呵，多么可怕。像无数根针尖，刺在他的心颠上。他不相信这表情这话语是出自郭霞的口中。

他多么想作出一点解释，然而他没有这样做。他想，任何解释都将是苍白的，毫无作用的。

他不爱作解释。工地上造成损失之后，上面追究责任，他就没有作过半点解释。他一肩承担了所有责任。因为，他是一个领队。

他难过极了，眼前一阵阵发黑。他终于无力地倒伏在她那新添的柔软的三人沙发上。

要怎样才能像一个干部呢？当干部真难……

马文庆总结过自己的人生，最好的本领，还是会睡觉，站着坐着几秒钟都能入睡。自他作为区委副书记而带不好一群工地上的民工，作为丈夫而糊糊涂涂让妻子流了产，他开始失眠了。有时候通夜难眠，半夜起来去工地上挑土、扫区委大院的地坪。他翻来覆去的想，他的错，就错在一不能当官，二不能娶如此高贵的老婆。如果他像父亲那样学做个厨师，讨个像米兰那样在乡下做个缝纫师傅的老婆，他就不会像今天这样活得狼狈不堪了。在考虑了两个月后，他向组织上坚决要求辞掉他无法胜任的区委副书记一职，并坚决要求到家乡的镇上下饭店当一名厨师。组织上反复做过工作无效后，只得同意。

但他当厨师的要求却没有实现，组织上安排他当了经理。组织上严肃地找他谈话：一定得当经理。

那时候所有的企业都属国有，饭店属供销社管，饭店经理是脱产干部。他的工作职责就是到饮食部、财会室、锅炉房、旅社部转转；每星期开一次班组长会、一次职工会，抓一次政治学习；再到上面应付一下区级机关碰头会。

而他一上任，既没开见面会，又没找职工谈话，甚至连房间都没收拾好便下了厨房。

供销社主任很快发现了这个问题，他马上去厨房里把文庆找出来：

"我说老马，你是来当经理，还是来做杂工的？嗯？"

他说："我不能光喊不干。再说店里确实是忙不过来。"

"我告诉你，你是经理。我不希望你亲自动手，我需要你抓管理，想办法，查漏洞，出点子。另外，告诉你，饭店虽小，复杂得很，你不小心提防，要吃亏的，真正出了事，你倒还不要紧，你有个好岳父老子作后盾，那还要连累我哩。因为饭店是你管的，你又是我管的……"

比他还年轻的供销社主任扎扎实实地剋了他一顿。但这个主任心肠好，事后又请他去喝酒，说他本来是没有资格教训他这个区委原领导的，是出于忠告……云云。

他并没有生气。他怎么能怪主任呢？那完全是出于公心嘛，还不是为了他好、为工作好。但他仍旧改变不了固有的"恶习"。他睁大眼睛也看不出繁忙而紧张的饭店隐藏着什么杀机。也许是主任吓唬他吧？他的手又痒了。他看不惯积压在那里的事没人干。

有一回，老父亲提着篮子到镇上来买过年货。老人家不熟，要买粉丝什么的，手头又没粮票。没办法，不得已要麻烦儿子一回。找遍了，他才在昏暗的磨房里找着儿子，腊月的天气，儿子脱得只剩下一件单衣，在起劲地磨着黄豆。

"爸，你来啦！"

"来啦。磨豆腐哪。"

"磨豆腐。爸，你坐。"他用下巴朝一条粗木凳点了点，请父亲坐。他没停手。

父亲点燃了一支烟，接着又一支，坐了半晌，看到儿子根本没有住手的意思。想不麻烦儿子了，也没说要他代买年货的事，起身准备回家去。

"爸，你要回啦？"

"嗯，回去。"

"你找我有事？还是到镇上遛遛？"

"有……倒是有一点事。"

"是吗？有什么事？"

"快过年了，你妈让我到镇上来买点年货。我人眼不熟，这个要证，那个要票，我都没有。想让你去看看，眼下你又不空。"

"是没空哪，磨豆腐的老顾爱人生病了，没人顶。年关了，要豆腐的又多，忙不过哪。要是电磨装好了，就神气了。可那电工师傅又扳俏,真……难说话哩。"

"是呵,是呵,都要豆腐做菜哩。过年吃点素豆腐汤,来盘辣炒豆腐丁,都是好菜,大鱼大肉吃腻了,豆腐就是好菜了。你忙你的吧,那我先回去了,改日再来。"

"那年货呢?怎么办?"

"让你妈来也行,她人眼熟些。"

"……爸,这样吧,你先别走,你来替我磨豆腐,我去给你买年货。"

于是,老父亲接过了磨把,接替儿子的工作。他觉得:搞工作是严肃的。这不像做农业,或早或晚、干多干少,都不要紧,可以自由一点。耽误了一天供应豆腐,人家会骂娘的。

待儿子按父亲的单子买了半天货回来,父亲也脱得只剩下一件单衣了。脸上、额上密密的皱纹里,爬满了浊黄色的汗水。

儿子当干部了,人们都来恭贺老厨师,他当然高兴哩。他这祖祖辈辈耍泥巴的家族,总算从儿子这一代有了一点改变。

可是,儿子原来就是当这样的干部啊!老人的心情很复杂,高兴又惆怅。

儿子这样当干部好不好呢?自然好。父亲满意。多做一点,少逛一点,少说一点,这符合他的做人准则。

可是,你既然是国家干部,总得多少要像个样子才好嘛!可你,半点也没有。你那区委干部还没干热就换了地方,也许,是因为你太不像个干部了吧……

是啊,做人,一定要懂得忍耐。要会忍耐……

搞饭店工作，算是比较有规律的，可以享受轮休假。

他每隔半个月，便回家去看一趟岳父岳母，看一回父母。

岳父不再回北京理事了，挂的几个诸如"常委""顾问"之类的头衔也陆续辞了。他专心致志地兴办林场和修小水电站，到处奔波，身体好像比过去健朗多了。将军根本没有时间过问他的事情，连说说话的机会都越来越少。他按规律去看望他老人家，以尽其礼仪。尽完义务，他便回到单位上，龟缩在那个小天地里。

他不会喝酒，不会摸牌，不去钓鱼，也不大喜欢电影戏剧。

累完一天店里的事，很早很早就关门睡觉了。养精蓄锐，准备来日天不亮就起床干活。

米兰如今正式在镇上租了一间屋子，请人写了一张招牌，正式开起了缝纫店子。她还带了两个徒弟，有模有样地当起了师傅。隔不了几天，她便请文庆去她家里吃饭。两口子总是很客气地款待他。

"倘若你店里的菜吃厌了，就来我们这里吃。"老郭说。

"不，麻烦够多的啦！"他觉得很过意不去。

"这有什么，怕白吃了，你付伙食费给我就是。"米兰抢白他。她看不惯他这个客套样子。

但他还是尽量少去。

然而米兰却找上门来，还帮他扫地擦桌、洗衣缝补。他原本是非常殷勤的，把自己还包括郭霞都收拾得特别利索。然而近来莫名地生出一种惰性来，除了上班，自己的事，什么都不想动了，他也搞不清这是为什么。

他过意不去，也难为情，对米兰说：

"今后，你还是少来我这里吧。"

"为什么？我讨你厌啦？"

"不，不。我是怕人家说闲话。"

"只要老郭不说。人家说的算是放屁！只你，大惊小怪的。"

他说不过她，唯一的办法是设法躲着。他想不出那小两口为什么对他这般好的道理来。他没有能帮他们什么忙的地方啊。为什么？难道米兰知道了他和郭霞之间的冷淡关系吗？他们夫妻是怀着一颗怜悯、安抚之心来关心我吗？

是的。正如他所料。

有一天，米兰认真地对他说：

"文庆，你应该去看看郭霞。"

"你怎么知道我没去看？"他果然猜到了米兰的用心所在，但他不愿人家插手他的个人事情。

"我知道，你又有两个月没有进城了。"她说。

"你少操一点空心好不好？"

"我知道，知道，我都知道。文庆，你内心难受。可是，总该……还是应该去，不为别的，为了你那岳父岳母，要是他们知道你们夫妻之间已经是这个样子了，老人家会怎么想？……你还是去一去吧。或许，会好起来也不一定的……看着你一个人冷清清的，真……"

"你不要说了。"他一撒大手。他心里难过极了："米兰，我不去。你不知道，我去了，她也不大欢迎。还会给她带去……不愉快。……"在曾经爱过他的人的面前，在这个想方设法关照他的善良的、像亲人一般的女人面前，他再也无法克制自己的感情，竟一下子倒出了在肚里埋藏了许久的苦水。

米兰心肠软，哭啦。手捂着脸，泪水从指缝里流出来。她过去所爱的人，走了多么漫长的一段弯路啊！她有个哥哥也在市里工作，恰巧就住在郭霞旁边的院子里，郭霞的事他全知道。他们夫妻之间的僵局他全了解，告诉过她。这一对表面上美满幸福的夫妻，实际上却隐藏着多少苦痛啊！他们爱过吗？没有哇。怪谁呢？怪郭霞吗？不能。她和他没话说，志趣不一。怪他吗？更不能！这个可怜的老实人，又有什么错呢。

正如米兰所预料的，将军有了一些察觉。有一个夜晚，将军把马文庆找了回去，脸色很不好看地问他：

"听说你们夫妻关系不怎么好，是啵？"

"好哩。"他故作镇定地答。

"听说你们不大来往？"

"不，工作一紧张，就隔得久些。"

"是吗？那就好。要以工作为重。你们结婚几年，年纪也都不小了，你们的事，你们自己处理好，我们不能老是包办。我们也没有精力来管这些事，不要让你岳母受刺激，她身体不好。要是霞子有什么不好，你告诉我，由我去处理。你呀，人太老实。你不要以为她如今小有名气，就什么都由着她，她没什么了不得的。"

"是的，爸爸。我们会好好过日子的，只要你们健康就好。"他撒了谎，脸窘得通红。好在老人眼睛近视，看不出假来。

是啊，不要让老人们再担心他们的事情。于是，他利用每个月的假期往城里去一趟。郭霞忙，他住一晚就走。郭霞不高兴，他放下东西，然后到旅社里过一夜，再回单位上来。强咽下这种苦痛吧，不能让老人们知道，不能让他们伤心，让战功赫赫、饱经风霜的前辈们在这个世界上多活两年，多看一眼世界。这不能不说是后辈人最大的愿望。

他得到了

但也失去了……

他得到了。他终于获得了他所向往的工作——一个普普通通的厨师。

他再不当官了，再不使唤别人了。

正如供销社主任对他总结的那样：马文庆太死板了，做人一流，当官不行。

饭店里没有好面粉，做出来的面食吸引不住顾客。白案这个部门，一亏再亏。现在开始兴奖金，白案上的人出了力，吃了亏，由于销路不好，拿不到奖金，按制度，还要倒扣工资，他马文庆手软心慈，觉得奖金不拿不要紧，工资千万不能扣。他下不了这个手，签不了这个字。可制度是大家定的，如果连你经理都带头违反，这一关卡不住，什么规矩都要作废。收入一少，白案上的人便来了情绪，什么都说得出，做得出。店里吵得一塌糊涂。他着急啊。他赶忙去找主任。

主任却笑呵呵地说："这非常容易解决呀！"

"主任，人家急死了，你还开玩笑，收不了场哩。好几个人工资都发不出。"他一脸的愁。

"你莫急，我说了容易就容易。来，我给你一个锦囊。"说着，他草草地写了一个条子，递给他。

他一看，上面这样写着：

县粮食局钟局长：

请供三眼桥镇饭店七五粉两吨。三眼桥是老革命根据地，望照顾为盼。

"你这是什么意思？"

"你呀你，脑筋真死。你拿回家去，你岳父老子有一个图章，让他在这上面盖一下，有了他那颗章，可以走遍天下，别说两吨，两卡车都会送上门来。"

"不行！"他毫不犹豫地说，"我不去。爸爸说过，他不允许我们在外面打他的牌子。"

"那好，你回去安慰安慰你的部下吧，叫他们忍着点，暂时少拿点钱，等将来形势好转，再来弥补吧。贡献班也还是要人上的吧。"供销社主任挖苦他。

他一赌气走了，躲在自己的房里叹气……

他累死了，也未能改变饭店的面貌。然而像供销社主任预料到的那些倒霉事情，几乎都冒出来了。他再也不能把经理当下去了。

马文庆既不能偷盖岳父的图章，又无法解决单位的具体问题，又开始失眠了，实在想不出办法来，他只能去请教岳父了。找了个机会，他终于把一肚子的苦水以及他的经历全向将军汇报了。

"唉，怎么今天才听到你说这些呢？"将军说，"我还真以为像他们说的，你很胜任这个区委领导的岗位。一个人，要做到量体裁衣，要能正确估计自己，根据自己的条件，恰如其分地做一份工作。你不适宜干领导工作，你怎么不早要求调换呢？"

"我要求过。一开始我就要求不当领导，可组织上要我学着干。后来，我怕影响您，结果，还是不行……"

"乱弹琴，他们不是看你的实际情况安排工作，而是看我的面子，让工作服从你。嘿，是我害了你，贻误了工作。看来，我这尊菩萨蛮碍事哩！"

"爸，这怎么能怪您。是我不争气，蠢。"

"过去的事不说了。那你想干什么工作呢？"

"我，我，说内心话，我只配做一个厨师，像我父亲那样。"

"好啊好啊，就去接你父亲的班，学厨师，很好。把本事练好，行行出状元。干好这一行也是不容易的。"

"是的，爸爸，我会用心干的。"

于是，他什么也不当了，高高兴兴回饭店做厨师。

古老的三眼桥，现在引起了人们的重视。专家们整理出幸存的文字资料，算出了三眼拱桥的寿命——五百五十岁。

据专家们鉴定：被尘埃和乱藤遮没了的"三眼桥"三个字，出自一个皇帝的手迹呢。现在，那三个古字被涂上金色，老远就看见它们闪闪发亮。那被岁月的风雨烈日、冰霜严寒摧损了的麻石栏杆，跟着成了宝物。许多年轻男女，喜笑颜开地倚着栏杆摄影留念呢。每逢星期天或大晴天，骑单车的、背画夹的，来自县里的学生和老师们整天趿蹰在沙滩上，画着三眼桥周边的各种景色。

不久，三眼桥就上了画报。政府已在拨款重修残庙，一些老树古碑，纷纷挂上了"重点保护"的小铜牌。几百年来，被土车子碾了两道深坑的石板桥面，自然是再不能让独轮车上桥了。政府另外修了一架水泥桥。

三眼桥热闹啦！自此游人不断。

区供销社主任的脑壳好用，反应快。从饭店里住上几位省里来的考古学家那一刻起，他就探听到了三眼桥这一带将会有一番新景象。他于是果断地决定在三眼拱桥桥头投资征地，兴工修了一座古香古色的餐馆。就在画报上登出彩色照片的同一天，餐馆也竣工了。餐馆是请省里专家设计的，别具风格，舒适雅致，有一半悬在河面上，一半扎在地面上。

主任很有见地，特地请将军给餐馆书写馆名。其名曰："听月楼。"月亮只能看，何以能听呢？主任自有一套好歪理。他认为：如果起名叫"赏月楼""观月楼"什么的，都太直太露。月亮自然是看的，这道理简单，都知道。如果说听，那就会引起人们的注意，会造成"奇"的效果。一"奇"，就能吸引人。他建餐馆，就是要最大限度地吸引顾客……

听月楼也罢，看月楼也罢，马文庆不关心这个。

他很想去这个新店里做厨师。

他觉得只要把父亲的那门厨艺传下来了，就配得上这家饭店。岳父回来这么多年了，隔不久就让他父亲给他做两个菜吃。岳父至今没有夸过任何一位厨师，只认他父亲的手艺。岳父是见过大世面的，马文庆只相信他的判断。

这个想法坚定了后，马文庆就再不犹豫了，找供销社主任提了这个要求。主任也觉得好，说："招牌是你岳父写的，相信你也不会砸了你岳父的招牌，你去做最理想。"于是，马文庆兴高采烈地叫上他父亲，带上两个助手，不拿工资的父亲专心传艺，一手一脚调教他们，不出三个月，把一个"听月楼"调摆得十分出色，名声大振。不久，省里有一个大干部来看将军，有意识地调查一下基层的情况，于是以一个普通游客的身份买了一份便宜菜，一尝，大加赞扬。

那位大干部曾经在郭老首长手下工作过，在拜访首长的时候，大大夸奖了一阵"听月楼"的菜。

岳父很高兴，对马文庆说："你好好干，人是要有点本事的，没本事不行,你要超过你父亲。你还可以读读菜谱嘛,老是土搞法,不行啰,社会在发展。"

岳父的话没错,马文庆以更大的兴致开始研究菜谱。文化低不要紧,现在文化高的人碰鼻子,两个助手就是高中毕业回来待业的。

于是,在他的菜单上,开始出现些在县城里都看不到的新名字:兰花豆腐干、素火腿、鸡茸鲜蘑菇丁、辣鸡丁、三鲜蹄筋、凤凰腿、麻花卷、乳腐鸭块、翡翠春笋、糯米炸春花、猪油炒八宝饭、竹笋鹅肝汤等。炒、溜、爆、炸、蒸、烧、冷盆、甜菜,他都学着做。

现在出来游玩的多是青年,又多是恋人。他们工资低且没有假期,不敢出远门。画报和报纸把三眼桥一吹,加之这地方确实是有好水、好山、好树、好花草。花的钱不多,时间又短,来去方便,带着爱人往"听月楼"一坐,花几块钱,点几个新鲜菜尝尝,甚是痛快,几全几美。

"听月楼"火了,马文庆疯了,有关"听月楼"餐馆以外的事,他已无暇顾及,心中只有"听月楼"。听米兰说,郭霞现在已经如何如何了,他不管,她爱怎样便怎样。他没心思去想那些。他的脑袋只有一根筋,只能想一件事。

马文庆离岳父家更近了,但他去得很少。好在岳父是从不计较的,老强调要他们好好干工作。

然而,值得永远后悔的事情发生了——岳父病倒了。隔这么近,卧床三天他还不知道,更莫说抽时间去照顾他。

凑巧得很,他们夫妻俩的事情,也在此时传到了他老人家的耳朵里,致使他病上加气。

父亲带口信来,他这才风急火燎地赶了回去。

将军病了的消息一经传开,全三眼桥人都陷入一片慌乱之中。他守在床头已经两天一晚没合眼了。

"快……快发电报,叫那鬼妹子回……回来。"将军在病中为他们俩的事发火。

"碧溪,亲家,你睡好。求求你,莫急坏了身体。"文庆父亲几乎用哀求的声音说。

将军抓着老厨师的手:"老兄,我……对不起你。我没过问过他们的事,我有责任哪……都怪我那鬼妹子,见异思迁……"

"不,不,她好着哩。她贤惠哩,真的,常给我们俩寄吃的穿的。兄弟,你多心了。"

"不,我知道。"将军艰难地摇摇头。

没有人去发电报。倘若真把郭霞催回来了,将军的病会加重的,不如让她避着好。将军教育子女的方式很古老:三分道理七分蛮。还是"棍棒下面出孝子"的老办法。在他眼里,容不得半点芜杂。

不幸得很,没几天,将军便离开了人世。七十五岁的老人,又是心脏方面的急病。他的其他几个儿子都赶回来见了父亲一面,唯郭霞没有回来。

三眼桥动用了最隆重的葬礼。他是唯物主义者,自然是不能给做道场等那一套"迷信"的,就在家停了三天三夜,昼夜有乡亲陪着。唱唱夜歌,缅怀他的一生。响铳响锣,弹琴吹奏,热闹了七十二个小时;选了一块风水最好的地基葬下这位人民的英雄。坟前树了一块特大的石碑,坟前坟后移栽了十二根丈余高的翠柏。

郭霞没能赶得上父亲的葬礼。她在千里之外的一个大城市里演出。十天之后,她才能赶回。

马文庆等着郭霞回来。

现在将军长眠了，再不会有人干涉郭霞的意志了。现在，他可以正式跟郭霞谈一些事情了。他想好了，就在"听月楼"，准备一顿最好的吃食，用最诚恳的态度，认真地跟郭霞谈一次——为了她的无量的前途，为了她还来得及找到的幸福。

她应该拥有自由自在、不受拘束的幸福，完全应该。

那么，是不是像米兰所说的：这么做，也是为了自己的自由呢？

不，不！如果是这样，他就对不起九泉之下的将军了！

郭霞就要回来，他等着。

1984年《电视·电影·文学》4期

黑　滩

　　我觉得：我的自我感觉非常好。

　　我已经轻松自如地腾起了身子。双手紧夹着耳朵，头朝天微微仰起，腿部和臂上隆起的肌肉紧绷着，像一片洁白轻盈的羽毛，朝空中射去。猛地，我一栽头，一百八十度大转体，然后把躬着的身子重新拉直，像箭一般飞快地朝翻滚着白色泡沫的深潭扎去。

　　"嗖！"简直像一条鱼，没有溅起水花，悄没声地便插进了水中。

　　水把我轻轻地托了起来，我轻轻地抹了一把脸上的水，微笑着看了看岸上的伙伴。其实，我并不认真地去留察大伙的表情。我知道：我的成功的跳水动作会引起怎样的震动。

　　岸上出现了瞬间的宁静，没人接着往潭里跳了。他们那一种双手捂耳，双脚落水的放"吊桶"一样的跳法，相形见绌了。

他们自然没有游泳裤，清一色的蓝竹布大裤裆半长短裤，整个夏天，就穿这一条裤子，一坐下来，裤裆的东西就露出来了。

"应该这样，"我说。我开始纠正他们的动作："不是脚打头，喏，把手伸出去，对，伸直，腿蹬地之后，不要再用巴掌捂耳朵了，这样跳耳朵眼不进水的。对，是这样，跳呀，跳呀！"

还是没人跳，都不敢。这伙山里伢子，胆小如鼠。

"你们不敢？好，再看我表演一次。"

"唿——嗖！"我又来了更精彩的一下。

都开始跃跃欲试了。唯独水生，坐在崖上，一动不动地望着远处的峰峦和缓缓飘动着的白云。他看都不看一眼我的表演，用一个精瘦、黝黑的背脊梁冷冷地向着我。

我的自尊心受到了打击，心里涌起一阵不快："'水老鼠'，你来跳一个。"我的口气里明显流露出挑逗性的成分。都叫他"水老鼠"，据说他五岁就弄潮，是我们暗山寨一带有名的水中里手。他有什么能耐？还不是放"吊桶"的角色。他能够无视我这正规动作吗？你见过游泳池吗？你听说过"仰泳""蝶泳""蛙泳"的名词吗？你只会"狗爬式"。你还坐井观天呢！

"水老鼠"缓缓地转过身来，眯缝着眼睛，那缝隙里分明射过来使人难以忍受的高傲、莫名其妙的高傲。好一会，他在牙缝里说："你能到潭底捡石头吗？我捡个给你看看。"说完，他像个秤砣一样，就势往崖下一滚。"嗵！"激起几尺高的水花。

"哈哈哈！"我不禁开怀大笑了。

只一会儿，他浮了起来，手里举着一把潭底的石子。

我不服输，也一头扎入深潭，使劲往下钻，然而，怎么也够不到底，水的压力越来越大，耳膜压得生痛。水底早已是一个漆黑的世界……还没到底,然而我憋的那口气已经完了……不行,再逞强就要被水呛坏……

我浮了上来,脸色窘得通红。

"哈,怎么样?花架子没用吧。我再给你表演一个节目。"嗵!"他来了个纯粹的"吊桶"落水。

很久,他还没有上来。我点了一支烟,烟抽完了。我和伙伴开始紧张起来,生怕发生什么意外。幸好水面时忽冒起一两个气泡,说明人在底下换气。

"嗯!"只他浮起来了。他手里抓着一只大团鱼。

"呵嗬,呵嗬!"伙伴们都朝他拥去,"'水老鼠',还是你行,你行!"

"水老鼠"朝我走来,用揶揄的口气对我说,"怎么样,你想不想学我这个动作?"他把大团鱼朝我脚前一扔。那畜生突然伸出五寸来长的龟头,朝我的大脚趾咬来,骇得我朝后便倒。

我立稳步伐,"倏"地蹿到水生面前,在他肩膀上推了一掌,恼怒地说:"你要耍弄我?眼睛放明亮点。"

"怎么,你要打架?""水老鼠"冲了上来。

我比他至少高二十厘米,重十五公斤。"我打你又怎样?"我能在他面前甘拜下风吗?

谁知,这黑瘦矮子是一个亡命之徒,根本无视我的优势。

"注意。看打!"他喝道。还没等我看清楚,他已经蹿到我的身旁,不知怎么回事,我已经被掼倒在硬邦邦的石地上,摔得脑袋直冒金星。

"哎哟!"待我转过气来,才清楚他是抱着我的脚打倒我的。

我决心教训教训他。

"狗日的,看打!"我朝他扑去。

他个头小,仍旧使的是老招。但此时我已有提防,等他伸手捞我的双脚,我已经灵巧地绕过他的身子,只在他背上轻轻地推了一掌,他就顺势摔了个"狗吃屎",朝前溜去三五尺远,脸上被石子划破一条口子,鲜血涌了出来。

"出血啦,出血啦!"伙伴们都护着水生,围上去救护他。

"嚎嚎!""水老鼠"发出尖厉的号叫,拨开人群,冲上来还要继续干仗。

出了血,意味着打架升了级。我的心怯了,忙收拾起衣服,往回走了。我是下放到这里来的知青,父亲正在受审查,没弄好,会连累家人的。水生家是贫农,他若告我一状,少不了加我父亲一条罪:阶级报复!天,我不敢再往下想了。我真恨自己,为什么这样容易冲动。你再不能像过去那样啊,你的地位变了。居然,还出外打架。要是妈妈知道了,她准会气晕过去,她受的打击够重的了。

我的发达的腱子肉哪儿去了?老师,你说过:如果我有志趣,可以成为一个出色的体操运动员。可是老师,你看看现在的我吧,胸部平坦坦的,腿部和臂上隆起的肌肉不知什么时候消失了。我黑了,我的背腰好像开始佝偻了。就在去年,就在这块崖头,我还看不起我的暗山寨的黑不溜秋的伙伴们呢。我还产生过良好的自我意识,我还陶醉于甜甜的自我欣赏中呢。变化,多快啊,多快,多令人悲哀……

这儿叫黑滩,三条小溪汇集的地方。滩上没有柔软的沙砾,只有黑色的狼牙似的密密麻麻的礁丛。这是三条溪从三个不同的方向千年百载冲出来的怪滩。

滩头的水从来没有平静过,总是交错翻滚着,奔腾着,发出怕人的啸叫。潭深不见底,我至今没有落到过底。全暗山寨恐怕就是"水老鼠"熟识水底是什么样。

我喜欢到黑滩的崖头上来坐。我喜欢黑滩的浪漫和莽撞。我父亲是一个豪爽痛快的人,我喜欢他这性格,但父亲却不能被时世所容。

月亮落在深潭里,是碎的。碎的光,剧烈地朝黑地里射去。

家里粮食不够,挖红薯的季节到了,我妈提醒我:去人家挖过的红薯地里翻找可能遗漏的薯根,甚至可能会碰上一只完整的红薯。可惜我没有这种幸运。一步一脚都洒下了汗水,却没有换来收获。我不里手,我抵不上一个十岁的小孩。他们能找到遗薯,我找不着。

天黑了,月亮升高了,我却伴随着饥饿,还坐在黑滩的崖头上。昏黑的天体里,飘着几缕白色的余烟,还飘过来一阵油盐的淡淡的香味。我讨厌这一星半点香味,它使我更饥更饿了。肚子像滩头的水一样,发出"咕咕"声。

然而油盐味儿竟还固执地保留着,我愤怒极了,我不能忍受这种捉弄,我开始发泄,我把那只竹篾背篓狠狠地抛向黑滩那翻滚的浊浪里。

"嗵!"随着背篓落入水中,我同时听到另外一个巨大的响声。我朝潭里看去,发现潭里浮着一个人,那个人捡起了那只不中用的竹篓子。

"维汉,你拿东西发气啦!"上了岸的人把湿漉漉的竹篓递给我。

是水生。

去年,水生并没有告翻我。但水生一直是藐视我的,我从他那眼光中、神态里看得出来。

水生那多病的祖父刚死去不久,现在只他一个人孤零零地生活在世界上。大队干部老刘说他是"二流子",因为他不规规矩矩出集体工。他靠一双手和一身好水性去河里弄吃的穿的、养活祖父和自己。刘干部抓斗争有一套,但他奈何不了"二流子"水生。水生是贫农。你不让他下河,可以,他尾随着老刘不落步,吃饭时节往他家里饭桌上坐。

"喏,给!""水老鼠"仍旧打着赤膊,让水珠留在身上也不抹。十月的天气不觉得寒冷。他扔过来一只大红薯。我掂掂分量,少说有二斤重,红皮,鲜鲜的。

"你吃吧。"我扔了过去,虽说饿,但我不在乎人家的施舍。

"我晓得你屋里的锅灶,莫装蒜好不?"他又扔了过来。他自己也拿起一只,"咔嚓!"脆脆地咬了一口。

我忍不住了,也咬了一口,但满口是鱼腥气味。一定是那只摸多了鱼的手在薯上留下的。我忍住了恶心,吞下了又甜又腥的一大口。

我还留下一半给妹妹。

三年前,有一个乡下亲戚拿了一袋红薯进城来看我们,妹妹咬了一口,竟吐了半天口水。现在,却成了可口可乐呢。

我们静坐着,细细地嚼着美味的红薯,没说什么,什么说出来都是没有味道的。

我们起身了。水生说:

"要是你明天有空,我想邀你去办点事,你来不来?"

"……"

"来，你就上这来。"他换上一条半长短裤，仍旧赤着膊打头里走了。一年之中，好像他有大半时间是赤着膊敞着胸的。那皮肤，蚊虫和柴刺已经是攻不破了的。

你要干什么呢？你这个怪物！我想，他说不准要给我一丁点儿好处。这很可能。

我吃过早饭，到黑滩等他。

太阳升起老高，他才磨磨蹭蹭，睡眼蒙眬地朝这走来。依我的脾气，我早就发作了，这显然是对我的一种轻侮。但为了那点好处……

"我要教你一门本事，"他蹲下来，半天才说一句话。他也不看我："我晓得，你们城里伢子很傲气，不服输。可是如今，也由不得你了，你肚里没东西塞，什么强也逞不成了。你跟我学，我保你吃饱。可你要听我的，不听，拉倒。"

一语道破天机。是啊，你还能有什么傲气呢？你的肚子不饱了啊。你也再不是过去那个魁伟健壮的小伙子了。你输了，彻底输了，你怎么能不服输呢？

他没有其他本事，他只会抓鱼捉鳖。据说这身本事竟是一个瞎子教给他的，那个瞎子是他祖父的密友。

"你是要教我耍水吗？"我说。

"愿吗？"

"好吧。"我咬咬牙，屈服了。我竟沦落到拜这个一身鱼腥气的"二流子"做师傅了。

水生脸上这时掠过一丝得意的微笑（简直像刀子挖心），口气软和了许多，说：

"老实说，好多人要讨我的窍门，我不肯。不晓得碰了什么鬼，找上门来教你。好了，我们现在开始。"

他肩上只搭着一件旧衬衣，此时已用手拿开。"脱衣呀！"他严厉地说。

这是十月的天气，早晨还打着一阵小霜。我不得已脱掉衣服，一丝凉风吹过来，浑身骤起鸡皮疙瘩。

"下河！"他喊，猛地推了我一把。我站立不稳，滚下了深潭。他旋即也跳下河来。

"呵呵，嗬嗬！"我冻得直哆嗦，把头伸出水来，大口大口地换着气，使劲用脚和手弄着水，想极力从体内迸发出一点热量，用以抵抗这刺骨的寒冷。

我们上了岸。我使劲跳，跳了一百下，身子才暖过来，冻麻了的牙齿好像能上下合拢了。

"再下。"水生拉着我，又跳进了水里。

第二次上来，不觉得冷了，太阳似乎也变得特别温暖。

然后，水生教我扎"猛子"。我是会潜泳的，但我那套方法根本不管用，需要的是在水底待很长时间，并且在光线很弱的水下找到猎物。水生毫不客气地说："你们那些花架子没有用，按我的搞，会有用的。"

我在潭里泡了一个上午，鼻子已经呛出了血。血老流，只好找两个小纸团塞住。

"今天中午，我办进师饭。"水生说。他倒请我上他家里吃饭去。

下乡两年多了，我第一次光临他家。屋里除了几样最简单的家具之外，倒是摆满了各式各样的弄鱼器具。有网、钓竿、鱼篓、招子、倒须笼……

"你先煮饭,多煮些。"他吩咐,自己提只酒瓶出门去了。

他有一缸满满的白米,至少有一百斤。这个弄鱼人竟然这么宽裕。难怪他那么高傲,他有白米嘛!

我量了至少两斤米,生上火,煮着。肚子早饿了,特别是经受了半天的强劳动。

水生提来一只叫公鸡,提了一斤白酒。也不知那鸡是偷的还是买的。

这一顿,两斤米饭,一斤酒,一只公鸡,连骨头都吞下了肚。许多日子以来,第一回吃这么饱。

这以后,每天清早练水下功夫,一直练到冬雪飞扬。这个冬天,我只穿两件衣就过了三九。我还惊奇地发现,我的胸肌开始往外突了。

上午和下午仍旧出工。下雨天和中午、晚上便跟水生学抓鱼。他带着我往大大小小的池塘边逛,告诉我:这口塘里有什么鱼,大鱼多还是小鱼多;应该在哪个位置下钩,浮筒要放多长,鱼钩应放好深;选择位置,还应该根据春夏秋冬、天晴下雨、上午下午的光线强弱来区分。钓钩更是讲究,钓什么鱼用什么钩。这一切,全凭一个"看"字,一到水边,马上就要判断塘里是什么货,然后再确定你的方案和使用何种工具……

"水老鼠"有这个本事,你钓不到的地方,他钓得到。你抢他的位置,鱼照样不上你的钩,往他那里跑。

城里常有一些有头有脸的人物开车来我们这里钓鱼,使的是新潮的钓竿,还有随从打伞摆椅子。水生看不上这种派头,就傍着他们,有意不用钓竿,随便从口袋里摸出一根钓丝,就在他们的眼皮底下,拖上来一条又一条大鱼,然后又把鱼扔入水中,气他们。

水生不教我钓鱼的诀窍。

"我教你点小手艺,弄点吃的。今后,你们还是要回城里去,还是要读书的,不能像我这样没出息。"他说。

他教我沿河寻找鳖路的学问。那是一种特别的"路",是一般人看不出来的。然后教我寻找鳖窟。团鱼一般是集体行动的,一群不是几只,而是十来只,几十只。

那时候,我们这山里的人都不吃团鱼,由供销社的水产公司统一收购,专送外贸出口,很值钱,且销路好。

三个月以后,我第一回脱手找着了鳖群。在一个河湾的岩洞里,我看见了一种奇异的景象。几十只团鱼像经过人工训练似的,一只驮一只,砌起了一座标准的"宝塔",一动不动,做着一场认真的游戏。一条几尺长的铁灰色的水蛇用身子紧缠着这座"宝塔",生怕塔身倒塌似的。看到这一幕,我不敢动它们。

水生说,蛇同鳖,爱缠在一起玩游戏,什么游戏就不晓得了。这个时候,你要赶走蛇,才能动鳖。我再次下水时,水生在我手上抹了点药膏,他说这次你可以捉鳖了。当我的手刚伸向塔顶,果然,那蛇马上松开了身子,迅速地弹开去。我抖开尼龙丝织的袋子,开始拆塔尖。愚蠢的王八,还没有察觉灾难已经临头呢,仍旧迷恋于它们的游戏。可惜我还只练成了潜水三分钟的本领,憋不住气,只抓了三只团鱼,就赶紧浮了上来。

我学了这么一招绝活,在那个前途无望的年头,足以令我惊喜了。但水生表示不会将他那驱蛇药传授给我。他说凭我的本领,抓几只团鱼换点油盐钱够了,到此为止,要是贪心大了,会得报应。他说这是他师傅告诉他的道理。他说他的一个师弟，就是抓多了，过了，伤了天地，才五十多岁就死在黑滩的崖洞里，怎么死的都没弄明白。

离我下放的地方二十里，有个叫云松洞电站的工程上马了，据说是万人会战，光政宣组就有男女二十个人，其指挥部门之庞大就可想而知了。可是，据我一个同学说，那二十人的政宣组竟没有一个会编黑板报、刻钢板、动手写写画画的。他说他给我报了个名，并要我写了几张字，画了一张木刻版的毛主席肖像，送往政宣组作为成员资格审查。

那边很重视，马上派员来大队上联系要求调我。这个天大的好消息，让我一夜无眠。写写画画，是我自小以来的最爱。可是我的理想刚刚萌芽便横遭夭折。下乡以来，我几乎把它忘记了，当我重新提起笔来，我的心都在颤抖呢。

我把这个消息第一个便告诉了水生。水生也高兴，他说你迟早是要做书生的。

然而，命运多坎坷。大队书记老刘把工地政宣组的人顶回去了。

他说："同意这个事，我可签不得，他父亲是什么性质的问题，你们知道么？这个青年，拜一个'二流子'为师，偷鸡摸狗抓鱼，不务正业，搞资本主义。三番五次教育不听。这样的人你们还要调去搞政宣，不知上级是怎么考虑的。当然，我们下级还是服从上级的，这个意见请你们反映，将来出了问题，责任，我们是不负的……"刘书记这样一说，谁还敢表态要我去呢？真出了问题，谁都不敢承担。工地上的人悻悻地、无可奈何地走了。

水生知道这个结果以后，铁青着脸，什么话也没说，拍拍我的肩膀走了。

第二天，我听邻居说，上面来了个有身份的人，刘书记不知用什么好菜才能接待好他，听说城里人喜欢吃乡里人不敢吃的团鱼，便叫水生去弄两只来。干这活，村里也没有第二个人会。结果菜做好了，客人表示不能吃这个，他容易过什么敏。刘书记斗胆给吃了，赶时尚嘛。结果是半晚上就开始泻肚子，一直到天亮。刘书记怪吃了团鱼。

村里的赤脚医生来看，说是吃多了团鱼所致。刘书记大发脾气，咬定水生搞阶级报复，水生不服，硬逼着刘书记的妻子一同带了那点剩余的汤去公社卫生院搞化验，以洗刷冤枉。结果，一切正常。于是，轮到水生耍赖，他缠住刘书记的老婆不放："告诉你，人家怕你丈夫，我'水老鼠'就不怕啦。我单身独口，今天喊去坐牢，当晚我就上路，巴不得有口现成的饭吃。你们想算计我，找错了门！老实跟你说，你丈夫还要泻三天，什么药都吃不好，不信，你就去治治看，看我说的见不见效？你当天下真没有报应吗？有的，恶有恶报，善有善报。"

那女人是信迷信的，她出于某种敏感，听出点道道来，忙赔笑脸说："水生同志，错怪你了，错怪你了，老刘革命工作重要，别说泻三天，现在泻半晚就趴床上起不来了，他要工作哩。"她突然放小声音，悄悄地说："我晓得，你是王瞎子的门徒，名师出高徒，你是不是算出来我丈夫要遭这个劫难？既然医师都诊不好，是不是要求哪方神明？老弟，我丈夫这个病，就托付你找个高人，给降一降邪。钱，好说。"

"你莫乱讲啦。我只学会了捉鱼，邪门歪道可没学啦。要是你到你丈夫面前上水加油，我又要脱层皮。"

"倘若我乱说什么，天诛地灭，烂舌头。"女人认真了，只差没下跪发誓。

"既然你是诚意,我也不妨说。照我算来,你丈夫昨天做了过错事,做了什么我也不知道。我去找人弄点土药方,你拿去泡茶给他喝,他若做转了那错事,这茶喝下去,马上就会止泻。你千万不要说是求了我啦,一说出来,这个方子便不灵了。信不信由你。"

"我信我信,神明是有的。"那个蠢女人信以为真,站在公社卫生院门口等水生去弄方子,几盅茶的功夫,水生给了她一包粉末。她恭恭敬敬地捧着回家了。

第三天,刘书记送来一张介绍信,说让我去云松洞电站工地报到。

我去找水生:"水生,谢谢你帮了我的忙啦,我明天去工地。"

"我帮了你什么忙,你那把歪嘴不要乱讲好不好?你去你的工地就是,关我什么事?"他颈上的青筋一起一落的。

但我心里清楚,肯定是水生做了什么手脚。有一回,我邻居婆婆一只猪五天没拉屎,水生往猪嘴里放了点粉末,一下就把粪道洗通了。他有点古怪药方,许多人是不知道的。

我在电站忠忠实实地干了一年零十个月。工地头头对我看法很好,这时,我那"罪恶滔天"的父亲也已经过世了。于是,好心人通过层层活动,把我安排在离家不远的公社茶园里工作。茶园里有一些机器,茶叶可以自产自制,职工有工资发,比起我的伙伴们来,我算是登上了天堂。当然,我这就不必去河里捉鳖卖钱了,我已经是一名工人。

刘书记抽调来茶场当场长,他仍旧是我的顶头上司。由于这些年来，我性格上的锋芒已经磨钝，和谁都没有冲突，谁对我都可以使唤，自然与他也没有什么过不去的地方。他倒还经常安排我去帮办公室做些写写画画的轻松工作。我晓得他骨子里不是一个正派人，但我却仍能做到笑脸相迎。

这年初春的一天，县里管我们茶园的一个领导要来我们这里视察。

这次刘场长了解到这位领导喜欢吃团鱼，便叫炊事员上暗山寨找水生，叫抓几只团鱼来。

天刚亮，炊事员骑上单车便跑。但不一阵，又回来了，他说水生躺在床上哼哼，说病了，两天没吃没喝。

"你看是真病还是假病？"刘场长气呼呼地问。

"说真病，也像，脸色不好看。说几天没吃没喝就有点不像，案板上还刚切着青菜。"

"狗日的，他那是装病。'水老鼠'，你三番五次跟我作对，看我怎么下手整你……我，我毙了你！"刘场长一拍桌子，把炊事员吓得发抖。刘场长当兵打过仗，动口就喊毙人，我听过多回了。

过了一阵，刘场长提了半瓶酒，到办公室来了。他气色平缓，随便抓过一只缸子，把半瓶酒倒了出来："真冷啊！"

"是啊，照说开春了，也该暖和一些了。"我附和着说。我早就学会了附和，不光附和领导，也附和所有人。

"维汉，喝口暖暖吧，你怎么没烧个火？"

"不冷，不冷。"

"维汉，现在，没法子了，要你去办个事，刚才你也听说了，县里要来的这位领导，对我们茶场的工作，支持是很大的，我们实在拿不出什么好吃的来，要是没团鱼这个菜，伙食开不出特色。

这个人，是关键人物啊。他打一个招呼，茶园就……你前些年练了点水里本事，你能不能……"

"刘场长，我两年多没耍水了，今天的天气……"

"行行行，你年轻力壮，行的！来，干完这碗酒，就不怕冷了。全拜托你了，喏，这是单车钥匙，来得及，给你半天时间，弄好了，你休两天假还不行么？"他一边敬酒，一边推推搡搡，把我赶上了路。

我蹬上了单车。我想：我恐怕躲不过这一关。我的脑子是麻木的，近来，总是这样，上面叫干什么就干什么。我是一架机器。

现在，其他地方是找不到团鱼了，只有上黑滩。黑滩水深礁恶，一般的弄潮儿休想在黑滩得手。炸药包也没有用，它对于错综复杂的岩洞和回旋翻滚的水流发生不了威力——这里自然成了鱼类的天然安乐窝。

黑滩。仅仅水生可以自由地出入捕获。

另外，我碰巧可以试试运气。只是，好几年没耍水，恐怕不能如愿了。"三天不练手生"啊，恶浪中更是开不得玩笑的。

春雨密密地飘着，寒风一阵紧似一阵。我放好单车，脱去衣服，看着涨了春水的咆哮的深潭，心里不禁生出畏惧来——这是以往从来没有过的感觉啊——我变得懦弱了，胆小了。

不！应该跳下去。我不是一个弱者！为了增添一点勇力，我在岸上狂跳了一阵，一直到身上暖了，眉角浸出微汗来。不能再犹豫了，应该立即下去。

"维汉！"雨雾中跑过来一个人，"维汉，你不要命啦？你干——什——么？"

我看看，是水生。

"水生,是你?我下去,只弄两只就上来。"

我准备跳。突然,我被水生抱住双脚,像几年前打架一样,把我狠狠地掼倒在地,我的脑壳同样被摔昏过去。

"你,你,狗日的,你要干什么?"我大骂。

"干什么,干什么?我要你看点厉害。"他猛地骑到我的身上,按住我的一只手掌,然后捡起一块石头,在我的手掌上狠狠地砸了两下。我痛得差点昏死过去。

待我醒过来,我已经躺在他的肩上。我的手掌已经痛得失去知觉,满手掌血肉模糊。

"我驮你去卫生院,你别动。"水生温和地说。

去卫生院,要经过茶园。水生把我放在茶园办公室前歇气。看到我血糊糊的模样,人们都围了过来:"维汉,怎么啦?""哎呀,这是怎么回事呀!""作孽……"

水生说:"在黑滩,石头割破的,差点人都出不来了哩!"

水生又驮着我往公社卫生院跑。他个子小,力气不小。

1984年《青春》11期

梨木梳子

引子

那个年代，我们湘北这一片阔大的地域，要与外部世界沟通，全依赖着一条官道。所有要出外做生意的、跑码头的、出海留洋的，或步行，或骑马，或坐轿子，都要在这官道上颠上好些天，先到汉口，然后搭船，顺长江上四川或者下江浙，到大千世界里去闯荡。这样才能把大宗的生意做出来。

据说，在很久很久以前，这里就有了一条官道。那时节的官道与现在的机耕路差不多宽，百十里全铺着青石或麻石的条子。

这道好走，天晴不起灰，下雨没泥泞，条石上凿着"之"字纹，冰冻着也不滑。无疑，这条官道是保养得十分出色的。哪一块石板崩了或是裂了，马上便换了。箍着铁圈的独轮车往往是最伤石头的，但只要官道上一出现了半寸来深的沟痕，这石头很快就又换了新的。

这官道之所以保护得好，因为它对于所有人，都是极为要紧的。无论是官府、富豪以及平民百姓，都离不开这样一条连接着外部世界的大道。因此无论是官府、富豪以及平民百姓，都愿意在这条官道上出钱修缮。更有那些想在人间多做点儿善事而修得来世好报的善男信女们，尤其舍得解囊。

那时候，无论是哪个朝代，在乡间都设有下级机构。这些机构的职能，离不了替政府收缴官费税收，组织办一些公众利益的事情。这些靠近官道的下层机构，自然也就成了修缮官道的指挥机关和集资部门。催缴官费税收，往往是很吃力的，但喊一声集资修路，无论是贫的、富的，大方的、吝啬的，都显得特别豪爽而痛快。

——还有另外一种人也表现得痛快。那就是土匪或者赌徒、拐棍。他们居然也愿意把不义之财拿一部分出来做"好事"。也许他们觉得：今生已走上了邪道而不可自拔，希望在阴间积一点德，死后不致被阎王小鬼把他们推入沸着滚油的炼锅。

从湖南过湖北，历年来有一个界。古今中外，一般划界，历来又是以山以河划界的。这个界，是以山划的。山的名字也不知道是哪个朝代给取的，叫界牌山。

山这边是湖南，山那边是湖北。山两边的官道旁，都有一个小镇，供过往行人歇脚，还设有饭菜点心为远行人提供方便……

关于官道，这里不再写了。因为与今后要做的文章有些牵连，故不得不将历史搬出来说。

这里说说界牌山湖南这边的小镇。

小镇的名字叫：白屋场。

白屋场的名字并不离奇，但有讲究。那个时候跑汉口，下江浙的人物，只要一说起白屋场，就都不由得生出一阵恐怖感来。白屋场，自然就很不一般啰！……

也是在很久很久以前，就形成了这样一条自然而然的规矩：边界上是自由区域。边界一带出了事，闹了案，湖北的军队和政府不管，湖南的父母官也不管。因为，那不是国界。国界可以派军队对峙，寸土不让。这边界，是统一于一个皇帝或国家首脑管辖之下的一片领地。有些纠葛，如果认真管起来，两省之间不可避免地会闹矛盾。这些矛盾又难免不惊动上司。上司多是愿意天下太平的。报几起乱子上去，将会是什么结果呢？一个最蠢的官也不会去做这种不讨好的事。不去管边界上那团乱麻，还不行吗？后来，一直到国民党政府，也仍旧是无法治理边界的乱事。纵使是死囚犯，一旦能逃到这里，便也可以逍遥法外了。

上面说过，正因为有一条官道从这里经过，就有无数的金银财宝、洋货、各种山里出产的珍贵皮毛、药物打这里向外面流通，这里就成了冒险家、流氓、行劫者等各色人物赖以生存的土壤。

这白屋场，便在这祸水的中心。难怪它在江湖上人心目中有一席之地。它之所以叫白屋场，是因为任何一个要过界牌山的人，是绝对不能在这小镇子上过夜的。那每个窗户里面都暗藏着杀机。曾经有过一些不谙内情的以及那些胆大妄为的在这过夜，结果无一不被暗算。你要过湖北，那你一定要安排好路程，在白天经过白屋场和界牌山，否则，后果是很难设想的……

这仅仅是说了白屋场的一个小小的侧面。那么，偌大一个界牌山区呢？无疑也是极为神秘的——复杂的山川地理结构；悬殊的贫富和丑恶善良相交织的人缘关系；多样的谋生的手段。由于人员结构复杂，又傍着一条官道，来往的人较多，这便成了经济、文化与社会信息的沟通和传播之地。这样，界牌山便不简单了，不平凡了。自古至今，它留下了许多人物的传奇和故事……

时世当然是要变化的。那个时代的官道和那个时代的故事都已经成为历史。那残留的官道，时下也只有在界牌山的深处才能找到。与当代的公路相比，那曾经被人们视为宝物的石板路，已经一钱不值了。

但是，细细地追踪起来，历史给这山川里的人物留下的影响，却或多或少顽固地保留着，它广泛地表现在人们的心理上和头脑里。时代的风雨是不能很快冲刷掉那些旧的东西的。而那些旧东西，必然要在时代的舞台上扮演出一些古怪的角色来。

于是，经过细细的考究，便觉得很有一批人物可以立传了。而这批人物，更多的又是曾经在那官道上走过来的。那些走过官道的脚步，如今走在宽敞的时代的公路上，将是怎样的步伐呢？

于是，便有了写一组山川里人物的打算。但愿从他们的身上，对古今的历史，对界牌山区这一特殊的山川地理风貌的演变，作一个浅浅的记录。

正文

这里说一个叫作徐铭兰的女人。

现在，她已经有了半头白发，年近古稀。

自古到今，在人们的概念中，看一个人是否高贵显赫，往往是看他（她）家是不是有人做高官或者是否有财产。然而，在过去的白屋场以及界牌山区，就不是这样的眼光。

年轻时节的徐铭兰，她的身价在界牌山区是高贵的。然而，她竟没有享过什么福，从小就打着赤脚上山采菇，下地干活，这样那样的活都干过。未出嫁之前，连洋布褂子都没有穿过一件呢！

何谓高贵？

这个地方，土匪如麻，小民百姓随时都有可能遭劫或毙命。但为什么这个地方照样有人居住、耕作、生息呢？因为，这里有着一脉茂密的山林，一片肥沃的土地，有着一条终年不枯不竭的河流。民以食为天。人们舍不得这好山好水好田地呵！

那么，生存的危险确实对人们构成了威胁呀？自有办法！世间之万物，皆能一物降一物，界牌山的人们，当然晓得怎样来保护自身的利益。除了我们读者很容易联想得到的：人人学习武功，用来保卫家园这一招之外，界牌山区还有一些散落在民间的秘招，这秘招就是远远高于普通武功的防身法。这些秘招，当然是绝对保密的。有的，能说出个名堂来。绝大多数的，却连名字都没有。由于时势的变迁，只有极少数传流于世。大多数恐怕已经失传了。现在是太平盛世，极少有什么凶案劫事再流于乡间，因此，别说是那杀伤性特别强的秘招，就是普通武功，除了健身之外，也没有什么防卫作用了。

硬武功、气功、刀枪棍棒之类，那是界牌山区老幼皆通的东西。几个门派，几位宗师，也是明摆着的。谁的功夫达到什么田地，在每年乡间的比武场上可以分出高低来——这个，在明处，人人皆晓。然而秘招，只有到不得不防卫时才亮相，才去伤害对手。非到十分要紧时，善良的人们是不肯亮出这一招的。

徐铭兰的祖父是一个身高力壮的汉子，经常靠推车挑脚跑湖北汉口，赚点脚力钱养家糊口。所以他经常要出入界牌山，从那唯一的官道过往。

这山上的土匪结构极为复杂，一时在这里说不清。反正，每一个过界牌山的人，你的出身，有何事体，到哪去，有什么背景，身上带着什么东西，这东西值不值钱……所有这些，行劫者在你还没上山之前就弄得清清楚楚。你可以想象得到，他们的手伸得有多长，网织得有多密。

铭兰的祖父是一个厚道而精明的山里人，他对山里的情况了如指掌。所以他有一忌替人挑脚，绝不挑那些值大钱的东西，只运送一般的货物。他知道：山野深处的强盗们对于值钱的东西是如何的贪婪，为了夺取它，又会有多残忍。他不愿意干这种事，他有家有室呢。

可有一次，一个货主欺骗了他，在满满一挑子洋纱里，非常巧妙地藏着几根金条和一包烟土，让他挑回湖南老家来。

这大概只有个把人晓得的秘密，却不知怎么的被山上的土匪探清了。铭兰的祖父在山上被人截住了。

土匪们往往只是掠夺财物，戮杀无辜并不是他们的目的。然而这回不但从纱里翻走了金条、烟土，还要杀人灭口。这是铭兰祖父所没有想到的。于是他跪下苦苦哀求，希望给留下一条性命，但未能获得行劫者的宽赦。

后来，其中有一个蒙脸汉看见他哭得伤心，便对其他人说：

"把他的舌头割掉算了，反正他又不会写字，事情传不出去也就行了，留一条性命给他回去养家。"

这时，铭兰的祖父反而镇定了，他知道这已经是土匪们的最大宽容，再求情也没用。他说："谢谢大人不杀之恩。只是，你们为何不肯放过我呢？我和各位大爷素无冤仇呀？在你们割舌之前，能不能告诉我一声，就是我的舌头没了，也没个明白。也没得痛快。"他朝土匪们深深作了一揖。

"好，痛快！是一条汉子。"一个武高武大的头领说，"告诉你吧，你那个货主是入了蓝帮的。蓝帮和我们是兄弟帮，照说他的货我们不该动。现在，老虎屁股我们是摸了，要是留一条舌头给你，回去告诉货主，说是我们白帮干的，没我们的好果子吃。所以，只好委屈你老兄了。"

"大人哪，我一个挑脚的，晓得什么帮不帮的。货，你们也拿去了，我回去什么也不说，不就得了？"

有人冷笑了一声："别装了，你是什么人，住在哪，我们都清楚。你的话，没人会信。"

"既然是那样，也没法子了。你们容我吸一袋烟吧？铭兰的祖父其实早就看出他们是白帮。糊涂，是装不下去了。于是他从腰间解下一只竹烟斗来，准备从从容容地吸一袋烟。

这时，远处"咔嗒咔嗒"地响起了马蹄声。"嗖"的一声，有个匪徒飞快地爬上一株大树，手搭凉棚，朝山下望了望，说："三爷的马队！"三爷是蓝帮的小头领。

土匪们显得有些慌乱，"唰唰唰"地都抽出亮晃晃的牛耳尖刀。"上！"那头领发一声喊。几条汉子猛地朝挑脚人扑来。

这时铭兰的祖父突然间变得异常敏捷，迅速地拔掉那杆竹烟斗的铜头，扬手朝那个说割舌头的蒙面汉甩去。

"哎哟！"那人应声倒地。

"好一条汉子。"那头领顺手将牛耳尖刀朝他胸口刺来。

眼看三条大汉的三张脸全逼近了。挑脚人把竹烟筒杆含到嘴里，鼓足气，朝那几张脸急疾地吹去一股粉红色的烟末。

立时，三条汉子丢下刀子，"噗"地跌倒在地，捂着双眼乱滚起来，杀猪似地发出怕人的号叫。

那一个被铜头打破脸颊的汉子，见势不妙，爬起来便跑。刚一站起，马上被狮子般狂怒的挑脚人一脚扫倒了。他把那根致命的小烟杆对准了脸上流血的土匪。

"别，别，别！大哥，我家里还有老小呀！"那人忙跪在地下求饶。

"好吧，好吧。亏得你说留下我一条性命，我就留下你一双眼睛吧！"挑脚人收起烟斗，揪起瘫在地上土匪，又狠狠地给了一巴掌："你走吧，我叫徐鄂。我做得事，也留得名。"

那人并没有谢他一句，只是恨恨地白了他一眼，号啕大哭着朝丛林里奔去了。

那三个人的眼睛，过一阵也不疼了。但永远瞎了。

"作孽呀，作孽！我徐鄂可从来没做过恶事呀。天老爷，我这是被逼得没法子呀！……"他"噗"地跪倒在地，朝天便拜。

从此，徐鄂的秘招便传开了。当然，那一种粉红色的粉末是什么东西，那是无人知晓的。从此，徐鄂出入界牌山是无阻无挡的了，有那只神奇的竹烟斗挂在腰间，谁还敢拢身呢？再说，这山上的土匪有一种"了不起"的气质，不干暗中伤人的事体，有本事相约着明处较量。至于山下白屋场那些干瞎事的又是哪一帮，就不在这说了。山上明匪和民间的暗贼的讲究是不同的。

仇，自然是要报的。那几双眼睛不能白白地给弄瞎。那几个瞎子还有子孙哩！

报仇的日子选择在徐鄂作古以后。

铭兰的父亲叫徐重，生来体弱多病，从来没挑过脚，在家里作田地。仇人们在那个徐鄂给留下一双眼睛的人的带领下，准备在徐重身上洗刷几十年的仇怨。

然而，在人们心目中没有武功，身上不曾挂过父亲那种竹烟斗的徐重，用另外一种药功打败了对手。

徐重比父亲更高一筹的是：他没有让这仇再结下去。他马上用药治好了仇人身上的伤，并把这批人请到屋里，吃喝了一餐。

他说："有句古话叫：'不打不相识。'今后，我们大家就成了熟人了。这仇，应该了结了；要不，一代又一代结下去，会越结越深，不知诸位绿林好汉认不认这个理。家父出手，也是不得已。我父亲和我都是想活在世上干活、养家。老实奉告诸位，家传的秘招不止于父亲用过的和我用过的，还有一种药，见血便死。当然，我不会用。但真正到了险处，我徐重虽说懦弱，也不是草包……诸位，大家都是好汉，以前的，便一笔勾销，别再计较，好不好？"

徐重强于心计，他深知那凶残成性的土匪们是惹不起的，不如弄个早收场。一席话，既不失他的英雄气概，又主动下了台阶。那一伙直肠子草莽人物，竟都被徐重如此的宽仁厚义感动了，满腔仇恨都冰消雪化了。

从此，各路土匪、帮派都佩服徐重的为人和本领。自然，也有拉他入伙的，但他不干！他不会放弃一个善良百姓的本分，他仍旧苦心经营那点田地。

在界牌山，你有钱财没用，说不定哪天连衣服都会被剥走。就是有了钱，你得装作没钱的一般，吃要躲着吃，穿要穿得破烂。

买金藏银可以，但不能置田买产业。不能露富！

人们讲究的是功夫，那是最稳实的东西。

不久，白屋场来了一个行为古怪的女人，还带来一个儿子。她在白屋场买了地皮，起了几间像铁打一般结实的屋子。这屋子里，整个白天房门紧闭，一到断黑，便有一些行踪古怪的人出出进进。干些什么勾当？不知道。白屋场既然是祸水的中心，自然也就有着许多清规戒律，譬如：从不打听旁人的事情——这便是其中一条。

但人们心里都隐隐地晓得：这个女人是从南洋回来的，原籍是湖北，不知何故要在湖南定居。那个儿子是不是她的亲生儿子？难说。模样也不像。儿子有点土头土脑，不像是从南洋来的。他们也许带来一笔财产，也许在南洋破落流浪而来，也许到这块三不管的地带来躲避着什么。这都是可能的。

白屋场的神秘人和神秘事太多了。所以这一户人家也就并不怎么显眼。娘俩，相伴着这样住下来，过下去。

徐铭兰十七岁那年，嫁到这个"碉堡"里来当媳妇了。在这一段时间里，那古怪女人对铭兰表示了极大的兴趣，花了不少钱请人说媒、疏通，才打通了铭兰的父亲徐重，把儿媳妇娶进门来。

有这样一个直觉告诉人们：这个女人需要得到保护。而"名门"之女徐铭兰一旦住进她这屋子，任何黑社会的帮派们，都不会去动她一根毫毛的。

铭兰过门以后，便开始过着一种古怪的生活。婆婆对她，说不上好，也说不上不好。丈夫对她也是似冷似热的，说不出一种味道来。耐心过了些时日，倒也习惯了。不需要愁吃愁穿，也不需要像过去在家一样上山下地晒太阳，在这里，可以整天穿鞋着袜，搞三餐饭，洗三个人的衣服，打扫一下房子便什么都不要干了。

她丈夫整天游手好闲，东逛西遛，什么事也不做。婆婆整天足不出户，家里没有买田、置地、收租，也没有开店做生意。铭兰不知道一家人是依靠什么生活的，而且花钱从不吝啬。铭兰心里有疑，但从不问。这不问，是从小就养成的习惯。她出嫁的时候，父亲只交待她一件事：既不要过问或打听外面的事，也不要插手家里的事。

光阴，便这样悄没声地流去了许多许多。

解放了，家里分了一点田，日子倒越过越艰难了。她丈夫没法，开始学着种田。收获，那一时还无从说起。凑巧的是，婆婆一病不起，一夜之间把两条腿给瘫痪了。家境艰难，请医就药自然便成了废话。铭兰看在婆婆平时对她不坏的面上，便特别殷勤地服侍老人。

有一天，婆婆把她拉到床前，眼泪双流地对她说：

"铭兰，我在外面混了几十年，碰到的恶人、歹人太多了，我的心呢，也变凉啦。幸好，到了老年碰上你这样一个好人，要不是你这般用心照看我，我早就上吊了……儿子，也靠不住啰。铭兰，看样子，我活的日子不长了。我死了，什么都放心，就是放心不下你。看世道，从此之后是要靠做功夫吃饭啰，你那不中用的丈夫是难养下你的，娘的积蓄也花光了。本来，解放的时候，我还留下了够我们一家活十把年的，可是，一夜之间……不说了，那些，说出来，你也搞不清。

"铭兰，娘什么都没给你留下，趁娘没死，眼下还能吃饭，还能动手，娘要教你一点手艺，或许，日后还用得着。你要好好跟我学，你明白吗？"

铭兰噙着泪，点点头。她第一次看见婆婆原来有这样一张慈祥的脸，还有这么样一颗善良的心。

这手艺很平常，学起来也不太难。

这界牌山上普遍长着一种石梨树。就是把这种木料做成常见的女人梳头发的木梳子。

说这手艺简单，又极不简单。婆婆做出来的梨木梳子与在店里买来的那种，却完全不一样。相比之下，那买来的，简直是一钱不值了。

婆婆做出来的木梳，经她用几种山里和店里买来的药草配制出来的药汁一浸三煮，那薄薄的梳子，有着一种透明的效果，拿到手里，显得特别的光溜。朝当光的地方照一照，能非常清楚地看出那梨树木纹来，还有一些像人、牛、狗、山水一般的朦胧的图案。这样一件艺术品，真舍不得拿它往头上梳理头发呢。在造型上，婆婆有一套十二把的各种式样，这更是其他梳子所望尘莫及的。还有梳子的硬度，都是经过特殊处理的。木质的梳子一般不宜在滚水里浸泡，容易变形、弯曲，然而婆婆的产品，在开水里泡半天都不碍事……

想不到，婆婆还会这么一手绝技。铭兰到白屋场好些年了，从没看见她露这一手呢！

传艺那天，婆婆郑重其事地让铭兰摆了香案，要她对天盟誓：这手艺只传血肉，不传外人；只许照样做梳，不许超出那十二个样式。

"铭兰，你不要做出什么新花样来。为什么我要说这个，一时对你也说不清。但这条，你要答应做到。今后，会有好结果的。"

婆婆说。

铭兰发了誓,婆婆才开始教她。但她感到有些莫名其妙,这样一宗小手艺,值得这样大惊小怪吗?可铭兰是个老实人,她既然答应愿意学这手艺,又对天发了誓,她就准备严格按老人的吩咐去办。

脱师的时候,婆婆把一颗黄豆大小的铜印交给儿媳妇。这是盖在梳子上做为印记的,上面铸着"苏氏"二字。婆婆说:"盖上这个印,这把梳子才值钱。"

不久,婆婆去世了。

落气之前,老人艰难地抓着儿媳妇的手,把它伸进自己那棉袄的右胸口袋里。当铭兰一触到袋内那一团硬邦邦的东西时,老人一偏头,合上眼,永久地睡去了。

铭兰从那个口袋里掏出那团硬东西,解开手帕,一看,是一条钻石项链,两只分量很足的金戒指,金银手镯各一只——这是老人临终之前留给她的。

这天晚上,婆婆留下的这点财产,被她丈夫从她手中要了过去,说让他去保管,还说要是让政府知道了,会划成地主成分的。铭兰信以为真,再说,她不知道这东西值钱,便交给丈夫了。

但当她睡熟之后,她丈夫没有把灵柩送上山,趁黑就带着那些东西跑掉了。从界牌山脉往东走便是江西大山区,再往南,就可以到达广西的十万大山。刚解放的头几年,那里是非常复杂的地带,从那里可以窜出国界。

也许她丈夫是随土匪的残部逃出国外去了,也许死在途中,葬身异地。反正,几十年了,一直没有音讯。铭兰不在乎,当初在一起生活,未曾得到他的半点温暖。现在,他既然是一个负心郎,何必要挂念他呢?

遗憾的是,她一直未曾生育。几十年,独身一人在这栋严实而阴冷的"碉堡"里住了下来。后来,曾经跟一个手艺人同居过一段,不久,也散伙了。

解放以后,在那条官道的基础上,修建了一条公路。公路仍旧从白屋场经过。镇上有了汽车代办站,从此,人和商店便日渐地多了起来,于是便产生了一个新名词:居民。徐铭兰的名字也被报了上去,她吃上了居民粮。

幸亏婆婆教了她这门做木梳子的手艺,虽说这小意儿价格低,但是,细水长流,要的人不多,但也不可缺少,整个界牌山一带,各种手艺人大有人在,唯独做木梳子是独家行市。

由于她的梳子做得好,渐渐地,远近都有了一些名气。后来被县里的土产公司发现,逐年地与她发生一点合同关系,替她往外销。这样一来,只要她不生病痛,每天做一点,倒也真依赖这门手艺把一条命活了下来,还有一点节余。

她自然忘不了婆婆的恩德,她人死了,没别的报答,只是每逢年节,备上神纸香烛,三牲祭品,虔诚地去扫墓祭坟,用此来慰藉她的在天之灵……

话,是应该说到梨木梳子上来了。

如果梨木梳子就是这样一种非常寒酸地摆在地摊的一角那种货色,徐铭兰的婆婆也就没有必要那么认真地让她对天盟誓学这门绝艺了。

那个行踪古怪的跑过南洋的女人,对于她所制作梨木梳子的绝技,一直到了八十年代初期才充分显示出它的与众不同。

上篇

"土改"时期，徐铭兰一家的成分很不好划。她家里那一段复杂的经历，既无法搞外调，也找不到什么证人。后来，只好依据老太婆的供认，划个小手工业者——因为，她说她会做梳子。尽管划了这样一个成分，但这个家庭，永远是一个谜，人们老怀疑那奇特的厚墙内藏着什么秘密。尽管人们晓得徐铭兰没有文化，本人出身清白，娘家又是贫农，其父亲徐重一生为人刚直，一身本领在旧社会里没沾丝毫污点。但她却实实在在地在这个屋子里过了十几年呀。在她婆婆死的那天晚上，在并没有人揪斗逼迫的情况下，她丈夫为什么要逃走呢？徐铭兰对此为什么没有什么反应呢？……

后来，各种各样的政治运动多起来了，在这种气候的熏陶下，那些善良而纯朴的人们也变得复杂起来了，渐渐地培养了一种特殊的敏锐。历史经验表明：对待徐铭兰这样的女人，需要保持一段距离，不能有过多的接近，说不定哪天会出事的；太冷了，面子上过不去，何况老一辈的人都得到过她父亲徐重的好处，那时候，徐重可是一个了不起的中草药郎中呢。

她呢？家里没有了别的人，两个丈夫都没留住，最要紧的是，没有生下一个孩子来。一个女人终生不育，这在农村，是最被人家瞧不起的呀！这个人生中最大的不幸，苦苦地折磨着她。随着年纪的日渐增大，这份苦痛也就越发难受，只要在路上看到人家的小孩行走或者听到外面小孩的嬉戏哭闹，心里便像有一只手在捣鼓似的发痛。

渐渐地，她变得冷漠起来，性格也显得越发怪僻，喜怒无常。

她开始仇视世间的一切。对谁都存在着戒备，要是有人对她表示热情和关心，她有时会给人一个难堪。有人对她投以冷眼，甚至在某个政治运动中整她、逼她，她反倒表现出宽容和无所谓。

以前，她经常躲着大人去偷偷地抱一抱、亲一亲人家的孩子，以此弥补心灵上的创伤，给灵魂以瞬刻之间的抚慰。到后来，她竟然恨起一切孩子来了，也不理会所有的孩子了。

她喜欢清静，像她婆婆那样，可以整天整天地不出门，一做梳子就是一整天。一天吃两顿饭，肚子也不觉得饿；累了，也不晓得要松弛。她把全身的心力都放在她的劳动中，以此来解脱无穷无尽的烦闷。

在她的印象中，很少有值得她信赖的人物，包括她娘家的人，她都表现出使人难以忍受的异怪。

但她还是喜欢一个人，也许这是她唯一的一个值得信赖和器重的人物。那是她娘家的一个远房侄子。

他叫果果。这孩子自幼生得乖巧聪颖。他算是徐铭兰那个家族中唯一能背着书包，考到镇上中学来读书的"才子"。

十来岁的果果听家里人说，白屋场有一个亲戚，一个十分可怜的孤单老人。于是他便常常去看望她，和她说说话，帮她做点小事情。在镇上念书的几年，果果成了她屋里的唯一的常客，只要一个星期不来，铭兰便觉得生活中空了很大很大的一块。她盼他来，做好吃的给他吃。人们都说她吝啬，一分钱都得捏出水来，然而在果果身上，她却舍得动用积蓄，毫不小气。

后来，果果考上了市农校。毕业后，当了干部，后来提拔当了副区长。

有一天，果果陪着一位戴眼镜的先生来到了镇上，并一起上她家来看望她。果果现在是干部了，再也不是那个穷学生了。他给堂姑妈买了不少好吃的东西。

"姑，这位是唐老师，是个画家。原来是我们学校的老师。"果果把来人介绍给她。

"画画的！"她并没有起身，不冷不热地打量着来人。

唐老师欠欠身子："老人家，你好！"幸亏他戴着深度近视镜，看不出什么气氛来。

"唐老师，你坐。"果果安顿好客人，忙拉起堂姑，走到厨房里，说："姑，那是个画家哩，你可别不高兴。"

"画家是做什么活的？就是做墙上那种画的么？"

"是的，是的。他比你墙上那些画的水平高多啦！"

"他是干部？"

"干部又怎么啦？不是，不是。他是老师，教书的，艺术家。"果果竭力作着解释。他晓得堂姑妈挺不喜欢她家里来客人，她对干部产生出一种古怪的冷淡。

"他有那号本事，真比墙壁上那图还画得好吗？"

"没假。不信，我给你看点东西。"果果觉得唯一能说服堂姑妈的，只有翻出唐老师的写生作品让她欣赏了。

果果取出唐老师在镇子边上画的一张风景画："姑，你看。"

老婆婆认真地看起画来。她很快就被这图画吸引住了。

"姑，你看，那图是画的哪里？"

"好像是……是枫树坳！是不是？果果！这拱桥，真像；枫树就在桥头，也对位……真好！唐老师，你真有本事。你何以这样聪明？天生的，天生的！果果，快泡茶。唐老师，说好了，今天中午到这里吃饭。"铭兰显得异常热情。

"这个……"唐老师觉得很难接受生疏人的款待。

"我姑妈留你吃饭,就在这吃中饭吧。下午我们上界牌山,去看那一段尚存的古官道。我姑妈特别佩服有本事的人!"

老人劲来了:"当然要在这里吃中饭。只是,老师,你那图画用什么颜色涂上去的?"

"你看。"唐老师给她看水彩锡管颜料,还有画笔、纸、画架。

"就这细瓶子牙膏?"

"姑,不是牙膏,是颜料。"果果纠正。

"像牙膏。"她执拗地说。

她还在认真地翻弄那些对于她来说十分陌生的东西。世界以外的新鲜事物,她知道的、听到的实在太少太少了。

"姑,太阳上了台阶啦!"果果提醒她,该做中午饭了。

"瞧我,细伢子样宝气,嘿嘿!"老人笑笑,觉得是到做饭的时候了,忙起身去厨房,"唐老师,你们随便坐坐,走走,我不陪了。"

"你忙,你忙!"唐老师说。

"果果,我发现你姑妈这屋子的建筑有些特别。"喜欢观察环境的唐老师说。

"是吗?我给您讲一讲这屋的历史吧。"于是,果果把他所知道的这家人的历史给老师讲了一遍。

唐老师长长地叹了一口气——为这个孤老婆子的命运,为这样一片偏远的变化缓慢的乡土。

"她现在依靠什么生活呢?"唐老师问。

"哟,我倒忘记了讲这个。生活,倒是没有问题的,她说不定还积了不少钱呢!您来看。"果果领着老师进屋里去,从内屋桌子上拿出两把姑妈刚做好的梨木梳子:"老师,您看。来,到亮处来。"

唐老师一拿上这把梳子，在手里掂掂，往当光的地方照照，就眉舒目展，感到惊奇："好！"他说。他又细细地看了个够，又连说了两声好。

果果奔进厨房，对姑妈说："你那一套十二件梳子呢，唐老师要看看。"

"那小手艺，有什么好看。"姑妈说。

"你没听唐老师连声喊好？"

"好吧，让他看看。"姑妈从柜里拿出一套她存放的样品。平时，只是外面有人来订货，才会让人看。

"唐老师，你看看，给指拨指拨。"老人谦虚地说。其实，她心里是喜滋滋的。她想不到这样一宗不值钱的小手艺，居然会引起这位画家的注意和赞扬。

唐老师一看这配套的十二件，更是爱不释手："这简直不是梳子，是艺术品。果果，你来看，这些造型很别致，有一种异国情调，像这一把，看上去像海燕，这一把则是变形的大象……"

"是吗？"果果这时十分认真了。在学校里，他虽说学的是另一个专业，但时常因为没有考上美术学校而惋惜。他对于造型艺术有着一种特殊的敏感和爱。经老师这么一说，他才觉得这梳子的造型确实不一般。说不定堂姑的婆婆当年就是因为经营这种工艺品而在南洋发了财的呢！

"老师，这制作梳子的手艺，就是我姑妈的婆婆教给她的。"

"就是那个从南洋回来的女人？"

"正是。"

"啪！"唐老师不禁拍了一下大腿："难怪，难怪，我说为什么有一种异国情调，有一种热带风味。我去过海南岛，那印象给我太深刻了。老人家，你这梳子做得太……太高级了。嗨！"

这一顿饭，姑妈弄得非常丰盛。在果果的印象中，他从来没有看见堂姑这样热情、这样大方地款待过客人。瞧！整鸡、大鱼、十个菜。

吃过饭，唐老师果断地说："果果，我要回去了。"他扶了扶眼镜，神情显得十分激动。

果果吃了一惊："老师，您……"

"老人家，你这一套梳子我买下了。"他对老婆婆说。

"哪里话，老师，你喜欢，你拿去就是，那值几个钱，只怕你们看不上。"老人喜滋滋地说。

"不，不。你这东西值钱，摆在小摊子上可惜了，可惜了。果果，A城的古城楼上现在是旅游点，每天有外宾来参观，我有一个画画的老同学在那里工作，我要把这梨木梳子送到他那里去。说不定，这东西会引起外宾注意。我总觉得，这东西有价值。"

"好！"果果赞同说。

"马上就出发！"唐老师悄悄地塞了点钱在茶盘下面，就告别了主人。

老太婆被蒙在鼓里。他们叽里呱啦地说了一阵什么外宾外宾的，她一句都听不懂。她只知道，她的手艺还是做得不错的，那个唐老师是真心赞赏她的，并不是因为吃了她一顿好饭菜而虚假地夸她一阵。瞧他郑重其事地把那十二把梳子细心地裹好，真有点好笑。梳头发的东西，值得那样器重吗？又不是玉器、金银！

镇上下午正好有趟车去A城，来不及多说，门外的汽车喇叭便叫了。

"老师,太遗憾了,您老早就约定了去界牌山看旧官道,现在到了山底下,又……"

"这件事要先办。下次我还要来的,一定要上界牌山。"

"快上车吧。"

"好的,再见!"老师踏上了车门槛。

车子拖着一条长长的"黄龙",不一阵,便消失在绿色的山垄里。

本来,果果这个副区长,借口要陪同上面来的画家采风,特地请了假,心想:要彻底摆脱一下纷繁的行政事务,痛痛快快地跟随老师画半个月风景。可只干了两天,便吹了。他隐隐地感到惋惜。

因为他年轻,是党员,又有文凭,这次机构改革他是领导考虑的接班人。当组织上找他谈话时,他说:要不,仍旧搞一般干部;如果硬要提拔当领导,他要求去县文化馆当个副馆长,他喜爱艺术,喜爱画画。但他受到了组织上的严厉批评:国家培养了你那么多年,又学的是林业专业,你不把本领献给林区建设,你说得过去吗?当然说不过去。于是,他上任当了抓林业的副区长。

他没有埋怨唐老师打破了他的写生计划。要是那个唐老师热心推荐的事办成功了,外宾对梨木梳子感兴趣,他的堂姑将会有多么高兴。更重要的是:可以为国家挣外汇呀!还可以安排一部分人就业。界牌山的石梨树,再也不会毫无价值地倒掉、烂掉,它马上会摇身一变成为金树银身的。

然而,一连三个月,唐老师那里音信全无。果果几乎忘记这宗事了。世界上的事,哪能这么简单呢?石梨树变成金树银身,这本身就是一种幻想呀!这也不能怪唐老师,人家只是试试,那可是一片好心呀!

三个月以后的一天,果果突然接到唐老师的一个电报,说某日某趟车,他要来这里,希望他在家等候他。

这天,唐老师准时到了,一见面,唐老师就像小孩子一般激动、忘情地说:"果果,成功啦!成功啦!"

"谢谢您,唐老师。想不到您这样热心。"果果被他对一宗小手艺如此热心的扶持而深深感动。他图什么呢?什么也不图!

"那有什么,完全应该嘛,那东西好,是宝贵的民间艺术,完全不应该埋没。果果,那天我把梳子交给我那朋友,让他摆在那橱台里。他们也出售工艺品。可是,一连几个月,根本无人问津。我想:怕没希望了。我们是画画的,恐怕是不懂市场行情,搞不清外国人的口味。算啦!算啦!

"前几天,我那老同学突然挂长途电话到学校找我,说那套木梳被菲律宾的华侨看中了。但只一套,不够卖。有好几位华侨争吵着要,说只要有货,价格高低不论。我那同学解释说只有这一套,但他们怎么也不信,硬说留了一手。所以,他被逼得当即挂长途电话,看我有没有办法应急,再调一批上来。我说:'派飞机都来不及呀!'后来他和那些华侨说好,再给他们邮寄到旅行社去——因为他们十多天之后才到达广州,所以,现在得马上找你堂姑,弄一批到 A 城去。这可是一个扩大宣传的好机会呀!你看,我把定金都带来了。我还特地让 A 城旅行社给你堂姑带来几张外国票子,让她开开眼界。"

唐老师兴致勃勃地说到这里,问果果:"你猜猜看,这梳子卖多少钱一把?"

"猜不着。如今是漫天要价,价格肯定很厉害。"果果说。

"在你们这里内销,是三角五分钱一把,在那里,卖三元钱一把嚅！"

"呀，这么值钱啊？一斤猪肉才七角钱。"果果惊呼起来，"真是没有想到，没想到。"

"不，正因为不是买了回去梳头发，所以才有了这个价。这是艺术品，艺术品！"唐老师满脸的庄严。在他心目中，艺术，永远是高贵的，神圣的！

说着，他们很快就走到了堂姑妈家。

当唐老师把这个过程讲给老太婆听，并费力地解释诸如"外宾""外汇"之类的新名词让她基本弄懂之后，老太婆高兴得哭了。是啊，一个弱女子，什么时候想过她可以出人头地呀？没有！也从来不敢。她一生的辛劳和艰苦，现在，总算给那破碎的心灵一种抚慰。

她的婆婆当初说的那些含混不清的话，她现在才弄懂。进师学艺时那一派庄严、肃穆的场景，到现在她才明白。她并不稀罕那几张外国钱，她是为自己远远超过乡间的那些匠人、小手工业者而聊以自慰。

屋里留下的梨木梳子不多了，有的还没配上套。唐老师交代：必须先配上套，过一天，让他带到 A 城去。今后，他便不插手了，由外贸部门来办理签订合同手续。

"我的意见，"唐老师对老人说，"今后，您还是认认真真按您原来的制作方法做活计，不要变；变了，就卖不上这个价了。"

"我婆婆当年也说了，不能变，要按她的样式。你看，她还给了我一颗铜印呢！"

唐老师接过来看了一会，说："对，对！我看这铜印很要紧。你就照你婆婆当年的吩咐办。现在，"唐老师转身对果果说，"外国人是很迷信名牌的,这梳子就不能变花样。"

"是的,老师,这话有道理。"果果说。

"徐老婆子做的梨木梳子赚了外国票子(兑换券)"这消息,不一天便传遍了白屋场,传遍了全界牌山地区。有说她赚了一百的,也有的说她赚了一千的。于是,抽空上白屋场徐铭兰家来看梨木梳子的便络绎不绝了。他们想找出这梨木梳子的奥秘来。

过去,界牌山一带的人不爱管闲事,也从不打听和议论别人的事,更莫说上门找着问什么;现在,全翻了个个。

人们看过了,纷纷说:还是那几把木梳呀,有什么了不得的?可偏偏这东西就了不得。这时世的变化就是这样快,使生活在山沟里的人们应接不暇。

徐铭兰的梳子,原有两个销路:一是供销社订合同销的。现在化学梳子便宜又好看,慢慢地把她的市场越挤越窄,订单就越来越少。二是在白屋镇上的小摊子上摆着出售。自从"外国票子"的消息一传开,一夜之间,那些销得非常缓慢的梨木梳子被抢购一空,而且,是在价格成倍增加的情况下卖出去的。

这界牌山地方,过去年代里曾培养过不少有商业头脑的生意人。现在这梳子既然被外国人看中,又被某名画家高度赞扬,这本身就是一个了不起的信息。这东西在那些有商业头脑的人看来,便显得有点神奇了。他们想:不出几年,老太婆一死,界牌山便没有第二个做梳子的了。她终身不育,那手艺便没人传下来,这为数不多的梳子,若干年之后,就越发显得珍贵了。所以,除了市面上能抢到的梨木梳子之外,便有人开始搜罗盖有"苏氏"印记的梨木梳子,悄悄地把它们收藏起来。还有一批人,开始打老太婆的主意……

这一下,白屋场热闹了。它不但震动了民间,而且惊动了政界。

中篇

应该交代一下白屋场的近况。

过去,像所有的地方一样,由于人口的增长没有节制,人口一下增加了五倍。现在,白屋场一扫过去的清冷,变成了一个热热闹闹的山乡集镇。原来的老街,现在寒碜地夹在一溜红砖青瓦之中。徐铭兰的"碉堡"屋,原来是远离白屋场的,现在恰好置于长龙似的街道的正中。

现在这里什么都有了,百货店、饮食店、带帐篷的和摆地摊的售货摊、竹木器加工场、小缝纫社、小爆竹制造厂,等等。由于人多了,单位多了,这里便成立了镇,叫做白屋镇,由镇政府来管理这镇子上的一切,尽力把镇子上的人安排有事做,努力设法开辟更多的门路使青年、妇女就业。

但这一步工作,是过于艰难了。白屋镇仍旧有一批穿红着绿的男女青年闲着无聊,在窄窄的街道上东荡西逛。学业上,他们是无法进取了。有的是熬尽了最后一点脑汁,连考几次都是名落孙山。他们从学校门走出来以后,便再也没地方去了,吃国家粮的没有田土,不能从事耕作。几个小厂小店,早已满员。唯一的,等待着政府想办法。最使家长和乡镇领导伤脑筋的是,那年轻人成天在一起,逛街过市,打牌聊天,人懒散且不说,还会生出许多是非来,都到了人生中精力最旺盛的年龄了呀!

当徐铭兰的"外国票子"正式在镇子上显眼之后,便很快牵动着许多待业青年的家长的心。它让人们见到了一线光明。

然而，人们却觉得那光明是冷酷的。它虽然是一片撕裂黑暗的希望，但那希望对于人们，几乎是一种失望。因为人们晓得：与他们为邻几十年的徐老太婆是个最不近人情、脾气孤僻而执拗的怪人。她从来不求别人，几十岁了还下河挑水，上山捡柴草，别人也就莫想得到她半点什么了。

那栋碉堡样的小屋和那经常紧闭着的楠木板子厚门，几十年来给人一种冷漠疏远的感觉。全白屋场，现在回想起来，徐老婆子唯一接触多点的是木匠郑大。

做木梳子的唯一原料是梨树。郑大是一个木匠，他父亲也是一个木匠。郑大父子是白屋场一带最忠诚老实的匠人，徐铭兰就请他们父子供给原材料。1960 年，郑大的父亲得水肿病死后，二十多年来，全白屋场便只有郑大偶或因业务关系出进那座"碉堡"门，和徐老婆子打一阵交道。

每次，郑大把梨树坯子做出来，放在箩筐里挑进"碉堡"。徐老婆子接着他，不让座也不泡茶，按数点过，当即付钱。郑大便接过钱，也不多问多说一句别的，便恭恭敬敬地告退出来。他们配合得十分默契。郑大的坯子做得认真，徐老婆子给他的钱也从不马虎拖欠，一手交货，一手交钱，双方满意。

好几个精明的汉子很快来找郑大，提一些问题。

"郑大，徐老婆子没跟你说什么吗？"

郑大答："别的没有，只是老嘀嘀咕咕的，要我找更老的梨树，做更好的坯子，说价钱不亏我。"

"她现在做得好，脸上好看了些吗？"

"也不见得。"

"她得了好多'外国票子'?"

"那个谁去问,不好意思,我们做手艺的,只管做好东西,别的不关我的事。"

"你没说从今后起,你要她付'外国票子'给你作工钱?"

"给我也不晓得用。"

"哎呀,你真蠢。郑大,如今买'凤凰''永久'单车,只有'外国票子'吃通啦。"

郑大说:"我晓得。买了我也不晓得骑。"

一个老汉说:"好啦,好啦,话莫扯散了。郑大,徐老婆子与外国人订合同的事,你听说了没有?"

"没听说。"

"听果果说,会订大合同。照这样说,她的梳子就要成批生产了,不晓得她有没有请人帮忙做的打算。"

"我也想过这个事。不过,她让我送的坯子数目是增加了。"

"肯定要成批生产了。郑大,你和老婆子是老业务关系了,去问问,要不要请人帮她干活?"

"这种事,我不好去问吧?"

"哎哎,世界上没有比你更老实的人,屁都不敢放一个。"好几位街邻在郑大屋里琢磨到半夜,一直没拿出个好法子来。

倘若说好了,说不定老婆子会接受几个徒弟,让那些闲散青年学点本事的。说得不好,那个古怪脾气给弄僵了,这件事便会彻底毁掉。这事是得慎重地办一办,绝不仅仅是为了几个钱,那桩极不起眼的手艺有着它无量的价值呢!眼下,如何才能说服徐老婆子,是一个很要紧的课题了,够乡亲们伤一阵脑筋了。

经不住乡邻的七嘴八舌，最终老实人郑大还是被拉进了那个对付徐老太婆的圈子，尽管他是极不愿意的。

郑大的祖父曾经是一条好汉，曾经有过磊落的壮举，就是因为没有徐铭兰的父亲徐重、祖父徐鄂那样处世精明，没有落得一个好结果。在解放前夕，几乎被黑势力弄得家破人亡。

郑大的父亲曾经有好几兄弟，最后只剩下郑大父亲一个，再传下来，郑家便只剩下郑大这一株独苗。于是，郑大的父亲在四十岁那年投师学了木匠，一心想躲开那种无穷尽的争斗，过几天安分日子，并把本事传给儿子郑大。他除了教育郑大做一个老实匠人之外，还教了他如何处世为人，要他对世事充耳不闻，与世无争，好好地守着妻儿，别断了郑家这炉香火。

1960年，郑大的父亲临终时，把刚成亲不久的郑大夫妻俩叫到床前，说："要生，要生……"边说边吃力地伸出五个枯槁的手指，在儿子媳妇眼前颤颤地晃动。

那意思说：要他们养下五个孩子，使郑氏家族重新振作兴旺起来。

然而天公不作美，送子娘娘不消受郑家香火。郑大只生下一个独生儿子，而且一生下来便体弱多病，性情懦弱，不像祖先那般勇猛强悍。郑大把这个独生儿子起名叫"多根"，并视为掌上明珠。因为这是郑家的唯一的一条根啊！他并不曾希望儿子怎样的飞黄腾达，学习出众，唯一的愿望是看到儿子长大成亲之后，改变郑家冷落的门庭。

儿子读书是争气的，很轻松地就拿回了高中毕业文凭。也许是儿子体弱，也许是他根本就不想儿子将来考取了大学而居留在遥远的地方。多根在家待业一年多，郑大则不但不嫌弃，反倒十分高兴，因为，儿子在伴陪着他呢。

郑大想让儿子跟他学手艺，在山洼子里平平安安地过日子，但儿子不愿意。他认为父亲那一套老实古板的木匠活，已经不适应现代家具样式的审美要求了。他老伴也不同意，她怕瘦弱的儿子经受不住木工那沉重的体力消耗。

儿子是在山里长大的，他深知在山里生存的艰难，并不想依赖父母养其终身。他想找一份工作做，但找工作是容易的事吗？他这个家在社会上没半点地位，别说那为数极少的招工指标轮不到他头上，就连镇子上那些小厂小店里的缺额也没他的份。

于是，生活的严峻和理想的渺茫使郑多根越发变得忧郁了。他不愿意和人家说话，也不和穿红着绿的男女们去街上闲逛，去柳下花前谈情说爱。他整天闷闷地守在房里，除干一些家务劳动外，便临摹一点中国画、介子园画谱，学柳公权正楷和王羲之草书作为消遣。

父母亲看着儿子的不乐，那暗中流下的眼泪不知有多少了，心想着给儿子谋一份工作，兴许他会振作起来，但一个普普通通的手艺人有什么法子谋工作呢？

徐铭兰的手艺一夜之间扬名天下的消息，自然也传到了郑多根的耳朵里，他和所有的山里人一样表示了极大的兴趣。他在和父母亲一道吃午饭时，一连高兴地说了三句："不简单。"

父母亲好久未见儿子如此振奋了。

晚上，老两口在床上悄悄地商量。

"说不准，让多根去跟徐老婆子学艺，他会乐意的。"木匠老婆说。

"会的，会的，那手艺时髦，又是精工，不比我这笨手艺哩！"

"不晓得那老太婆收不收徒弟？"

"那不好问。"

"我说郑大，我晓得你是不做分外事的。要是老太婆有心收徒，凭你多年的交往，你就刮下一回脸皮同她说说，不为别的……为儿子。你看他，都……成什么样了……"女人抽抽噎噎地哭了。

"别哭了，好不？我心里乱。"木匠说。

第二天，郑大挑了一段最好的梨木做了一批最好的坯子，给老太婆送去。木匠换了衣服，洗了手脚，像去走亲戚一般，故意装着满脸喜气地敲开了徐铭兰的楠木门。

在光线极好的窗户下，木匠放下了箩筐，一反常态，无话找话地说："徐妈妈，天气真好。"

"嗯。"老太婆手没停活，在鼻子里出了一点气。显然，她对木匠的讨好不感兴趣。

得忍耐，忍耐！木匠心里说。他是不愿意多说半句什么的呀，今天，为了儿子，要说，要说得好，说得体面，要力争达到目的。他想。

"徐妈妈，你看看今天我送来的是什么坯子，你来看看。"

这时老太婆起身了，她对好坯子感兴趣。她抓起坯子看看，说："好。"

木匠来劲了："徐妈妈，你说我这坯子哪来的？我岳父家的，隔这里五十里地呢。他家那棵梨树放倒了，我特意去弄来的。"木匠这话是真的。他来回真是跑了百多里路。

"哦。"老太婆抬头看看忠实的木匠，心里有些动情，"郑师傅，你这坯好，我也不会少算钱的。"说着，她像往常一样拿钥匙去床头那只樟木箱子里拿工钱。

"不忙，不忙，"郑大忙拦住老人，"徐妈妈，不急不急，你是做手艺的，我也是做手艺的，不能说这批坯子好，我就涨价，我郑大要守规矩。听说你如今在做外国人要的货，我郑大给你设法弄好坯是应该的……"

"你听谁说我替外国人做梳子？"老太婆一下警觉起来。

"咳，老人家，满乡满塅都晓得你赚了'外国票子'。这有什么要紧？这是你的本事嘛。"

"倒也是，做手艺不容易呢！"老太婆想到自己一辈子的艰辛得到好报应，火气和警觉马上减弱了。她本来是不想让任何人知道她的秘密的。但这怎么可能呢？前些天，好些远路人想来见识见识她那几张"外国票子"，都被她拒之门外。唉！"要使人不知，除非己莫为。"罢罢！晓得便晓得，又不是一桩丑事。这做梳子，别人想抢生意也是枉然。

"徐妈妈，日后要有好料子，我尽管给你去跑，这外国要的货马虎不得。"木匠口里讨好，心里发麻。

"郑大，你是好人，我记得你的。日后怕是要多劳烦你哩。"

"这没啥，我给你做了二十来年坯子了，有话你只管说……只是，徐妈妈，你……你如今一个人做得过来吗？外国人要货不是一把两把吧？"

"做得赢，做得赢！"

"不请人吗？比如说带徒弟……"

徐铭兰听到这里，有些不愉快了，说："不请人，也不带徒弟！郑大，把账结了吧。"她起身打开了箱子锁。

这只制作极好、八只角都包了铜皮、安了两把铜锁的樟木箱，是婆婆留给她的。婆婆临死之前抓着她的手放到胸前，颤颤地把这枚铜钥匙塞到她手中的情景，至今她还记得清清楚楚。而婆婆关于传她手艺的那些嘱咐，更是一字不漏地刻在脑子里。"不传外人，不传外人！"这个老实的郑大打什么主意呢？是想合伙来做生意还是要荐人来拜师？还是随便问问？也可能是随便问问——他是一个本分人。她没怪罪郑大，把他送走后，在他身后轻轻地关上了楠木板门。

像一株被霜打蔫了的草，郑大没精打采地回到自己的家，像散了架似的把身子骨软绵绵地放落在竹篾躺椅里，长长地叹了一口气。他老婆晓得事情崩了，没说半句什么，悄没声地泡了一杯浓茶送上来。

木匠把老太婆付给他的工钱狠狠地摔在地上，骂道："从今以后，老子再不给她送坯子了！"

女人赶忙白了他一眼，朝内房努努嘴。

只见半开着的门缝里，儿子斜躺在床上，眼睛看着楼板，隔一阵便叹一口长气。

木匠连忙闭了嘴，从躺椅里颠起来，拿把锄头出了后门。这样的事，是不能让儿子知道的呀！那会严重地刺激他的情绪的。

别说为儿女事的老两口心中有多难受了。

其他父母也同样是这样！

木匠刚从"碉堡"里出来不久，那一伙为儿女事的父母便纷纷登门拜访。于是同样像被霜打蔫了的冬草一样转回去了。

人既然产生了一种欲望，那总是要想方设法去满足这一欲望的。为儿女的家长们很快便商量好去找当地政府，以引起领导的重视。因为大家知道，果果区长是徐老太婆的侄子，如果他出面，沾亲带故的，也许会有些作用。

原来的公社，突然就改成了乡，有了乡，就有了"乡政府"的称呼。乡的管辖范围比以往扩大了许多，商店、工厂、企业都一揽子全在改革中划给了乡政府。"有事找政府"，报纸上是这样说的。白屋场那一伙为儿女就业的家长们，在正面攻不下徐铭兰后，就商定了去找乡政府，希望请政府去做做工作。

乡上的书记是一个二十七八岁的青年后生，他拖着疲惫的身子，强睁着由于失眠而充满血丝的眼睛，找了一间清静的房子，接见了白屋场的代表。书记没有很多时间来讨论做女人用的木梳子的小事，他要管的大事实在太多，便叫来一个人，让他全盘处理这个问题。

来人是白屋场极熟悉的，叫唐谷，五十八岁了，身强力壮，干劲不衰。公社改作乡，他仍被新的机构起用，挂的衔依旧是：企业办主任。

解放初剿匪时，唐谷是一个民兵分队长，打仗勇敢，立了战功，后来便一直留在公社工作，算是几朝元老了。他当了几十年的农村干部，同他一起工作的干部调的调、升的升，唯有他稳坐江山，不升也不降，不上也不下，从来没有挪过窝，谁晓得他是怎么搞的。

听说让唐谷来解决这个问题，乡亲们顿时心凉去半截，因为唐谷的为人处事，大家都清楚。别的且不说，让他去做徐铭兰老太婆的工作，这就有一场好戏看。

唐谷是一个典型的"跟跟派"农村干部。上面指到哪里，他就打到哪里。干好事，干错事，他一样的积极，一样的卖力，反正什么账都算不到他这个一般干部头上来。碰到恼火的时候，他一捋裤管，露出剿匪时留下的那块伤疤，跳起脚来骂一顿娘，谁也奈何不得他。"土改"根子加贫农，伤疤加火炮性子，谁也不愿意和他作对。他这样一派作风，倒也是起过不少"积极"作用：催劳力上水利工地啦，看守专政对象啦，宣传计划生育啦……硬头任务，棘手工作，他立下了汗马功劳。那一副大嗓门和随面部肌肉一起颤抖的络腮胡子，确实让人胆战心惊。

他那个作风，到现在是已经彻底不吃香了。现在连一个毛头小伙子都可以藐视他，跟他作对。反正你如今既不能用绳子捆人，也不能随便叫人到黑屋子里去反省、检查。叫可以，去一天，问你唐谷要一天的工资，这个背时账，唐谷算得过来，只好收敛自己。

至于徐铭兰，那样一个执拗的老太婆，唐谷那一套显然是行不通的。自古有"以柔克刚"之说。唐谷和徐老太婆，恰似铁棍碰石头，一碰便起火，问题会越弄越糟的。

"怎么样，大家谈谈嘛。"唐谷风急火急地走了进来。虽说是阴历十月间的天气，他还敞开着领口，随手在额头上抹了一把汗。他在党委书记刚起身的位置上坐了下来，看都没看大家一眼，便从口袋里掏出一个揉皱了的日记本，取出钢笔——开钢笔的方法是独特的，用牙齿把套子咬开，准备作记录。

到了这种时候，大家虽说对唐谷不抱什么希望，但还是详详细细地讲了一番白屋场近来发生的变化以及他们的想法。要求唐主任（他们这样称呼）出面做做工作。世界上的事，没有个一定之规，许多有把握的事，临时会变卦，没有希望的往往又会取得成功。因此，办什么事，充满着信心去做，总比不努力好。也许唐谷会有些办法也说不准。

唐谷对大家说："徐铭兰的梳子出口的事，乡党委已经了解；你们反映的这个要求，党委会考虑的。我再去调查调查，向党委具体汇个报，再作决定吧。"他开口党委闭口党委，其实他自己还不是一个党委委员呢。乡上的一些人事变化，大小事情，在这巴掌大块地方是众所皆知的。白屋场的百姓们更是摸得清清楚楚。"党委"是一块金字招牌，尽管机构设置重重，条文规矩越来越多，党委的指示是压倒一切的。唐谷作为一个多年的工作干部，他非常懂得扛着那块金字招牌说话办事的重要意义。就像手艺人制作一件工艺品一样，都是有一点诀窍的。没掌握那点诀窍，事就会办糟——唐谷不比一个手艺人蠢。

那批代表们带着一半希望和一半疑虑回到各自屋里去了，等待着唐谷的消息。上面布置的任务，唐谷不能不办，大概是会有个结果的。

说徐铭兰生性孤僻，与世隔绝，不谙外界世事，其实也不是绝对的。关于乡党委委派的"可能是"未来的镇长的唐谷将要上门来和她洽谈扩大木梳制作队伍的消息，很快就传到她耳朵里了。

当徐铭兰确信这是个事实之后，不禁大动肝火。她做好了准备，偏要给扛着金字招牌来做工作的唐谷一点颜色看看。大不了不让做梳子罢了。我并不在乎那几张"外国票子"，就是不让做梳，我也是能把命活下去的。她想。

倘若是乡政府的另外一个人来和她洽谈什么，她也许不会动肝火的。共产党给了她不少好处，她心里清楚。她在旧社会里生活过，她晓得作对比。然而偏偏来的是唐谷……

她与唐谷有过一段交往。作为唐谷，也许早就把那根本不介意的小事情忘得精光。但作为徐铭兰，却在脑海中打下了一个深深的记印——

解放的第二年，她丈夫出逃之后，她把婆婆的灵柩送上山的第二天。她记得,那是一个下着小雪的日子。她因为失去婆婆和被丈夫欺骗抛弃,流了不少伤心的眼泪,只觉得身子沉重得难以支撑,天气又特别的寒冷,烧一盆炭火都如同栖身冰窟。她是准备好好地休息休息的。但她的门被人推开了,一个民兵背着枪,粗声粗气地通知她到村上办公的地方去,干部有急事找她。她说她身子不好,但那民兵说:军令如山,爬都要爬去。那民兵是外乡人,口气铁硬,但还是用手搀着她走过了五六栋房子。

在原来的关帝庙里,民兵队长唐谷坐在从地主邱大公家里抄来的太师椅上,一见她,虎目怒睁,一拍巴掌,厉声吼道;'坏分子'家属徐铭兰,你做的好事。"

如同晴天霹雳,弱女子徐铭兰吓得出了一身冷汗,一下就软瘫在地上,头都不敢抬起来。她虽说足不出户,但是听说过游击队的厉害。那些自古以来倚山为匪、飞檐走壁、功夫盖世的林中豪杰,几朝几代的官府都奈何不了,但不出半月就被游击队剿灭了,游击队的本领显然是比他们更高一筹。这个高高在上的唐谷更是神奇的角色,听说他一个人就干掉了五六个土匪。今天,落到了他的手中,将不知要如何收场。

她什么也说不出,也不知自己犯了什么事。丈夫是走了,但她并不知道他为什么出走。今天传她来,难道犯了什么案子?她只是用不多的气力给唐队长磕头。

"你起来,别装死。现在你老实交待,你丈夫跑到哪去了?……说,哪去了?"唐谷吼道。

"唐,唐干部。他是瞒着我,半晚上走的,我,我确实不晓得……"

"砰!"桌上重重地响了一巴掌。

"放屁!你是他老婆,同床困了好几年,会不晓得?你老实交待。告诉你,不坦白,老子的枪子儿是吃肉的。"

徐铭兰深居简出好多年了,吃不消这种精神刺激,只觉得头脑嗡嗡作响,眼睛一花,身子一软,便瘫倒在地上。此后,她只隐隐地听见唐谷在耳朵边大吼大嚷,问家里有没有枪?有没有电台?是否还藏有金条、光洋⋯⋯⋯⋯

唐谷那一派威风,她至今还是记忆犹新、想来心颤的。但徐妈妈并不怨他。那时候界牌山地方非常复杂,山上和民间都混夹着土匪,而土匪又正是在行将灭亡的时刻垂死挣扎,暗杀了不少共产党员和农会干部。所以,民兵们对一切怀疑对象进行严格审查是合情合理的。她的丈夫莫名其妙地消失了,这也难怪人家猜疑。

徐铭兰对唐谷产生深深的成见,还是在此以后——

自从那次提审后的第三天。有两个把棉帽子拉得很低的汉子半夜里敲开了她的房门。

"你们,你们要干什么?"她惊惶地说,同时抄起了一件自卫的家伙。出身于一个曾经以真功夫自卫著称于界牌山区的打斗世家的徐铭兰,别看被唐谷一吓便晕倒,当在真正危及自己生命的时候,她还是有点办法的。

"我们是民兵!你困你的觉,没你的事。我们是奉命来检查你家夹墙的。"那两人中的一个说。

"是谁让你们来的?又是黑夜里,明天来不成吗?有村上的条子么?"

"你少啰嗦,是唐队长派我们来的。你有何话说?好了,你困,你闩上房门困觉,我们来检查你屋里的夹墙、地窖,看有没有枪。"

她再没说什么了,来人不是谋命的。要检查,随它去,经得起政府审查。她相信自己清白无辜。

这以后，那两个人一连折腾了三个晚上。每晚都是夜阑人静来，鸡叫天明走。他们把夹墙以及可疑的地方搜寻遍了。他们捞到了什么没有？她不知道，也没过问。屋里没有遭难的，唯有她那只包着铜皮的樟木箱子，她是从乱世中走过来的人，有一种天然的自我保护意识和本领，不至让自己饿死。

那两个汉子最后对她说："这事，不能对任何人说。倘若漏了嘴，后果由你负责。"

后果？什么后果？反正，不说就是。她未出嫁之前，父亲曾反复教训她：不问世事，少说闲话。她按照父亲告诫的做人，这可以避免横祸哩。这一次，她心里不服。她受到了人家非法的搜查，又不让说出去。如今是人民大众的天下，为何她就不可以像人家一样享受自由？仍旧在像旧社会黑势力一样的恫吓和恐怖中过日子？

她悄悄地补壁填坑。枪，显然是没有的，发现了枪，没这么好的日子过。事后，唐谷也一直没向她作过解释，因此她对这样的干部产生了极大的反感，他不公平，也不磊落，磊落人不会在黑夜里派民兵搜人家的屋。她当然不会去找唐谷。她一个妇道人家，是没那个胆量的。

…………

那么，她收不收徒弟呢？把不把这门手艺奉献给社会呢？需要作出认真的选择。郑大一反常态，毕恭毕敬，说话吞吞吐吐，这正代表了好些过去并不曾正眼看过她的人的心理。还有唐谷，显然是被人煽动，他马上便要来发威作势，像过去那样摆布她。

不行，不行。现在是你求我，不是我求你。时代也变了，不是那个随便可以斗争人的时世。她突然觉得自己有了力量和胆气。

婆婆当年留下的规矩，是不能改变的。自己没有亲生骨肉，宁愿失传，也不可传给外人。倘若果果肯学，她倒是愿意传给他。可惜他当了干部，不在乎这门小小手艺了。

那么，万一唐谷上门来做工作，来作指令，怎么办？何以答复？把门关起来，不见！行吗？躲，不是个办法。怎么办？得想想。

她想起有一回唐谷带着一伙人上她家来，叫她交出屋里所有做好的梳子，说上面有政策，社员不许搞资本主义，她做木梳就是资本主义。于是把她刚做好的一箩筐木梳全部拿走了⋯⋯资本主义，不让人吃饭哪！

现在好了，过去视她的手艺如粪土的唐谷，现在居然要上门来打她的主意了。倒要见识见识唐谷怎样开口。

郑大不是向乡政府请愿的代表团人员，但他从乡邻们的口中得知：唐谷将出任白屋镇的镇长。那么，这个镇的镇办企业的人员安排，就在他手里了。

"听说，唐谷要来当镇长了。"他对老婆说。

老婆说："我晓得。"为什么连这个从不问政事的家庭妇女都如此消息灵通呢？这可以看出：为了他们儿子的前途，他们对有可能波及他们利益的任何一丝动态都显得特别关心。

郑大讨厌唐谷。唐谷在批资本主义那段时期，曾经毁了他父亲留给他的那一套钢火极好的木匠工具。手艺人，是极珍惜自己的行头的呀。民间有句话这样说："宁可老婆同你困，不借清刨刨圆棍。"郑大那祖传的清刨以及比清刨更讲究的工具全都被唐谷投入了大火之中。那时候，郑大还是贫农呢！"没有贫农，便没有革命；若否认他们，便是否认革命。"而唐谷，却敢于藐视毛主席语录。

现在，他这个贫农又掌握在唐谷手中了，为了儿子心目中的艺术和对梨木梳子的挚爱。他对老婆说：

"今晚上，你去打一斤酒，炒几个菜。"

"谁要来？"

"唐谷，我这就去请他。"

"请他？这只忘眼狗……"老婆嘟嘟哝哝。

"你莫要多事好不好？女人家，眼睛只看得见锅灶。"郑大发火。在儿子面前绵羊般谦让的老木匠，却敢训老婆。

木匠家从来不招待人，更不招待干部。他们小心谨慎地处世，没有辫子让人家抓。他们勤俭节约过日子，不靠上面发救济粮。何以要去巴结人呢？何以要白白地招待干部呢？这回，算是破天荒。

唐谷被木匠邀来了。唐谷大大咧咧地往郑大堂屋里一坐："哈，郑大，我怕是有十把年没进你屋里了吧？"

"是吗？真对不起。今后，你要当镇长了。只怕要多来哟！"郑大说。女人早准备了炒猪肝和笋子豆干等几样下酒菜。郑大使眼色叫端了上来："唐镇长，今天碰得巧，屋里有酒有菜，来，喝几盅。"

"镇长，镇长，谁当镇长啦？"唐谷善意地反问。

"书记都这样说，还会有假。你当镇长，群众拥护。"郑大这样吹捧，别人肉不肉麻且不说，他自己的肉倒是麻的。

"当然啰，要当嘛，镇长也不是当不得，革命几十年，党也没少培养嘛。"唐谷端起了酒盅。

"是啊，是啊。来来来，吃菜吃菜。"

酒过三巡，唐谷问郑大，是不是有什么事要他办？在好酒好菜的这人间最美好的享受中，郑大斗胆向唐谷提了关于安排儿子的要求。

被酒灌得面红耳赤的唐谷一拍胸脯，满口应承："行，行！你是第一个向镇党委提出申请的。镇党委会优先考虑的。"在这以前，乡亲们早向他反映了，哪是"第一个"？完全是哄郑大。

"那就，太谢谢你了。只是，徐铭兰老婆子的工作……只怕……"郑大小心翼翼地说。

"没问题，那完全没问题。叫她不要那么保守嘛。人多势众，产量高了，可以多赚外汇嘛，何乐而不为？她也应该多想集体，多想革命嘛。"

"那就，更好了。唐镇长，真办起了梳子厂，头一就请你考虑我家多根的事啰。他就只想干这行。"

"好的，年轻人，想做事就好，怕就怕不务正业还乱来。不过，青年人嘛，还是要多学习政治，连辩证法都不晓得就不行，对不对？"

牛头不对马嘴。本匠郑大却频频点头称是。

幸好这天儿子不在家。

近来一些日子，唐谷是很少喝到人家的酒了。想不到，过去到处能喝到酒而沾不上郑大的边，现在没人请他喝酒了，倒喝上了郑大的。这世界的变化，真使唐谷有些眼花缭乱。难道这个镇长的位置，能使自己重新树起几年以前的那种威望——当醉醺醺的唐谷在夜深人静踏上小镇的街道时，心里产生了一种压抑了好久的快感。

白屋场近来好几年没开群众大会了。现在要开一个群众大会。会上，镇党委书记正式宣布了白屋镇的成立，还宣布了唐谷任代理镇长的决定，过年后就选举。当然，书记对唐谷的评价是极有分寸的。他明白唐谷工作肯干，上面说的话坚决执行，但毛病也不少，如果夸过了，群众是不服的。

该唐镇长讲话了，他显得异常的激动：

"乡亲们，日后，有什么难处，你们只管找我。我唐谷以往脾气臭，大伙莫再计较。我唐谷若再是像以前那样，就……"本当是要赌咒发誓的，觉得党委书记在场不妥，于是把话只吐出一半，"反正，我唐谷还是想为大家干一点事情的……"会上，唐谷这样向大家拍了胸脯。

老百姓当然是要去找他的。在唐谷拍了胸脯之后，老百姓认为：这条"找"的路是畅通无阻了。眼下，这个偏远而荒僻的山间小镇，还有很多困难，人们还得求助于政府。

唐谷果然是努力地改变了自己，开始认真地听取群众的意见和要求，没日没夜地为大家奔忙。

眼下，白屋镇反映出来的主要矛盾，急需他牵头解决的，是安置待业青年和闲散劳力，发展乡镇企业。而当下唯一有潜力可挖的，便是徐铭兰的手艺活。

县上的外贸公司专门派人来与徐铭兰谈业务、签合同。唐谷做了一桩很得体的事，那就是请乡党委批准，办了一桌水平不低的酒席，请外贸部门的同志吃了一顿。把外贸的关系搞好了，有利于白屋镇今后的梳子生产发展。这样一来，也许白屋镇将会依靠这个门路改变一下落后面貌。

迫在眉睫的工作是：要拿下南洋女人留下的那个"碉堡"，"俘虏"碉堡里那个生性孤僻的女人。这比解放初打土匪还难哪。打土匪只要勇敢，这做经济工作、做人的工作就复杂得多、艰难得多了。

唐谷是在郑大的屋里吹下过牛皮的，但用过去那种搞阶级斗争的办法，恐怕是很难拿下那个"碉堡"的。

以往徐铭兰去镇上买菜，从不往镇中心去，她有一种低人一等的自卑感。今天，她偏往镇上最热闹的地方去。她觉得她从今以后的腰板是硬的，这界牌山区唯一只有她箱子里锁着"外国票子"。她高昂着头，谁也不看，径直穿过人群，又穿过人群。

在她回到家门的时候，忽然听到有人喊她。她擦擦眼睛，认真地寻找叫她的人。

是唐谷。大高个，微胖，头发半白，脸上爬满着密密的皱纹。徐铭兰只在"土改"时认真打量过他，后来她从不敢、也不愿打量他。这好像是第二次这样仔细打量他。

她站下了。

"徐大嫂。"唐谷又客气地喊了她一句。

"有事吗？"天啊，她发现自己从来没有这么从容镇定过。

"我想找你谈谈，你看，什么时候……"

她打断他："你是想谈做梳子的事吗？"

"嘿嘿，"唐谷露出和善的笑容，"不完全是谈梳子的事，也谈其他方面的。"

"没工夫。"徐铭兰用她早就想好了的话回答他。

"呃，徐大嫂，你……"

她来个急转身，随手"砰"的一声关上门。"砰！"她想起那年唐谷在桌上擂的那一掌，现在她报复了他。很好，那账算是清了，谁也不欠谁的。她没有很快地进房里去，透过门缝看那被她嘲弄的对手——他呆呆地站在离她的屋子十来步开外的地方。

可惜她的眼花了,看不清唐谷气急了是什么样子。徐铭兰高兴,想:你也有今日。

白屋镇在快速变化,以往那低矮的木屋几乎全没有了,替代的是一幢接一幢的两层或三层红砖青瓦的楼房。那窄窄的青石板铺成的街道也变成了一条水泥街。白屋场从来没有过挑担卖菜和摆豆腐桶的习惯,现在有了,而且品种越来越多。国营的百货店和肉铺被这满街的小摊小贩排挤得快没有了生意。

眼下是早市的沸腾时刻。太阳还藏在界牌山峰的那面。艳丽的天光把小镇以及山垄田畴洗照得通明透亮,青翠欲滴。

唐谷已经在这沸腾的街中心呆呆地站了好一阵了。他什么也没听见,什么也没看见。挑箩担筐的在他身上撞了好多回,他毫无反应。太阳即将出山前的美好,他丝毫没有感觉。

"唐主任,抽烟。"镇上老五发现唐谷发呆有一阵了,特地上来打招呼。唐谷以前担任企业办主任,老五一时还拗不过口来,仍称他"唐主任"。

唐谷仍旧凝望着不远处的那栋"碉堡",耳朵里回响着那"砰"的一声门响。

"唐主任……"老五推了他一下,伸过来一支过滤嘴香烟。他曾经是"请愿代表团"成员之一。他也有一个女儿,在街上打流,那是令人担心的"流"呀!他比郑大还急切十分地想找份工作来拴住女儿的腿。

"干什么?"唐谷这时才转过身来,长长地透了一口气。

"抽烟,你站这里好久了,唐主任。"

"还什么主任,我现在是白屋镇的镇长了。被你官降一级。晓得吗?糊涂老五。"在气昏了的时候,唐谷早已忘记了自己的誓言,早已忘记了他对一个镇长的正确认识，发开了牢骚。他恨不得马上去党委辞职，让他去受一个弱女子的气，还不如让他跳进河里死得利索痛快。这个打击，是他万万意想不到的呀。

今天，他特地起了个大早，把胡子刮干净，还从箱内挑出一件干净一些、皱褶少一些的衣服穿上，想认认真真地去和徐老婆子谈一谈的。头天晚上，他躺在床上，想好了许多措词。他估计有一些政治术语那老人家听不懂，想着如何解释才会让她明白。这是非常关键的一着棋，这着棋下活了，全盘都活了。外贸公司的同志给他预示的美好前景能否实现，全在于他这一着棋啊。他还联想到，要是当年逃跑的徐铭兰的丈夫还在海外，如果能联系上，该有多好。弄它个几十万美金回来办厂办企业，白屋镇我这个镇长便要见报上北京，谁会想到我唐谷走一世的下坡路会大器晚成。但他却在"碉堡"上碰了一个大包。妈的！真使人受不了哩！

"妈的，你这个老太婆，看我收拾你。"唐谷越想越气，不禁骂出声来。

"唐镇长，你是在骂徐老婆子吧？"老五说。他也关心徐老太婆的事。

"关你屁事！"唐谷又对他吼。他不愿人家干预他的事务。

老五晓得再待不下去了，赶紧往屋里走。

"你走什么？回来！"唐谷喊，"你马上去把郑大叫来。"

"好的。"老五趸回身，往郑大家走。

"要郑大再不供应她的木坯，看她怎么做梳，赚'外国票子'！"唐谷在老五背后气咻咻地说。

老五刚要拐弯去郑家的小巷，又听得唐谷大声喊他打转去。

唐谷和老五相对站了一阵，然后轻轻地用手捶着脑壳，喃喃地自言自语道:"我这是怎么回事!怎么回事啊!我可是一镇之长啊,怎么能……"

隔了一阵,他把一只手搭在老五的肩膀上,柔声地说:

"给我一支烟吧。"

两人都点燃了烟。

"你的小闺女还没嫁?"镇长关心地问。

"还只十九岁哩。"

"告诉你,老五,女大十八变,快嫁快嫁,怕出事,现在风气蛮糟。"

"可是镇长,才十九,没到结婚年龄。"

"呵,对,是的,不能领结婚证。不过,千万不要让她打流呀,家里要管死,你要学点辩证法,这叫作唯物主义,晓得啵?"唐谷严肃地说。

"这个……当然,"老五没听懂,"不过,你管死,也不能锁门呀。要不打流,就得拜托你啦,镇长。有个事情做,缚住一双脚,就好了。"

"也是,也是。"唐谷低下了头,突然觉得他这个一镇之长担子很重,要是能让年轻人都有点事做,不就能让大家都变好么?他说:"不要去叫郑大了,也不要告诉别人我发火的事。"

"那没什么,你又没发我的火。"

"我要你莫传播我刚才的话!"唐谷为老五误解他的意图又动了点气。

"当然,当然!"老五说。

老五啊,你何时才不糊涂?整天只晓得下象棋、吟古诗,十九岁的闺女在卫生院刮了崽,满镇风雨,你还蒙在鼓里呢!唐谷替他着急。

俗话说："路上说话，草里有人。"何况唐谷发呆似的站在街边发闷气，哪会没人知道呢！

现在，唐镇长被徐老婆子打败了，这情绪立刻感染了家有闲人的居民。看来，徐老婆子是无法被利用的了。

徐铭兰投入了紧张的生产。幸好她没什么大的病痛，体力上还吃得消。为了保证把梳子做好、把产量更加提高一点，她去镇上药铺里买了一盒人参蜂王浆。听人说身子受了累，吃这东西提神补气哩！她破天荒接受了这现代营养佳品。

不知是营养品的药力作用，还是精神亢奋的催化，徐铭兰的工作进度比往常几乎快了一倍。外贸部门送来了一批印有外国文字的包装箱，徐铭兰不日便装满了五箱。外贸部门不让她操任何心，运出去、送进来，结账收费全由他们包，只须她做梳子、点票子就是。

几十年来，徐铭兰牢牢地遵照婆婆的教诲做手艺。粗功夫，她搬到院子里阳光底下做，这道工序人人都做得，用不着保密。细功夫，她躲在屋里做，以免人家把她的看家本领偷学了去。她做梳子，关键之处还不在这粗细功夫。任何一个木匠都可以仿照她的造型，作出以假乱真的产品来，因为做梳本身并没有很多诀窍。

徐铭兰的梨木梳子之所以能拿到"外国票子"，关键在于那能使木质透明和坚硬光滑的染料。这染料是祖传秘方。她配制煮染都是在晚上干的，关紧房门，只点一盏油灯。药店里只卖给她明矾等三味很普通的药，其他都是自己配的，所以，人们无法知道她的秘诀。

近一些天来，她每夜都觉得屋子后面的大樟树上和竹林子里有异样的响动。她拿电筒照过，并没有发现什么，但凭她的感觉，她敢肯定那里埋伏着某种危险。要说是动物，现在界牌山只剩下一些野猪、獾子之类的兽物，这些野物轻易是不会来镇上的。要说是人，怎么就隐藏得那么巧妙？每夜都来这里干什么？确实，这栋古怪的建筑物和当年婆婆的神秘来路，至今是一个难解的谜。她也说不清这夹墙里、这地底下还藏没藏东西。有一次，她无意中触动了床头的一块石头，突然现出一个一尺来宽、两尺来高的洞口，那刚好是一块条石的位置。但当她准备拿电筒去照一照这个黑咕隆咚的洞时，不知脚踩在哪里，那块石头又合拢去了。后来，她用铁棍插入石块相接的缝里，却怎么也撬不开。

是不是贪财之徒试图劫她这点手艺钱呢？想想也不会，要抢劫，直接破门而入就行，谁都晓得她是个风烛残年的人了。她不问世事，也无朋友，娘家那边早没人了，不知人民政府的派出所可以办这等事。在这种举目无亲、无处倾诉的时候，她想到了堂侄果果。她很想找果果说说话，说走就走，她锁上房门，走十里路去区公所找果果。

果果不在。她给守电话的同志留个话，请她转告果果，就往回走了。果果就骑了单车，晚上摸黑来看她。

"侄，"老太婆把果果拉着靠她坐下，"这一向，我总觉得我在世上的日子不会长了，心里梗梗的。死倒是要死的，那是早晚的事。只是，有一宗事我放心不下……"想到辛酸处，老泪止不住淌了下来。

果果慌了，以为堂姑发什么病了，忙安慰："姑，你说什么呀？你这身子骨好好的，吃得睡得做得，与死沾什么边呀？真是！"

老太婆觉得确实荒唐，做出失态的事来，忙用袖揩去老泪，破涕为笑："果果，我今日叫你来，有件事要跟你说。近一些日子，全白屋场都在打我的主意，木匠郑大、镇长唐谷都来做说客，要我把手艺传出去。我不肯。只要我不死，就休想占我的便宜。那些人倒也没来缠了，人还是怕硬。果果，你不晓得，这些天，每晚上窗户外屋檐脚下好像有响动，是人，我敢说。他们打我的什么主意呢？我反复想了，谋财害命不是，只怕是来偷学我的方子，有些活，我是晚上做的。我叫你来，想跟你说，我要把这本事传给你，我一口气上不来，手艺有了后人接，死也就……"又说到死，泪水又往眼眶外面溢。

"你快不要说那话，姑。"果果又安慰。

"你答应学吗？果果。"老太婆显得很迫切。

"只怕我依不得你的规矩，姑，你怎么不愿意教给人家呢？手艺人都是带徒弟的呀。听说白屋镇就有些年轻人想跟你学。"

"你学不学？你一句话，你不要提外面人。"老太婆有些不耐烦了。

"要学多久？"果果问。

"你聪明，也就年把功夫吧。"

"可是……"他想说他不能放下工作不干来学手艺呀。如果这样说，姑姑又会生气。

"姑，这样吧，"果果反复斟酌以后，对老婆子说，"你不要七想八想，现在是太平世界，不会有人伤害你的。等回到区上，我叫派出所来查一查，看有什么古怪作乱。你只管做你的手艺。我是乐意学你这手艺的，只不过，要到请准了假之后才行，这功夫不跟着你来做，是脱不了师的。什么时候我请准了假，我再告诉你。你看呢？姑。"

"好，孩子，我等着你。你那干部是当不长久的；我这手艺，可是能保你到老的呀！古人也说了'手艺钱，万万年'。"老太婆说。她的神情显得舒展了许多。

果果告辞了老人，连夜飞车往区上赶，晚上还要赶写一个材料。

果果回到区上，发现自己房里灯光明亮。他放下车子，推开门，看见一条大汉耷拉着脑袋坐在他的房里——那是唐谷。全区再没有第二个在大冷天扎着裤管走路的乡镇干部。

"老唐，是你呀！"果果说。

"唉，今天特地来打扰你。"

"我都知道啦。你们书记都跟我说过了。"果果知道唐谷的来意。

"是啊，真没搞手了啊。我都已经做公公、快入土的人了，想不到还受人冷眼，一片好心倒在沙洲上，狗屁不值，何苦呢？人争气，火争烟，树要皮，人要脸嘛……我唐谷为了谁？为了我自己？我老婆在农村几十年，都没说过半句转国家粮的事，不凭别的，凭我脚上过去打游击的枪伤，我躺到县委的办公桌上，怕你不解决我唐谷的事。那些，我全不顾，我是为了工作。可是……叫人想得通么？我跟镇上说啦，不干了！我回去了，谁还给我白眼么……"唐谷在吃了徐铭兰的闭门羹后，很及时地压住了火气，制止老五去散布不妥的言论。但这种事，他越想越是想不通。还是压抑不住冲动，先找年轻的镇党委书记发了一阵牢骚，现在又找副区长来了："果果区长，徐老太是你的姑姑，我在这里说她的不是，不该。但我以及白屋场全镇人，都希望你能做做她的思想工作。她那门手艺做开了,全镇受益哩。我这么晚来见你,也是大家出的主意哩……"

果果给唐谷倒了茶,又从暖瓶里倒出来仅有的一点开水烫了烫脚,神情冷峻地坐了一阵,等唐谷的牢骚发完了,才说:

"老唐,你要说的大概说完了吧。我来说几句吧!首先说明,我不是以上级的口气和你说话,我是以一个晚辈人和你谈谈心。不是么?我在镇上读书时,你就在公社当干部了。恕我直说,你这种情绪是极不对的。为什么呢?你没有站在一个干部的高度来认识问题,你是站在和我堂姑一样的位置来看待事物的。你想过没有,你过去几十年所做的事情,在群众中产生过一些什么效果?不管该不该你本人负责,我们谈的是群众实际的影响。像我的堂姑,一个社会中的弱女子,她得到的是什么?得到的是干部的白眼,也有你的审问、训话——当然,你会说,这是错误路线的干扰。可是,你理解她的心情么?她是怎么度过那些日子的?几十年,那么漫长啊!她现在有了点影响,我们就装笑脸,想简单地让她传艺,办木梳厂,她会怎么想?你设身处地替她想过没有?她对你表示冷眼,你就受不了啦!试想,你过去对她的那些行为,她是怎样忍受的?你说:树有皮,人有脸。她的脸和你的脸有什么不同?你打仗负过伤,你是共产党员,是吃'皇粮'的干部,你的脸难道就一定比她的脸高贵?"

唐谷愣怔着一声不吭。

"话说回来,你是为镇上的繁荣,为了大家的利益而受此冷遇。问题是你说这话时是不是又想到了自己的身份?你说不干了,辞职,这怎么不可以呢?完全可以!我看社会主义不会因为少一两个人而不发展,可你说这话时,想到一个党员的身份吗?或许,我今天的话说得过分了些，你不要见怪。老实说，我也带了点私人感情，我是站在同情我堂姑的角度来说话的。我同情她，可怜她。她这个人，被几十年的风风雨雨、政治气候给弄变了形。老唐啊，现在要将你弄成另外一个样子，你想象得到那有多么痛苦？你们不理解她啊，几十年没进过她那栋屋。可我，我是熟悉她的，所以……好吧，不说了吧。"果果觉得眼睛潮乎乎的了。

"区长，"唐谷把头埋得很深，"你不要说了，虽说我长你几十岁，但痴长了几十年，你骂得好。好吧，好吧，别的都别说了，我还是找你拿主张。现在，唯一只有你能拿下那个'碉堡'，说来说去，还是那个目的。"

"难哪，老唐，我何尝不想把她争取过来呢，都是为了工作嘛。她那本事要真带进土去了，也只能怪我们无能，不能怪她固执。我试过，可是滴水不进，插针不入啊。那几十年形成的观念，是冰冻三尺，非一日之寒呀！去强迫人家，用外交辞令和政治术语做工作，那是对牛弹琴，反而会越弄越僵的。要打点心理战，让她痛痛快快地带徒弟。她说要我去学，我哪能呢？我马上就要去考大学进修班了。我可是边工作边学习呵。"

"对，对，对，策略为上。毛主席教导我们：'政策和策略是党的生命。'只能摸顺毛哩。可是，她老人家对我的成见深着哩，这步工作如何才做得熨帖呢？真难啊！"唐谷使劲用手抓着脑袋。

"好吧，来，我们认真地合计一下子，拿出一个方案来。"果果说。他不主张花时间去磨嘴皮子，他主张干一些实际有效的事。看来，和唐谷搞完这一宗事再写汇报材料，这一晚上便休想合眼皮了。

在灯下，透过玻璃亮窗，可以看见一高一矮、一粗一细两个人影叠在一起，很像是在认真而持久地下着一盘难下的棋。

夜，已经很深了。而这盏灯，还在强睁着明亮而疲倦的"眼睛"。

终于，果果站了起来，他伸了伸懒腰，长长地嘘了一口气，说："我是个不肖子孙哪，是个忘恩负义的家伙。老唐啊，你不晓得，我读中学时，全仗我堂姑照看我。可是如今，我竟拆她的台。"

"这没你的事。不为你也不为我，是为了大伙啊！再说，又不是让你姑吃亏。"唐谷显得很兴奋。

"还有什么要谈的没有？老唐。"

"没……有，没……"唐谷不连贯地说着。然后，竟疲倦得一头栽倒在果果的床上。脚没洗，发出难闻的气味。裤脚上的泥巴，全揩在果果的床单上。

果果摇了摇头，无可奈何地替他脱去鞋子，让他和衣躺下。

果果擦了一个冷水脸，拉熄了吊灯，随即揿亮了台灯，开始伏案挥笔写他的材料了。夜更深沉了，很远很远的地方，传来一声鸡叫。

这一回郑大给徐妈妈送梨树坯子去，后面跟来了两个人。一个是他儿子郑多根，一位是老五的女儿甜甜。郑大像往常一样，默默地办完手续，默默地挑着空箩筐走了。两个青年人却没有走的意思。

甜甜一进屋，就展开了一种攻势，没等徐铭兰露出不高兴来，就先下手为强："徐妈妈，你不反对我们来看望你吧？"又说："徐妈妈，我们不是来偷学你的手艺的，你放心。我们是来看看你的。"好厉害，索性把老太婆的禁忌说了出来。

在老人家和木匠办交接手续时，甜甜对沉默寡言的多根说："来，我们替徐妈妈打扫一下卫生。""不用，不用。"老太婆说。

"你忙你的吧，徐妈妈，我们镇上成立了民兵学习室，有一项活动叫'文明服务'，我们今天是来为你服务的，你莫客气。嘻嘻。"年轻姑娘给了老太婆一个诚意的微笑。

年轻人极认真地作了一次大扫除，简直给老太婆换了一种环境。院子里积下的腐土、败叶以及墙根的枯草、青苔，都被他们给彻底地清除了。她觉得很过意不去，当给他们倒下两杯茶时，他们竟一边揩着脸额上的汗，一边笑着谢绝了她的招待，再没多停一会儿便往家走去了。

"徐妈妈，你也莫太做狠了，出来走走呀。后天县里要来镇上演戏，你来看呀，我们来接你。"甜甜用甜甜的嗓音说着。这轻柔的、对于老太婆来说是陌生而又亲切的话语，像清泉那样流过她那早已干枯的心田。

县里剧团到白屋镇演出来了。镇上没礼堂，就在大草场上搭了几十块大门板，竖起两排树干拉幕布和吊电灯。这里从没接过剧团，这回是破天荒，光打台子、做组织工作便动员了十多个劳力干了三天。"有戏看"的好消息，如春风般染"绿"了周边的山村。在剧团将到的几天内，镇上像过年似的热闹。饭店里三十个床位，开张几年以来第一回全住满了——大都是来自十几里以外、散了戏赶不回去的山里人。过去饭店里一天顶多能销二十斤面粉的包子、馒头，现在一天做八十斤面粉都供不应求。将有多少人看戏呢？恐怕这个数字将是十分惊人的。

镇上很会抓火候，决定趁机召开一个"全区发家致富积极分子大会"。在节目开演之前举行这么一个仪式，将是极有教育意义的。

唐镇长是这个演出活动筹办组的负责人。他考虑到观众将会拥挤，提前半天在戏台的前排摆了二十条长凳，这是让获奖代表们坐的。

徐铭兰是镇上的代表。

这天天一黑，以甜甜为首的几个男女青年便敲开了徐妈妈的门，不由分说地抢掉她手中的工具，硬给她换上干净衣服，簇拥着往灯火辉煌的戏场里走去……

徐铭兰完全置于一种被动状态。她简直不晓得自己是怎么度过这人生中最辉煌的时刻的。

……年轻人围着她，端坐在整个戏场里最好的位置上，没有拥挤，没有喧闹。

……她惊恐，她惶然，她颤栗地由人牵着，走上戏台，任人们在她胸前戴花，给她镜框子；听着从那个什么机器里，发出比人的喉咙大许多许多的声音，叫着她的名字。

……哦，这就是戏！那么新鲜，那么好看。后生子们不停地给她解释：那听不懂的戏文翻成土话是什么，戏里演的是什么朝代的事。看戏的中途，有一个干部竟几次为她添茶。姑娘们告诉她，那是区长。区长多大？她们说：区长管这方圆百里的地方。天！竟让父母官躬着腰倒茶。我值么？我是过去的徐铭兰么……

第二天，徐铭兰的"碉堡"里，挂起了红绸花和闪光的镜框。那一张沉重的楠木大门，为年轻的人们敞开了。阳光和注满生机的笑语声从这里灌进去，这势头，是要彻底地清洗那沉郁的晦气了。

几十年来，徐铭兰的笑脸，加起来没有这几天的多。

过了一些天，甜甜领着一个大嫂子来见她。这位大嫂提着一篮子又壮又嫩的高笋和葱绿齐正的冬苋菜，还有半篮子鸡蛋。因为是甜甜带来的人，老人家接待了她。

"徐妈妈，你不认得我吧？我可是认得你呢。桑树冲的刘其你认得吧，他在世时与你爸是共一个喉咙透气的朋友哩。"

"你是刘其的什么人？"

"刘其是我的外公。"

"哟，你坐，你坐。慢慢坐着说。"

"不耽误你老的工夫吧？"大嫂子极有涵养。

"不，不，哪能一天做到晚呢？咳，人老啰，能动点便动点。"

"徐妈妈，你父亲对我外公的好处，我娘家还时常念叨哩。那年土匪捅了我外公五刀，全亏你父亲贴心治理，才把一条命活过来。这是永世的恩德呢！我早就该来看你老人家，可是，那时候，总没合适的东西送把你，另外……不说了吧。今天特地让老五的闺女带我上你家里来。我晓得：你老如今什么都有。我们农家没什么送的，给你捎来几样刚摘的小菜。等些天土里的薯和田里的禾收回来了，松活一些，我再来接你去我家住一晌。桑树冲，虽不远，可是难走，我们抬轿子来接你。别的没有，如今小菜鱼肉倒是够吃的。哈哈……喔，看我忘了，还没告诉你我叫什么哩。日后，你叫我田菊吧。"

"啊，好，好，田菊。"徐铭兰不讨厌这个极有分寸的女人。她穿得干净熨帖，善眉善眼的，让人看着舒服。她说："只是，这东西你拿回去吧，我都有。"她从没领受过旁人的施舍。

"那你就见外了。我这都是自家的,没花一分钱,你都不肯赏脸？要是看在外公份上，还真拿不出手呢。你一定得收下，'黄瓜是个蒂，大小是个意'嘛。"田大嫂索性把一篮子东西往老人灶上放。

这以后的一些天，田大嫂隔日便上她家来谈一阵乡间的、对于徐铭兰来说是新鲜的事。

有一次，徐妈妈向甜甜讲起她越来越喜欢田菊这个人了。甜甜告诉她：田大嫂便是唐谷的老婆。

徐铭兰心里一沉，骤然腾起一股不愉快的情绪。只要一想起唐谷，她就会产生这种感觉。唐谷自从碰了钉子之后，好久没和她打照面。"勤劳致富"大会上，她看见唐谷忙上忙下，累得要死，却没有半点同情他的心情。这个女人，怎么比唐谷好这么多呢？多么善良、多么恭谦、多么热忱。这个女人的出现，是不是唐谷支使她来捞什么好处的呢？于是徐铭兰又产生了警惕性，怕上当，她一生中吃亏太多啊！

然而不管你如何看，如何想，唐谷老婆仍旧隔不了几天便来看她，送一点蔬菜和帮她做一点家务。田菊晓得老人家弄清了她的身份，于是她就毫无顾忌地说出来自己藏在心中的话来。当说到因为丈夫在外面做了错事而遭受人家的冷眼时，不由流出辛酸的眼泪来。

说什么才好呢？老太婆觉得心里很不是滋味。想不到这世间上的事情会有这么复杂。

冬天来了。一夜大雨，便落出了一个寒冷的世界。昨天还穿夹衣在太阳底下干活，今天便要穿上棉袄才能出门。界牌山烧柴过去只需要去山上捆枯枝，现在连买炭都要凭票供应了。一大早，多根和另外一个后生子给徐铭兰老人挑来一百斤木炭，说是镇上特地安排给"勤劳致富"积极分子的。老人家正需要烧木炭取暖，正愁没人替她去买。想不到镇上给想周到了。镇上谁当家？可是唐谷啊……这个木炭，还是烧不烧呢？

晚上，徐老太还是烧了一盆火，在炭盆边做活计。近来她的心情好了，也不去想是不是唐谷的木炭了。当她做到快要收场的时候，突然窗外响起一阵急骤的脚步声，"咚咚咚"地划破了夜的宁静。随后，"砰"地响起了一声铳声。出什么事啦？这鸟铳响声还是解放初期剿匪时听到过的。什么事要放铳呢？她连忙起身，揿亮电筒，想开开门，看看究竟。

她刚开开门，上午送炭给她的小伙子便出现在她面前，笑笑说："徐妈妈，没你的事，睡觉去吧。"

"出什么事啦？"

"是民兵巡夜。没大事。"

徐铭兰这才闩上门，关灯睡了。曾经在界牌山这块地方生活过来的老人，什么骇人的场面都见过。一个小小的骚动，她并不介意。

第二天上午，徐铭兰买完菜回来，随后便跟进来一个人。

是唐谷！

唐谷比上一回收拾得更干净，棉袄罩衣是刚做好的，衣上还有缝纫师傅留下的划粉痕。他一进门便对老人说：

"老嫂子，俗话说：'伸手不打笑脸人。'今天你赶也好，骂也好，都莫想撵走我。我有话对你说。"他是真放下架子了，像一个做错了事的孩子。

徐铭兰倒也真没动气。没泡茶，也没让座，更不说什么，她仍旧忙她的活计。

唐谷自己拖一条板凳坐下，说："嫂子，我今天来，绝不是来说梳子的事，也不说请你带徒弟，那都是你的自由。三百斤的水牛不吃水，硬按着头喝也不喝。我是想说说：我唐谷过去有对不起你的地方，请你再莫要计较了。从内心说，你我非但无仇，你父亲还救过我岳父老子的命，谢恩都来不及呢！可是我，却……真说不清场呀。过去的事，就让它过去吧。我唐谷承政府看得起，还让我负责镇上的事。今后，我会好好地干。老嫂子，你日后在做梳子时，有什么难处只管说。我跟郑大说过，你要的梨树，砍伐手续全由我去办，尽拣好的送。我也放了话，凡是白屋场范围山上的老梨木，谁都不能动，要动得镇上批。这些梨木，只能是做梨木梳子用。"唐谷说着，随手从身边袋内掏出一包菜干、一包金针菜，说："田菊说有好几天没来看你了，让我带点东西来。你收下。"

老太婆忙起身，推着那包："不，不，你留着，留着。田菊每回来都这样客气。"

"嫂子，这就你的不是了。你让我拿回去？这样不给我面子？"唐谷说。

唐谷把那一大包礼物放在窗台上："嫂子，我去了。"

"慢！"徐妈妈想着没什么还礼的，顺便拿起一套精致的梨木梳子，塞给唐谷，"把这个带给你女人，小意思。"

唐谷惊呼："太重了，太重了！受当不起哩！"他已经听说一套梳子要值很多"外国票子"。

"那你也把这东西提回去。"老人去窗台上拿那包菜。

"别，别。好，我收下，收下。太谢谢你了，老嫂子。但我只能得一把，我只有一个老婆，只用得一把。就这一把梳子，也很珍贵了。"老太太还要说什么，唐谷起身就走了。唐谷想到自己的责任，想到这老太婆的怪脾气，看来不得她一点回报，也不好。他生怕把刚刚培植起来的一点友谊破坏掉。

当他起身往屋外走去时，不小心踩空了一步，身子一斜，他不由自主地"哎哟"了一声，急忙用手按着腰部。

"怎么啦！"老人关切地问。

"昨夜巡逻，不小心扭了腰。"

"还响了铳，出什么事了？我在房里听见。"

"没……什么。你放心做你的梳子吧。"唐谷说。

看来唐谷是知晓昨晚铳响的事情的，见他支吾，徐老太就收不下疑虑了。几天后，她就反复追问来看她的甜甜。甜甜才告诉她：有人来偷学她的配方。唐镇长带着民兵在她屋子周圈守了好几晚，终于抓住了那个人。那是谁呢？唐镇长交代过，不准说出去，偷学手艺并没犯法，说出去，那人日后难见众乡亲。那人向镇长认错了，没事了。

徐老太心动了。看来唐谷变了。他现在是真心地维护她，支持她。

徐老太突然感觉到这个窄窄的山冲变得开阔了许多。屋后树上的鸟儿唱的歌特别好听。饭量也增加了。

徐铭兰终于经受不住这人世间最宝贵的东西——人情的感染。当她得知这一群活蹦乱跳的青年人极想跟她学手艺时，她的心动了，彻底摧毁了那道坚固而冷漠的防线。

在一个阴冷的初冬的天气里，她认真地备办了三牲礼物，买了神纸香烛，换了一身干净衣服，提着竹篮往后山去了。那里埋着她的婆婆——师傅。她要向婆婆诉说，她准备收徒弟了，那些可爱的孩子都是她的后代，好比是她的亲生儿女。这个戒，看来是要破了，她祈求婆婆原谅她、理解她、支持她。她不能看着这些孩子年纪轻轻就在街上打流、闲逛。再说，钱如水，一个人独得，是没有什么意思的。人在世上，最怕的不是没有钱，而是怕孤独。

想起过去漫长的孤独，心里还在发颤。她需要温暖，需要热。

她烧了纸，插上了香，在婆婆坟前洒了酒。还烧了一张"外国票子"给婆婆，让她得知她传下的手艺并没有辱没她那颗"苏氏"小铜印。

这时，唐谷和几个年轻人悄悄地围了上来，带了一个花圈，恭恭敬敬地插在坟前，并下跪叩拜。

这意想不到的场面，让徐铭兰彻底感动了，拉着唐谷的手，说："你是好人。"唐谷听了眼睛就湿了。又对那些年轻人说："古历十二月初七，是个好日子，我收你们做徒弟。"

"真好,你真好,徐妈妈！"年轻人围了上去抱住了这个老太太。

古历十二月初七，几十年前的这天，是她婆婆摆下香案，收她为徒的日子。她选择了这一天把手艺往下传。

徐铭兰把第一批严格包装的成品交给外贸部门以后，便着手考虑增加人手以后需要的场地、设备问题。半个月以后，第一批成品兑成了票子，他的徒弟们拿到了第一笔工资。

下 篇

唐镇长不同意在徐妈妈家开设工场，那"碉堡"总共才那么宽，容不下好几个人同时操作。再说办事不能得尺进丈，把人家挤得连觉也睡不好，满屋子乱糟糟的，心里过意不去。唐谷经过努力，在房子十分拥挤的街上，给弄了一间较为宽敞的堂屋，作为梳子加工场。

唐老师在果果的陪同下，又来过一次白屋场。唐老师要调到更远的地方去任教，临行前他没有忘记来看一次徐妈妈。

这回，他没有讲任何客套，接受了徐妈妈送给他的一套梳子。

"老嫂子，这回，我可有资格接受你的厚礼了。你这梳子将作为我的珍贵留念。当然，当然，我也是要送你一点东西的，以后给你寄。今后，还是希望你要精工制作，莫要把这传统产品给毁了。你这梳子几十年以前在国外就有影响了哩！就这话，你定当记牢。"唐老师对老人说。

背着老人家的面，唐老师对果果说："带什么徒弟？待业，待业，就不能想其他办法？将来弄得不好，一定会把这手艺给毁掉的。这玩意儿就像艺术珍品一样，是不能大批生产的。做多了，市场上堆满了，还有什么价值？这不是食品工业、服装。你们啊……我真担心有朝一日会坏事。"唐老师忧心忡忡地对果果说。

"是的，老师。"果果其实心里也是不踏实的，无奈躲不脱唐谷以及乡镇干部的纠缠，才导演了那一出经过精心策划的"劝姑收徒"的戏。"我今后会经常关注一下，别让青年人把产品给弄糟了。不允许他们提倡高产之类的口号，强调精工细作，您看如何？老师。"果果说。

"所以，我也这样反复向老人家强调。现在木已成舟，有何办法？"唐老师说。

唐老师小心地收藏好那一套十二把梨木梳子，告别了果果和徐铭兰。

送走了唐老师之后，唐谷对果果说："怎么样，副区长，去看看我们的工场吧！"

"不了，区上正要开个会。老唐，你现在不简单啰，很有头脑了嘛。"

唐谷得意地笑笑："日后你还要多多指教啰。"

"真有你的。不过,我看还是要开一个会,给青年们讲一讲,一定要把梳子做好,千万不能把这个门路给毁了。"

"不会的,不会的。"唐谷连连说。

"你不能把问题小看啰。我考上了干部大专进修班,说不准什么时候要去上学。有空我会给你们写信的。"

"我等你的信。"唐谷认真地说。

唐谷终于办成了一件像样的实事,劲头十足。隆冬的天气,还把裤脚挽得老高。

其实用不着做很多思想工作,梨木梳子工场的青年们在没有参加这项工作之前,就被外国人所欣赏的这个产品的神圣所折服了,从心底里认定那是马虎不得的事业。这是要运销国外、漂洋过海的东西,要是因为马虎草率而出了娄子,那是要负重大责任的。所以,无论是真正来学手艺的人,还是想来赚外国票子的人,都对本职工作表现出极端的认真负责。对徐妈妈的安排和指点,没有不服从或表示不满的。

开头几个月,徒弟们只跟着学一些基本的功夫,而精品形成的最后两道工序,则是徐妈妈一个人单独操作的。

徐妈妈并不保守,她决心把全部技艺传给这些青年人。她彻底想通了:把这本事带进土中去是最蠢的打算。她的精神状态发生了质的变化。她的性格也变了,变成了一个善良和蔼的老婆婆。

大家都很珍惜这个职业,学习也就认真,不出半年,便很快掌握了做梳的全部技术。当然,要做出徐妈妈所要求的标准,还有待时日。

唐谷和郑大,及时保证了上等的原材料的供应。

过去的"仇人",现在成了亲戚了。唐谷的老婆和徐铭兰早已是妯娌相称,来往甚密。徐老太婆几十年来没离开过"碉堡"屋,现在居然去唐谷屋里走走。

有一些误解,也在交往中澄清了。譬如解放以后,徐铭兰的丈夫出走后,曾发生过蒙面大汉深夜闯入徐铭兰住宅的事件,唐谷就根本不晓得。很可能是残匪借着唐谷的招牌欺骗了她。那一栋神秘的建筑物和那神秘的南洋女人的突然出现,当然会引起各方关注。就是现在,"碉堡"之谜仍未解开。

木匠的儿子郑多根会写,他让父亲做了一块招牌,规规整整地写上"白屋镇木梳制作工场"的字样,挂在门口,显得分外醒目,吸引着所有路过镇上的人们。

镇长的外甥李长林善画,他在掌握色彩的功夫上比郑多根要强。多根学的是中国山水花鸟,他善工的是水粉、油画。他有一个远房叔叔是学美术专业的,他曾跟叔父在城里逗留过两年,因为跟不三不四的人来往,被叔父送回乡下来了。他待业了一段时期,消沉了。现在进了木梳制作工场,重新拿起了画笔,充分发挥自己的艺术天才。他在堂屋正面的白粉墙上,画了一幅大型油画——"黄山迎客松"图,画面色彩绚丽,气势磅礴,许多过路人都止不住要进来站一站。

时隔不久,郑多根和李长林拿着自己独立做的两把梳子,往徐妈妈家去了。

这天是休息,正好老太婆没有外出。

"徐妈妈,我们请你看一样东西。"长林说。

"什么?拿过来,孩子们。"

他们把两把制作得很不错的梳子递上去:"这是我们自己制作的。学了这么久,也想单独练一练,还在梳子上做了点小花样,您老看看,给指点指点。"又是长林的解说。

徐妈妈戴上花镜,认真地察看起徒弟们的作品来。

这梳子做得精致,几乎与徐铭兰的作品没有什么不同,至少从表面上看你是挑剔不出异样来的。更精彩的是,年轻人发挥了各自的长处,在仅几寸见方的木梳手柄上,非常精巧地刻着山水字画,有一柄上还密密地刻着一首唐诗。所刻的图案书法,都灌了奶黄的和浅绿色的油漆,使之在古铜色和酱黑的梨木坯子上格外夺目,清爽秀气。

"很好。"徐妈妈看后,不禁眉开眼笑,"你们真聪明,才学了那么久,就超出我这做了几十年的,真了不得!"

"徐妈妈,"一直没开口的多根说,"我们早就想,要是把我们中国的传统书法和绘画在小小的梳子柄上反映出来,说不准会使外国人更加欢喜。您老看那些纸扇。扇子是不值钱的,几片竹篾几张纸,外国人却争着要,他们花钱买的便是扇上那几笔水墨画。这中国书法和中国画是外国人没有的。在我们国内,会写会画的多,不足为奇,但一到外国,就不一般了,被视作珍品。您看看,这梳柄上给弄了点小玩意儿,是不是好看一点?当然,我们的本事还差,再说刻字的工具也没讲究。"

"我看蛮好。"徐妈妈称赞说。

"徐妈妈,您过奖了。今天来,就是想跟您说,我们日后生产这种梳子,是不是可以改革一下,使您的产品更加活泛一些?凡是配了诗画的,价格还可以提高一点,收益嘛,那自然高啰。外国人是只认货,不差钱的。"长林说。

"这个嘛……让我再想想。我婆婆当年嘱咐过我,不能改变梳子的模样。"

"当然不改模样。那模样是和外国人订死了的,当然不能变。只是考虑可不可以锦上添花?"

"我再想想。让我同唐镇长商量商量。你们这字画我是喜欢的。"徐妈妈说。

其实,唐谷那里早就过了关。他是极支持出新、改革的。当长林和多根的梳子一制作出来,请他看,他就拍案叫绝,称赞多根何以有那样好的眼力和耐心,刻出比芝麻还小的字迹来。他大大地鼓励了两个年轻人一番,说大家都这样动脑筋、敢创新,白屋镇大有希望。

到徐妈妈那里去,是唐谷鼓动的。因为这个工场,最高的权威便是师傅,她说怎么干就怎么干。他在技术上不插手。果副区长说了的,不让他干预工场的安排。

这以后,多根和长林凭着对艺术执着的追求,创造出了更新更美的图案设计,而且在雕刻技术上作了认真的研究。多根竟自己磨出来八种刻刀,可以在放大镜下面做微雕。

徐妈妈终于表态支持年轻人锐意革新。她的思想也在随着形势的发展而变化。她还从企业经费中支出一部分,送长林和多根去省美术学院进修了三个月。长林的叔父现在在那里当副教授了,两个年轻人就住在叔父那里。他叔父更是热心扶持,把几位雕刻专家请来指导他们。他俩进步很快,得到了专家的肯定,高高兴兴地准备回乡大干一场。

徐妈妈听说省里的专家们都肯定了他们的成绩,便放心大胆地投入了新产品的试制。

最后一道配药染煮的工序，徐铭兰仍旧没有把关键技术传给徒弟。她还在等待：等待果果从省里读书回来之后，让他来学。倘若果果在她临死之前还抽不出时间来学，再传给她最喜爱的徒弟也不迟。过去就是这样：师傅不到临死之前，是不会传授核心功夫的。她要遵循那不成文的规矩。

"梨木梳子工场"挂牌以来的第二个春节，还有半个月就要到了，年轻工匠们，正在策划着过一个不同往常的新年。但令人吃惊的事情发生了：那些改革创新以来出的第一批作品，被原封不动地退了回来。

这个极坏的消息是外贸局那位业务股长带来的。他铁青着脸，连呼吸都不均匀了，他找着唐谷："你看怎么办吧，合同全废了……废了！"

唐谷什么也没说，眼睁睁地看着那些他认为无比漂亮的梳子，好一阵，才捶胸顿足，号啕大哭起来。快六十岁的人了，眼泪像断线的珍珠往下洒。

更糟糕的消息传来了：要不是郑大在家，郑多根差些用木刻雕刀割断了静脉。现在手腕上正流血，老两口正呼天抢地，背着儿子往卫生院跑……

消息传到镇上，全体工作人员出动，投入紧张的战斗。书记下令：每个梳子工场工人至少派上一至两名干部看护，以防不测。

幸好这天徐铭兰没来工场，也没有人告诉她这个不幸。要不然，她会当场气昏过去的。她婆婆苦心经营一辈子的名牌产品，如今竟草率地毁于她手。

白屋镇笼罩着一片悲哀。镇上书记当即开会，要求对徐铭兰严格封锁消息。

此时任何怨言都是多余的，好心未必就能办好事。人们对世界了解得太少了。"信息"于山里人，还是一个陌生的领地。

尾声

应该说一说徐铭兰。

完全出人意料：过了些日子，当徐妈妈听到这个骇人的坏消息之后，她非但没有倒下去，反而表现出惊人的镇定。

她请唐谷把那些悲伤过度的徒弟们找到她屋里来。

人到齐了，老人却从容地笑笑，说："不要哭了，孩子们。你们这样喜欢梨木梳子，我从内心高兴。好啦好啦，我还教你们一门本事，包管你们乐意，包管你们喜欢。我都是古稀老人了，我不会说假话。"

泰然的老人——那脸是激奋的、诚恳的、可信的。

显然，失去了国外市场的"苏氏"木梳，要扭转局面，回到以往，是几乎没有希望了，如果让"苏氏"木梳转为内销，那是养不下这个工场的。那么，老人还有什么绝招没有亮出来呢？未必太玄乎了吧？

关于《梨木梳子》一节，便写到这里为止了。正因为界牌山区是一块神奇的土地，诞生种种奇人怪招也是完全可能的。

1984 年《小说界》2 期；
1984 年《小说选刊》7 期转载

三月桃花水

她们天天下河。

这河叫黑河。除开每年的桃花汛期，黑河几乎是干涸的，只有一脉小小的泉流，安静地在石块间穿行。整个河沟横七竖八地倒伏着黑而圆滑的巨石——那是名字好听的"桃花水"千年百载从山崖上冲下来的石块，历经推搡，历经碰撞出来的产物。在这绿色的山峦之间，黑色的河流像一条巨蟒。

她们便站在这"巨蟒"的"鳞片"之上，往河的上游看。其实，什么也看不见，不远处就被大山挡住了。但她们天天看，好像能透过山峰看到很远而又很亲切的地方。

那遥远的地方大概是河的尽头，有她们的丈夫——大都又是年轻的丈夫。他们在那里伐木。他们每年都要走好几个月。他们把自己姣好的妻子留在温暖的窝里。自己则拼尽全身力气,把大树放倒,刮去树皮,扛下山来,在河滩上用青藤将树结成排,等待着每年一次的桃花水,将收获运出山来。

放排的场面是极为壮观的。

汉子们手握着带铁钩的竹篙,英勇无比地站在长龙似的排头,眼睛紧盯着每一处弯道、每一个崖头、每一个漩涡。在必要的时候,拼尽全力,发一声壮胆的吼喊,把竹篙尖"当"的一声射向崖头。当排迅速地朝河中顺水摆去时,人则往往悬空丈余,挂在弯月似的篙头上。然后,人和篙奇迹般的轻松而稳实地落在排的中央。

或是猛地将带钩的竹篙准确地勾住山坡靠水的哪一个树蔸,人则几乎横躺在排上,双脚死死地蹬住排头,把笨重的"长龙"弯在即将被黄昏锁住的河湾里……

一连数天的与浪搏击又借助浪的推搡,一直把排撑到下游的平缓处,撑到国家的木材站。

然后,给山寨、给妻儿父母换来一年的温饱和欢乐。

女人不进山,从不。这规矩不知在石狮寨流传了多少代,男人在山上吃冷吃稀,把衣服撕成条条回来,也不让女人上山。一定要让女人在屋里待着,这样,被劳累和缺少营养折磨得又黑又瘦、筋疲力尽的伐山人,看到在岸边等待他们回家的保养得又白又胖的妻子时,便什么艰辛和苦楚都忘了,好像奋斗就是为了养白养胖女人。要是自家女人没养好,会很没面子。在和女人一起痛快地缠绵了一些日子、尽情地挥霍一阵荷包里的票子之后,男人们又快快活活地往大山深处进发。

所有要进山的男人,在那个进山的日子前十来天便开始休息，打牌、聊天、拣好的东西吃，养精蓄锐，增强体质。伐木放排，是山里人最难最苦的活。

琼香的丈夫山虎和人家一样，被养了起来。他是独生儿子，比旁人得到的爱抚更多。

天色还不暗，小两口就关紧了房门。这段时间里，家里也不会让儿媳妇多干活，就让她好好伺候丈夫。长辈们大都有过同样的经历，他们也是从那条路上走过来的，他们懂得两三个月的离别对于年轻夫妻来说意味着什么。

像一只温驯的猫，像一只受惊的兔子，琼香整个儿身子软绵绵地蜷伏在那个像山一般厚实的胸脯上。

"还有五天……要走。"她嘟嘟哝哝地说着。

一只粗大的手温柔地抚摸着她的浓密的黑发，不知该怎样安慰妻子。

男人不说话，只是无比留恋地搂着娇小的妻子。一直到最后一缕光线从窗外褪尽，浓黑的山影吞食了屋宇村庄，隔壁房里响起了父亲沉重的鼾声。

"你不能不去？"她问了不止一次。

山虎掀动着厚厚的嘴唇，吃力地嚼出两个字来："得去！"

"你就是不进山，家里也不愁吃穿。想不通，你为什么一定要去。那里，有那么大的吸引力……"。

"得去！"那声音轻柔而执着。

为什么一定得去？其实，琼香是清楚的。

如果你是一条石狮寨的汉子，那你一定得去。在少年的肩膀硬朗以后，在年老的背脊尚未弯下去之前，都是要进山的。去山上，去伐木，去流汗，去让石块和荆棘划破你的皮肉，又让汗水把它缝合起来，去和随时可能出现的豹和野猪格斗，去和险滩、恶涛、风雨较量，然后，拉回来一长排木材和一长排欢歌……

按照山虎家里的生活条件，山虎是完全可以不去的。但谁叫你是山的子孙呢？去那里，重要的还不是为了荷包里塞满票子，最要紧的是：这里的人们世世代代都去！山里人的坚毅和勇武，大概是从那里诞生的。

在山里人看来，人活着是要劳作的，山上的树长大了，是要砍伐的，大树不倒，小树难成材。山林养活人，山是人的依靠，山也要依靠人的调理。

琼香挽留丈夫的话一说出口，她就知道是废话。作为一个伐木人的妻子，她是深谙这一点的：丈夫进山是神圣的，那是一个男子汉必然的经历。但她憋不住，要说，说出来才觉得心头顺畅……

最后一个晚上，琼香突然对丈夫说："真想和你们一道进山。"

山虎被娇妻的大胆震惊，他稍稍松了一下被妻子枕着的手臂。

"听见了？真想！"妻说。

"你……疯了？"山虎支起裸着的手臂。

"新华说：女人一样能。我赞同。"

"又是新华。"山虎不满地说。

这个新华，经常怂恿琼香和一些姑娘媳妇去野地里挖笋、摘野果、采蘑菇、种木耳、育金银花……这都是伐山人不愿意让自家女人去干的粗活，但都着了魔似的听从新华的摆布。

山虎曾责备妻子："你不该跟着新华去撒野。"

琼香道："这是劳动，不叫撒野。"

"我能养你，不需要你的劳动。"

"俗话说：爹有娘有，不如己有。我能花自己赚的钱，舒心。"

"要那么多钱干什么？"

"钱多了不好？可以到山外去玩玩，去见见世面？你心甘情愿在山里待一辈子不透气吗？……"

"当然……可是……"山虎常常是战败者。

"都是那个新华，带坏了风气。"他心里愤愤地说。

山虎不愿和妻子多争论，何况就要走了。

山虎打开床头的手电筒，照了照妻子被新华怂恿着晒黑了的颈根和手臂……

"琼香，你晒黑了。"

"是黑了。你不高兴？"

"可是……"他想说石狮寨的规矩是男人有义务把女人养白养胖。

琼香知道丈夫想什么。

"你封建！"那指尖在丈夫脸上戳了一下。

山虎不愉快地皱了皱眉头。

"琼香，你今后不要去地里了。地里有爹，你就在家待着，帮妈干点家务活，你听我一句，让我在山上放心，好吗？"

"新华说，自己的劳动所得最宝贵。我也这么想，我不想依靠男人。解放这么多年了，山里还这么封建。"

"新华新华，新华是你的什么人？"

琼香夺过电筒，推开丈夫的手，掉过光来射着他的脸："你要吃我吗？来，你吃！"

山虎不敢面对那一双厉害的眼睛："好吧，别吵啦，睡吧。"

"我们女人，怎么不能同你们一道进山……"一双大手抱紧了一个小蛮腰。夜就沉到了海底。

多年的伐山领头人云公公在确实无力再与大自然抗争的时候，退下了那令人敬畏的宝座。

现在汉子们的首领是敖伯。

石狮寨杀了猪，大块的好肉厚厚地抹了一层盐，腌在水缸里，准备挑上山去吃；去水轮泵那儿打好了雪白的大米，用塑料袋装好；备好了结实的爬山的麻草鞋；斧子、砍刀、锯子磨挫得锋快；酒当然也是少不了的。于是，敖伯逐一到各家各户视察他的队伍，检查最后的准备工作，重点还要看猎枪擦得亮不亮。

他听年轻的汉子们隐隐谈起：年轻的媳妇们居然想打破世俗，同男人一道进山。他感到不安。

"去玩吗？那儿好玩吗？豹子、野猪、狼、毒蚊、蛇蝎好玩吗？"他愤愤地说，他质问年轻女人和管她们的公公婆婆。那严峻而坚定的目光冷飕飕的，那硬而浓密的短髭特别吓人。他是一具象征着古老传统的偶像。寨里人都怕他。他的英雄气质所滋养的威望和荒唐的偏见、固执，使人畏惧而服帖。

"女人上山去，还让不让大汉子扛树？"他是说：女人的缠绵将会使强壮的伐木人筋疲力尽。

"古板，霸道，野蛮。"新华暗地里骂。好在首领耳背听不见。

就这样，媳妇们眼睁睁地看着各自的丈夫挑着担子，怀着满腔的留恋上路了，进山了。沿着弯弯曲曲的石板路，步履沉重地消失在山与天的接壤处。

新华是一个晒得发黑的野女子，她是石狮寨第一个真正的自由恋爱成功者。她和丈夫二狗在山外一个中学里同读过书。她爱二狗的软弱和没有主见、强壮和诚实、幽默和有几分小聪明，于是，便跟着进山来了。她不想做一个被人养起的娃娃，不想做一个仅仅是供男人欣赏的娇妻。二狗奈何不了她,一切都由着她。

她想去看看更深处的大山。她向往男耕女种、夫唱妇随、朝夕相处的夫妻生活,就是还苦还累也值。她没想到在她面前横亘着一堵粗野的传统厚墙——男主外,女主内。她试图抗争,但势单力薄,掀不起风浪,女伴们与她一样心怀不满,但无一敢与她结盟。唯一能做的,便是与她结伴,说是去洗衣,说是去捞虾,找借口,天天下河,痴痴呆呆地伴着一堆堆黑色巨石,眺望着连绵起伏的远山,细心地去捕捉哪怕是有一丁点儿像伐木的"空空"声。

黑河的水是黑的,没有什么好看的,但云公公却风雨无阻,天天到河沿来。不时捻着斑白的胡子,朝黑河的上游方向呆呆地望着。被皱纹挤压得只剩下一条缝隙的眼睛,只有此时才射出一股庄严的光芒来。

姑娘媳妇们知道他看什么,想什么,但她们还是问:"云公公,您看什么哪?"

"看河,看山。"老人郑重地答。

"有什么好看啰,一条河,连水都是黑的。"

"好看。水不黑,是石头黑。只有硬石头才黑,黑好啊,有力气的男人才黑。"他仍神圣地凝视着前方,那是他年轻时辉煌过的地方。

"哎,可惜,老了啰!"带刺的新华叹口气,故意大声说给老人听。

云公公的耳朵捕捉到来言不善:"你说什么?你还说一遍。"

"我说,可惜有些人老了,不能逗英雄了。"

"老了怎样？"

"只能看看，不能进山了。"

"现在不能，过去能。"

"云公公，你说说：为何女人不能进山？"年轻媳妇不逗乐了，认真地围住了云公公。

"不能。"

"为什么？"

"不为什么。自古以来不！"

"我们不能伐木，起码能服侍男人。会煮饭，会洗衣，会看窝棚，会……"

"只能喂蚁虫，喂豹子。"他干脆说。

"你……太小看我们了。"

老人不理，眼睛仍注视着他曾经的远方。

"云公公，"姑娘们围拢来，有意挡住他的视线。"要是我们想他们怎么办？"有个胆大的媳妇说。

"想？谁不想？都有过年轻的时候。"

"我们走，不要和他说，老顽固！"新华气愤地一甩洗衣棒槌。她们提着桶，撇下执拗的老人走了。

"有谁报名进山？我领头。我看山里没那么吓人。"新华气鼓鼓地招兵买马。

"……"

"你们都是冷血动物啊？怎么没反应？"

"我们能吗？"一个犹疑的声音。

"能的，能！我们也是人。我们的男人不见得不需要我们，不见得。"新华说。

"是的，是的，你说的对。"没有人反对，却是无人响应。

那是无边无际的林海，但不是希望和理想中的林海，是杂乱无章的灌木、荆丛、刺蓬、横七竖八的朽木、千年老藤和各种树木组成的巨网。这是一脉典型的原始次森林。

伐木队伍在靠河边的山坡上砍出一块空地，搭起简陋的窝棚，架起简单的锅灶床铺，便开始劳作。他们吃力地寻找有用的树木，有的在山腰，有的在山顶，他们还需顺着两山之间的山凹，砍出一条通道来，将砍倒的大树，除去枝杈，顺着山凹的通道，滑到山底，抬到河边。然后烧掉这块山上的荆丛杂木，待来年开春，进山植林。

但见坡上的幼苗，发了芽，这时雨季已到，山凹集结了各个山头的雨水，"哗哗"地往下排泄。这时，山上的桃花盛开了，随着花瓣的飞舞，黑河水势渐高，载着桃花欢喜地奔腾前行，"桃花水"因此而得美名。于是，伐山汉子开始在岸边将树结成木排。待高水位来到，伐山人杀鸡宰兔办大餐，摆酒烧香敬天地，吃饱喝足了，择良时高歌一曲《出排歌》，如古时的武士，跃上排，砍断绳索，随白浪呼啸而去。

就这样，不知经历了多少年代。

这是一个属于他们这一代的出排之夜。二狗爬到靠树干躺着的山虎身边。两人身上都散发着浓烈的汗腥味。

"洗了吗？"二狗问。

"擦了一下。懒得动。"山虎凝望着星空。

"我也是……你想什么？山虎。"

"老婆。"他毫不隐瞒。

"我也是。"

沉默。只听见晚风吹拂着丛林。山虎扭过脑壳，问："要是在家，你那母夜叉老婆容得你这样脏吗？"骂得越粗越能表达心中涌动的渴望。

"哪能，早挨骂了。你呢？"

"我家的，容不得我身上有一点气味……她会用香皂做死的替我擦身子。"

"你老婆不错，漂亮。像个瓷娃娃。"

"还瓷娃娃，"山虎一个鲤鱼打挺，"忽"地坐了起来，"都是你那母夜叉带坏了的，整天去日头底下晒。"他气呼呼地说。

"黑皮肤有啥不好？……健康美，你懂吗？"

"我不喜欢，那不是女人！"山虎恼怒地拿过一瓶酒猛呷了一口，"你是没屁用的男人。"

"可你比我更怕老婆。"二狗也呷了一口酒。

"我不是怕，是疼。疼爱的疼，你晓得吗？疼和怕不一样。"

"我不晓得。可是，我比你多读两年书！"

"屁用，多读两年书还不是一样的砍树、拱山。你读了那么多的书，怎不去当干部？"

"我喜欢山，这你管不着。"

"喜欢？好，好样的。来，为山干！"山虎又拿起酒瓶。

酒使他们和解了。

"山虎，闷死了，开开你那小收音机。听听，看有什么好曲子。"

"你的呢？"

"没带来。"

"你去拿吧，在袋子里。"

二狗并没有去开收音机。他们仰头望着天，天空总是那样的神秘，除了星星，还是星星，只晓得眨眼睛。

"……山虎，你说心里话，想不想她们一道上山来？"

"准是你那母夜叉的主张吧？你的耳朵真软。"

"只管讲心里话，别装模作样的，谁还怕你不是。"

山虎叹了口气："可我，是个男子汉……石狮寨的男子汉有能耐养家糊口。不能要女的做苦活。"

山虎从衣袋里掏出一个小钱包。那塑料夹子里嵌着一张有着迷人的微笑的女性的脸蛋。"把你的手电给我。"他向二狗伸手。

二狗凑了过来，在山虎肩上擂了一拳："你这个鬼，口是心非。"

"嘿嘿。"山虎不好意思地笑了。

"为什么不能呢？能！山虎，我们这一代，该打破老规矩了。她们来了，我们的生活会有意思得多……真的，你说呢？"

"哎呀呀，你这个怕老婆的,怎么狗嘴里吐出象牙来了？不错！不错！"山虎擂了二狗一拳。

伴随着沉重的脚步声，敖伯过来了："还没睡啊？明天的活多。"

"敖伯，你也来一口。"山虎敬上酒。

"在家，女人准你们海喝吗？"敖伯问。

"有时也准。"

"有时？哈哈。都是一窝货色，没骨头的家伙。"

"不信你就不怕老婆？"山虎说。

"哈哈，没你们那般熊。"敖伯接过酒，"咕嘟咕嘟"往喉咙里倒。他放下酒瓶，问：

"衣服都洗了？"

"懒得动哩。"

"臭得要死。"

"由它去吧,反正没人管。"

"你们吃了饭的碗筷都没洗?"

"明天早晨一起洗。"

"呼——"这时,窝棚外突然铳响。铳响声打破了夜的宁静。大家十分敏捷地跳了起来,扑向响铳的地方。

"什么事?什么事?来了野兽不是?"

"没大事。"敖伯说。

"为什么放铳?"

"刚才不知一只什么野兽叼走了一块肉,不知足,恐怕是又回来了。你们哪个最后检的场?肉缸子没有盖上盖。"

"鬼晓得,真是有前手没后手。"

"心被狗吃了不是?"敖伯骂道,"山虎,把火烧起来吧。这野东西胆子真大。"他吩咐。

火柴用一个油布包装好。山里雾大湿气重,这是最保险的办法。火柴由山虎保管着,他拉过一根松枝,划燃火柴。

篝火烧起来了。为了防止野兽袭击,这火一直要烧到天明。

夜更静了。只有火堆里时而爆发出几声单调的"噼啪"声。

被沉重的树木和艰难的山道折磨过的伐木人的肌肉和筋骨,此时疲倦极了。一场虚惊过后,再也支撑不住身子,山虎一歪身子就倒在火边的草地枯叶上,"呼呼"睡着了。一群群花脚蚊子扑向年轻的胳膊与脸庞,无一能吵醒他们。

敖伯毕竟到了一把年纪,瞌睡少些。他不断地往火堆里撒艾叶。艾叶可以驱蚊虫。立时,漆黑的夜空中腾起一缕缕艾叶燃烧生成的乳白色烟柱。

柴火的爆裂声与鼾声此起彼落,交响成山野的夜曲。

这一年，在伐木人出走的第二十八天的一个清晨，在黑河的中游，浓重的雾里传来一个尖厉而凄惨的女人的呼喊。

人们争相奔跑着往河边跑去。

从河的上游断断续续漂来一些烧焦的木头，随同漂来的，还有一只泡沫凉鞋。

"哎呀，这是，是山虎的凉鞋呀——"女人群里发出一声呼喊。有一个人"噗"的一声倒在沙洲上——那是琼香。

"呀，快，快扶一把。""云公公呢？云公公在哪里？""快喊云公公。"

"我在这里。不要动她。"这时，一个沉稳的声音盖过人群，石狮寨剩下的唯一的主心骨云公公拨开人群走了过来。他俯下身子，用手在琼香的"人中"及手掌上的"虎口"上掐了几下。只一会，琼香"哎"了一声，喘过一口气来，眼睛慢慢地睁开了。当她看见丈夫的凉鞋，"哇"的一声大哭起来。

"不要哭，没事！"云公公严厉地对年轻媳妇说。

"云公公，山上出什么事了？""是不是他们碰上了野兽？还是……""事情不会太大吧？"所有的目光都紧张地集中到经历过不少风浪的老人身上。

"看到只拖鞋就哭？哭什么哭？你家山虎能打得虎死，会有什么事出？"

都知道云公公是在安抚琼香。

老人又镇定地说："有敖伯在那里，大家放心。"

立时，在人们的心中浮过一个严厉、粗犷、充满智慧和勇力的中年汉子的形象。他曾经空手捉过一只豹，捐献给了省动物园。

"听着，没事，都回去吃早饭。"云公公对惊恐不定的人们说。

都回去了。但早炊断了，没有一个烟囱冒烟。

沉闷的气氛笼罩着石狮寨。

云公公把几个老婆婆叫进屋来。

"云哪，只怕是碰上了野兽啰，你说，该怎么办？""看那水里的炭，要么是发了山火。""是哩，要快去人……"婆婆们七嘴八舌。

在避开了年轻人之后，云公公一反镇静的神态，紧锁双眉，在房里焦躁地吸着旱烟。他看婆婆们坐定，说："八成是碰上了狼群或野猪。怎么搞的嘛，这伙人准是困得太死，火堆熄了没人添柴。野东西巴不得这个机会。这伙粗心的蠢猪啊……怕也是像我二十五岁那年一样，火灭了，碰上了一群野猪，一窝蜂样的来抢吃的。双全兄弟就是那回让野猪的獠牙划破了肚子……"

一个婆婆愤愤地说："敖伯怎么了？这家伙也不中用了？年轻人要困，你也贪……嗨！""云哪，快拿主张吧。""也不知伤人没有？""可是叫谁去呢？家里只留下一窝女人……"

云公公这时一咬牙，站起来，从柜里摸出一瓶酒，用牙咬开盖。"咕咚咚"猛灌了几口。然后毅然脱去身上的褂子，换上一身黑色棉布衣裤。

"你去？你不能去！你疯了？你都快八十岁啦。"一个婆婆制止云公公。

但云公公不理。摸索着往一个布袋里装着东西，接着，在袜子上套上一双麻草鞋，再缠上一块布，从墙上摘下擦得油亮的老铳，阔步跨出门去。

但门外，地坪子中央一溜儿站着石狮寨几个年轻媳妇。"云公公！"她们齐刷刷地喊。她们再没说什么，也没有必要说什么。

领头的是二狗媳妇新华。很黑、很壮实，穿着做功夫的粗衣粗裤，不看头发，俨然是一个英武的男子，后面是红着眼圈，但娇气全无的琼香。还有一个叫作"嫩媳妇"的不出门的女子，还有……一共六七个。她们身上都背着一个大挎包，挎包边上插着亮晃晃的砍刀。她们都把头发卷了起来，用一根带子利索地扎着。

老汉不理她们，径自朝进山的方向走去。

但老汉的腿很不争气，在平坦的地坪子里竟被一个小石子绊住，差点倒下。他开始咳嗽，咳弯了腰，也喘不过气来。

"云公公，"新华替他捶着腰，镇静地说："云公公，让我们去吧。那边怕是出事了，也许没什么事。让我们去看看。我们顺黑河往上走，不会走错的，您放心，让我们去。"

"不行，真是胡来！"老汉吼道。

新华早憋不住了。她"呼"地跳起身来，撸起袖子，发出一声喊，双手拔起地坪子边上准备砌猪圈的一块百来斤重的条石，摇摇晃晃地托着放到云公公的屁股下面，按着他坐下。

对一个男子汉来讲，那条石算不了什么。而在一个年轻媳妇手中，着实使老人为之一震。

老人喝了一口水，闭了一阵眼睛。然后，长长地叹了一口气。他睁开眼，看了一下眼前的年轻女孩。然后，顺手从一个媳妇身上摘下一个背包。他打开一看：那里面装着火柴、扑克牌、肥皂盒子、手电筒、小梳小镜小人书、香水瓶子，还有碘酒、药用纱布、风油精、衣衫裤褂……

老人看看她们脚上的单薄袜子，皱皱眉头说："家里有布吗？每人的鞋子上再缠上布，山里的毒蛇毒虫，可不是吃素的。"

"呵嗬！"年轻人高兴地喊了起来。然后丢下各自的包，朝各自屋里跑去。这个花岗岩脑壳啊,终于开那么一丝窍了。

她们很快缠好双脚来了,像打绑腿似的一直用布包到双膝那儿。

老人说:"好,是这样。路上不好走哪。"

老人拿过自己的铳:"可惜,你们不会放。路上麻烦多着哩,要走几十里哩。来,我教你们放。唉,临时抱佛脚哪,不容易呢!看,这是准星……"

"云公公,我会。"新华说。

"你?"

"我让二狗教我放过。"

"那你试——试。"老人指着瓜棚上的一只南瓜。

新华接过铳,熟练地装上药。

"砰!"只射穿了南瓜边上的叶子,新华懊恼地捶着自己的脑袋瓜子。一个那样大的目标都没打中,唉,该死!

"还有谁会放吗?"

都捂着耳朵呢,还会有谁。

但云公公还是庄严地把铳交给了新华。

"记着,"他说,"一句话,不要怕,胆大些。顺河上,便能找着他们。"

出发了。走得很快,也很有劲势。

身后有很多双眼睛注视着。

1984 年《萌芽》5 期;
1984 年《小说月报》7 期转载

老　铳

据说我祖父是一个出色的猎人。猎人在临死时，把这杆使猛兽望而生畏的铳传给了他的大儿子。

子承父志，于是，我伯父又成了一个出色的猎人。

我小的时候，放寒暑假都回老家去。伯父什么都依我，唯独那杆并不好看的铳不许我动他的。擦得油光铮亮的老铳就挂在他的床头蚊帐杆子上。不仅我，谁都不敢动他的。伯伯的大儿子、比我大十岁的堂哥砚全也没摸过那杆祖传"宝贝"。

砚哥跟父亲学打猎的第五年，才正式操起那件"宝贝"。

砚哥学打铳，学得很苦。我记得一有空，伯父便让砚哥把手伸平，然后往他手掌里放一块烟砖，又去厨房里用蓝花瓷碗打满一碗水，放在砖上，让砚哥端着。水不能泼，自然手就不能颤抖。

要是水泼了，伯父随手就会扇过去一个耳光，而且，不叫放下便不能放下。砚哥在那儿累得满头大汗，伯父则不急不缓地吸着水烟，眼睛看着别处，或者和人家谈讲。我在一旁替堂哥急，时不时借故用臂膀去碰伯父，想引过来他的注意力，看着堂哥那可怜模样，叫把手弯下来。然而伯父却不理我的提示，照旧吸他的烟。

"冬练三九，夏练三伏。"伯父说。在这个时候，他抓得更紧。冬天下雪，他叫砚哥脱干褂子去雪地里用手抓着雪擦身子，一直到把浑身擦得通红，雪水把裤裆全部打湿才进来换衣。换了衣，便又让堂哥出门去练习那个端水的节目……

伯父还让堂哥练"憋气"。他说："这憋气非常要紧。你口里透气，通身在动，怎么瞄得准目标？"他让堂哥练"憋气"更是残忍。拿一只脸盆，装满水，把堂哥的脑壳按入水中，好久好久不松手。口鼻在水中，自然便不能呼吸了。好几回，堂哥被呛得鼻子流血。

我不忍心看，对堂哥说："你不能不学打猎吗？寨子里很多人不打猎，不都是把日子度过来了？"

砚哥说："我们祖父是青峰寨最好的猎手。"

"你也想当最好的猎手？"

"我是爹的大崽嘛！"他说。我们山里有习惯，无论是祖传绝招还是手艺，都要传长子。这恐怕受了古代皇帝传位的习惯影响。

"你受得了那份苦么？"我担心堂哥难挨伯父那份折磨。

砚哥答："爹也是这样练出来的。"

他心甘情愿忍受磨难，我还有什么说的。

砚哥十七岁这年，举行授铳仪式的时候，能在手掌上叠三块砖再放一碗水，不仅半天可以不弯手，而且能够伸直手端着水跑步。

伯父在一旁赞赏地对我说:"练到了这一功,跑跳时也可以放铳打中目标。"

砚哥端着铳在雪地里站半天手不打战不说,夏天里,蚊子伏满一身,他仍可以咬着牙一动不动地瞄准。

伯父说:"没这个耐心不行哪。野兽不会站着等你去打,人要等野兽。"

砚哥的耐性、眼力、劲势都到了功,他才有资格背着祖传的鸟铳进山狩猎。

伯父老了,腿有病,不能跑远去打猎。我便跟砚哥去。尽管每次收获有大小,但我从没见砚哥放过空枪。从天上的飞禽到地上的走兽,只要铳一响,便立即栽倒在地,而且,没有什么打伤了还挣扎的,都是一铳毙命,就是皮厚的野猪,最多奔跑十来米,便会一头栽下去。

砚哥简直成了神枪手。

我说:"砚哥,你那几年苦没白受,练出这号硬本事来,不简单。"

砚哥憨厚地笑笑,说:"哪里只有几年?我几岁就开始练,不过,练的功不同。"

"啊!"断断续续进山的我,了解得太片面了,不容易呵。伯父这杆铳,没有准星、老掉了牙,他都能打出这种水平,可见功底之深厚。

我夸堂哥:"你肯定比伯父的枪法还要准。"

"不,不,"砚哥连连摇头,"练到爹那田地,还要十年。"

"哦?"我惊讶。

"他老人家可以打'抬手铳''单手铳'。我不能。"

"什么叫作'抬手铳''单手铳'？"我问。

砚哥解释："亏你还是读中学的，抬手铳便是伸手就打呀，不要瞄。单手铳便是一只手打。"

"真了不起，伯父真不简单。"我似乎这时才发现伯父的不平凡。

"他还和豹子打过架。"

"谁赢了？"

"豹子死了，爹肩膀抓破了。"

"呵！"我似乎发现了伟人。那个胡子拉碴的精瘦的老人竟有过这样的壮举。

关于伯父的情况，我从来没听父亲说过。他们兄弟，既不肯标榜自己，也不吹嘘别人。所以，我父亲这样的"土改"根子，搞了几十年革命，还是一个科级干部。

现在，伯父让人带信给我，说务必抽空回老家一次，有十分要紧的事要和我商量。因为我在社会上的地位和威望都超过了没有长进的父亲，所以，事关重大的问题，伯父要找我拿主意。

好久没去山里了。伯父晓得我忙，不去也不生气。

刚参加工作的时候，我荷包里有了工资，便对伯父说："你有什么需要去城里办的，或者要买什么，你告诉我一声。"

他说："有，都有。我们自己会料理自己。你们工作人，没空操闲心，你们只管搞好你们的工作。"我伯父从来不找我们办什么事。

好多年来，他只找我办过两回事。一回，他带信来说，让我给他的孙子去单位上找点废纸什么的。他那读书的孙子两天要抄五页大字、二页小字，纸张不够写。于是，我对伯父这个小小的要求特别认真，七找八凑，给进山的人捎去几十斤各种有字的和没有字的废纸。后来砚哥说，那捆纸，他儿子写两年还没用去一半。抄字嘛，是正反两面都要写的，所以用得省细。

第二回，伯父来信说，他孙子考取中学了。让我代买一双三十七码的白网鞋；两身运动衫裤，红绿各两件；还买一件最时兴的太空服；一条屁股上有武打图案的运动布裤；一顶鸭舌帽。他说这东西务必给他孙子办齐，学堂里兴这些。

从这两件事上看，伯父很疼爱他的孙子。他关心的，老是孙子的事嘛。他将来，是让孙子把铳的班接下来，还是让他从文呢？

伯父让儿子当一个猎人的心愿是坚定的。我父亲说过：他曾经准备把砚哥带出来搞工作。但伯父不肯，说那杆铳没人使。

那么孙子呢？他将如何安排长孙的前途……

前几次回山里老家，我都没忘记去县里农铸厂熟人那里，弄几把废铁碴回去给砚哥打铳。这废铁碴像胡椒粒一般大小圆溜，和砚哥他们平时用的散子差不多。铳里灌铁杆，一般是打走兽。灌散子则是打飞禽、野鸡、水鸭什么的。一响铳，铁弹子飞开来，直径两米的圆圈内杀伤力都很大。

伯父说："贤侄啊，你送了我这件礼物，比捎一瓶酒给我，味份足多了。"老人高兴。

这次回去，我仍旧没忘记去农铸厂搞铁砂——这对于伯父和砚哥来说，永远是好礼物。

县城现在有开往青峰寨的汽车，一天一趟，我搭上了这班车。

砚哥在简陋的车站接我。

"我谅你今天会来。"砚哥说。

"伯父盼吗？"

"老早便叫我来接。"砚哥手里提着用稻草系着的一串肉，那是款待我的，但他买得过多。

"砍那么多肉做什么？总共才四五个人吃，吃不完，下餐会馊呀。"我说。现在天气很热。

"我也不晓得干什么用？爹叫斫这么多。"

我们老家离青峰寨供销店还有两里路，斫肉买盐扯布都要到这里来。中学也建在这附近不远。我砚哥的儿子便在那半山的红砖屋里念书。

一只高大而健壮的大黑狗，朝我摇一阵尾巴之后，便忽左忽右地围着砚哥转，眼睛定定地看着砚哥手中那串肉。

一看，便晓得这是一条好猎狗：鼻子干燥、脑壳大、后脚弯曲得厉害、肚子几乎贴着背。毛色也非常好：乌黑，没一根杂毛、长毛熨帖地朝后倒着，像用梳子梳过，颈上吊一个铜铃，"叮叮当当"地响。

我赞赏地说："砚哥，我看过你换了三四条猎狗了，没有一条比得上这一条。"

"你有眼力。这是一条好狗。"砚哥顿时眉开眼笑，用粗大的巴掌摸摸高扬着的狗脑壳，"这只狗，说来你不信，它是你大侄子养大的呢。"

"哦？看来小宝的本事超过了你们父子俩啰？"我说。我对那个几年没见面的中学生产生了好感。

"嘿嘿，"憨厚的猎人笑笑，显示出一种父爱和骄傲，"从生下来喂起，一直到如今，和他整天在一块。上学，也跟着去。只差没跟他困。你看这毛，都是小宝给梳的。"

"难怪，我看了就像梳过。少见这号毛色。"我说。

"山背一个猎手出六十元跟我买。嘿，不是吹牛，一百六我都不卖。这只狗呀，老弟，真立了点功啰。捉野鸡不要我们用铳。"砚哥情不自禁地又摸摸狗。狗则高兴地甩着大尾巴。

"小宝怎么样？据说读小学时，是班上的前三名。现在呢？"我问。

"唉，莫提了。念初中一年级，还不错。现在越读越缩。爹恐怕就为这个事找你来。这孩子，如今心事野啰，喂狗啦，偷着练打铳的功夫啦。不晓得书难读，还是读不进了……"

"他想当猎人？"

"不晓得。"

我诧异："怎么你这做父亲的，对儿子都不了解？"

"小宝的事，全是我爹管的。也好，我懒得插手，省得怄气。爹想他读书读上去，像你一样，考大学校。小宝呢，好像不大乐意读。两公孙经常扯皮。"

我说："他硬不读，当猎人也好嘛。七十二行，行行出状元。我看要是小宝能练出你这手枪法，将来我推荐他去参加射击比赛，说不准，世界一流的射击手会出在我们家哩。这有可能。"我想入非非，但也不无道理。中国得第一块奥运会金牌的，就是打弹弓出身。

"我也觉得当猎手没什么不好，凡事都有个造化的，命里注定干什么就得干什么。我爹就有些霸蛮，罚过小宝几回跪。"

我有些不理解伯父了："这个老人，以前我爸要带你去外面工作，你爹板着不肯，说要你接班打猎。如今却不准小宝打猎了。真有意思。读书读出来了，考了学校，还不是要出去工作。仍回来传你们那杆老铳吗?"

砚哥笑笑:"今天,看是我爹说服你,还是你说服我爹。"

我说:"你呢?你这个做爹的袖手旁观?不可思议……不过,我是主张小宝读书的,我支持他读,我会鼓励他读上去。我是不理解伯父的心里怎样想。"

"快到了。"砚哥说。

我抬头看:在我们那祖屋的地坪子里,一个头发半白的高大的老人在朝这边张望。

我一进屋,伯父便拉着我,坐到他屋里,迫不及待地说:"贤侄哪,我晓得你工作忙,可这回,我硬把你给拉回来了。没别事找你,就是小宝念书的事。以前,成绩蛮好,字也写得不错,老师说,很有前途,前次县上还展览了他的字。你寄的纸张字帖,没白费心思。可是,真气人,越读越缩哪!他还说他不想读书了,想打猎。在家里,喂狗倒是蛮积极。老师同学们反映,他在学校里躲着练功,学你堂哥以前的样子,不晓得是谁告诉他那样干的。"

"他为何不想读书了呢?"我问。

"他说难读。读起来没味,还是打猎有味。贤侄哪,我是想他把书读出来呢。"

"伯伯,"我说,"你以前不是这样想的,说只要不成光眼瞎就成了。如今,挺上心的呀。"

"侄啊,不说你也明白,这世道,没有文化是立不住脚哟。我要为小宝的后路着想。学打铳容易哪,无非是吃几年苦。文化呢?这东西不容易到手哩。砚全如今只打得死铳,什么大事也办不得,出去说句话都缺胳膊少腿的,枉为一世呀。这都是我的过错。要是那年，你爸给带出去了，如今就是另一个样子啰。我不希图他当干部，拿工钱，打猎嘛，钱不比你们当干部的少。我是为他没有点文化犯悔呢。有文化，才是真本事，走得天下……贤侄，你这回来，一定要教导教导小宝，少也要读个高中毕业出来才成。至于考大学，那要天分。可是，一个祖宗同根基，你考得上大学，他怎么就考不得大学？完全在于用不用功。这回，你要好好地开化他一下。我不行，只有蛮办法，打骂罚跪，那都没用。你们知识分子来说话，他会信服的。"

我庄重地说："好，我跟他说。我要摸摸他究竟为什么不想读了。原因肯定是多方面的。"

"拜托你了。"伯父感激地说。

"肉炖上了没有？"伯父朝厨房里的嫂子喊。

"炖上了。"

"炖泡些。"老人说。

我给伯父买了一些礼物，但我首先拿出那一包铁砂——铳子，给伯父。

奇怪的是，伯父没有像以往接受这礼物时的那种高兴。他看看，摇摇头，说："贤侄哪，这个，没什么用了。"

"啊？"伯父说这话是什么意思？

"侄，我这杆铳太老啰。"伯父不无伤感地说。他从蚊帐杆子上摘下铳，用一块油腻的布开始慢慢地擦它。那深褐色的木托和黑色的铳管，本来已经擦得油光锃亮了。伯父并不看我捎来的铳子，凝神地摆弄他的铳。他似乎在想着什么心事，也许是缅怀此铳的"一生"。他那快落光了毛的眉头，在一耸一耸地动着，眼角的皱纹，显得更深更弯曲了。

我起身,去外面走走。砚哥在门外劈柴,狗伏在一边看。太阳快升上中天了,远近屋里都渐渐地开始冒烟。肩着犁的人和把套搭在背上的牛,缓缓地开始往各个屋场里走。牛"哞哞"地长鸣,打破了山川的寂静。那条小河,还保留着我小时候印记中的模样,唱着古老而悠扬的歌,不急不缓地抖动着闪光的身子,朝远方流去。河边总有女人、孩子、牛和鸭……

伯父叫我。

我进去房里,伯父把亮铮铮的铳搁在窗户上,铳口朝着院子里的瓜棚。他那枯槁的手,在颤颤地拿一根绳子,把铳系牢。

"孩子,你从没摸过我的铳,是吧?来,今天我让你打一铳。"老人说。

"打什么东西?伯伯。"我觉得奇怪。叫我放铳,也不要用绳子绑着呀,我已经不是小孩了。

"你莫管,我让你打,你打就是。"他说。

我走拢去,小心地摸摸这杆保养得极好的铳。这东西,培养了几代猎人,凝集着很多神奇的故事。

"这是放最后一铳。"伯伯喃喃地说,"这最后一铳由你来放。"

"这是什么意思?"

"孩子,我要毁了它。"老人坚定而痛苦地说。

"伯伯,这铳……怎么说,还能使啊。"

伯父摇着头:"侄哪,不毁了这杆铳,小宝不会死心。"

原来是为了这个!我说:"伯伯,我会做好小宝的工作的,或者,让他跟我去城里读。这铳是祖传的宝贝,就是不能用了,也要留下呀!"我晓得,如果毁铳,等于是毁了伯父的精神。

"不，不，小宝已经……迷上了。半晚上都爬起来摸它。这事我已经决定了，只有废了它，才断了他的心念。"伯父指指地上那把开山斧。这斧头只要在铳管上敲一下，便报废了。

"伯伯，你，你完全想弯了，哪有那么严重？"我伸手去摘铳。

"别动，上了火的！"伯父说。

我干搓手，不知怎么办才好。

伯父去厨房里端出来一碗炖泡了的猪肉，放到地坪子里的瓜棚底下。

"狗——嗬。"他喊一声狗。

狗闻声跑来，在老人面前使劲摇着尾巴。

伯父蹲下身子，浑身摸了一遍狗身子，然后，托着狗的眼鼻看了一会，口里含混不清地说着什么。

他陡地站起来，对狗说："吃吧，吃吧，好好地吃一顿肉。"

狗狂喜地吻吻老人的手，然后，叉开四腿，摇着尾巴，去吃那一满碗猪肉。

老人走进屋来，对我说："孩子，你扣一下扳机。"

"你疯了？！伯伯，你……"

"只能这样子做。孩子，我请你……我下不了手。我求求你！"伯父霎时间泪流满面。

"不，不，我不干！"我喊。那是怎样可爱的一只狗哟。

"狗，你快走。狗，快来！"我喊。无奈，狗不听我的，正使劲地"嗒"着嘴巴，那一碗肉快吃光了——愚蠢的狗啊，竟一动不动，脑壳正对着铳口。你就不能抬头看看窗台上摆着什么？房里在作着怎样一番争执？

我感到有一只有劲的手猛推了我一下，我踉跄了几步，差点栽倒。我想象着马上会发生一幕目不忍睹的惨剧，不由自主地闭上了眼睛。

"砰！"宁静的天体里响了一声炸雷。我跌倒在伯父的床上。我的心被什么狠狠地撕了一下。

旋即，我又听到一个铁器相碰的粗沉的声音。与此同时，有一个人重重地倒在地下……

呵，老铳！

1985年《朔方》4期；
1985年《小说选刊》8期转载

富丽山庄

方爹看守一处叫作丽庄的豪宅已经好几年了。丽庄的主人姓朱。几年来,方爹没有见过房子的主人,甚至没有听过一次朱老板的电话。

离白沙市十来里远的老码头镇,是个风光很好的地方,前面是一条大河,后面是绵延的青山。这个叫朱老板的盖的丽庄,选的好址,依山傍水,占尽了老码头的好处。

老码头镇离白沙市近,就如鼻子离锅近,闻点油星子便饱了。加上这码头历史上曾热闹过,尽管早已荒废,这老码头人怎么也不会寒碜到哪里去,所谓:船烂了还有三担钉!

但是老码头迄今为止最好的房子还是外地人修的丽庄!这令许多老码头人愤愤不平,但是除了怨自己不争气外还能如何?谁也得服市场经济的行。

房子是好，富丽堂皇，可自落成后住的却是三百里外的庄稼汉方爹。方爹有个老乡叫月郎中的，在老码头附近租地种菜卖，是他介绍方爹来这看房子的。三百块钱一个月的工资不算高，但住的却是老码头乃至白沙市附近最豪华的别墅，这对于年老力衰不能南下打工的方爹来说，已经是很具诱惑力的工作了。月郎中本是想揽下这份美差的，但不够条件。朱老板用人的条件是要有责任心、要爱干净、要会侍弄花草、要有点文化、要是外乡人，最好还是个共产党员。这些条件月郎中都不具备。方爹具备，他顺利应征。

考核方爹的是一个比他的小儿子还小的姑娘。姑娘叫小红，是一个很漂亮很漂亮的姑娘，身材、眼睛、鼻子、眉毛、嘴巴……在方爹看来，处处长得顺眼。皮肤更是嫩得不行，一根小草都能划出血来的那种。当然，姑娘漂不漂亮，与方爹没什么关系，方爹只认来这里做事。

小红姑娘告诉方爹：老板委托她来管理丽庄。她交代了此事便香气扑鼻地走了，日理万机的样子。口气很有点老板派头，好看的眼睛甚至不曾正面瞄他一下。方爹不以为然，出来做事你就不能有过多的奢望。二十多年前方爹也是当过村长的，也晓得怎样摆架子，可如今世事变了，不能指望在这种富庶之地有人高看你。

有一件事犯难：方爹不知如何称呼小红姑娘。方爹为此事请教那就住在丽庄围墙隔壁不远的老乡月郎中。这老码头镇的日子算是好过的，经常有土地被白沙城里的单位、企业和个人买走。卖了地，各家各户都有钱分。再说离城市近呢，赚点小钱容易，只要勤快便有好收成，随便弄辆破摩托早早晚晚去白沙市郊接接客人，一天随便可以抓个十来块钱。钱好赚，田地是没人作了，辛苦一年，当不得去城里拔根汗毛，除非蠢宝才去做费力不讨好的事。这样一来，老码头附近的田土基本上是荒了。月郎中带着老婆来这里租地种菜卖。月郎中来这里做了好些时日了，应是多少摸到了些这市井的脾气的，但以他的见识，与方爹商量半晚，仍不知怎么称呼小红姑娘合适。

称姑娘显然不行，这是三百里外老山沟里的土叫法，不时尚了；叫老板越级，丽庄的老板姓朱。月郎中说他一年前在丽庄是见过朱老板的，那可是个很大的老板呵，身边保镖都有好几个，一来地坪子里就停着十几辆好车；喊妹子呢有不尊重之嫌；照说叫小姐最合适，这是国际流行的爱称。月郎中惊呼道这可是最不能叫的呢，小姐是什么你晓得么？如今可是骂人的话；实在没词了，那就叫同志吧。月郎中又瞪眼睛：你呀你呀，你真是跟不上时代了，你当还是你当村长那阵哪，你们党内叫叫同志也没什么说的，这些赚大钱的你叫她同志她会认为你是在挖苦她，你有什么资格和人家平起平坐称同志？这么叫呢你还没明白怎么回事你就被人家炒鱿鱼了。商量来商量去，他们认为唯一的选择是叫她经理。如今市面上，不管干什么的，你叫他（她）一声老板或者经理，至少也惹不出什么麻烦来。何况小红姑娘时下管着一个价值数百万的丽庄，已经是一个很大的经理了。

那么就叫经理吧。

回丽庄的路上，方爹就有了些感慨：这人还是要出来混呵。这昔日在老山沟里弄几副草药糊弄人的好吃懒做的月郎中，如今才多少沾了点城市的边，看问题的眼光就远远超过他这个老村长了。

小红打电话来询问和交代一些事情，方爹顺便提出了关于称呼的问题。方爹叫她小红经理。小红当即就尖叫起来说经什么理呀难听死了。不过，小红为此也沉吟了一会。最后拍板说你就叫我小红吧。称呼的问题，对于小红来说也是必须明确的一个问题，倘这不谙世事的老头先入为主叫她一声"小姐"，那她就倒了八辈子霉了。方爹觉得称她"小"实在不好，怎么叫也不能叫她"小"的。不是有一说：有钱大得三十岁，无钱当崽辈么？穷光蛋怎能称财神爷"小"呢？这道理就如同儿子怎么不孝也不能把父亲喊作儿子一样简单。但是不容方爹再争辩，电话那边的姑娘脾气就上来了，又尖声叫道：让你这么叫你就这么叫，你这老头子的话怎么这么多！

以后很长一段时间，方爹叫着这个直接管他的人作小红很不自在，很不习惯。每每叫她时都心惊肉跳。不无惶恐地盯着她的表情看。补救的措施，唯有表现得毕恭毕敬，以冲淡内心挥之不去的胆怯，努力要使对方明白叫的这个"小"，其实比大的分量还重。

方爹因一个称呼便显得这么狼狈，当然是有深层原因的——月郎中告诉他：丽庄别墅刚建成的那阵子，那朱老板是由这个小巧玲珑、摇风摆柳的小红陪着来这里睡过几夜的。后来不知怎么没有来了。这么说来，这小红至少也算得上是那朱老板的一房妾了。这房子日后八九不离十也就应是她的财产了，方爹怎敢在小红面前有半点闪失？月郎中叮嘱方爹说这种男女间的事情你就不要张扬啊，一露风声就等于砸了你的饭碗。这么说方爹就有点生气了，这种事用得着你来教吗？当年我有政治觉悟的时候你还不懂得什么叫政治呢！

一辈子没有离开老山沟的方爹很看重这份工作，看重这月薪三百块。他在家起早贪黑一年到头弄不到一千块钱的收入。如果他老婆不瘫痪他也不会出来的。以前三个儿子三个媳妇都在广东打工，他们老两口在家守着三个儿子的五个孩子读书，也算是解除了在外辛苦的儿子儿媳的后顾之忧，也算是间接创了收的。而在这种需要他们老的作贡献的关键时刻，老婆却瘫了。方爹没有女儿，却有个好媳妇——看到婆婆再也无力挑起家庭重担了，便主动表示放弃南下，在家守着五个孩子和一个瘫婆婆。这样，方爹便可以出来做事了。媳妇那么好，他可不能亏待了媳妇。他每个月寄二百六十块钱回去，这钱他是要直接寄到媳妇手上的，以示对媳妇的感激之情。当他到大码头邮政所寄钱时，每每写着儿媳的名字，心里便顿生温暖，天底下哪有心甘情愿替一个瘫婆婆端屎端尿的媳妇呵！

　　丽庄占地八亩，盖着一栋三层的小洋楼。院里种植着五十多个品种的名贵树木花草，一些大树是从深山老林里挖来的，草皮都是进口的，不容易呵，那么远来这里安家落户。这些好花好草好树，令这个在山里长大，终日与花木为伴的方爹都大感吃惊。方爹的工作，说简单也简单，无非是侍弄一下花草树木，给房子打扫一下卫生。但担子却不算轻，这院子里的东西随便弄坏或丢失一件他都赔不起，随便哪个角落弯里摆放的一个盆景，都值他好几个月工资哩。

　　方爹当村长的时候，因村里植树造林搞得好而当过模范，上过县里的领奖台。他爱树木不是为的出风头，是骨子缝里的爱。山里人嘛，除了与树木花草有感情有快乐还有什么？方爹乐意来这里做，看上那三百块钱更看上了这片好林木花草。没有后者，三百块可能留不住他。或者留得一时留不住久长。这些花木方爹一眼便能认出大部分并能讲出它们的特性。当时让考试他的小红都暗暗吃惊。小红交给他一本林木花草栽培技术方面的专著,让他熟悉引进来的外来品种。方爹只花两天时间便全部掌握了技术。方爹对草木的这份深爱让那挑剔的小红也无话可说。

小红一个月来视察一次工作。平时是电话遥控,一两天便有一个电话。别看她是一个花枝招展的女孩子,事情却是管得很细,开春的时候,方爹在林子后面靠山的围墙脚下挖了几个瓜氹,种下几兜瓜。他想瓜藤只往围墙上爬,想来也不会煞风景的。眼见得瓜秧青溜溜地破土而出,却被小红发现了,她逼着方爹扯掉了。丽庄怎么可以被弄得屎屎尿尿臭气熏天呢。丽庄除了美,是不能有其他粗俗之物的。

方爹明白了:这地是人家的地,草是人家的草,动一分一厘、一草一木都是要请示的,切切不可擅自做主,更不可把农村的那一套观念带到这里来。

方爹经月郎中引荐,在离丽庄不远的地方租了点地布菜种瓜。他是没有本钱像镇上的人一样去老码头买菜吃的。方爹也没有本钱去镇上斫肉买鱼改善伙食。他打算喂几只鸡,让鸡生蛋来维持营养,可在丽庄这么美丽的地方喂鸡也存在一个屎屎尿尿不卫生的问题,同样存在过小红那一关的问题。方爹想怎样才能说服小红呢?他突然记得有一天小红很浪漫地躺在草地上晒太阳,但不久那如嫩藕似的胳膊上就被虫子咬了几个红印子,从此也就不敢在草地上久待了。方爹想,这恐怕是一个突破口。当他向小红请示喂鸡的事时,着重介绍了鸡是捕杀草虫的高手。这天方爹运气好,一来是小红有什么事高兴,二来正好小红读了一张什么小报,不等方爹介绍完鸡捕虫的敏捷、勇敢，小红便说她刚从报上读到了介绍一只鸡一天可捕杀一千只草虫的伟大壮举。方爹顺水推舟就说那我们的草地有了鸡从此就不必打农药杀虫了，丽庄就是一块净土了。从环保的角度出发，小红同意方爹喂鸡了。但小红要求方爹保证鸡不能把屎屙在院子里，更不能到房子周围来不顾斯文地乱跑乱叫，方爹自是拍着胸脯保证。

方爹喂的鸡倒也真是听话，略经主子调教，从小便懂得不到没草的地方去，更不去那房前屋后闲逛。屎也尽量屙在竹林子后面的鸡圈里。

方爹和他的鸡成天在八亩地的园子里忙着，侍弄得草木葱郁，虫蝎不侵。方爹养的两只红毛叫鸡公，还能飞上树去吃害虫呢！

月郎中夫妇间或来陪陪方爹。见方爹能教育出这么出色的鸡，不禁感慨不已。眼看月郎中手中的烟灰就要往地上掉了，方爹忙伸出手掌去接了。抽烟的人少不了都爱吐几口浓痰的，月郎中见方爹将瓷砖的地面洗抹得照得见人，不忍心将痰吐到地上，便含了那脏物奋力往那如茵似毯的草里射去，每听见月郎中的喉咙一响，方爹就心里一紧眉头一皱。一而再三，方爹终于忍不住说月郎中了：你还不如我的鸡爱干净呢！尽管月郎中租地种菜卖，兼兜售点草药一时混得比方爹体面，但老村长指责他不如他的鸡也不好表示不满，那时候毕竟是被他管过也怕过他的。

月郎中不记恨方爹说他不如丽庄的鸡，当方爹种的蔬菜成熟后，他提醒方爹摘点去送给丽庄周边的人家。尽管这丽庄姓朱不姓方，他姓方的没有义务去打点关系。但当地农户毕竟是土地菩萨，地头蛇，还是敬着畏着的好。方爹觉得月郎中的提醒有些道理，心里却有些不舒服，想自己一辈子从来不想也不曾得过人家的好处，就是当年当村长，连老百姓的烟都没有接过一根的。人不求人一般大，水不下流一掌平，靠力气赚饭吃的人，也就不必巴结谁了，他不是小气，几把菜不值钱，只是出了几斤气力罢了，就是都送了人，在如今，还是算不得一个像样的人情，可就是脸面上过不去，没有勇气走出那一步，俨如没有勇气接受他人的馈赠一样。不过，现在情形不一样，身在异乡，可不是土生土长的故地呵。连狗都知晓"是人面前三分硬地"的道理，只有在自家门口站着，尾巴才竖得直，喉咙才响得粗。

　　正待方爹在思考如何转变观念，放下"架子"，搞好周边关系的时候，有老码头街上的菜贩子看上了方爹那一畦好菜了，不由分说给了个好价钱，除留了点给方爹吃的外，一股脑割走了。方爹等钱用，他想起媳妇给自己老婆接屎接尿的情形，他唯一的感激便是多寄点钱回去。再说，他这是第一次享受正式工作之外的额外收入，这意味着他在看守好丽庄之外，他还可以凭力气创造另外的机会！几畦菜钱不多，他是在享受市场经济在他身上的切实体现呢。他没有放弃这个机会，而将月郎中的忠告暂时搁浅。

　　八亩地不种庄稼，够方爹的鸡尽情驰骋的了，方爹喂鸡不用打防疫针，他会采摘一种草药，切碎了拌上谷糠给鸡吃，百病不染，因而他的鸡队伍也就日益壮大了。一日，小红带了几个朋友来丽庄春游，都赞扬方爹的鸡懂文明礼貌。有熟悉乡村生活的人就说多年没有看到这样正宗的土鸡了，就主张这春游的饭不去镇上进馆子了，就吃方爹的土鸡、土鸡蛋、未施农药化肥的土菜，而且要按方爹那三百里外老山沟里的土做法。小红因朋友欣赏了她当初同意方爹喂鸡的英明决策而又喂出了这么出色的土鸡而雀跃，不断地跑到满头大汗做着饭的方爹的耳边反复交代要土啊要土啊，越土越好。这要土呢倒也不难，这样方爹就十分的放松了。其效果当然是很好的，吃后是一片赞扬声，说是每个周末都要来丽庄吃土鸡。那崇拜汉堡包和麦当劳的小红也莫名地跟着脸上放光，这肯定了方爹的成绩，就是肯定了她的领导有方嘛。

小红高兴了，表示不白吃方爹的鸡，表态按市场上的活鸡价给方爹结账，劳务和其他的就在那三百块工资内面了，因为他看守丽庄是包括了接待任务的。方爹没意见，是心底里没意见，他搭便喂的鸡，住的是丽庄的鸡棚、吃的是丽庄草里的虫子，在丽庄的花园里锻炼出的好鸡体，卖出的却是市场上的好价钱，这还有什么好说的呢？方爹为获得这笔意外收入而很是高兴，至于做点饭菜付出的劳动，对于劳动者来说简直是微不足道了。

隔日小红来电话让他杀好两只鸡，去掉毛和肠肚，一个小时后有一台小汽车来取。看，看，我都没有坐过小汽车，我的鸡都有小汽车坐了。从白沙市专门开着汽车来取两只鸡，一来一去几十里，不是"萝卜花了肉价钱"么？方爹是有些不理解这山沟以外的世界了。尽管不理解，他却不反对，巴不得有更多这样的好事，这样他就有能力让媳妇更加安心地在家里待着。

但是好景不长，在某个月黑风高的夜晚，方爹的鸡连同鸡笼子一同被小偷给偷走了。小偷是从围墙上爬过来的。偷鸡贼手艺高超，不曾留下一片鸡毛、一个鞋印子和一点响声，鸡们竟乖乖地由着他们摆弄。

月郎中过来看了看作案现场。他说依他的经验看，不大像是这附近村子里的人干的，这里的人吃不得这个亏，也没有这样的专业水平。这老码头离城近，房子少说也有三四成租给了外来户，别说是偷鸡，出什么事都不奇怪。但月郎中再次提醒他不能忽视周边关系，他就不敢肯定这鸡事故完全与当地人无关。

方爹打算养一条狗，除此之外他没有别的办法来保护自己。当然，他看不上那些只能摆看或者只能吓唬吓唬人的狗。他是山里人，他是懂狗的。他寄信回去让人弄条小猎狗来。

方爹向小红报告了鸡被偷的事，并报告说他要养一条能看庄园的狗。听说养狗，小红又尖叫了，她说她最怕狗和蛇了。但在这件事情上方爹不准备妥协。他说这地方乱，这围墙呢不过是个摆设，防得君子防不得小人，他不敢担保下一步有人会瞄准庄园里的名贵花木，还有房间里的电视机、空调、毯子，那他这看牛的便赔不起牛了。一个人看守八亩地，就是通晚不睡觉巡逻也照看不过来，就是逮到贼了我一个老头子也奈何不了谁。小红也看到了问题的严重性，但提出要方爹保障他的狗任何时候都不会咬她。方爹说你又不住在这里怎么会咬你？说我保证我养的狗咬谁也不会咬你这个主子总行了吧。小红说叫我怎么相信你？方爹说到时候你就会相信的。小红说我还是怕！还有狗屎，据说鞋子一旦踩了狗屎便废了，说狗换毛时狗毛满天飞的……

不管小红如何的怕，方爹还是托人把猎狗的后代带来了。方爹一看这小狗的腿脚、腰身、嘴筒子，一摸狗的鼻子，便知这是一条怎样的好狗了。

两个月大的狗正好调教。山里人家家养狗，方爹自是训狗的好手。这是条黑狗，方爹便叫它黑子。方爹教黑子学一些基本的规矩：屎尿不能屙在庄园里，不许进入主人的豪宅，不可去围墙外逞强惹祸，有本事留着守院子，要对小红主子恭敬，特别是不能吃外人给的食物，这附近经常有家狗被人用麻药麻翻了，被人弄走剥了皮摆上狗肉摊子。

小红第一次见到黑子时虽说没有尖叫，却是十分的警惕和不高兴。方爹教黑子对小红恭敬，黑子果然就冲着小红摇尾巴打响鼻。而月郎中来丽庄走动，怎样的向黑子表示友好并言说自己与它是老乡，黑子也不睬他。黑子只对方爹和小红摇尾巴，但小红并不领情，正眼也不瞧黑子一眼。黑子热脸挨了个冷脸，下次小红再来时，它便远远地走开了，对小红的到来视而不见。方爹也不好勉强黑子，这种狗的性子是很犟烈的。狗通人性，黑子知道：小红是主人的主人，它可以对她避而远之，但切记不可以凶她，那样就砸了狗饭碗了，就是不给方爹的脸面了。

当黑子告别童声，喉咙里开始发出低沉的闷响时，方爹就知道这八亩地庄园的安全可以交给黑子了。方爹便用石灰水在围墙外面写上"内有恶犬擅自进入后果自负"十二个大字，以示提醒。于是方爹又开始张罗重新养鸡了。谁若是能够从黑子眼皮底下再将鸡偷走，方爹也就服了他们了，他也就只好卷铺盖走人了，他是守不住这个园子了。

当初方爹领着黑子出门方便时，丽庄附近的村民没有谁看好这条又矮又瘦毛粗色枯的土狗。眼见得不些时日，只听得它一声闷吼，那比它高大强壮一倍的威武的狼狗也顿失自信，赶紧夹着尾巴垂着脑壳躲闪，可见方爹这匹其貌不扬的猎犬的厉害了，人们自是不敢小看黑子了。但黑子绝不好强惹事，除偶尔跟随方爹出门走走，守在庄园里便不再外出，不屑与这老码头的芸芸众狗嬉戏为伍。

或许是方爹的狗有了些名气，村长老徐一日告诉方爹，说有几个领导想找个安静的地方打场麻将，最后选中了你这里。村长老徐不容方爹说什么，便递给他一百块钱，叫他杀只家养的土鸡，再炒几样小菜，领导来吃晚饭。

其实，这事方爹是做不了主的，开楼上的房门需请示小红。但见村长老徐不由分说，颇有来头的架势，就一时语塞了。他猛地想起月郎中关于"土地菩萨"和"地头蛇"的说法，还有那一笼子几十只鸡的被盗，这陌生的老码头地方的水究竟有多深多浅他并不知晓，便不好说什么了。况此时已是下午四点钟了，得抓紧做饭。也没工夫请示小红了。这么急，令人头疼的是鸡都放出去了，尤其是他喂的鸡一只只身手敏捷，都能上树攀枝，很难捉到。以往小红有客来，方爹都要求她头天晚上给通知，好在早晨放鸡出笼时截留。当然，方爹以前也是应过急的，为便于临时捉鸡，他去老码头河边上打鱼人那里要来了半张烂网，将网挂在两根楠竹之间，然后在网下面撒一把食，将鸡唤至，再将网索放下捕捉。问题是他的鸡都识破他的诡计了，来啄食时都保持着高度的警惕。为保证这天的晚饭桌上有鸡，方爹不惜到菜土里挖来一把蚯蚓吸引鸡们，只有加大诱惑的力度，才能瓦解鸡的意志。

村长老徐和他说的领导在楼上朱老板的豪华套间里打了一个通晚的麻将，那里有空调有卫生间有自动麻将机，老徐他们玩得很开心，方爹又是送开水又是半夜煮鸡汤面，大家对方爹的服务很满意。告辞时老徐对方爹说了真话：最近抓赌抓得紧，听说你这里喂了条猛犬，这里也就成了最安全的地方了。

狗好竟招来了麻烦，窝藏了赌博，这让方爹哭笑不得。

果然就捅娄子了。方爹害怕被小红撞到这个乌烟瘴气的场面，赶紧清扫那满地的烟头和痰迹。但经那几个烟民十几个小时的狂熏，纵使打开所有门窗，一日半天也难以吹散那沁入墙壁、家什和铺盖的浓烈的烟味。那小红迟不来早不来偏偏在方爹最担心的时候来了，那扑鼻的烟味使方爹不得不供出真相。小红大发雷霆。宣布对擅作主张开房的方爹罚款一百元并负担一晚的使用空调的电费。如下次再犯，即停止工作。方爹对此处罚无言以答，也不想作出任何解释。要找原因呢，也只有一个，就是不该养下黑子这条好狗！

如此理想的打牌场所看来在白沙市郊区一带是很难找到了。尝过甜头的乡村干部们对村长老徐的发现和安排大加赞扬。但是老徐再来找方爹安排牌局时，却遭到了方爹的坚决抵制。这在老徐看来是不可思议的事情。这老码头的地面上，少说也有了三四十家单位、企业和个人在此安家落户。镇里和村上一般是不给这些外来户添麻烦的，正因为有一个良好的投资环境人家才愿意来。但一旦开口要大家帮点什么小忙作点小贡献还从没见谁皱过眉头。老徐怎么也想不通自带伙食费来丽庄打场牌会遭到拒绝。老徐口里没说心里却想：这丽庄的老板也不算小了，也应是见过世面的吧，怎么会如此的不懂世事、不知趣、不晓民情风俗呢？这么懵懂又如何在场面上混得长久呢？怎么就忘记了一个最起码的事实：你这房子搬不走拿不动是在老码头的地上生的根哩，这根要扎下去，是既要土壤还要阳光水分的。看来丽庄的老板是糊涂了，还请了个糊涂老乡来守屋。老徐见方爹牙齿咬得铁钉断，掉头便走了。待走出那西洋式拱形大铁门时丢下一句话：老方啊，其实，在老码头找个好地方打打牌，真是一件好容易好容易的事。这话里的话方爹自是听得再也明白不过了的，可这丽庄毕竟不是他的呵，如果是他的，他还生怕当地的父母官不来赏脸呢。他也是当过村长的人呵，有些事情他是懂的，不然，他前两天也不会私下做主引"狼"入室。

过几天有个老乡砍倒了一株紧靠丽庄围墙的歪脑壳酸枣子树，那是他的地，他打算在那里种一蔸南瓜。瓜不能种在树蔸上，还需把树蔸也挖出来。方爹去看了看，树根原是从围墙下面钻出来的，当把那树蔸盘出来时，有一截围墙基脚便也挖空了。老乡哼着小调正干得欢，对掏空墙基视而不见，他还笑容满面地给方爹开烟并夸奖他的狗。

方爹一看这种情形，什么都明白了，但又不好说什么，围墙外那是人家的地，人家爱怎么摆弄便怎么摆弄，谁都无权干预。果然再过两天，一场雨下来。那被掏空了基脚的围墙就软软地塌下去了，一点声音都没有。远看去就如同是丽庄的一口漂亮牙齿缺了一颗，甚是难看。同时，方爹在那威严高大的铁门旁边发现了两只被雨水泡得如皮球般大的肉包子。方爹晓得，这是试图毒杀他的爱犬的低级手段。但这点方爹放心，经他调教出来的黑子才不会像丽庄的围墙那般不堪一击呢。这两件事凑在一起，显然不是巧合。月郎中也来看过了，他也觉得与麻将的事有密切的联系。

方爹没有收拾那毒包子，他有意识等小红来时连同倒塌的围墙一道看。还有，围墙倒塌时压坏了老乡的菜，赔偿的事也得要小红来谈。

小红来看过了，小嘴巴和柳叶眉都翘得高高的。方爹作好了心理准备，等着小红责怪他一通。待小红"嘀嘀叭叭"骂过一通之后，方爹却说了一件与倒围墙毫无关联的事情：我按照你说的，老徐他们说还要来打牌，我坚决不让他们来了，我说我要是再开房请你们玩，就等于是砸了我的饭碗了。结果他们就不再来了。如此一说，小红便不再说什么了。

后来方爹听说小红他们在一个名气不小的地方请了几桌饭，

委托村长老徐叫的食客。

后来小红也没罚方爹的款。

方爹经此一劫,他从心底里接受了月郎中的忠告。开春时他在租来的地里多种了几畦黄瓜。他用的是家肥(他瞒着小红将自己的粪便解在木桶中并藏在树林子里),虫子也是用手去捉的。他租的地就在一条乡村公路旁边,他天天在那里侍弄他的菜地,附近的乡党都看见。方爹种的黄瓜虽说比大棚菜上市迟,个头也不如温室黄瓜大,但谁都知道这种按自然规律生长、饱受日月精华的蔬菜好吃。方爹便将这现在老码头市面上出钱都买不到的时鲜黄瓜送到丽庄周围的人家。前面说过,老码头人如今都不怎么种菜了,但他们晓得什么好吃什么不好吃,于是大家都很重视方爹的馈赠。

方爹装作什么事都没有发生过的样子,去给那位挖倒丽庄围墙的老弟送黄瓜。这位老弟倒也神定气静,除了倒茶开烟和赞美方爹的狗外,绝不提半句与围墙有关的事。不过,最后他送方爹出门时还是透露了一句很有点耐人寻味的话。他说:方爹你还是个好人。这要紧处呢,便在"还是"二字上。意味深长哩,这招人显眼、富丽堂皇的丽庄毕竟不是令老百姓温暖的东西。方爹需要这样的话,他只是一个打工的,人们应该把他与丽庄区别开来才好。当然,方爹也明白:仅仅是几条黄瓜,恐怕还不能让周边的群众都像这位老弟这般首肯他。他要让大家明白这一点,高抬贵手别砸了他的饭碗,还要作更多的努力呢!

以后遛狗时,方爹也带着黑子去各家各户坐一坐。黑子虽说不能满足方爹的要求,能够给左邻右舍摇摇尾巴,却努力做得恭谦老实,主人与别人谈笑时,它就静静地躺在一边。但是尽管它做得如此低调，它的威风却与身俱在，每去人家，本家的狗便立马夹着尾巴溜走了，连那些总是吵闹的鸡鸭都变得安静起来。黑子那潜在的威风，乡党也是有目共睹的。至于方爹是否有意示威？从大家的表情上是看不出来的。而某种潜在的威慑，方爹是感觉到了的，在这种地方生存呢，软的硬的都要有一手，看来这狗是喂对了的。当然，方爹更多的是要来软的，他勤快，谁家有什么要出力的事他挽起袖子就动手。方爹劲大，头发乌青，怎么也看不出是快七十岁的人。这老码头附近的年轻人，要么进城去了，要么打牌泡吧去了，平日很少有待在家里的，方爹每去串门，真还有不少他帮得着人的地方。毕竟是农家，总也少不了有出大力的活。

日子长了，方爹感觉到他与周围的人近了许多。当然，也不会再有人往庄园里扔毒狗的包子了。黑子的名气越来越大，连那些小学生都知道丽庄的看家犬是一条正宗的猎狗，其貌不扬却凶猛无比，又很有修养，主人不发话它是绝不会咬人的。民间关于黑子的传颂，方爹听来很受用，至少那些图谋不轨者不会轻易算计他了，也就为他看守丽庄创造了一个良好的工作环境。方爹日益看好这个帮手，因麻将惹祸的事，方爹也就不再在黑子面前提起了。

日子长了，方爹是爱上这个地方了。常有人来他这里坐坐，他也常去人家屋里坐坐，就不寂寞了。那些被娇惯的以城里人自居的小孩子们对他也很尊敬，老远见了，都要悦悦地叫他一声方爹的，并要问一声黑子好不好。尽管这份对他的尊敬里夹杂着狗的成分，毕竟也是让人心里暖和的呢。庄园里的一切也都随他的心意，在他的精心管理下，触目处盎然生机，从没有死过一棵名树名花。他与那些花木都有感情了,闭上眼睛都能叫出每一棵树的名字,能够准确地说出它的高矮和位置,树与树之间有几步之遥都了如指掌。他还能说出园子里有几个鸟窝,有几处蚁穴,有几条家蛇。他刚来时,这里是没有蛇的。这么大一个园子怎么可以没有蛇?没蛇老鼠不会成灾?他设法引进蛇了。他们山里人家,家家的园子里都是长驻着家蛇的。他知道怎样引进蛇、引进什么样的蛇,怎样留住蛇。有蛇守家了,丽庄园子里的竹笋、花蕾、草根就从来没遭遇过鼠害。这老码头附近的豪宅不在少数,就丽庄的植物长得好,也曾有那宅子里的老板或亲自或委托人来请教过方爹的,但方爹都支吾过去了,绝不提起蛇这个秘密武器。小红一怕狗二怕蛇,如果晓得他还养了蛇,不由分说便会炒了他的。狗还有个名字叫宠物,蛇呢什么好词都没有,城里人一律谈蛇色变,怎么也不会相信有不咬人的蛇,更不会相信蛇也会成为人的朋友,能帮上人的忙。

但方爹每见到村长老徐,总觉得欠了他点什么。谈不上得罪村长,但毕竟拒绝过他。老徐每见方爹,仍是有招呼的,也夸过他的狗,就是不提那件不愉快的事,从此也不再进丽庄的门。村长越是装着忘记了这件事的样子,方爹心里的疙瘩就越是解不开。方爹因心存芥蒂,去老徐家坐的就多,出力帮点什么也越是殷勤,想努力抚平那场不快。村里班子改选,老徐又当上村长了,老徐想大展宏图,把村里和个人的经济都搞上去。老徐把在外面打工的儿子叫回来,租了大片坡土,准备开垦成苗圃栽树苗子,请方爹当技术顾问,方爹这就高兴了,满口答应,这心里的疙瘩便算是彻底地解开了,他当然是要很敬业地为老徐尽心出力的。老徐也不会亏他,要给他报酬,方爹也不推辞,但要得很少,这样双方都过得去，那打牌的事以此就算遮掩过去了。

一日，忠于职守、沉着庄重的黑子突然烦躁不安起来，只想往门外蹦，爪子拍得铁门"砰砰"响。方爹知道：这畜生是发情了，它闻到了自空气中传来的发情母狗召唤的气味。方爹是不能让黑子出去鬼混的，一俟尝试了甜头，以后就有可能会一发不可收拾，把心搞野了，便无心守家了。方爹是熟悉狗交配时的残酷竞争的，公狗们必通过搏杀，胜者方可得到发情母狗的亲昵。他的黑子所向无敌，难免不会咬伤别家的宠儿，如出现这种情况，也就该他这外来户倒霉了，他可不能再惹出什么事来，为此他只好剥夺爱犬享受爱情的权利。他锁上铁门，去老码头镇上买了条铁链子，斫了半斤肉。回来用链子拴住黑子，然后将肉煮了，请黑子的客。黑子从没有享受过如此美味，不禁惊喜不已。在黑子吃得开心的时候，方爹便蹲在一边做思想工作：黑子呵黑子，这人生在世呢，很多事是不能够遂心意的，凡事要先想想能为不能为，不可懵懂，不可任性，要是得到的比失去的多呢，这种事就不能为。现在的情形呢，你就不能为，我晓得在争风吃醋的时候，你们做狗的是不会节制的，你要是咬伤了人家，我们如何赔得起？黑子你就委屈点吧，下次我们回到乡下，由你野个够，找十条八条狗婆子快活我都没意见，只要你有身体，行吗？再说呢，这城里的狗好看不中用，也不值得你去冲冲杀杀，忍一忍吧，过去了也就过去了……

肉也吃过了，主人的话也够诚恳的了，但并没有解决黑子的思想问题和生理需求。它依然烦躁不安，昼夜不眠，方爹无奈，只好锁紧链条，花点时间陪着它，说一些废话安抚它。除了狗和鸡，方爹在这里也没有其他的牵挂，狗这几天过不好，他也寝卧不安，一晚要醒来好几遍。这种情形方爹也觉得荒唐,在他几十年的经历中,哪有为一条狗的事费神的呢?要操的心多着呢。也难怪,远离了乡井和亲人,这狗就格外的亲了。还好,畜生的发情期一过,那迷人的异姓的气息一旦在丽庄上空消失,对于黑子来说,就像什么事都没有发生过。当方爹给黑子松开链条时,他也感到了疲劳,打算好好的睡他一觉。他感到了年岁的不饶人了,已经耐不起过量的劳神和奔波了。

这一晚方爹断黑就睡了,他睡得很死。他是被黑子的哼唧声吵醒的。他醒过来时看看闹钟,已是凌晨两点。方爹出门去往放在檐下的便桶里小解时,黑子咬住了他的裤脚。方爹察觉事有蹊跷,抬头看,二楼老板的套间里亮着灯光。方爹吃惊不小,尿就乱舞开来。他镇静下来,想想估计是小红来这里睡了,她有时候也来这里睡的,这栋别墅就只小红和他有钥匙。他一摸狗还在身边,那么可以放心:贼是进不来的。真是睡得死呵,小红进来开铁门他都没有听到,为此方爹略感自责,幸好有黑子替他守夜呵。

方爹上床再睡时,狗仍旧在窗外"哼哼唧唧"地叫。方爹推开窗户说:黑子你安分点好不好?黑子息了声音,但不久又发出这种暧昧的声音。方爹被吵得睡不着,索性起来出去看个究竟。这时黑子老实了,将头埋在了两条前腿之间。但方爹听到了来自楼上光亮处的"哼哼唧唧"的人的声音。不难听出,这种男女混合的声音是发自怎样的行为。方爹尽管是老人了,也是不好意思听下去的,他赶忙抽身进屋钻上了床,生怕人家看到似的。但方爹一时无法入睡,夜静如水,他清晰地听到楼上一俟发出"哼哼唧唧"的声音,狗也当即仿效。这狗是怎么了?发情期已过还淫心未死么?这两种声音交错着此起彼伏,如拉锯似的相持着……

后来方爹听到楼上的窗户猛地被推开,小红尖声叫道:黑子你吵死呵,你这条死狗,再吵我打断你的腿!而后黑子果然不吵了。方爹努力说服自己:别管闲事,别管闲事。也就睡过去了。第二天早晨方爹起得很早,扛把锄头带着黑子出门干活去了。他们故意回得很晏,好给小红他们出去留下充足的时间。这种事最好不要碰上为好。有一点是可以肯定的:小红绝不是和朱老板来丽庄住。这是朱老板的别墅,他要来会大摇大摆来。但是这关黑子什么事呢?它为什么要打扰人家的好事呢?方爹不明白,也不知去问谁。他就反复对黑子说:做人呢就要做一个不讨人嫌,不管人家闲事的人。方爹埋怨黑子不会做"人"。

一个多月后,小红来丽庄清算电费、电话费、卫生费。小红是拄着一根拐杖走下车的。方爹忙问你这是怎么了?小红说不小心摔了一跤,快好了。小红斫了一斤肉,叫方爹煮给黑子吃。方爹不解:不久前她还说要打断坏她兴致的黑子的一条腿,今天怎么又斫肉给它吃?

小红走后,月郎中过来坐。从他口中方爹才得知小红这条腿是被人打断的。方爹问你一个种菜的,你怎么晓得那富人家的事?月郎中说这事大家都晓得就只你不晓得。但究竟是谁又因何要打断小红的腿,月郎中也讲不清。方爹隐隐地感到:这事与黑子有关,黑子坏人好事而小红还要感谢它,这事就值得琢磨。倘真如月郎中所言那小红的腿是被人打断的话,黑子那晚便是提醒小红有祸了,如今小红来感谢黑子,可能是黑子帮小红避免了更大的祸。要是黑子那晚不操蛋,小红便会常带人来过夜,有些事做过了,恐怕祸就更大了呵……当然,当然,这是方爹没事时胡乱猜的,他不会对任何人说。可惜黑子不会说话,无法道明真相,黑子真是一条有灵性、知祸福的好狗。

这年夏天进伏的第八天,是方爹七十岁的生日,老婆来电话说,家里派三个儿子和两个侄子来丽庄给他祝寿。老婆的口齿突然清晰起来,说明她的病好起来了,这当然是与积极治疗和护理得好有关,这也是他这几年来的辛苦和寂寞所换来的收获呢。子侄们坐的是如今很流行的夕发朝至的夜班车,他们很早就到了丽庄。大家今天要老爷子好好地歇一歇,便七手八脚下厨做饭。天气是奇闷奇热,几条汉子是一律赤膊短裤上阵,挥汗如雨大呼小叫喝着啤酒给老爷子助兴。这小餐厅里是有一台柜式空调的,方爹从来不曾开过,也不晓得使,以往只小红带客来时使一使。子侄们问这空调怎么不能使?方爹说:不能使!这东西耗电,没经主人允许,他是不能开的。儿子们说:那就不使吧。就把门窗全敞开了吃饭。

吃着喝着,醉意迷蒙的汉子们猛地感到:背腰上怎么像浇了啤酒一样凉飕飕的好受?回头看:却是一个绝色女子站在身后,空调已被她打开,冷风正呼呼地往屋里灌着。有人就赶紧叫着关门关窗留住冷气别让跑了。方爹好几年没有和亲人相聚了,高兴得也喝高了,但没有糊涂,扭头看是主人来了,便赶忙叫给小红让座。小红说我吃过了,你们吃吧,就出去了。金黄色的头发披在赤裸着的洁白如玉的臂膀上真是好看。方爹就想:怎么就有人狠心下得手,打断这豆腐似的人儿的腿。

一会儿小红从镇上买来一个大蛋糕,送给方爹。她说:方爹,祝你生日快乐!

看着小红从太阳下面进来一脸的汗,老泪就将方爹的眼睛蒙上了,当过村长的人一激动竟不知说什么好。

方爹就对狗说：黑子，你替我谢谢小红吧。

黑子果然就朝小红摇摇尾巴——黑子这是第二次朝小红摇尾巴。第一次是盲目的，这次是诚恳的。

这年夏天是大旱，一百天没有下雨。电视里说，庄稼十有八九绝收了。老码头镇连吃菜都成了问题。方爹的菜是他拼命挑水浇灌才勉强活着的，但基本上是为别人而活着。有村里人是摘了菜然后告诉他一声，有人就像摘自家的一样。这些做派在方爹的印象中好像形成很久了，因他的不计较，也就养成了大家的随意。

种菜的月郎中也起早摸黑努力维持着局面。眼看着在严重的干旱中煎熬的蔬菜价格天天看涨，他们便不想再经过菜贩子的手让人家赚大头，自家得小头了，地里的菜日渐少，他们夫妇完全可以腾出一个人手来上街摆地摊，自产自销。

但是他们大错特错了，在这种不属于他们的地方，在危难之时，好处怎么可以独吞？怎么可以不按规矩出牌呢？一夜之间，他们的瓜地全被人毁了，瓜摘走了，苗被扯了。月郎中哭丧着脸来找方爹出主意，并央方爹找找村长老徐。方爹能有什么主意？就如当初他的鸡被偷走了、围墙挖塌了，除了干瞪眼外别无他法。

但好心的方爹还是答应月郎中去跟村长老徐说说。他在老徐那里当着称职的林木顾问，老徐的苗圃大见成效与他的努力密不可分，大旱来前几个月，老徐的苗子全出手了，旱情与他的苗圃无关。因了老徐的面子，方爹分明地感觉得到这附近的人们对他的客气里就多了一份重量，譬如这月郎中就以为他在村长那里说的话起了。

见方爹穿着整齐不是来干活像是来谈事的，老徐就重视了，因方爹还没有和他谈过苗木以外的什么事，更没有求助过他。如果方爹有什么事情要他帮忙的，他是会尽力而为的，因为方爹帮他的太多而他回报得太少，他内心是欠着人家的。但当方爹谈到月郎中的名字，老徐就为难了，老徐就劝方爹说：这城市郊区呢不比你们山里哩，水深着哩，水浊着哩，我当的这个村长，其实远不如你当年的村长那般好当哩，话哩也就只能说到这里哩，你叫你们那个什么郎中赶快走人吧，越快越好哩。方爹知道有些话呢也许只能说到这个地步了，他也就不能为难人家了。他当即就把村长的话传给了月郎中。月郎中当时还很火爆地说他就不相信这个地方就这么黑这么邪。方爹早就不当村长了，说话也没人听了，他不打算多劝他的老乡，倘若月郎中又能通过什么渠道讨回一点公道追回一点损失呢？幸好月郎中的老婆是个怕事的人，想想那两亩瓜地一夜之间就可以毁了，你的卵毛还能长（强）过人家的头发啊？便要死要活逼着月郎中卷铺盖走人。

第二天方爹就听说了，有人来找月郎中了，是调查他无证无照行医弄草药的事。这种事可不是卖菜的事呵，动不动便是要坐牢或者赔大钱的，他当过村长，他懂这个。

天气烧火似的晴着，万里无云，日久连早晨的露水也没有了，太阳却仍是出奇的毒，出奇的辣，凭方爹几十年来看天的经验，他预感到这个夏天将经临一场大旱，这下雨的希望将是很远的事情，需要做好应对久旱的准备才好，也就没有精力去过问月郎中的事了。丽庄附近的村里还没有通自来水，家家户户打井抽水自给。方爹揭开井盖看看，水浅得很快，估计照这样发展，很快吃水都会成问题。方爹忙将屋顶的水池子抽满，很节俭地用水，洗菜用过的水留着洗脸，洗脸水积存下来洗澡，洗澡水不再倒进沟里，有计划地安排好轮流浇灌林木，他是经受过大旱灾的苦处的，他比老码头人更知道怎么节约用水。

大旱的来临比方爹想象得更快。他来不及再将水池子灌满，井里便没有水了。几乎是在人们毫无知觉和准备的情况下便井底朝天，老人们说几十年没这样了。

丽庄附近缺水的百姓，用水要到河里去挑，但河水不能像过去那样直接饮用了，看着水，人却不能吃，在过去可能是一件不可思议的事情，而现在则是司空见惯了。吃水便到镇政府的食堂里去接自来水。镇政府贴出告示：大旱当头，可给吃水有困难的居民无偿提供饮用水。

旱情对丽庄周围的老百姓威胁不大，反正也没人种地了，地本就是荒了的，旱灾无非是让那田地多裂开几条地缝罢了，除了不怎么好看外，这裂缝伤不着人们什么。大多数人是到镇上买菜吃的，缺水也不影响吃的，政府还紧急从外地调运蔬菜来应对白沙市因旱灾而出现的菜荒，白沙市有菜卖，老码头就有菜卖。唯一难的是没水用，要到河里和镇政府去挑。有人还懒得去挑，打算雇人挑，就有人与方爹联系了要请他挑水，一块钱一担。老码头人手里都有钱呢，有钱就有办法对付灾难。

方爹就没人们那么轻松了，他的菜地要保下来，怎么干旱也不能去买菜吃的。而最难的事情是那八亩园子里的苗木找他要水喝。以往夏天，方爹每天的主要功课便是抽水浇花木，一天不浇都不行，甚至去迟了，便有那艳美却是娇弱的花朵萎去，那是要让方爹看着心碎的景象。方爹心里知道：当他拖着那根长长的透明的塑料水管跨进园子里的时候，有多少植物张大了嘴巴在等待，在欢呼呵。方爹也是不好意思去镇政府挑水喝的，他不是本地居民哩！于是他就不能随便用那半池子水了，那是要用来饮用的。

方爹将大大小小的鸡都卖给菜贩子了，大旱来临，顾不上鸡了。

方爹当然是不会让这些与他朝夕相处了好几年的有生命的花草林木渴死的，只要河里还有水，他就要让大家都活着。他去大码头镇上买了一担木制的水桶，这桶大，能装百把斤水。七十岁的他还能从一里外的河里挑个百把斤上来。他还选购了一条合适的扁担，他是作好了准备应对较长时间的旱灾的。

方爹为保存体力以便打持久战，尽量躲避滚滚热浪和炽烈的阳光，多选择早早晚晚下河挑水。他将水按照林木大小、吃水多少来调整分配。他对他的植物说了，这是非常时期，不能像以往井里有水管大家吃个够，灾年就只能半饱半饥，到了难时，人都要这般将就着过，何况是生芽。

随着旱情的日益猖獗，方爹便起得更早，收工更晚，他已经分明地感觉到园子里一些弱者快挺不住了，只要他稍有懈怠，随时都会生命枯萎，这是他不想看到的局面，他要让大家都一起活着。要做到这一步也易，那便是水，便是一个老人的艰难付出。他是要竭尽全力去拯救众生了。人们还在睡眠中，就听到了丽庄通往河码头的路上响起了有节奏的挑担发出的"吱呀"声。当人们都洗涮过坐在院子里乘着凉看着电视的时候，方爹还汗爬水流地艰难举步，负荷前行。

开始方爹还答应过替人挑水的，一块钱一担对于他这个不缺气力的人来说是一个抓收入的好机会。但是他无法履行诺言了，干旱漫延的程度让他始料不及。指望着帮忙的人不理解了,问方爹：那朱老板是不是给了你两块钱一担？方爹无言以答。他没有空闲来考虑这个问题，他耳边听到的是草木昼夜不息的呼救声。在这种绝望的求救声中你会去考虑其他事情吗？也许有人会，方爹却不会!

倒是那个小红真应该来了,她应该出现在这个园子生存最困难的时期,她帮不上方爹一点忙,就是给方爹递一杯水,说一句安慰的话,也会让方爹振奋许多。然而小红没有来。

小红一个月没来,一个半月还没来。人不来,电话也不打一个来。

方爹没有想过大灾之时丽庄的主人该不该来。他无权过问老板的事。他要做的只是尽一个雇员的义务。以前拖着水管子浇灌园子那是怎样的惬意呵,所到之处便是一片"滋滋"的欢呼声。时下他如此辛苦,是老天的错,与老板无关,老板也不愿意这样呢。

直到电管站的来收电费了,电信分局的来收电话费了,他也该给他儿媳妇寄这个月的钱了,他才觉得小红是应该来了。平时小红一般是会来的,迟也迟不了三两天。而这次逾期好久还无影无踪。电管站收不到电费只好拉下丽庄的闸,电信分局也停了电话。三伏天停电这是怎样的滋味呢?似乎不必在这里描述,国人大都是有过类似体验的。方爹只好到镇上买下蜡烛,在一个邻居那里弄到一把蒲扇,用此以对付难熬的夜晚,热得实在难熬了,他就去林子里走走,这时他的朋友便会赐他以清凉,这是怎样的惬意呵,他为他的朋友们累,值得。

难熬的日子又熬去许多,方爹身上已经无钱买米了,这时他真有些急了,便去找村长老徐,想请他打个电话帮他找找小红。老徐立马便掏出了手机,问小红的号码是多少。方爹摇头说不晓得。老徐说没号码这电话怎么打?商量来商量去,还是不知怎么才能找到小红。大热天方爹爆出一身冷汗,差点说出没钱吃饭的丑事来。平时他是精确地计算了到开工资时身上留多少饭钱的,其余的包括额外收入都要寄回家去,每见汇款单上超过了二百六十块,他就快活得要哼哼一段家乡小调,分享一下自己的成就感。老徐就说:你急什么急?急的该是老板。他们不来了你更好,你卖掉他一个盆景,够你吃一年,卖掉一棵百年银杏,够你吃一辈子。

老徐这是说的气话,方爹不往心里放。

方爹将两只没有干死的半大的南瓜摘下来拿到镇上卖了,凑齐身边所有的硬币零钞,也只够买下五斤米了。待他将他和黑子最后的粮食小心地挂上扁担一方的时候,他被村长老徐看见了。村长狠狠地责备了他一通,说你怎么可以拿我当外人?当即就逼着方爹去他荷包里取钱。老徐晓得方爹的脾气,若是拿钱给他是不要的,一定要逼着他自己取。眼看要断顿了,方爹只好向村长殷实的钱包伸手。这不是施舍,是借,方爹心里坦然。

又过了二十天,小红还没有来。

就在变天即将降雨的时候,方爹病倒了,躺在床上一点力气也没有了。方爹觉得不是什么大毛病,或许是累狠了,或许是人太贱了,没活干就泄气了。

雨下来的时候,方爹听到了满园子的生芽的欢呼声,但这声音是孱弱的,都奄奄一息了呵,再不下雨,就都挺不下去了。暴雨如注,黑子"嗷嗷"叫着,站在院子当中让雨淋着,不时抖擞着已经没有了水分的毛发,要痛痛快快地洗一洗。方爹多么想和黑子一样任雨冲个够呵,但是他却不能动弹了。

雨停的时候,黑子从铁门的缝中钻出去,叫来了村长的老婆。村长老婆进不来,黑子又钻进屋从方爹身边衔来开门的钥匙。

方爹吃了村长老婆煮的绿豆粥,站起来了。

雨后方爹仔细地看了看园子里的植物,没有一棵被百日大旱打倒的，眼下吃饱了喝足了，一个个精神抖擞。方爹像检阅部队一样，逐个逐个抚着它们的胸脯和皮毛，表扬道：好样的，好样的，总算闯过来了。

突然门外一阵汽车喇叭叫，黑子马上欢快地呼应着。方爹想，一定是小红他们来了，他三步并作两步赶快去开门。

开门迎接进来的却是法院的干警。方爹看得清楚，那车上写的是"法院"两个大字。

法官和颜悦色地对方爹说这丽庄不再是姓朱的了，他们现在是来执行公务封门的。以前方爹当村长的时候，是见过贴封条封门的，他知道封门意味着什么。现在法官来封门，不要问，朱老板他们一定是犯事了，难怪小红这么久不来了。当然啰，过去方爹见过的封门是胡来，如今是执法。方爹二话没说，便进屋去收拾东西，准备走人，他是有觉悟的人，知道这种事情不能问的。他只花十来分钟便收拾完毕，就两个编织袋便装完了还值得带回去的东西。

法官用他们的车把方爹和他的狗送到白沙市的长途汽车站。方爹想对法警们说一句话，在肚子里磨了好一阵，才鼓足了劲说出来：我想说一句话，就一句话，不知当说不当说。法官客气地说：您老说吧说吧。方爹便说：我担心那一园好草木呢，它们一天都离不开人的，不要亏待了它们呵，它们是没犯法的。法官说：您放心，您放心，一定会看好它们的。法官见方爹仅是两个编织袋的家当，便主动给方爹买好了一张回乡的车票。法官还对司机说：破个例，让这老人家把他的狗也带回去吧。方爹很感激，按规矩，这么大的狗是不能坐班车的。

离开丽庄的时候方爹没有再回头去看看园子里的朋友。幸好在此之前他仔细地看过了它们一遍，不然他会后悔一辈子的。方爹收拾好东西后是打算和它们告别的，但他没有了勇气，他不敢看它们的眼睛——那无数双和他一起度过了艰难困苦的眼睛。它们都是精灵呢，会看出来他此一去便会不复返了，那么它们会很难受的，何必大家难过呢？所以方爹选择了悄悄地离开。不过，现在法官答应了看好它们，他也就放心了。但是，当汽车开动的时候，方爹想起他的朋友，他的眼睛还是模糊了。他赶紧将黑子搂到胸前，黑子便懂事地舔了舔他的青筋暴突的手，这样他的心便平静了些。方爹想：这回去要办的头一件事，是要把借村长老徐的钱赶紧寄给他。

2005年《山花》12期；

2006年《中篇小说选刊》2期转载

酒　人

冠爹，北方人氏，方脸阔肩直背高个厚嗓一口标准的北方话。北方不兴称爹。长江南岸这一带地方，"爹"是尊称。入乡随俗，忽一日人们冠他一个"爹"字，骤听去不适，却也乐而应之。在任局长时，有人不称他局长喊他冠爹他也没有什么想法。冠爹是个大气的人，不拘小节。某个战争，他所在的那个班只剩下他一个活口，对于他这唯一生存下来的人来说，世上还有什么值得计较的呢？

某个轰轰烈烈的年代，一种神圣的需要，他在长江南岸一个繁华的地方打住了下来，安营扎寨，娶一娇小的嵇姓南方女子为妻。女子矮他一头，弱声细语，唇红齿白，极其的妩媚与温顺，对战争故事很崇拜。

他妻子老稔先生下一女,视若掌上明珠。老稔是事业型的女人,她与冠爹商量:节育。不再生。那时候,冠爹和许多人一样不知"节育"二字作何解释。老稔向冠爹做过解释后,冠爹当即赞同。莫看冠爹文化低,又来自农村,却没有那种要养儿子传宗接代的封建思想。他班上的战友都为反封建而捐躯,他在生的能封建吗?

一回冠爹进北京开会,归来时闷闷不乐。老稔问其原因。冠爹说:一个战友,打仗时丢了一个睾丸,后得了美妻,却不生育,很痛苦,想孩儿想得发疯。老稔说:怎不领一个养?冠爹说:要是同意领,就不成问题了,问题是两口都不同意领,说领的不亲。我那战友,思想很僵。他们好羡慕我们养了。冠爹肠子直,放不下烦恼,这事闷了三天,终于鼓足勇气对妻子说:我说老稔,是不是……把我们的蓉蓉,送,送给我那战友养……我们还可以养……老稔说:你怎不早说呢?

这样,冠爹同老稔抱着小蓉蓉去了北京。那战友乐得不得了。因冠爹与他是枪林弹雨中的生死之交,冠爹的骨血便如同是他自己的骨血。

老稔那是第一次去北京。在天安门单独和冠爹照了张相,算是结婚照之补。这帧照片后来一直挂在他们床头。

蓉蓉留在北京。冠爹与老稔坐火车回了南方。反而冠爹很惦念孩子,老稔却没什么。不久,老稔又生一千金,取名莲莲。芙蓉花和湘莲都是老稔家乡最具地方特色的东西,老稔很亲切地拾来为孩子命名。冠爹不管这种事,自认文采不如老稔。

莲莲一直同父母生活,也常去北京看姐姐蓉蓉。后来,莲莲成了家,也住在父母家中。崽和女,都是她,那是不能住出去的,不可使父母亲孤单。

冠爹的爱好是喝酒，聊天。

那一年春节，冠爹在老嵇乡下老家过年。老嵇的家乡是远近有名的酒乡，家家户户会蒸酒。历史上也能数出些出色的蒸酒师傅来。闲冬里是蒸酒的季节。乡里到年关那是都要喝点酒的。冠爹在这个饱浸着酒香的山村里，高兴地坐在热气腾腾的作坊中，看农人操作，农人就舀了刚出甑的热酒请他喝。冠爹便是这样被那佳酿征服的，从此迷恋酒，万喝不厌。

这一年，冠爹被任命当负责干部。这一年，老嵇怀上孩子并生下了八斤半的蓉蓉。她那小巧身子不知怎么能生下八斤半孩子来，临产时，医生都深表忧虑，告诉夫妇俩说要作剖腹准备。冠爹说不碍事的。待老嵇上产床作痛苦状时，冠爹从身上偷偷摸出只小酒瓶，要老嵇喝一口：酒力酒力，酒是有力的，借酒力可以一鼓作气生下来。老嵇真个避开医生护士眼目，吸了冠爹的酒，旋即"扑哧"一笑，八斤半"哇"的一声就生下来了，无比顺利。这一年老嵇还从乡下卫生院调进市里，分了房子，被安排在一个科研单位工作。这一年，万事顺畅，数喜临门，受过些乡间迷信思想熏陶的老嵇，想来想去，把这些福气的来源归结到丈夫喝酒上。酒主喜庆，冠爹从滴酒不沾到突然与酒为伴，是奇事。所以，老嵇后来要支持丈夫喝酒。还有一个原因：她那酒乡的男人，个个是海量，因此力气大，性情豪爽，设若她的丈夫不喝酒，肯定是一大憾事，她也就不好在乡党面前谈她的丈夫了。

那一年冠爹的老上级找他谈话，要他去负责一个部门的工作。冠爹说：还是让我留在机关当科员吧，留在您身边工作。老上级说：你有什么想法？冠爹说：我现在染上了喝几盅的不良习惯，怕因酒误事，去抓一个单位，不是好玩的，一人误事，误了百人。

老上级说：组织安排要服从。酒可喝，但不能醉，只要我还活着，就不能听说你喝醉酒。老上级的长脸如刺刀般刚毅、冷峻，不容他再辩解、推诿。这使冠爹想起：某次战斗，某山包拿不下来，这位其时当营长的老上级，血红了眼掏出驳壳枪，振臂一挥，吼一声"冲啊！"率先跃出掩体冲向枪林弹雨的情景。

从此冠爹告诫自己：酒可以喝，但不能醉。几十年下来，果然就没醉过。

但是冠爹要求老上级为他派个有能力的副手。他不怕丑，道：您也晓得，我肚子里就那几滴墨水。那是个知识分子成堆的地方，我心里怕……怕个鸟！打仗冲锋脑壳提在手里跑你怎么不怕？老上级说。那，那我就不怕！冠爹说。不过，老上级还是给他配了个精明强干的副手。

冠爹对那没有战功无资历可言的副手说：你放手干，我协助你工作。副手惊诧：怎么是你协助我？我协助你是天经地义。冠爹说：我讲的是心里话，你那是大道理。冠爹又说：今后，喝酒归我，掌权归你。那副手推推眼镜感动得说不出话来。回去对同样戴眼镜的老婆说：看来不为这种人拼死舍命干是不可能的。

副手老钦，能力很强，较弱的是群众关系。

冠爹去这个使人提心吊胆的单位上任，很多人替他捏把汗，包括老嵇。这个单位一年赶走三任头头。冠爹和老钦是该年度该单位的第四任负责人。冠爹既然答应来这个单位，就不觉得有什么难了。枪子儿都躲得过来，世上还有什么难的？冠爹安慰老钦：那里又没老虎，有老虎也不会吃我。

又是年关迫近，干部职工家里，那是家家户户都要备过年酒的。冠爹走马上任，一切通常的诸如见面、开会等程序都免了，他一家一家去拜访。该单位的人都多少打听到这位新任长官喜欢喝两盅，于是家家都敬酒。冠爹也就不客气，喝。喝酒时聊天，不言及本单位的任何事情。冠爹文化不高，记性却是出奇的好。许多年来东西南北听到过的种种杂闻杂学，都留在脑中。和冠爹喝酒聊天是不会寂寞的，什么话题冠爹都能沾点边，而且不固执己见，遇到反驳，他不皱眉，还乐呵呵地认真听取。因此，任何一个生人，同冠爹喝酒说话，不一阵，即可解除所有思想戒备。冠爹那颗心就泡在酒里，透明的看得见。

一场酒喝下来，冠爹所去的这个乱糟糟的单位，气氛大不一样了。据说这个单位很长时间以来，连会都没有开过一个完整的。但现在有人催冠爹：怎么不开一个会？一直到大家都想开会了，冠爹才通知开会。会议室竟破天荒地坐满了，就连下乡的也赶回来参加冠爹的会。冠爹讲话，大家热烈为他鼓掌。冠爹眼睛都有些湿了。他只说了两句话。第一句话：你们这些学问家这么赐我这个半文盲的掌声，真是受当不起。第二句话：要我来这里干，全靠大家抬举，请诸位多多关照。完毕。于是掌声又起，经久不息。为他的简洁和真挚。下面由老钦谈谈工作，大家欢迎。冠爹提议。大家看冠爹的面子，也赐了老钦掌声。老钦深受感动。这个单位以往的傲气，老钦是熟知的。

这个让市里头疼的单位，冠爹去的这头一年，便一跃而为全市的先进集体。老上级找他去，问：都有些什么经验？冠爹说：经验么，我们老钦写了专门材料，请他来给您念念。我是问你。老上级说。冠爹说：我想不出来有什么经验。我还是我，他们还是他们。老上级说：可是这个单位发生了变化！他说：对，发生了变化。老上级问：与你喝酒有没有联系？有人向我反映，说你家家去讨酒喝。不错,冠爹承认:要讲经验,这也是一条。老上级问:你这一年没喝醉吧?差一点,冠爹道:年终总结的时候,全单位,个个都喝,差一点被他们灌醉,大家为评了先进集体,要一醉方休,这些人,嗨,可爱起来,像个孩子。老上级说:公费喝酒庆功啊?冠爹说:各自把家里的酒都拎到会议室来了。

没有听说过喝酒带徒弟的,冠爹就带过不少徒弟。有些是因为酒本身的原因,有些是冠爹的魅力的吸引,还有一些非酒的因素。

很早的时候,有位青年当冠爹的秘书。那青年很有才华,但是性情急躁。那时候冠爹的酒龄还尚浅,却准备带徒弟。他很爱惜这位青年秘书,便带他喝酒。就俩人,各持一个小酒杯,内装一两酒,兑着夜色,把一些本来极短的话题拉得又长又细。说着话,无数次碰杯,一直到夜深人静时,才最终干完这一两酒。依得这青年的性情,这杯酒不过是"咕噜"一口吞下的工夫,那些话题,顶多费十把分钟便可了结,偏偏就拖延出四五个小时。

这青年后来出息了,很快又在冠爹职务之上。他是深悟了酒道的深奥的,并认定冠爹是他喝酒和悟出酒道的师傅,每年过年,定要和师傅找个僻静处,像以往那样细细慢慢地喝一回。

冠爹还有位酒徒叫吴尚。有一年冠爹被派去农村办点,当队长。吴尚是从外单位抽调来的,在他手下当队员。这吴尚活泼,多才多艺,组织起个文艺宣传队,唱戏,活跃农村文化。不久就有本队队员向冠爹反映,说那吴尚和个别女演员有些不正常来往,眉来眼去的。冠爹当即告诉这队员:你的提醒是对的,但切记不可对外胡乱说什么呵。捉贼捉赃,捉奸捉双,无凭无据的事张扬出去了,会伤害同志。

某个无戏的傍晚，吴尚洗澡、剃须、换衣服，吹欢快的口哨，老望天。盼天快黑。天黑下来，有月亮朦胧腾起时，吴尚打着手电，唱一句快马加鞭什么的，准备出门。出门就碰上了冠爹。吴尚只好缩回脚，点上灯，请队长坐。冠爹不看吴尚脸色，望着那一弯月亮，道：今夜月光肯定好。吴尚说：那是当然。冠爹便告诉他，这种节令、这种气候、这种自然征兆应是如何推断月色。吴尚道：想不到你这北方农村来的人会看南方的月光。冠爹道：既然是来蹲点办队，就要学些农村知识。吴尚说：人家喝酒是越喝越迷糊，您老是越喝越精明。冠爹道：这与酒有什么关系呢？吴尚道：据说您的所有行为都与酒有关系。冠爹叹曰：那就糟透了。看来我喝酒是臭名远扬了。吴尚更正：不，不，正相反，是美名远扬。冠爹道：如此说来，看来你也想学着喝点啰。吴尚推辞：可惜我从未沾过酒，我的那个家族都不会喝。冠爹说：看来这恰恰就成为你那个家族的不足之处，应由你来弥补它。怎么样？我免费带你这个徒弟，今夜月色很好，我们去河边沙滩上，赏月，喝酒。正好我爱人托人捎来了刚出甑的谷酒，还炒了花生米。吴尚道：今晚？冠爹道：就今晚。今晚队里不开会，难得有空。吴尚脸色开始变化，推辞道：可是今晚，今晚，不能从命……冠爹说：什么从命不从命，一开始喝酒，就不存在上级下级、父亲儿子、外人内人关系了。酒场上人人平等，这样才算喝酒，走吧，走吧。吴尚踌躇：可我，还有点小事……什么小事大事，老婆不在，孩子不在，哪有那么多婆婆妈妈的芝麻皮屑事。走，师傅请徒弟喝，你还有什么说的？

这样，吴尚十二分不情愿地被队长邀着来到一处美妙的河滩。一直喝到夜深，露水把脑壳打湿了。吴尚心不在焉，努力应酬冠爹。

这晚吴尚喝了一两。冠爹总结说：慢慢来。喝酒，不在乎能喝多少。酒的高妙之处，不是以量来体现的。冠爹的这个酒论，吴尚并没有当场听懂。

第二天傍晚，吴尚吃过饭就来找冠爹。他们每人办一个小队，白天都分开活动，多是晚上碰头。吴尚很激动的样子，问冠爹：队长，今夜不开会吧？答：不开。今夜我请您喝酒。队长笑：徒弟孝敬师傅，还是继续喝我的？答：当然是徒弟请客。您看，酒和花生米都准备好了。吴尚晃晃手里的一个纸包。冠爹喉咙里一响，响应道：又是明月兑美酒，何乐而不为？容我洗双脚——又是河边？吴尚答：又是河边。

双双赴了河滩，在银白色的细沙上席地而坐。吴尚摊开报纸，取出两只小杯，斟上酒，与冠爹碰碰，然后一饮而尽。冠爹道：不可暴饮。吴尚道：今日我是正式拜师，先饮为敬。冠爹慢慢品一口酒：此话怎讲？吴尚很激动的样子：您不晓得，这酒让我避了一大灾哩。您讲过，酒场上，都为友，现在不是上下级了，我要对您说一件事。吴尚再倒酒时，手按捺不住地发抖，被沙滩吃去些许。

原来这吴尚，排戏时与一乡中标致年轻女子话来语去，眉来眼去，不久就酿出些情感来。这女子的丈夫在县人民武装部供职，不常回家。这女子活泼好动，喜爱吴尚的才气与风流。吴尚也抵挡不住诱惑，于是就必然要生出些超同志关系的亲昵来。但仅仅是亲昵怎能满足如天似海高阔的野心呢？昨晚冠爹来约吴尚喝酒，正好是吴尚同那女子约好了去她家中，做一回不再是偷偷摸摸、躲躲闪闪的情感宣泄。冠爹不由分说就误了他的好事。那一杯酒，于吴尚是又苦又涩又长。

那晚，吴尚通夜没睡好。早晨起来，懒懒地吃过早饭，就急忙去那情人家中致歉。推门进去，那女子房中立着一位军人，正在穿衣，那女子则容光焕发地在梳理一头秀发，一对男女眼里，露出动人的满足和慵倦。

那男人，是出差路过，半夜时分赶到家中的。

吴尚结束惊险故事，去额上擦一把冷汗，说：队长，要不是您昨夜拉住我喝酒，今天我就是阶下囚了。那可是军婚哪！军婚！我的个天。我当初怎么就没往军婚二字上想呢？咳，咳，我吴尚今晚仍能举杯赏月，全搭帮您挽救。您是不是晓得我要去干傻事才拉我喝酒呢？冠爹不说巧合也不说他是否有意，只是说：喝酒避祸，好事，好事，下莫违例啊！吴尚道：不要前途了么？所以我正式拜师，来与您学酒道。冠爹说：其实，你现在就脱师了。这个酒徒后来调走了。但只要路过或来到这个城市，就一定要来同冠爹心平气静地喝一回。

冠爹后来当局长，仍向老上级提出来，要老钦当副手。老钦和冠爹共事多年，却没有沾过酒。冠爹没有动员他喝的念头，说：俩人都喝，不好。

有言道：会打打里伤，会水水中亡，说是打架和游泳的高手，最终都可能栽在本行。冠爹没有摆脱这种说法，悟酒道数载，还是在酒中栽了跟头。

冠爹的老上级的老上级，从一外国友人手中拉来了一笔可观的资金，冠爹的老上级从老上级手中把这个项目要来了，想要为本市增添些颜色。老上级把这个来头不小的中外合资项目郑重其事地交给冠爹去办。冠爹物色对象再三，又郑重地交给他的一位酒徒去办。谁料人心难测，这位实在有些功夫的酒徒，在出入过几次香港、澳门之后，竟淡漠了中国南方谷酒的天然香味，被大将军和白兰地灌醉，以致独吞巨款，远躲他乡，使工程停滞四月之久，损失严重。这场失误，非同小可。一级一级查下来，硬担子搁到了冠爹身上。不坏事，酒为福气喜气，附在冠爹身上。一坏事，就全怪在酒上。满城人讲：某局有位酒局长。说他喝酒误事，终日醉醺醺。说他作报告也是酒报告，一边是报告，一边是酒，呷一口酒念一句稿子。如此重要工程，不讲党性讲酒性，迷迷糊糊托付给一个酒友……

老上级找他去，黑着脸问他：都听说了？他答：都听说了，全怪酒。老上级说：你喝酒的美名，还传到首长那里去了。冠爹始终未能见到这位首长。当年那场艰苦卓绝的战斗便是这位首长指挥的，冠爹和他的老上级都十分地崇拜他。老上级说：现在好了，我和你，都毁在你那酒上。这是飞来横祸，实在与酒没有什么关系。但冠爹不这样作解释，自认倒霉。已成凄惨事实，还解释什么。老上级叹一声：唉，看来你我都免不了处分。冠爹一肩挑了：这与您有什么关系？都是我的错嘛。我写份检讨，交上去，交给老首长好啦，就说我喝酒误事好啦，反正说与酒没关系，谁也不会相信了。老上级说：其实，我也有错。冠爹说：您不能说这个话，千万不能说。您现在往上走的呼声很高，不可胡乱毁了自己。

老上级痛心地说：那你……就要付出些牺牲。

冠爹拍胸膛：我一肩挑了。不过，有个请求，我不干了，让老钦来干。

老上级道：那是组织上考虑的事情。

冠爹被免职。原因是因酒误事。

冠爹回家去告诉老嵇：我被免职了。看来要戒酒。老嵇说：免职和戒酒有什么联系？冠爹说：偏偏我被免职是与酒联系在一块的。我那老上级的老上级，都说我是个酒糊涂。老嵇说：你不认为你是酒糊涂就行。冠爹说：你还支持我喝？老嵇道：你要真成了酒糊涂我就反对。冠爹一喜：有你支持，我照喝不误。

冠爹被免职，朋友和老同事老部下都来邀他去喝酒，都说：要是你因一个鸟处分就不喝了，那才不是你冠爹，大家也就枉和你喝过。

冠爹觉得很温暖。在位和被免职，没什么两样。那个老钦，一有事还是像以往一样来同他商量。冠爹说：现在你主持工作，怎么来问我？老钦眨眨城府很深的眼睛：不出三个月，你必须再坐那张办公桌。冠爹道：你真会说笑话。老钦笑笑：我讲了，不出三个月。

果然，没出三个月，老上级找他去谈话：你还是回到你那个位置上去。你们那批酒友，不要命地在首长那里为你开脱，论证你喝酒没有误过事，现在首长居然不认为你是酒糊涂了。

冠爹在心里佩服老钦的预见：他妈的好你个老钦，还真有点判断能力。又想：或许就是你这个老钦牵头上告。这人笔上强。冠爹还嗔怪那批酒友：这样不好，打抱不平，江湖上的习性，干扰首长不好。

老上级的谈话,冠爹听来并没扬眉吐气，很平静，道: 说心里话，事是误了，但怪不得酒。老上级说：骄傲了吧？冠爹沉吟一阵，找老上级讨了一支烟抽，抽几口，咳了好几声，扔了，然后对首长说：我看，我还是莫回去了吧。我不想在行政上再干了。老上级说：怎么，有情绪？冠爹说：没有。我什么时候都没生过情绪。

我有个想法：还过两年，我便要离休了，到了年龄，都要一刀切的。现在已经出来了，又回去，好麻烦。我那副手老钦，比我小两岁，和我干了好几个单位，不能老当副手啊，还不扶正他，再没机会了。我就提前退了吧，腾个位子给他……老上级严肃地说：我说是不是你的酒性又发作了？你还讲不讲组织原则、党性原则？共产党的官，可以做人情的？可以让的？冠爹说：大道理我当然明白。我现在是用您的士兵的身份向您作这个请求的。老上级望着这个当年在战场上很勇敢的半白了头的士兵，沉吟一阵：你又要丢掉一个机会。冠爹说：得失得失，说不清的。得到了，会失去什么。失去了，可能又会得到什么。老上级说：考虑考虑你的意见吧。

老钦超提拔年龄当了局长。冠爹提前退线当了顾问。仍同住一个院子。老钦一如既往来同冠爹商量工作。冠爹对他说：凡是要我出面办事或是陪酒，喊我，其他任何事我不愿再听。

后来要搞经济的呼声越来越高，老钦主持的这个不怎么搞经济的局也按捺不住了，欲随形势走一走。要搞活经济，就总离不开酒，生意多是在碰杯中完成的。老钦和局里同志去请冠爹出马。冠爹二话不说：行。不过，政治关你们要把握，我只管陪饭陪酒跑跑路。

这样，冠爹又成了大忙人。陪酒不说，还经常北京、广州、上海、天津、内蒙古、海南四处奔跑。他的战友多，四面八方都有，而且大多是有权批条子的。因此不久，老钦的事业在冠爹强有力的支持下，便轰轰烈烈地开展了起来。

一次，老钦专为冠爹办一桌酒席，设在局里新辟的一个小餐馆里。听说去吃餐馆，冠爹就不悦：公费还是私费？老钦说：敢用公费请你吗？老钦又说：就我们俩。四菜一汤外加谷酒。不过，不妨告诉你，价格上优惠百分之二十五。冠爹勉强去了。在一雅致的席间坐定，早有人备好了酒菜，老钦举杯敬冠爹：你是劳苦功高，局里能有今天这个样子，你的功劳，少说有一半，我敬你一杯。冠爹惊诧：你什么时候学会了喝酒？老钦说：现在这形势，不学着喝，站得住脚吗？冠爹说：你几十年没喝，不也站住了脚？老钦道：我说了，形势不饶人哪。怎么了，你带了那么多酒徒，就不开我的禁？冠爹无话。

　　冠爹这顿饭吃得无味，闷闷不乐地走回家对老嵇说：老钦现在也喝酒了，而且喝得还挺见水准的。

　　睡到半夜，冠爹还没合眼，继续想这件事，耐不住，推醒老嵇，忧心忡忡地说：老钦是不该喝酒的。

　　最后一个登门找冠爹喝酒并要求学徒的，竟是冠爹的老上级。老上级乐哈哈地说：都说你喝酒很有些魅力，现在我有时间来试验你的魅力。冠爹晓得：可望再上一个台阶的老上级，却相反安排到了二线。说是老上级，其实比冠爹只大两岁。老上级这个级别这个年龄，正是大可以一展宏图的时候。看着老上级强装乐观的样子，冠爹心里痛。

　　冠爹苦笑着迎他，说：十分可惜，您来迟了，我现在戒酒了。

　　很多很多人晓得冠爹戒酒了。老上级或许也听说了的。很多很多人也晓得冠爹戒酒的原因。原因是和他共事几十年的老搭档老钦，被手铐锁上了推上警车，"呜"一声给拉走了。冠爹的感觉很对，老钦是不该学喝酒的。酒对很多人是福，对某些人却是祸。冠爹没有能制止住老钦喝酒。因老钦在酒上误了事而使他彻底地没有了酒兴。

老上级并不恼，说：既然你戒了，我也不能勉强你。可是你该不反对我喝吧。冠爹忙从柜里拎出酒坛来，倒酒。老上级说：我今天是头一回喝酒，八十岁学吹鼓手。冠爹说：现在学，为时也不迟。老上级说：我记得你对我讲过一篇得失方面的话。冠爹道：我还坚持那些观点。于是老上级开始独自饮酒。他是个大刀阔斧的人，学不来冠爹的喝法，一口便要吸去半杯，不一阵就舌头硬了。冠爹并不制止，酒风应是随心性而存在的。后来老上级钝着舌头，结结巴巴地说出一些话。大意是他这大半生来，真正昧着良心做的一件事，就是那年处分他冠爹。他想要牺牲他的利益而为自己添一份资本，结果他妈的……冠爹没有弄清楚老上级要说明什么。但看他那一脸的疚意，似乎又明白了什么。反正酒场以外的世界肯定是复杂的，冠爹懒得去想那些。老上级不久就喝醉了，冠爹送他回的家。

老上级后来告诉冠爹：他一生就只喝了那一次酒，以后没再喝。但喝过那回之后，人就真正轻松了。这以后这对老战友常串门，却不喝酒，淡淡地对坐。

戒酒以后的冠爹，在家里并没有戒，常和老稔、女婿、女儿们以及外孙共同喝点。外孙三岁就能陪外公喝，这孩子有时叫外公，有时叫爷爷，这叫法实在让冠爹开心。但冠爹不再和任何外人喝酒，包括那些酒友酒徒。

1992 年《青年作家》6 期

洪　鼠

洞庭湖区的七月，是一个人们不敢轻松和酣睡的季节。

七月，涨水的季节。洞庭湖每年总要动人心魄地做一次水涨水落的表演。

这年的水涨得很大。

在南洞庭湖水域众多的垸子里，我们太平垸的历史不算久也不算短。自从我们的祖宗迁徙到这里并围起这个垸子来以后的一些年份内，我们的先人还未曾经历过这么大的洪水的包围。每年大水悄然而至的时候，我们的先人便不再睡觉，昼夜在堤坝上巡逻和做着种种防范，以应对那温情脉脉却可能潜藏着的一个巨大阴谋。紧贴着湖水低翔的鱼燕子、不断跃出水面的河豚、随波逐流漂过来的白色的水泡沫、堤坝内外乱扑的蜻蜓和飞鸟、满地乱窜的虫蚁和青蛙、跑出洞来的变得异常温和的蛇和蜈蚣、关在笼子里的哪怕是碰得头破血流也要冲撞出来而跳到屋顶和树梢的鸡鸭、牛和狗可怜巴巴的哀鸣且再也不肯进食等，种种迹象告诉我们的先人：大水要来了！尽管南洞庭湖的上空白云缭绕、蓝天晶莹、风和日丽，毫无阴谋的预示，大水还是要铺天盖地而来。

我们那些被天象和物象的种种提示而迅速调动了警觉的先人们，站在自己用血汗精心垒筑起来的垸堤上，借助熹微天光，发现那无声流溢的大水不由分说便淹没了外湖那些高低不等的芦苇滩。那挺直腰杆的苇林一丛丛一片片开始东倒西歪，分化瓦解。当视觉更为清晰一些的时候，人们看见苇林在慢慢变矮，可见大水的上涨速度是如何的迅猛。虽说大家看见的湖泊的面孔依旧是那般平静恬淡，但明白地感觉到擦过堤身的大水的力量非同寻常。倘若把堤坝当做是一扇门，大水这位试图闯进门来的汉子，不是用叫喊敲门甚至拳打脚踢的方式来实现其企图，而是闷不作声地使用肩膀凝聚周身气力来一举攻破这本来就不堪一击的工事。这时无声胜有声，阴谋就隐藏在静默中，于是所有贾姓族人的心里都像灌了铅似的沉重。这是不容人轻松的真正的时刻来到了。

太阳一杆高的时候,远远近近高滩上的芦苇陆续受到了威胁。湖泊的面积越发扩大，而苇林的版图正在很快地被大水温和而贪婪残忍地吞食。在最后一片湖洲也不复存在了的时候，一幅奇异的令人惊恐不已的景象发生了。在明媚的阳光清晰的照耀下，这幕戏剧从开始到结束一丝不漏刻进我们那在场的先辈的脑海里而永世忘却不了——

人们视野所及范围内，浊黄的缎子般平坦柔软的湖水上，突然铺上一床黑色的"毯子"，这床"毯子"竟在一瞬间便越铺越大，徐缓地朝太平垸荡来。"毯子"上饰了些白色的不断闪烁的星星点点，这景象煞是好看。但是待人们明白这是怎么回事后，巨大的灾难也就无可避免地降临到太平垸的土地上了。

在那床黑色的巨毯席卷而至太平垸的堤坝上的时候，一个算是防汛指挥部的芦苇棚子内的权威赫赫的铜锣很快就敲响了。这凄厉的声音在一坦平阳的太平垸的上空传开，所有在垸子内忙碌的人们便飞快地往堤坝上跑。这铜锣是不会轻易敲响的，随着它的鸣响便告诉所有这个垸子里的生灵，他（它）生命中最关键的考验也就同时降临了。就是猪狗牛羊，一俟捕捉到这个声音，无不耳朵倒立，毛须竖耸，胆战心惊。这洞庭水域的生灵与生俱来便携有这份恐惧和敏锐。

我们那陆续奔上堤坝的先人，没有发现大水捉弄我们太平垸这小小堤坝的迹象，看到的是那床厚厚的黑色"毯子"从湖水中翻上堤坝，再从数里长堤上席卷过来拥进长满成熟而丰富的庄稼的垸子。

这床巨大的流动的黑毯，竟是由无数老鼠织成的。那些白色的星星点点便是鼠们那锐利无比的眼睛。鼠们寄生的广阔而富饶的芦苇滩最终被大水一寸一节吞没后，它们便互相衔着尾巴，拼命舞动着小小脚爪，踩着浊黄的碎波，向新的陆地寻找生命的依托之处。当我们的先人意识到我们太平垸的财力物力无法承受这些不速之客而试图敲响铜锣召集百姓加以制止时，一切都来不及了。

通常的概念总是老鼠怕人的。上天给予老鼠那双锐利的小白眼是帮助它们夜间作案的。当我们那些守卫堤坝的先人发现滚至眼前的黑毯是鼠阵时，还用通常的概念指导自己，挥舞着锄头大声吆喝企图把鼠们赶打转或者赶到其他地方去。他们还没有理解到它们已是家园覆灭,无路可走了。濒临绝境中的畜生大概同人一样,死都不怕还有什么可怕的呢?说时迟,那时快,在晌午艳丽的阳光的照耀下,为求生而失去了怕的天性的鼠们一阵风就摆脱了大水的侵吞挤上了它们可以大显身手的陆地。那些猩红的尖嘴巴纷纷松开同伴的尾巴,尖厉地发出死里逃生后胜利的狂呼,目中无人地呐喊着向太平垸冲锋。待我们的先人明白过来昔日对于老鼠的理解应该改变、太平垸将蒙受鼠灾的威胁时,那千千万万老鼠齐声发出的尖厉的啸叫已经淹没了巨大湖泊的涛声,人们的耳膜像被无数根针尖刺击一般疼痛难受。肆无忌惮的鼠们视人为草芥,从地上、草上、人身上、苇棚上,疯狂地闯过去,竟直翻进温暖安宁的太平垸。那些守堤壮汉一个个目瞪口呆,一时还没明白过来这究竟是怎么回事。

这时那巨大的黑毯已经潜入太平垸的青纱帐内,待人们揉揉眼睛定定心神再去寻找那些小小兽物时,便见田地里那被果实吊弯了腰的稻谷一片一片齐刷刷地倒伏下去,像无数矮人隐身于稻秆中一齐启动镰刀收割。眼看快要进口的粮食很快便一片片毁灭于那些刚才还发出厉声啸叫的尖削的小嘴中,这些被大水围困数日的生灵的饥饿程度可想而知。那刺耳的啸叫声现在变成有滋有味的吞噬和咀嚼声。这野蛮而贪馋的咀嚼声意味着什么呢?于是很快便爆发了一场天昏地黑的争夺粮食的人鼠之战。

"打老鼠啊,打老鼠啊!"这号子顷刻响透这方不算大的天地。男女老少都以百分之百的精力投入了战斗。我们那急于去鼠口夺粮的先人完全失去理智,没有人顾及堤外的洪水了,护堤大计已置之度外,所有人都红了眼睛来对付这更现实的敌人。在遍地皆是的鼠阵中,人们用锄头砸用棍棒打用脚踩,不一阵就溅满一身的鼠血鼠肉，人人脚下垒起一堆堆鼠尸。然而鼠们还是前赴后继，队伍源源不断推进。锄头砸坏了，棍棒打断了，脚板蹬麻木了，血肉蒙了眼睛，于是就有人用手抓着老鼠撕拉甩打。总之，人们使尽了浑身解数仍不能阻止鼠们的破坏，只能眼睁睁看着那成群结队的老鼠继续收割青苗，看着那些得意的畜生一只只撑圆肚子。而我们那些累垮了的先人，无不伤痕累累，身上留下了数不清的牙齿与利爪刻出的印痕。

所有太平垸的猪、狗、牛、羊竟也投入了这场战斗。猪、牛、羊用自己的蹄子作为武器。狗则放下"狗捉老鼠多管闲事"的架子亮出了自己结实的牙齿，吠声震天，助长战威。后来，在我们的先人打扫战场时，发现在一片片一堆堆的鼠尸中，也壮烈地倒下了一些猪、牛、羊、狗等牲畜。那些疯狂反击的鼠们，有的钻入牲口的耳朵，有的咬烂眼睛，有的索性勇敢地献身而闯入喉咙和肠肚，阻滞呼吸和抓烂内脏——先人们在解剖家畜时，竟在几位"烈士"胃肠中取出数只老鼠。

鼠血染红了大片田地。

鼠尸的腐臭气味在七月的天气里的传播，使我们的先人无法吞咽下食物，呕吐声比比皆是。而得以迅速繁衍的绿头苍蝇则像云彩一样笼罩着太平垸的天空，不见日光。于是很快就倒下一批体弱者。大家明白：这是鼠灾造成的恶果，但是谁也不晓得该如何去应对这种怪病。这样的课题令一切江湖郎中无计可施，只好眼巴巴地看着同胞闭上眼睛。

鼠灾过后，在我们太平垸的疆土上，增添了一些新的坟堆。那些醒目的黄土在我们那日出而作日入而息劳作的先人眼中，很久很久才有些改变。接着他们度过了一个漫长的冬天和一个漫长的春天。田土作物被那恶鼠日夜偷袭后所剩无几,饥饿者眼里的日子是又苦又长的。黑夜怎么也不肯降临,太阳总是挂在空中。肚腹干瘪的人在无法满足饱欲时便寄希望于黑睡的麻痹。一直到闻到了来年的稻子的芳香,人们才相信这条漫长的道路是真正快要走到尽头了。

这样,我们可以想象我们的祖宗与老鼠结成了多么深的冤仇。

这以后的一些年里,我们整个族人的最大业余时间和兴致,大概全用于捕杀老鼠的事业上。这既是每一个深受鼠害的先人的神圣义务,日久演练,亦成了一种游戏。不久,我们的先人个个成了捕鼠专家,发明了种种奇妙的工具。在广袤的南洞庭湖区,人们一俟谈起"贾"姓人,大家的第一印象便不约而同是"哦,杀鼠好手"。

那时候我们族中有一个叫做"艮"的,是个身份、威望和辈分都很高的长者,为捕杀老鼠在族人中留下了不朽的业绩,堪称后辈楷模。

每当大水来临的季节,他总是钉在一个显要的位置。当黑云般卷来的老鼠人侵太平垸的时候,他是在场的保持了清醒头脑的不多几人之一。他看到这批如蚁鼠阵中,有一只硕大的老鼠被一群粗壮的老鼠死死保护着左冲右突。艮认定这便是这群老鼠的首脑。"擒贼先擒王",他懂这个道理。所以一投入战斗,他便瞄准着这只身躯大于普通老鼠至少十倍的行动迟缓的鼠王。在响午和正午明亮的阳光洗照下,他步步紧逼那只有着一个猩红色鼻子的罪魁。他还发现那只老鼠肚子下面有一撮白毛,以至奔跑时时时标出位置。鼠王发现艮在追踪它,便与艮展开了持久的周旋。

一群又一群粗壮的勇士为保护它们的皇帝,不惜牺牲自己以拦截艮的追击。回过头来反扑艮,不顾一切张开利嘴施展利爪蹿到艮的身上,进攻眼、鼻、口、耳等要害部位,用以动摇艮的追踪信念。艮先是砸弯了锄头,打断了木柄,然后用手撕扯始终扒满一身的那鼠王的御林军。他无心和这些喽啰恋战,一心追杀冤头债主,只是扒开那些企图堵塞视线和口鼻的老鼠,至于鼠们在他身上的其他部位的撕咬已全不作计较,也无暇去顾及那份疼痛。那鼠王的御林军还不时凝成一团,不时绊倒前进中的艮,用此以阻止艮的行进速度,给鼠王创造且战且退巡回指挥的机会。艮恼怒至极,却奈何不了打不垮杀不绝坚韧顽强的千军万马。艮最终还是眼睁睁地看着鼠王率领它那仍很强盛的残鼠逃窜。其时他耗尽了精力,跌坐在泥田里再也爬不起来了,那离他只有丈余的鼠王竟还倒转过身子朝艮靠近几尺,悠闲地由侍从们簇拥着,尾巴支地面对面与艮对坐。它还风度翩翩用嫩红的脚爪洗着脸,并抚弄着猩红的尖嘴两旁的几根又长又粗的胡子。鼠王得意地朝艮眨了几个白眼后,一转身,伸一个懒腰,由它的粗壮的侍从抬着,"呼"地便溶进一丛草中,顷刻间逃遁得无影无踪。艮被近在咫尺的鼠王的傲气激得捶胸顿足,却怎么也拖不动身子最后去一搏,不禁胸口一闷,吐出些鲜血来。一个堂堂汉子被不足挂齿的老鼠戏弄无论如何都让人想不开。这在我们先人认识世界的历史上也是绝无仅有的事情。遍体鳞伤的艮被族人抬走后,从此就下定了决心要在有生之年与那鼠王决一死战——除非那鼠王在大水退后,带着它的兵将重又回归到它们的老巢,不再在太平垸为非作歹。

　　伤愈后的艮不再理太平垸大小公众事业,也无心种地作田捕鱼砍芦柴,一心寻找鼠王踪迹和巢穴,想方设法捕杀老鼠。据他所知，大水退后，鼠们并没有回去重建家园，它们在太平垸营造了自己的安乐窝。尽管芦苇荡里有取食不尽的芦根、鱼虾和各种丰富的草茎和浆果，但那一切怎么比得上太平垸的稻子、苞米、大豆、高粱、地瓜的味道和营养呢？何况这里不会受到一年一度的大水的威胁。这只熟谙世事的鼠王当然不会率众从米箩跳到糠箩里去的。艮与那鼠王有过一番搏斗，他认定那孽畜已非凡夫俗子。那庞大的身架以及非同一般的镇定同谋略，说明它已经得了天地湖泊的精华和灵气，如果进一步设想，它也可能就是一只精怪了。它不离开太平垸这本来就是很合情理的事情。艮和人们设置一些办法去探测这伙侵略者是否撤退的举动，其实是多此一举的，只不过是满足大家希望它们撤走的心愿罢了。

鼠王没有走。鼠王不会走。于是就决定了艮要同它及它的爪牙决一死战的局面。艮坚信那鼠王虽已得日月天地精华非同凡响，但毕竟还是没有得道成妖也没有指铁成金腾云驾雾的妖术，如是这样，就不存在他与它在泥沼内追击退却的情节了，所以有信心找到它并击败它。

艮率领我们的先人在太平垸的每一个角落寻找老鼠洞，找到鼠洞便烧烟火熏烤；往洞里灌辣椒水；用石头或石灰堵塞洞口。而在另一处冒烟冒水的出口杀气腾腾等候惊慌失措的老鼠出来自投罗网。艮把这种捕杀方法做为游戏教给贪玩的孩子，引导孩子的儿戏往太平垸的垸耻上靠。

艮同族人在冬闲的季节，编织各式各样的篾笼子，内装各式各样的巧妙机关，笼里置放香甜的诱饵，勾引贪馋的老鼠上钩。

艮领着年轻人不知疲惫地在各种鼠道上安放小小炸药弹和铁的木的竹的夹子，与灵敏的狡猾无比的鼠们斗智。

艮还不惜劳苦，自带盘缠出门寻找江湖奇士，谋求药方，用以毒杀老鼠。他学会了摄取蛇、蜈蚣、蜘蛛、癞蛤蟆等毒物的毒汁，然后制作出可以毒杀老鼠的毒药，埋伏在最好的诱饵中。

想到大举养猫来抵御太平垸骤增的老鼠，是最初的算计。于是很快太平垸便拥有了许多猫。我们先人外面的亲朋戚友若是在这种时候用赠猫作为礼物，那是要被太平垸很看重的。但是此举没有成功。太平垸的猫群并没有成为老鼠最惧怕的天敌，反而被老鼠牵着鼻子走。鼠王指使它的部下把一只又一只将近成熟的猫领到湖边，让猫品尝湖边小鱼，让猫明白鱼的味道比老鼠肉要好吃得多。而且在富足的洞庭湖畔，抓小鱼比捉一只老鼠要简单得多。于是便有了猫的不负责任。不捉老鼠的猫养多了是一个祸害，这些白吃不干活的家伙甚至比老鼠对人们的危害要厉害得多。嫉恶如仇的艮因此曾率人捕杀过一次飞快繁殖的猫。这时候艮想：那躲在某个舒适的洞里的鼠王正在幸灾乐祸那是不用说的。

在艮的睡梦里和任何清醒的思维中，那只鼠王面对失败的他悠闲地使粉红色的爪子洗脸并朝他惬意地眨眼睛舞胡须的样子占据了很大画面，捉拿鼠王因此便成了他生存的主要意义。艮昼伏夜出，在太平垸的每一寸土地上细细寻找鼠王的洞穴。那应该是一个很大的洞，鼠王的身坯至少比普通老鼠大了十倍。在太平垸的疆土上打洞安身的动物有很多，大的有獾狗、刺猬、野兔、黄鼠狼，小的有蛇、老鼠、黄鳝、黑蚁等。有经验的艮一眼就可识别哪是鼠洞。由于偏见他对其他洞穴都怀有善意，包括蛇。恨的就是鼠穴。艮很耐烦地寻找鼠王的宫殿。他也明白这肯定是件不容易的事情，那饱得日月天地精华灵气的生灵，足可以保护自己，与人较量。如果很简单地就打败了它，那它也就谈不上对太平垸有多少危害了。

艮在搜遍了所有适宜于种种动物藏身的静谧处而确认鼠王不在这些地方安身后，猛然醒悟：鼠王很可能就选择最热闹的在一般兽物看来最不安全的地方安家，既然它已超凡脱俗，就会有这等算计。艮于是就抛开荒野僻地，专注在屋稠人密处寻查。屹立于太平垸中央的禹王庙是全垸最热闹的地方。天天有人朝拜，日日有人进香，清晨就有爆竹炸响，夜晚常是烛火通明。逢年过节搭台唱戏，初一、十五常有隆重节目推出。东西南北四条大路贯通全垸，虔诚的先人把那路上的泥沙踏得稀融。

艮认定鼠王就躲在禹王庙。因为那里热闹，不会被人注意。因为那里出进的人多，可以借助朝拜者的足迹掩抹它出入的爪痕。还因为那里白天热闹而后半夜人散灯灭则又是最静的所在。

艮认定鼠王的所在之后，便做了种种准备要干一番大事业。他深谙"以毒攻毒"的道理，心想要捕杀鼠王，自己至少要具备老鼠的一些本领。他便像老鼠一样昼伏夜出，白天睡觉，在禹王庙人散灯灭后潜伏于庙堂周围守候观察鼠王的出没。他还在屋里苦练老鼠的轻巧功夫，不久竟也能走出无声无息的步子来，有时连猫都预感不出他的来临。他还练就了一招屏息呼吸的本事，他明白一声喘息都能引起老鼠的警觉。还有一件重要的招数，那应该具有在黑漆似的夜里观察事物的好眼力。在这方面，艮亦是费了不少功夫的。

艮在实施这个计划时，不曾告诉任何人，也不需求任何人的帮助，他设想鼠王就派了探子在他家的壁缝里和屋顶上，随时可以回去报讯。艮也不去禹王庙参加任何朝拜祭典仪式。他设想那鼠王一定知道他始终在穷追不舍。鼠王一定是明白这太平垸人绝非懦弱之辈，不然这太平垸怎么会拥有如此坚实的堤坝和殷实的物质储存以及经营得很好的田地和庄园呢？鼠王一定也是见过世面的，不然它不会在危难之时率众径奔太平垸——全因为太平垸是这附近垸落里最出众的一家，它拥有足够鼠们赖以生存的物质基础。艮想鼠王在暗中一定盯牢了他，防备他这太平垸里最危险的敌人。那么他要想尽一切办法摆脱它的监视和盯梢，才可能发现它并打败它。艮还设想鼠王一定派了许多奸细在他的屋子的周围，只要他一出动，大本营里就有了防范。鼠王统率着千军万马，它有足够的忠诚的兵力为它站岗放哨护驾效劳。那场惊世骇俗的人鼠之战，鼠王的损失，对于它们那个繁殖异常之快的家族来说，不消两个月的功夫，所损兵将尽可恢复。这些情况艮都是估计到了的。所以他的眼睛虽说盯牢了禹王庙，但他在行动上往往做着相反的选择。他现在在深夜出去时，总是朝着禹王庙相反的方向。他在走出很长一段夜路后，估计摆脱了跟踪，突然踅转身，踩着像老鼠一样寂静无声的步伐，朝禹王庙游去，像一根灯草一样神不知鬼不觉就贴在禹王庙附近的某个地方。这根灯草是极其奇特的，无需点亮便可窥见黑暗中的一草一木。在这个年纪的艮来说这似乎是不可能的事，但偏偏便成了事实，难道是那鼠王注定要在艮手中失败而赋予了艮的一份天才？艮就这样不懈地无声无息地监察小小禹王庙附近的每一寸土地。任何细节都不曾从眼皮下开溜。他的轻巧和隐蔽，连比老鼠细小许多倍的蚱蜢和蟋蟀都不曾被其来临而有所察觉。艮对自己的惊人的耐性和神出鬼没表示满意，他坚信他会成功。

他果然不久就取得了成功。

那鼠王竟把出入洞穴的通道口就设置在出进禹王庙那千人踩

万人踏的一块石板台阶底下。这是包括艮在内的任何精明人都不敢这么设想的。鼠王取了最不安全的地方作为它的安全庇护所，这恰好往往又是最安全的。那个漆黑的夜晚，艮蜷伏于禹王庙前那根大樟树（神树）的巨大树杈里，很快就发现有一群健壮的老鼠凝成一团，使劲移开一方垫塞台阶石板的麻石头，露出了那供鼠王出入的大洞口。接着从洞里涌出一排老鼠。隔一阵，再走出一批老鼠。这时那老奸巨猾的鼠王才大摇大摆地从内面踱出来，气质是极好，根本就不像所有鼠类那样左顾右盼，顾头缩尾，随时作逃跑的样子。对于自身的安全，鼠王已作过深思熟虑的安排，因此就不必在降驾时显得小家子气。鼠王被前呼后拥着打艮眼皮底下经过然后潜入夜空。接着艮发现那个洞口在不知不觉中又被石头堵得天衣无缝。有一只大老鼠像个园丁一样，正衔着一根阔叶草在擦抹石头周围的皇帝以及诸大臣留下的爪痕。艮一直屏着呼吸，直到鼠们散尽，才透一口长气。他没有走开，等那鼠王归来。一顿饭的工夫，鼠王的队伍浩浩荡荡开回来了。在静寂无声的天体里默默地行走，老爱"吱吱"乱叫的鼠们始终闭口不语。艮看着鼠王的部下迅速搬开石头，鼠王被推拥着首先沉入黑洞。艮看见鼠王两腿间的一撮白毛一翻，接着所有大小老鼠像豆粒般迅捷地倒灌进洞。然后又由那些粗壮的畜生关门、打扫爪印。但是它们没有马上散开，而是兵分四路，巡视一番才各奔东西。——无疑那鼠王的宫殿有着数道神奇的出入通道。

　　艮觉得鼠们已撤尽，才溜下树来。他不急于采取行动，他还准备作一个时期的观察。那鼠王一定是想好了在人们发现它后的脱身之策的。艮觉得捕杀这只鼠王时应该把它看作一只狡猾的狐狸甚至是一只老虎，这样才有可能战胜他的对手。

艮就这样风雨无阻在那树杈上观察了半个月。半个月内他才发现鼠王出游五次。尽管鼠王谨慎至极，艮还是从它很少的出行中摸到了规律：一定要是无任何天光洗照，一定要是无风的时候，鼠王才离开自己深藏于地下的城府。这也不难理解，只要有一丝星光透出，鼠王就多了一分危险，而风声则是搅乱鼠们听觉的东西，当然也就无安全可言。

　　精明的鼠王，终于暴露了它的弱点。这样艮就晓得该怎么办了。艮充分掌握了鼠王出行的所有防范程式之后，他就不难制订出高明于它们的捕杀方案。我想那时候我们的先人一定知道"知己知彼，百战百胜"的作战计谋，不然艮做不来如此出色的行为。

　　艮充满自信亲手制作了一个灵巧的机关。显而易见使用诱饵的办法是捕杀不到鼠王的，而挖陷阱也会打草惊蛇。又一个无风的黑夜，艮带着他的精心制作的机关，悠闲地守候在庙前树杈上。他没有半分作战前的紧张心情。因为他胸有成竹算计好了什么时候鼠王出行，什么时候归来，什么时候他放下机关，鼠王将是如何被他的机关捕获，捕获后将又是怎样痛苦的挣扎。艮是一个精明成熟细致的男人，加上大半生丰富的人生经验，因而就有了这等自信。

　　不出艮的算计，鼠王出行前的种种仪式完成后，它神气活现地又出笼了。此时艮不急于下手。待鼠王一个时辰后归来、那先遣部队探知归途太平而启开洞口石头再度去迎候鼠王的空隙中，艮往鼠们必经途中丢下了一颗石头。这并不大的带着生人气味的石头这时突然出现在鼠王面前，顿使敏感的井然有序的护驾队伍乱了方寸，这些按捺不住慌乱的御林军"吱吱"乱叫起来，于这躁乱的一瞬之中，艮从树上便放下了他的机关。鼠王知正门已有危险，刚转身逃跑便落了圈套。其精确的算计全在艮的预料之中。鼠王被夹住脚爪，左冲右突，无法脱身，很快便安详下来，寻找对策。这时艮就卧在树杈上，双手相抄，看着鼠王的狼狈相哈哈大笑。他没有学习当初鼠王双爪洗脸的姿态去揶揄他的对手，他认为人也那样做是有失体统的。这时他看见鼠王刺人的白眼看定了他。他就俯出脸去让仇者看个明白，他要让鼠王明白他便是它曾经揶揄和嘲弄过的敌人。艮拨动一只树枝，鼠王便像钓鱼一样被钓了起来，沉甸甸地悬在空中，一只脚被铁夹子牢牢地夹着。如此往返升降，艮看见那鼠王的眼睛也就疲惫地闭上了。艮没有拎着这猎物马上班师回朝的想法，因为令人十分惊讶的是鼠王那批忠实的御林军几乎都静候在周围没有逃跑，树倒猢狲散的道理对这群顽劣的畜生来说并无指导意义。艮是要看看那些忠实走狗究竟要怎样。天亮了朝拜的人们来了它们也不走么？那才是天大的奇迹。假如真是这样的视死如归，君倒臣也不想活，那就可以说明这群畜生已真是通了人性，修了些了不得的功夫，他倒真要考虑是否释放这只深得民心的鼠王。就这样：鼠王装死，一动不动任艮折腾，余下的部队便怒火冲天地与艮对峙。艮分明感觉到对手的仇恨，不禁摸了摸身上的砍刀，以防那些御林军冲上树来向他进攻，这完全是可能的，他与这批训练有素的家伙较量过。不过它们还是没有攻上树来，可能它们明白这地势不利于它们。

不久，远远地传来一声鸡鸣，东天就跃出一丝鱼肚白。这时所有守候在一旁的老鼠齐声发出凄厉的呼叫，像是向末日来临的君主哭别。也就在这时，艮看见装死的鼠王突然乌毛倒竖，旋即发出尖厉的一声啸叫，狰狞地闪动白眼，张开血盆尖口，猛地咬向它那被铁夹卡住的脚杆。当艮明白了鼠王舍腿求生的意图欲重新吊起它来用以制止时,一切都来不及了,铁夹上只剩下一条血淋淋的短腿。待艮跳下树来去抓那鼠王时,它的部队早抬着负伤的君王飞也似的逃进了黑暗。

天亮时分,艮想过顺着血迹去追踪那伤鼠,又一想:那怎么追得着呢?那可不是一只头脑简单的兽物。而且在逃跑和躲藏的技巧上,人永远是老鼠的学生。艮有些垂头丧气,顺手就把那机关扔进草中。他承认他又一次失败于那鼠王。那么是否东山再起,重振精神再与那畜生争一个高下呢?艮摇摇头否定了这个想法。在一只老鼠面前已经失败两次,还振得起什么精神?何况丢了一条腿的鼠王会比过去精明狡猾十倍。凭艮一人的力量,是再也找不到它了。也许它就从此再不出洞来。洞中有足够它享用的东西,它拥有那么多忠实的臣民。

艮回家以后,没有向任何人谈及他与鼠王的搏斗。在家人和乡邻看来,他改变了昼伏夜出以及一切反常的习惯。

两天后,艮随人们去禹王庙朝拜。回来时,突然想起去看看草中那个机关,那小小机关还躺在草中,但是那像鸡爪子一样粗的鼠腿竟不见了。他蹲下身子仔细看,他那机关竟被巧妙地拆开过,鼠腿被小心取走——他明白:这是那鼠王的忠实部下干的。艮马上就想:既然这批来自洞庭湖洲的入侵者已具备如此灵性,它们该不会来为它们的主子报复吧?会的。那很可能会的。于是艮不得不在房前屋后做一些防备手脚,以防不测。与鼠相斗,虽无生命之忧,但其破坏性也是令人恼火的。

但是什么也没有发生。

以后很长时间,艮再没有看见过那鼠王,尽管他处处留神他再也熟悉不过的一些鼠道,终没有寻出鼠王那特大的独脚爪印。

艮设想那鼠王也许死了。那黑暗的大本营大概没有鼠医吧？另一个理由是这来自外湖的千军万马，以后并没有大举和人们对抗、掠夺，这与它们失去领导核心大致是有关系的。

但是艮在几乎不怎么牵念那鼠王的时候，他竟发现了它。那天艮无精打采栽在一张木椅子里，懒懒地在初春的阳光下晒太阳。他极其勉强地半睁半闭着眼睛。这眼前是怎样的一幅景象呵，完全不是艮印象中的太平垸了：满地枯黄，妇女孩子在平阳地里艰难地寻找刚冒出土的绿色的植物；所有树叶和树皮早已被饥饿的人们剥光；远远近近高高低低的屋顶一派死寂，不曾有一缕炊烟冒出……这片土地上笼罩着前所未有的饿气。艮和所有族人一样早饿得拖不动手脚，肚皮早已是贴紧了背脊。往这数回去半年时间，在充满丰收喜悦的某个艳阳当空的日子，突然"乌云"密布，待在各块地上紧张忙碌的人们明白过来，一场罕见的蝗虫雨从天而降，太平垸的每个角落都驻满了这种有着透明的翅膀和能屈能伸的坚实的脚杆的生灵。顷刻间太平垸便响起了惊天动地的整齐的咀嚼声，铺天盖地的蝗虫一起美餐，不久就把田地里的庄稼以及所有有水分的绿色植物吞咽一尽，留下了如艮眼前一样的毫无生机的疆土。人们常常回忆起那场鼠祸的危害，但与这虫灾相比，那些老鼠便显得十分温和和给面子了。在那场人鼠之战中，我们的先人还表现出了人性中某些不朽的精神，而在漫天蝗虫飞舞的日子里，竟使一些自称过英雄好汉的角色多日来不敢涉足户外，似乎怕被那遮天蔽日的渺小生命三五下吞食了。许许多多吃饱了当场就暴毙的蝗虫的尸首铺满了所有的道路和田野，人一踩上去便发出脆生生的残忍的尸体爆炸的"噼啪"声。仅仅一两天里就像风卷残云、火燎枯草样的舔尽庄稼和绿叶的场景，让我们耳闻目睹过的先人多年后想来都胆战心惊，或者根本就不敢去想象那些细节。

就这样我们的先人很快便吃完了所有的积蓄。在这明媚的春光降临的时刻，一切生命的美好再也无法来附和这柔顺温暖的脚步——委实是那促成生命沸腾的动力已无油启动。这空前的蝗虫的浩劫，同时暴露了我们先人们的一个几乎不可容许的弱点：那就是太平垸的连年丰收使大家乐而忘忧。这肥沃的洞庭湖用她千百年勤奋淤积起来的土地，使我们的先人花一分气力获得了两分三分收成。而且人们坚信在这块肥沃且又无天旱之虑的土地上生存，弄一口吃的那是很简单的事情，忽视了"积谷防饥"的古训。那年稍遭鼠害一击便惹来食物紧缺的教训仍没有引起大家的重视。现在大家才深刻反省到自己犯了多么幼稚的错误，这教训是要有饥饿才可明白的呢。天该有此一劫呵，不然人怎么晓得做人，艮这样说。艮又说：乐极生悲，苦尽甘来，古来的道理，轮回往复，想来也没有什么奇怪的，报应，报应。大家都默认艮的这个说法。这样大家的心绪又宽了些，设法要把生命从苦海中度出来。于是这树皮草根便取尽了。艮看着田野中像虫子样缓缓蠕动着寻觅绿色的妇人和孩子，顿时想起他们往日收割中的错误。那时哪片收割过的田地里不丢三落四遗弃着稻粒、黄豆、蚕豆、苞米、高粱、麦穗、油菜籽、红薯……呢？那时候他们就远远地看着老鼠和蚂蚁，忙忙碌碌将这些上好的食物一粒不剩搬进它们的洞穴。人们看着它们又惊又喜躲躲闪闪的模样感到有趣，像看戏一样地寻乐子而从来没想到要检讨人类的错误。还有什么比这样的不爱惜粮食的错误更大的呢？

软弱无力了的艮在漫长的难捱的温暖阳光下检查往日的错处

时，不禁惹得肚中绞痛。这折磨使他无法再坐下去了，他想还是躺在床上好，这样能减少一些消耗，人就会多撑持些时候。只要再刮一两遍春风，大地迅猛回春的时候，这飞快的便要绿透的无垠湖洲，是可以帮助众生渡过难关的。所以他应该尽量减少体力消耗捱到那个时候。就在艮艰难地反手撑着椅靠站起来的时候，他朦朦胧胧看到这死寂的旷野里有个活物一闪，他擦擦结满眼屎的眼睛，定睛再看，他便看见了那位多时不见的鼠王。

那只鼠王就在光天化日之下从他家的地坪子前面缓缓走过。独脚有力地划动，另一面失去一条腿的地方由两只健壮的部下垫着，一共是五条腿爬行，倒也节奏分明，竟保持了鼠王的身体平衡。鼠王依旧威风凛凛，不减当年勇力，也不显丝毫老态。那依旧肥硕硬朗的体魄分明地告诉艮：它没有挨饿。它现在吃的是精粮而艮们却在吃草根。它是贵族，艮是贫民，它精力过人，艮疲惫无力……这景象使艮浑身发热，羞愧难当，他不是又一次败倒在了鼠王脚下么？鼠王停下来看了一眼发现了它的艮之后，并没有表现出半分慌乱，也没有立即逃开去的意思，这便激起了艮的愤慨和嫉妒。本来艮已放弃了一定要与那鼠王决一胜负的想法，但在这又饿又恼的当儿，怒火重新被鼠王的傲慢与挑衅点燃。艮不假思索就去阶沿上操起一柄锄头，步履敏捷像一个根本就没挨饿的壮汉一样去追击鼠王。艮想：抛却一切一切恩怨且不作计较，从眼前的情况讲，捕杀了这只小狗般轻重油嘟嘟一身肉的老鼠，足可饱餐一顿。

这样，鼠王就在阳光下枯草里不紧不慢地跑跳，艮就在后面穷追不舍。艮忽视了思考一个问题：这只素来享受前呼后拥待遇的鼠王，现在身前身后怎么就没有保驾的呢？追赶了一阵，肚中早无内容的艮渐渐体力不支,步子明显慢下来,心有余而力不足啊。待艮停顿下来,鼠王也在两丈余外的地方歇脚。这份戏弄无情地损害了艮的自尊心,一次又一次调动了艮的余热,促使他间间断断奋力前进。这样一停一顿,鼠王已把艮引诱到了远离村庄的僻野。精明的艮此时根本就没想过鼠王为何要这样干?引诱他的目的是什么?饥饿已破坏了他的清醒的思维,他唯一的想法是竭尽全力捕杀这狡猾的东西,除满足好胜心外就是要饱餐那一顿鲜美的鼠肉。

在一个乱葬岗上,艮看见鼠王不慌不忙隐入一块断碑便不见了踪影。一俟看见这些新的和旧的坟墓,艮马上想起不久前死于鼠疫的那些族人,就不由自主调动了一些心底的仇恨,要收拾那冤头债主的力量又增添了些许。艮费力地推倒断碑,发现了隐蔽在茅草下面的一个碗口粗细的光滑的圆洞,这圆洞的边缘刚刚刻下了独脚鼠王刚经过的爪印。艮由此断定:鼠王已潜入这个洞穴。他毫不犹豫便顺着鼠洞开始挖掘,这高坡上的土倒也松软,不一阵就掘去数尺,浓烈的鼠骚味呛得他喘不过气来。

当艮劳作得精疲力竭,手脚同思想都已麻木,而在身边堆起一人高的新土后,奇迹也就出现了:鼠王送给他的竟是一座鼠们坚壁得极好的粮库!那将近有半人高的洞穴里,堆满了金色的稻谷和苞米,还有各种豆类,这干燥的坚硬的黄泥硬土墙壁完好地保护着这些粮食。此时老鼠的骚味荡然无存,扑鼻而至的是粮食的清香。然而这世界上最美妙的香味已经让他陌生了许多日子。艮这时激动得热泪盈眶,扔下锄头就扑倒在那谷米上,像一个久违母亲的稚童扑倒在慈母的怀抱里。在粮食的清香的刺激鼓舞下,对生存几乎失去希望的胃肠顿时也活跃起来,艮马上又变得精干灵敏了。这时他明白了鼠王那特别行动的全部意义。他确切地坚信那鼠王已是真正的超凡脱俗了。它选择在太平垸最困难的时期来偿还回报当年它的队伍给这片土地造成的巨大损失。一只畜生有了修善积德报恩还债的品行，这便必定要是凝聚了日月天地精华气韵的结果。况且那鼠王还不计较失腿之仇而照行善德便越发不简单了。鼠王这时显然是寻不着了的，艮设想它这时应该幻化成一个白发苍苍仙风道骨的长者站在他的身前或身后，接受他的感激之词和叩拜。艮已抛弃人性中的所有傲慢，要做出一些甘拜下风的虔诚之举来。艮果然就依着这种想法去灿灿的阳光里寻找鼠王的化身，却是失败。仙境没有降临，田野里依旧是一片苍凉，远处的洞庭湖水闪耀着冰凉的光芒。于是艮就伏在粮食堆旁默念了那些感激之词。然后又生吃了一捧苞米，便跑回村庄去。

艮健步如飞满脸兴奋地出现在面如泥灰东倒西歪的乡人面前时，族胞无不大吃一惊。当艮兴奋得结结巴巴向乡党讲完这个奇特的遭遇和伟大的发现后，族人中没有一个人相信他的话。有人担忧艮是不是饿疯了。面对众人麻木和怀疑的表情，艮反而做不出什么解释了。于这冷漠的根本就不相信有奇迹降临的庞大气氛中，艮觉得浑身发冷，以至立场不稳开始怀疑起自己。刚才自己那印证中的一切究竟是梦还是事实？有一种说法是真理被谬误包围，真理也会融入谬误，冰落入水溶于水。

僵持不下的时候，艮提议派一两个还走得动的汉子同他去那乱葬岗上证实一次。

倘若我们的先人不是亲自从那老鼠创造的粮库里挑出来一担又一担精粮，谁也不会相信小小老鼠竟有如此大的能量。就譬如我们目睹了蚂蚁可以搬动比自己身子大十倍的东西才会相信这样的现实。世间的许多事情是凭人的经验同实践去推断不得的。鼠王贡献给太平垸的这批粮食，也许是一两年的积攒，也许是三五年的苦心经营，但无一粒发霉损坏，如此高明的储藏本事亦是要让自命不凡的世人大吃一惊的。

我们的先人细细研磨了这批在饥饿的人们看来是数目巨大的粮食，拌和着草根树皮，竟使太平垸数百众度过了一个最艰难的时期，使人们积下了可以种阳春的力量。由此所有太平垸人要把鼠王视为救星和神明是肯定的。

当艮怀着侥幸心情试图在那乱葬岗上与鼠王再见一面时，看见善良的族人在那被挖开的洞穴前装了一炷敬奉鼠王的高香。艮觉得这件事做得很好，倘若鼠王身上真是披上了些仙风道气，虔诚的人类的敬奉是可以增添鼠王的寿数的。但是艮没有见到鼠王。以后也一直没有见到。

一些年后，有一场更大的洪水莅临了洞庭湖，我们太平垸没有躲过这场灾难。滔天洪水伸出一个小指头毫不费力便捅破了我们先人以及南洞庭湖水域的人们公认的坚固的堤坝。待凄惶的防汛铜锣敲响的同时，浊黄的洪水就没有道理地从四面八方灌进了太平垸。浊流从从容容风度翩翩地注入，很宽容地给族人留下了充分地往高处撤退的时间。但是另一方面，却把一切生路全给堵死了。这年艮已是两鬓斑白，耳聋眼花了，昔日与老鼠英勇作战的豪气和灵捷，现在在他身上一点也找不到了。快糊涂了的艮就混在逃难的队伍中往乱葬岗高地撤。人们对这个全垸的唯一高坡寄予了一些希望。

但是饱经沧桑的艮心里明白：洪水既然突破了牢固的堤坝，

就一定不会放弃这块对于它来说一点也谈不上"高"的坡地。艮明知花费脚力往乱葬岗撤那是徒劳，之所以也跟着这样做，只不过是很猥琐地把值得留恋的生命再拉长一丁点。这时候太平坑所有强健些的生灵全都挤到这弹丸之地。除家畜外，还有野兔、獾狗、蛇、蛤蟆、刺猬、黄鼠狼……在这危难之时，人和一切生灵都亲密地挤在一起，大家一心想的是如何祈祷水神放大家一条生路，大敌当前，相互间便无了任何戒备。然而水势还是无情无言地上涨，大家渐渐感到相互间越来越挤。一直到浊流最后吞没了表土，浸到所有生灵的脚杆和肌肤上时，我们那些善良的先人才放弃了祈求，开始不解地责怨苍天：太平坑众生实在没有做出过伤害天地的事情来，如何要遭受如此狠绝的剿灭呢？原来世上是没有因果报应这个道理的呢。广行善德也未见得能换得一些天恩避得一些灾难解得一些苦痛。

这时候陆地已不复存在。曾经牢牢地依赖土地生存的众生在看不见土地了的时候，便觉得自己是一叶浮萍无根无底了，一切希望就同样变得如水泡如烟雾如空气再也没有实质。这时候所有生灵把祈求变作咒怨，然后就打算竭尽全力各自逃生。这人的智力决定了他们有些预测的本事，他们明白凭个人的力气是无法从漫天浊浪中度出命来的，便都不再枉费精力，任凭这强大无比的洪水随便宰割。企望逃生的各种生灵，不久就都在人们的眼皮底下沉没了。

这时候人们看见浊黄的水面浮起一片"乌云"，像若干年前所见的那幕景象一样。这"乌云"就在眼底，那是一群相互衔着尾巴的密密编织着的老鼠，无数粉色的小腿拼命划动，这黑阵便像一张木簰、一块门板、一领竹席样的稳稳地漂浮在水面上。艮定睛看看：这都是一些极其健壮的老鼠，那些体弱者恐怕早就葬身鱼腹了。这鼠阵围着人群漂来荡去，竟没有马上逃命的意思。这时候苍老的艮突然明白了什么，他迅捷地从一名妇女手中夺过一个太平垸最年幼但体魄健壮的男孩，在人们的惊愕中不假思索就将孩子抛上那鼠阵。那软体的黑云被重压着往下一沉，旋即又浮上来复了原状。孩子稳稳地躺在了鼠阵当中，就像他所卧伏过的摇篮和席褥。人群发出一片惊呼，接着就面带悦色，明白了一件至关重要的事情样的眉头舒展。这时候那鼠阵便不再逗留，径直朝东北角驶去。人们明白，洪水无法侵吞的陆地在东北角上，鼠们奔波的方向竟是准确无误的。不久孩子和老鼠便消失在浊浪的尽头。但是东北方向尽头的陆地并不曾展现在我们先人的视野里，大家明白：陆地在很远的地方。那鼠们凭自己的力量能把贾姓族人唯一的可以传宗接代、重燃贾氏香火和气脉的后代送至人间吗？不过既然鼠们这样做了大概是会给太平垸留下一条根来的。太平垸数百幽灵日后还等待着他的香火和纸钱去阴间消受呢。

艮仔细地搜索过了：那鼠阵内面没有鼠王。没有。

现在在这广袤的南洞庭湖疆土上，唯有我们贾姓是一个独姓，无枝无杈，独此一家。而在现在也真有其名的太平垸的土地上，还存留着姓贾的人的一截完好的石碑。这样我们孤单的贾姓后裔是坚信以上的故事是真实无疑的。

1992年《当代》第3期

山地笔记

说书人简介

　　以下一系列五个故事全出于晚生之口，所以先介绍晚生有必要。外面一些人只知道铜锣山地方有个叫江风的，这是晚生的笔名。他不写文章，却有笔名。还有一个别名，叫一枝。铜锣山很多人家屋里墙上挂的字画落款有"一枝试笔""一枝戏之""一枝于茅舍"等字样，那便是他的杰作。连本地学生和家长都叫他江老师，可见笔名冠于读书人非同小可。晚生对他这笔名有解释：因自幼在山中长大，向往有朝一日一睹大江大河风采。15岁时有幸如愿，倾慕至极，回来便更名江风。晚生自幼伶牙俐齿，记性极好，尤其是故事趣闻过耳不忘，还会拉琴吹箫。15岁初中毕业后，乡中父老和支书不再让他出去读书,安排当了民办教师。时下晚生有了20年教龄。早转了公办,娶下美妻,终日厮守,恩恩爱爱。也不趋时做红砖屋,待住祖居。屋前有塘,屋后有竹。大门两旁挂一副对联:雾山居士,碧池愚翁。门头题:香草堂。晚生母45岁才生下他,所以取了一个俗名。母早逝,唯白发苍苍老父尚存。

晚生自幼便听父亲讲故事。不到10岁,他也给父亲讲故事。常碰膝而坐,侃侃而谈,百讲不厌,百听不倦,时而嬉笑,时而捧腹。晚生12岁时,便把讲故事诸多技巧揣得烂熟。父子俩融融谈至深夜,不为奇事,一天见闻,非相互详知不可入睡。有一例可证明其父子间的痴迷:一日父亲需去山外喝喜酒,晚生送他去乘车。父子俩自然不走寂寞山路,便你来我去窃窃交谈。把父亲送至车站,刚好结束一则故事。晚生和父亲道过别,踅身回走,返去三百余米时,忽听父亲高喊,叫他停下。气喘呼呼赶至。晚生问还有何盼咐?父亲说刚才他讲的故事里,有两句打油诗没记住,需他重复一遍。晚生复又认认真真吟诵一遍,父亲才心满意足去候车。

晚生的书自然教得不错,脾气也不错,又幽默,一开口人家便要笑,听他的公开课是一种享受。有一年区上要调他去教中学,并且暗示可能提拔当副校长,老婆的国家粮和工作也不是没有可能解决。晚生和父亲商量再三,还是没有去。他的理由是,他能教得好小学不一定教得好中学;他当个普通教师说说笑笑不讨人嫌,若当上领导了仍说说笑笑就不一定不讨人嫌。而不说说笑笑简直不可能;在这小地方过惯了,自由自在,到大地方去恐怕就没有了这份自由自在;他还坚信他的池塘和竹园比任何洋房子好。

很有些人为晚生遗憾过。毕竟塘大好养鱼;晚生完全可以去大地方闯一闯。晚生不这样认为。

画外话

晚生对于杨高峰的记忆非常清晰：于21班小学毕业，读小学期间写字画画很马虎。眉心有一颗显眼的黑痣。小学成绩不算好，一到初中便列入榜首。高中少读一年竟考取了美术学院。铜锣山地方历史上出过不少文人墨客，略举二例：如宋代陈某公，著有文集四十余卷；明末清初袁某7岁能赋，留有《朝阳集》《阴山列女传》多种传世。画界崭露头角的，便算是杨高峰了。

杨高峰很为铜锣山人争气。毕业后以铜锣山为背景所画的一组油画《山韵》六条屏，被选送参加北京的一次展出，继而轰动，纷纷有首都美术界巨头及某些外国使馆文化参赞邀请留影吃饭。一些报纸电台也披露出杨高峰的大名。杨高峰特别叮嘱各位记者，发表照片时，要在一侧写上"铜锣山人杨高峰"，并把和贵人洋人合拍的彩照寄些到铜锣山来。晚生说那些日子铜锣山人简直疯了，原因中一半是杨高峰出名后没忘故土。

后来中国展览公司通知杨高峰，他们将全部送出他的六条屏作品赴西方某国展出，如若本人同意，可以当场出卖。杨高峰正欲娶妻，铜锣山地方尚有叔伯、兄弟，缺的正是钞票。此刻正值春节期间，杨高峰便在乡中和有身份的没身份的父老兄弟讲述此事，自然有征求乡党意见的意思。人们一致说了如下几种看法：

一、画当然可以卖。但不要自己定价。就是能卖出好价钱，也不可自己开口，既然是中国展览公司有人前去做展览，一切由他们做主好了。一是他们不会不照顾本国人利益。二来他们是内行,懂行情。你定死了价,低了好办,定高了让他们为难。主要的是应尊重他们。因为你杨高峰来日方长,求他们的机会多,不可毁了好的印象。不出名要关系要朋友,出了名更要关系要朋友,切不能乱来。钱事小,声名重要。

二、如今出了名,千万千万要注意谦虚谨慎,开会发言你切不可高谈阔论什么创作经验、灵感什么的。去报上发表文章,也不要大肆谈什么艺术,更不可批评指责其他不如你的艺术。老老实实谈点生活感受什么的。要知道天外有天,山外有山,强中更有强中手。你才开始学鹰叫,嘴甲还没硬。再说文坛历来文人相轻,倘你才露脸便不可一世,人家便生嫉妒,生了此念便会千方百计整你。艺术主张无定论,说你的画好是嘴,说不好也是嘴,舌子没骨头的,倘不谨慎,很容易自己毁了自己。最好是不要露面,电视都不要上,躲起来继续画。你越藏得深越神秘,你对人的魅力就越大。

三、《山韵》六条屏,一共画了8个女子。8个女子有5个一丝不挂。人家会怎么看?时下兴讲"思想解放",怎么解放也不可当众脱衣呀!所以,你要尽量作出为什么要画裸体的解释。表现的是什么意念。倘有人指责,切不可不理睬或者说人家不懂艺术。

四、若卖画赚了钱,切不可随便施慷慨,和你投机的,你就邀其大吃大喝,却把一般关系的晾一边,结果你会得罪大多数。要么一视同仁,见者有份,这个大方举动恐怕你吃不消。要么什么都不表示。人说你吝啬不要紧,若得罪了人,一辈子都在人家心里。

晚生说杨高峰在聆听以上教诲时,异常平静。当有人提出要他剃掉那一圈大胡子，保持名人的平凡品性，不要出格招人惹眼时，他脸色顿时铁青，陡地站起，冲出了房门。他说高峰那圈胡子，已和头发紧密地联系起来了，下巴底下，已有寸余长，中间杂有不少红须。

砌匠世界

旦师傅的手艺在铜锣山一带没说的。他祖父砌过皇帝老子的行宫；他父亲为两任省主席盖过私宅；旦师傅15岁便砌过洋房子。有这一窝"老虎"坐镇山寨，外面砌匠自然不敢进铜锣山。

旦师傅还是二十余年前在大地方做过，后来一直没出去，一直把头发歇至半白。人家邀他出去，也不去。此公脾气古怪，素来不说多话，一天到晚铁青着脸。为何不去赚大钱的理由，绝对问不出来。他不去，也不许都做了师傅的三个儿子去。这样便牵连到一批徒子徒孙待在山坳里受穷。旦师傅说：去可以，断绝师徒关系便可放行。这谁敢呢？拜到他门下为徒，何等艰难。他们门下走出去的砌匠，往哪儿站都比其他同行高，这是没有办法的事。

好多砌匠往外跑，旦师傅一如既往平平静静地领着徒子徒孙们做乡中功夫。工钱总要拖到过年才结算。伙食差功夫又重，都得忍受，谁也不敢说个"不"字。一直到前几年，别的砌匠都捞饱了，旦师傅才松口说：我们出去做。他领着徒子徒孙一行几十人，浩浩荡荡开往省城。为何非到此时才开金口？人们揣摸不出来。想定是有他的道理的。旦师傅有点文化，每天早晨，照例要听收音机，报纸也常翻。

旦师傅的祖父、父亲都在省城做过大工程，他15岁就跟着吃这碗饭。往那儿一站，便有若干雇主找上门来。好多乡下来的同行找不到事做，旦师傅他们不差活。他一家三代，在几十年间，是在街上巷内留下过作品的，有知名度和没有知名度是不一样的。

他们在此一口气干了5年。

晚生说据他所知，凡跟随旦师傅出去干的，家境无不面目一新。晚生说听旦师傅的儿子回来说：预约工程应接不暇，大致今后十年的生意都不成问题。

他们凭信用和绝活儿征服人家。

旦师傅和他的门徒，在同行眼中，如何荣耀自不必说。

于这前景辉煌灿烂之时，在又圆满完成某大工程之日，旦师傅突然宣布：让徒子徒孙们收拾行装，准备回乡。说过了年，不再来，至少暂时一段不来。大伙听蒙了，想这钞票多了未必刺手？好几宗大生意就摆在眼前呀！纵有道理，在旦师傅面前也黯然失色。班师回朝，无话可说。

因旦师傅有三个孙子均在晚生班上读过书，晚生去问过为何放下大钱不赚却要回乡小敲小打。旦师傅给晚生算了一笔账：这趟出门，最少的也捞了个万儿八千块。晚生说时下万儿八千的户主已经不算个什么了。旦师傅说：人要知足。知足常乐。晚生试图说服他，但好比对牛弹琴。

不觉中旦师傅和弟子们，在乡中闲了几个月。弟子们实在闲不住了，就通过各种渠道去说服老将重上沙场，说客中不乏政府官员。首先旦师傅不进油盐。后来松口说再看半年再说。看什么呢？看着钞票白白流走吗？

后来还是晚生老师套出来了旦师傅的犹疑，他说他祖父的师傅在乡下做时是个好师傅,后来到省城去做,赚了大钱,就吃喝嫖赌,最后人财两空,尸体都没有弄回家。他祖父也凭好手艺在省城生根开花,也赚了钱,且绝不学师傅的坏样,但财大招风,被黑道上的人算计了,打断一条腿回来的。

鸡头哲学

　　铜锣山地方的红白喜事,断然是少不了唢呐的。少了唢呐便不算真正的热闹,收录机、电视机都不可取代唢呐。因此能吹唢呐的也不少,一个屋场便可叫出十个八个来。吹唢呐这门功夫有些吃住人,需要有足够的"中气"来支撑,人老了便不可胜任此道。吹唢呐讲究"剥气"。讲究一吹半天不停顿,进气全靠边吹边用鼻子吸。先人编出的那些热闹曲子害死人,大概那时节没发明乐谱中的换气记号。不过,换气的唢呐曲子铜锣山人又不喜欢。

　　青年唢呐手毛二狗算得上是若干唢呐手中的佼佼者,原因是他同时能吹出外面种种要换气的曲子和种种鸟鸣虫唧。他很走运,被县上剧团要去当了临时工。新谱学得不错,又经名师指点,基本脱了乡中吹鼓手的本色。随剧团四处转悠,吃了好的玩了鲜的,令乡中同仁羡艳不已。

　　听毛二狗回来说,他初步谈了一个城里长大的女朋友,眼下团里仅他一人担任大小两把唢呐演奏,时刻不可缺少,所以转为正式乐手也初步有了把握。于铜锣山,这自然是喜事,铜锣山没有人在县里工作,更没有人找过县上的老婆。

　　可是不久,毛二狗挑着行李卷独自跑回来了。不再去了。

　　毛二狗是尊敬晚生的。因为江老师非但能吹唢呐,还善事琴棋书画，不得不服。二狗向晚生诉说回乡的原因：首先是他所谈的对象，被一个拉小提琴的一嘴叼走了。想来想去，原因大概是小提琴比唢呐高雅。乐队摆位子，小提琴总是在前，唢呐总是在后。他说他受不了这口气。其次是他还没转正而人家拉小提琴的转了正。他想他倘是在铜锣山地方，绝不会发生女朋友被别人叼去的事情。因为论吹唢呐，他在此地方圆几十里，要坐头把交椅，这样他决计回来。在那里怎么卖力也难得出头，你吹唢呐出了头，前面有小提琴手挡着。你在乐队出了头，台前有主演挡着，台后有导演挡着。而在铜锣山，他理所当然是头。俗话说得好：宁当鸡头，不作牛尾。所以事情便有了这么个结局。

水酒醉人

晚生的一个外甥来看他，讲起这样一宗事情：某日外甥出差从省城回来，和去城里贩百合干归来的父子仨同车。听口音像是铜锣山人，便与之交谈。原来这父子仨听说百合干在城里能卖出好价，便将家中所产干货，悉数装入麻袋，分装三担，父子仨挑着搭车径奔省城。刚下车，找好地方，还没摆布停当，便有买主围拢来喊买。但刚好取秤解袋，儿子惊叫一声。举目一看，六麻袋顷刻间少了一袋。待三人清醒过来，察出此地不善，一眨眼，又有一袋不翼而飞。即刻扔下盘秤，三人合臂围拢所剩四袋，高呼捉贼，方保住剩余干货。晓得此处买卖难做，慌忙复又乘车返回故土。老头子并不显沮丧，还兴冲冲在客班车上吹点牛皮，说要不是幼时操练了点拳脚，有几分功夫，恐怕此货会丢光。晚生的外甥说完全可以听出，那是精神自慰。事已至此，不自慰又怎样呢？车上人没有取笑他。笑不出。司机和售票员任他们将货堆于车内，也没收托运费。

说着，有一老者推开晚生的门，进来。一见他外甥，惊呼曾经相识。外甥同时认出，即告舅舅：此人便是刚才说起的败将"英雄"。客套几句，说些天气之类的话，老者坐不住了，告辞出来，并且忘了此行使命，找江老师总是有事的。但老者走不出几步，复又转身，郑重其事地邀请舅甥二人：上他屋里去喝几盅酒，说刚好他家出了一瓿谷酒，望赏脸不嫌寒舍简陋。

晚生当即高兴应允，携外甥随老者径奔他家。想这老者难堪之时，不给他台阶，定会伤人。

吃毕，夜色朦胧，山野苍苍，鹰雀低旋，晚风迫人。老者沉沉地对二位说：那事，二位就放在肚里，不要……说出去了呵！想那老者脸色和心情，定与黄昏样浑浊沉重。晚生早悟其意，连连说：怎么会呢，怎么会呢！恭恭敬敬告辞老者而去。外甥尚蒙在鼓里，晚生告他：这铜锣山中人，极看重面子，尤其在乡人面前。这老汉素来爱吹几句牛皮，居然在大地方丢了丑，这笑柄他担当不起，在钱上吃点亏、上点当不要紧，人丢了面子才要紧。外甥明白过来时，抬头看天，业已漆黑。

来年铜锣山坡边地角，处处盛开百合花，一看就是个百合丰年。一日，晚生有意无意踱至那曾被盗抢过百合的老者门前，想那父子定会重振旗鼓，从土中收复去年损失。可是他家，却相反不曾种出一蔸。问那老者，他悠悠地说：再不想摆弄那劳什子了，屙金出银也不稀罕。晚生当即哑口，想对他说：古人也说了"东方不亮西方亮""吃一亏长一智""东山再起"。不能是"一朝被蛇咬，十年怕井绳"。但又想想，这话在这里说不得，铜锣山没有下辈人训导上辈人的习俗。

圆圈旅程

毛栗是孤儿,吃铜锣山百家饭长大。18岁时,有幸碰到一个干部,把他带到区上伙房里,帮厨打杂。毛栗一边做本行一边刻苦学习。先是帮秘书抄抄写写,把字写得日益工整。后来躲躲闪闪学着写点文章。晚生每去区上办事,必定会去看望毛栗。毛栗在他手下读过几年书,付不起学费,都是他出的。他们之间的感情可不一般。若毛栗发觉他过门不入,会很生气的。毛栗老想着他去,是那些乱写的东西要请他看。请他看不丑。本地人,又是老师,丑也不会笑他的。

毛栗这样躲躲闪闪干了7年。

毛栗房里灯光每晚至少要亮到半夜12点钟。

毛栗读报是要从第一个字读到最后一个字的。

区上的所有标语后来都由毛栗写,常替秘书守办公室接电话。

25岁这年,毛栗一鸣惊人。区秘书因急病丢下一个急于要完成的文字材料,毛栗自告奋勇来续完,没想到第一次动手就一举成功。毛栗当即被安排做助理秘书。区长从毛栗床脚翻出一麻袋工工整整的废稿子,不禁老泪纵横,想想自己茶来伸手、饭来张口的孩子居然逃学,而无钱上学、外出打工的同龄人毛栗却在灶弯里写出一手好字好文章,何以不老泪纵横。

很快毛栗接替了秘书的工作。

当秘书什么都不缺,唯口才还差些。口才不好还算不得好秘书。毛栗又开始躲在房里练习说话,设想床上凳上全坐满了人。

当秘书打电话不要钱。一到晚上，毛栗便给晚生打电话，问是否可来区上。毛栗要晚生做他的听众。过去晚生的指导使他一举成功了，他现在仍这样寄希望于晚生。晚生自称对写材料是一窍不通的，全是毛栗自个的造化，自己顶多帮他修改了些病句。毛栗想做个会写又会讲的角色，很好，晚生很看重勤奋好学的人。会讲话也是一门大学问，叫做"演讲"，晚生讲课仅止于对付学生，"演讲"是一窍不通的。但他还是答应做他学生的听众，就如同是拳击手的陪练，帮着锻炼胆量而已。

　　晚生没想到这个"陪练"这么难当。毛栗是个学习狂，他是学过拼音的，丢久了，大都忘了，首先需请晚生补拼音课。演讲是要求表情也来配合的，他每讲一段话，挤眉弄眼要变换十几种表情，要求晚生把关选择。不同的题材演讲，根据内容与气氛，还应配上符合现场感的服装，毛栗没有像样的衣服，借来一堆堆的衣服，请老师拿主意……有时候毛栗回铜锣山，有时候晚生去区上，都是晚上的时间，好在骑单车也就半个多小时。风里来雨里去，一缠就是半年。一个虔心学习，一个认真陪练，倒也进步很快，加上只要有机会讲话，毛栗绝不放过，胆子便大了，场也不怯了。他的进步得到了干部群众的认可，区上的有些汇报，就推给他了，他也求之不得有这样的表演机会，用心作准备，绝不马虎。

　　县里举办一期通讯员学习班，抽毛栗去任教。在全县的区、社秘书中，只他读完了当时所有的秘书工作方面的本本。加上他嘴巴子已练到足够给别人讲课的水平了，选他去主讲是当之无愧。毛栗在此痛快淋漓地演讲了十场。头场汗湿一个内褂子，第二场汗湿一条内裤，第三场便平静了。汗湿褂子的原因之一是底下坐有不少年轻姑娘，尚有中专毕业生，一个个如花似玉。而他则来自铜锣山中，自幼到人家门下求吃讨穿。

短训班结束时，有一女学员给他写了一封信。她在某公司当秘书。她小时候也不幸福，后母待她不好，初中只念了两年。她也是苦奔出来的。希望他不要嘲笑她的大胆。她的大胆来自向命运挑战的勇气……这姑娘的信写得动情而又诚恳。这事他也向晚生说了，又请他看了信。晚生提醒他，这字里行间，已是情书的意向了，他建议毛栗趁热打铁，写出很好的信来征服她，因为有共同之处，成功的可能性就大了。

毛栗想想自己都快满28岁了，还是单身一人，不禁眼睛就湿了，十分感谢老师的提醒，赶快动手写信，不放弃如此天赐良机。

毛栗因一次学习班上的表现，即获"双喜临门"。一喜是那个主动写信给他的中专毕业生很快同他手牵手，看电影，亲嘴也是很快的事了。二喜是县委办公室的主任，没打招呼，坐在学员中间听了他一场课，散班没几天，让他去了一次县委会，对他说：县委办有一个缺，希望他能来县委办工作，发挥他能写能汇报的专长。毛栗把这事对女朋友说了，女朋友惊喜若狂，说你还等什么？进城不容易呢。这一高兴，差点就拥抱亲嘴了。女朋友希望他尽快进城，把婚结了。他们公司有个不成文的规定：年满25岁没有结婚的员工，以后就不享受分房子了。而这个老姑娘，就快满25岁了。急啊！

毛栗在具上的优秀表现，传到了区上，区上也开始重视他了，尤其是区长，只一年就要退休了，他想尽快促成班子开会，解决他副科长级别的提案向上报。别看小小的副科级，上了这个台阶，就有了任副区长的资格。这个区管九万人，你看这个副区长有多大的权。不到三天工夫，老区长的这个提议便得到了响应。但这只是一个提案，要报县上，真正认可，得待时日。

县委会那边来电话，说要开党代会了，急于要写材料，可能要先借调毛栗去参加写报告，工作调动的事可同步进行，希望他尽快回复。毛栗有些急了，便回铜锣山来请教晚生。

晚生说："这种事我就不懂了。我只晓得都是好事。你还是去问问老区长吧，他是洞庭湖上的老麻雀，官场上混了几十年。"

毛栗马上行动。想想老区长长期腰疼。他知道有个方子治腰疼，是猪腰子配两味中草药炖着吃。便打听铜锣山有不有人杀猪。正好远处有猪的惨叫，便闻声跑了过去，买下两个猪腰子。山里的猪多吃红薯和野菜，猪肉的品质就大不一样。

毛栗提了两个猪腰子去见老区长。区长说："从事业角度来讲，你是区里培养出来的干部，农村更需要你这样的人。从个人感情来说，调县里去，你的上进机会更多，再说你也找了县城的女朋友，这就叫安居乐业了。怎么决定？那就只能是你自己决定了，局外人是不好出主意的，这个选择很重要。"

晚生和区长都是明白人，都不往明处说，事关个人的重要决策，肯定是怕担风险。

那么也只能是自己做主了。毛栗思来想去，彻夜难眠，他设定了若干种方案，最终选择了一个：先同意借调去县上工作，同时提出来希望解决行政级别。

毛栗回复了县上，同意去上班。

县里给区上主要领导打了借调毛栗的电话，并要求毛栗当天去报到。

毛栗接到区上通知，收拾几件衣服，就往县城去。毛栗见到主任，脸红耳赤，坐立不安。主任见状，问："有什么事吗？"毛栗这才支支吾吾说了他的想法。主任有点不高兴，在办公室转了几个圈，抽了三支烟，最后说："那你还是回区里去吧。"说完忙他的去了。

毛栗懵了。办公室空无一人，都忙大事去了。条几上有香烟，不抽烟的毛栗也一口气吸了三支。

毛栗再回区里时，他看到同事们看他的眼神不一样了。他虽然只走半天，大家同他招呼，已是陌生的姿态……

几天后，周末，毛栗回铜锣山去看晚生，他说："县里没去成，区上报的方案也拿回来了，我又回到了原地。"

1987年《人民日报》11月22日《大地》副刊；

1988年《新华文摘》1期转载

汤汤水水

一般说来，知识分子较之其他"分子"，在脾气方面修养会要好些。可是在今天顾所长主持的会议上，她统率下的那些多是戴着眼镜的平日斯文可敬的面孔，在一触及那个显然已十分敏感的问题时，立马便变得又长又阔，张张像秋天的茄子，这一触即发的愤懑让权威的顾所长大吃一惊，看来这个问题是很严重的了。因为她晓得她的这些部下在一般问题上是很难动肝火甚至往往是麻木不仁的，也是，不超然些如何做得知识分子？易冲动是要伤害个人身份的。

H科研所很少开全体会议。多是各自关上门做学问，或者开展专题活动、小组活动。加上顾所长近来身体的这里那里故障不断，全体会就开得更少。H科研所专家教授多，年纪普遍日近夕阳，开会准占去了很多年华,厌恶开会那自然是不用言表的。但是这些开惯了会的先生们突然一下子没有会开,倒又很想开会了,同志们各自为战,有时候几个月半年难见一面,想起大家济济一堂,喝着茶抽着烟看看谁的头发白得多谁眼角的鱼尾纹最深刻再聊聊都离大家很近了的阴府阎罗之类的事情,多有意思。所以当办公室的女孩用很动听的嗓子通知大家于某月某日参加全体会议的时候,大家都马上在台历或挂历上作了记号。今天一早,大家就穿戴整齐提前到会。人人手里端着一杯茶,几乎所有杯子上都写了一行令多少人羡慕的字——参加某某全国或全省的显赫的科技大会并获奖等。这样的杯子足以说明它主人的身份。

会议室里一切都已准备妥帖,明窗亮几,桌椅整洁,靠墙摆着一排注满开水的红绿茶瓶。不管教授们是否自己带茶杯,还是按位子都摆好了公家的雪白的瓷碗,开会嘛,要像个开会的样子。传达室国爹前一天就开始打扫会议室,今天天不亮就起来一壶一壶烧开水。在同志们纷纷莅临会议室时,这十月的季节里,国爹还穿着件单褂子汗爬水流上上下下地忙乎着。大家很感动,都热情地喊他一声国爹。国爹被众学者如此抬爱,激动得老眼昏花,蒙了些许水雾。国爹用精瘦一个身子昼夜值班,守传达、喊电话、制止修伞补鞋收破烂的来院里吆喝、烧八个办公室的开水、分送三十个人的报纸杂志信件、搞门前房后的卫生……一人当几人用,却只拿一百元钱一月。有个地方愿出一百五十元月薪雇他。他不去。人问他为何不去。他说若是图钱,早就不在这里干了。他是图他作古后,想要他忠心服务的这些大知识分子每人亲笔写字送他一个花圈,那么他到阴府去就是一个体面的人了。H科研所的先生们都晓得国爹这个愿望,都满口答应日后每人送他一个花圈并为他守灵,国爹感激得连连鞠躬。他舍不得离开这里。大家也舍不得他。

八点钟,去接顾所长的吉普车准时开回机关,汽车喇叭一响,国爹奔下楼去为顾所长开车门。他小心扶她下车。其实国爹年纪比顾所长要大很多。所里的同志都来迎接脸色还很苍白的顾所长。大家都很敬重顾所长。

会议的安排先是学一段社论,接着讨论一小会,再就是商讨一些学术上的问题以及工作规划。但是会议刚开始不久,便有从一楼餐馆冒上来的浓烈的焦油味灌进会议室,呛得大家直咳。这时大家的脸上就有了些难看的颜色。在外面候着为大家添开水的国爹赶紧就关闭了门窗。接着不久,这临大街的餐馆突然炸响了一挂长爆竹,响毕,便有一群人高声说笑着进了餐馆,椅子碗筷"哗哗"响,在这刺耳的噪音里,喉咙本来虚弱的专家们无法说出话来,只好等着下面安静。刚静些,专家们正待开口,忽然下面又响起划拳喝酒的吆喝。后来索性再添一个高潮:大概有人喝醉了酒,在推倒一些桌椅碗盏后,闯进后院,就在会议室下面十分西北风地唱了几句篡改过的歌:

妹妹你大胆地走拢来,

走拢来,让我摸一摸……

随着余音,立时便有女孩子的尖叫声扬起,不禁令专家们浑身一紧,毛须倒竖。可以想象那酒癫子是摸着哪位姑娘了。餐馆里请了不少女佣,平时都蹴在后院择菜杀鸡。就这样,一个庄重的会议便不由自主无可奈何地转了题。专家教授们一个个愤愤地谈论办公楼底下这个"野花餐馆"的事情。很快,谈论就变成了声讨,列举了野花餐馆的种种罪状。每人揭发一至两条,野花餐馆一下子就十恶不赦了。顾所长不住在这个院子里,而她的部下全都与现在这样的噪音为邻。平时大家努力克制不去为野花餐馆的事动容劳心，这样在顾所长的印象中，尽管有些反映，野花餐馆也还属于人民内部矛盾。今天积在大家心里的火药突然就被点燃，义愤是能够相互感染的，一发就不可收拾了，会议竟火爆爆地开到吃中饭，没有休息解手。这可忙坏了国爹，因为发言热烈就容易口干，要不停地兑水。散会时，顾所长阴沉着脸拍板：就这么办吧。顾所长从来是站在她的部下的集体观点立场上的。会议的结果是要坚决而迅速地赶走野花餐馆，解放"受苦受难"的 H 科研所。

从会议的情势看，那些愤懑，有一部分是落在卫副所长身上。因为卫副所长是行政副所长。上面让老顾当所长是关系到科研所的招牌是否明亮的问题，事实上年纪一大把了的顾所长是没法子来尽所长之责的，便派来上面认为是精明强干的小卫（大家从没叫过他的官衔。因为他年纪轻，还因为他不懂业务，是外行。说年轻呢，其实胡子也日见没办法刮得干净），来管钱管车管机关事务应付开会搞接待。那时候市里有精神，号召一窝蜂把临街门面要统统改成经营性质的店铺以壮开放搞活的声威。H 科研所这栋办公楼地处繁华地段，首当其冲在小卫手里就开成了饭馆。饭馆的污染和公害在所有经营性质的店铺当中是最严重的，不知当初为何这门面就租给了饭馆老板……那是过去，就不说了，现在是解铃还得系铃人。那些寒光闪闪的眼镜反光不断射到小卫身上就充分地说明了众人的思想。作为副所长，开会时小卫从来都是择一处最不显眼的角落坐下来，认真地在一个特大的记事簿上作记录。小卫其实也是很早就拥有了电大文凭，但是在全市赫赫有名的 H 科研所他居然就把自己划出知识分子队伍，自卑地认定他的电大文凭在那些二十世纪五十年代和六十年代初的大学文凭面前差点就如同是解手纸了。上面来送小卫上任时没有宣布他也是电大毕业生,加上小卫羞于谈这浅淡的历史,于是全所专家们犯了个共同错误:认为他是门外人。最后顾所长说:"小卫,这件事,你拿个方案。"小卫谦恭地答:"好的。"专家们话里的含蓄和眼镜片后面的含蓄,始终低头作记录的小卫都是感觉到了的。不然上级也就不会派他来这里。小卫的记得工工整整的本子一合,就散了会。碗盖叮当,椅几纷纷移动,起身看窗外,一街的车,如虫行,下班高峰期,水泄不通。这是令知识分子们看着烦的景象。这不大的城市怎么一下子就有了这么多的车?

那时候 H 科研所的小院在这一带是最漂亮的。临街是三层的办公楼。中间是个小院。小院过去是人工挖成的一口不算大的池塘。池塘连着护城河,勉强换得些水,不至于臭。四层楼的宿舍傍塘而立。那时候的领导有些诗意,指示建筑者要挖口塘,让学者们在喘口气换换脑子时,眼皮底下有点流动的颜色看。大家当然是很爱惜这闹市中的一泓清水的。塘边上的几根树是大家亲手栽的,现在都长得高出宿舍楼,家家户户都可从窗户内伸出根竹竿来,搁到那结实的树杈上,晒被子和蚊帐。大家习惯了保持这水和树的清洁,小孩子也受了父辈的影响,不往塘里扔指甲大片东西。可自从在 H 科研所的招牌一旁增加了个配有霓虹灯的"野花餐馆"招牌之后,院里的宁静庄重干净的氛围就全部改变了。那些从乡下雇来的年轻的男佣和女佣,一天到晚在小院里池塘边杀鲤鱼草鱼团鱼、杀鸡杀鸭杀野兔杀山羊杀乳猪杀蛇杀青蛙、杀种种赚那些有钱人要吃的一切(除了人)。开始的时候,将那些血淋淋的肠肚皮毛头颅就往池塘里扔，由那极慢的水流慢慢送往护城河再送到大河里再不管它往哪里送。——当然这种惨不忍睹的行为很快就被所里制止了。但是由于那些男佣和女佣频频更换，新官尚可不理旧事，新人也就不知旧规，顺手就自认为还很讲究卫生地将红红绿绿的动物内脏扔进池塘，在他们看来，若把这些东西留在院子阳沟里惹苍蝇那才是不卫生的。结果又要对这些新手进行环境保护教育。那些饱带着可爱的乡土气息的农村青年，一面心悦诚服地点头哈腰接受教育，一边卖力地清洗水泥小院，同时又把地上的动物鲜血冲刷到池里，顷刻又是一池羞红……从此这一泓清水便成为苍蝇、蚊子以及种种无名飞虫的大本营。一些暗绿色的并非藻类的像油汁样稠滞的物质粗野地覆盖了那曾经鲜活清亮水面。这池塘从此再没有过去那份温馨了。那些高大神气的树干也失去了自由，野花餐馆里人不由分说便在它们身上钉了些钉子，常披挂些鱼肉菜果擦桌布拖把之类的俗物，它那多年宠养出的高洁风姿被折腾得无影无踪。这些变化的每个细节都生动地发生在专家教授们的眼皮底下。以往早晚闲暇，他们或是独身或是携了妻儿在这池塘树边作几分钟散步。现在是不可能了，那熟悉的水木清香早已被酽酽的油盐味所替代。因此那些心理失去平衡的怨愤迟迟早早是要发泄出来的。

现在无论是在城市还是乡间的公路两旁开餐馆，有一件装潢那是要必备的：一定要武装一至两名漂亮的女子站在门外招客。一见有迹象要进食的路人、旅游者、汽车司机等经过，这女子便要堆满笑容上前去邀请甚至拉扯。她的整天的工作便是要保持鹰一般的敏锐和甜蜜无比的笑容以及发出夜莺般动听的嗓音。若是哪个餐馆不具备这件装潢，生意就要暗淡许多。这女子应是脸庞周正最好是多些妖媚，身材也要高挑一定还要丰满，四季衣服都是老板做的，式样色泽追求醒目，尤其还要体现出线条。当然至于衣服包裹着的内容是否与衣服配套，那是另一回事，老板才不管你是什么毕业，是否会写字或者有胡乱吐痰满口脏话的恶习。当初有一个结实的汉子来与卫副所长签合同时，身后就跟了这样一位亭亭玉立的使任何人都想多看几眼的姑娘，但是不一会那女子就当着卫副所长的面将纤纤的一只手反伸向后背衣服里抓痒痒，皮带以上雪白的肉就明白地跑出些来。这汉子叫曲中和。曲中和一面同所里签合同付现款做押金，他带来的人就在刚改造过的门面内开始工作，一副很讲究效率的做派。

这曲中和不知在所里哪个地方一眼看中了管教授的一笔好字，便决心登管教授的门求写招牌。曲老板特地换了套衣服，敲门亦是轻巧而恭谦。大门外轰轰烈烈地开放搞活，大家自然认得这个曲老板的。管教授也认得，开门放曲中和进去。听说曲老板来求字，管教授哑然一笑："我什么时候写过字？""您写过，而且非同凡响。"曲老板说。"招牌就更谈不上了。""您老就莫谦虚了。您没写过招牌，但我敢说这市里挂的招牌，没几块比得了您的功力。""真的？""曲某不惯奉承。""这么说你也懂得一点？""先生恕曲某狂妄，要是动员我去加入你们那个市书法协会，我还真要摆点架子，我看那些高谈阔论的同志应该在家里关三年再出门。""那你自己开馆子，自己题招牌，不是更有意思？""我原来是这么想，后来一看您的手笔，我就一下子矮了三尺。""究竟在哪里看到了我写字嘛。""你们所里那墙壁上的'国庆特刊'四字是您写的吧？"管教授一笑："也亏得你留神,那也称得上书法?""您猜我看出了什么?""那就请你指教指教。"管教授有了些兴致。曲中和道:"据我看,您最先染指柳字,后苦练过欧体,而后又喜欢魏碑。"管教授满脸喜色:"倒也说得不假。可惜后来考上大学后就改干别的行当了,不曾再练,半瓶子醋……你都习过谁的字?""不敢不敢。不过我祖父原来是乡里教书的,跟他画过几笔。先生,这几个字您一定要给面子。"先生说:"就看在你也是个行家,我就写着试试,和你交流交流。""您太谦虚了。"曲老板很受感动的样子,想:平日都说这些专家学者们清高、架子大,但在学问面前竟是如此谦卑,了不得的品性!先生问:"写什么字?""就写'野花香餐馆'吧。""'野花香餐馆',好吧,你明日来取。我要多写几张,看看效果。不过你不要寄很大的希望,要不得,我还是不拿出手的。"曲老板说:"一定会好。"说着就奉上备好的宣纸笔墨。纸笔墨都是很不错的,足见曲中和的眼界。

开始练习的时候,管教授觉得"野花香"三个字作招牌有些不雅,一时又想不出不雅在何处,便叫来小卫:"请你参谋参谋,我总觉得这个名字有点问题。"卫副所长说:"是有问题。""问题在哪里?""不是有句粗话说'家花不香野花香'吗?问题就在这里。""对,对,对,我说呢怎么这个招牌有问题,不能这么写。""门口是嗲声嗲气的女子招客,门头标榜着'野花香',问题严重。"小卫说。"对,对,对,乡里不是有句山歌说'路边的野花莫要采'么?那是旧社会妇女叮嘱出门的丈夫的歌词。不能那么写,老百姓有意见的。我看就改做'野花餐馆'吧,这样没问题了吧。""要好一些,但还是不理想。""就这样。如今都很开放,没人死抠字眼了。""就这样吧。"小卫说。第二天姓曲的来取字,见管教授减了字,不悦,但一见这雄健苍劲的四个字,爱不释手,连连说这是全市最好的一块招牌。管教授也得意,但口里还说是逼鸭子上架,乱涂鸦。管教授向曲老板说明不能用"香"字的严重性,并说是和卫副所长商量了的,曲老板便不再说什么,反正真正做生意并不在乎招牌,人人进餐馆,眼睛盯着的是桌椅碗盏、盆碟里的内容。只有极少数人去注意招牌,而能赏出字迹优劣的,往往又是望馆生畏、囊中羞涩者。

曲老板高兴地接过这四个字。随手递过一个红纸套子,感激地道:"一点小意思,真是小意思,我只是按市面上的行情,只给先生一百元一个字。我不好乱了行情,不足的,今后我曲某再补偿,日后天天要见面的。"管教授不伸手接那红纸包,冷冷地道:"你是说,给我钱?""小意思,先生莫嫌弃。"管教授也不多说:"那你还是还我字吧。"管教授像是受了侮辱似的脸皮惨白。好半响曲中和才明白过来,嚅嚅道:"真是对不起,真是对不起,那么,先生,我就只好谢在心里了,可是叫我如何心安呢?这墨宝真是钱没法子买得着的……"曲中和不知如何是好,学了日本人的样子,连连朝那高雅超然之士鞠躬而退出房门。曲中和用眼角余光发现管教授家中尚使用十四吋小彩电;一张老式饭桌至少用了二三十年,裂缝之宽阔可以掉下筷子;先生所穿老式三节头皮鞋业已开刀医治过好几次了……

国爹听了会议精神回屋后,心情很沉重。老婆问他哪里不舒服,他竟吼了老婆,老婆很委屈,咕哝一句:"好人当做贼,鸡屎当做墨。"国爹对一切人好,从不高声大叫,却是吼老婆。老婆也习惯了,见多不怪。乡下打老婆尚是家常便饭,国爹至少没有动过她一个指头,这便令她心满意足了。中饭的时分，餐馆里的女佣又给国爹送一盆菜来。餐馆是几乎天天要送菜来的，并非是顾客吃坏的，有时候料下多了些，锅里剩的，就给国爹送一份来，方便，从那个门过这个门。

老板有这个吩咐，厨师以及男佣女佣都得过国爹好处，送菜的事就很积极了。开始的时候，国爹拒绝，他没有多少文化，但行贿受贿的勾当他是明白地痛恨的，再说多年来在这清水衙门中受那些清白之辈的熏染也出落得纯洁无瑕。那胡子拉碴的曲老板听佣人说了这事，过来找国爹："国爹，你是看不起我么？"国爹懵了："你这话从何谈起？""我晓得，你是看不起我们这些下三流人物。""你越说越没谱了。""告诉你，我叫人送的菜，要是有毒，曲某赔你的命。""这个……谁说有毒了？""曲某开馆子，剩菜只喂猪，不送人的，你放心好了，我不做缺德事。""谁又说你们送的是剩菜？""那你为何不吃？""你听我说，我替公家做事，有薪水，怎么能白吃人家？""谁让你白吃了？你天天替我们扫院子，也不能白扫啊？社会主义按劳付酬的原则你不会反对吧……"这时候卫副所长来了，听了曲老板的夹生话，不禁掩嘴失笑。国爹恭敬地向所长摊摊手："所长，你看，真是不好意思……"卫副所长说："莫不好意思，我看老板送你的菜，吃得。""吃得？""吃得！""怎么吃得，我也是半个你们单位的人了。""你吃得。"卫副所长把"你"字做了强调。国爹正要思索这话的含义，那曲老板便在他肩上放了一掌："老头，莫穷酸了，你又不是知识分子，有吃就吃。"

加上那农村女人立场不稳，国爹就被拉下水了。从此这老两口就只要买点青菜打汤喝。馆子里每天多少要送点菜来，而倒掉的大鱼大肉却是他们所吃的十倍几十倍。不吃也就同样倒掉了，不吃白不吃。理论上想通了，但国爹心里还是不太舒服。但经济却明显地宽裕起来，原来一百元钱老两口花蛮紧张，过年的鱼肉还要乡下的崽送来，现在那管钱的老婆倒不时买点东西托人带给乡下的孙子和外甥。

国爹想：卫副所长说吃没问题。同志们会如何看？倘大家认为他被收买了，那活着还有什么意思？于是他就尽力在卫生工作方面做出努力，试图用社会主义多劳多得的道理来向同志们暗示他的所得乃劳动所为。以前这小院，只需上午下午各扫一次，现在见脏便扫，因为易脏，一天不知要扫多少次。而且一见有鸡狗肠子蔬菜根漂到塘里，便马上举一只自制网兜去捞起来。在干这些完全不属于他工作范围内的事情（合同上规定了餐馆卫生由餐馆负责）的时候，若是有单位同志打身边经过，他便要小声发些怨言："你看你看，要是要他们来搞卫生，这地上这塘里不晓得要弄得好马虎。上面来了人，看得？"他要告诉同志们，这不是他分内的事。不是分内的事干了，因此吃那餐馆一点菜也是完全应该的，同志们不要有看法才好。但发这小小怨言的时候，那又一定要是没有餐馆的人在场的时候，若是那胡子拉碴的蛮汉曲老板晓得了，来骂他一通"谁叫你干了，谁叫你干了，什么时候收买了你叫你干"，那他也是受不了的。他晓得那个炮筒子是没有什么话说不出口的。

开过会后，国爹再看到有人送菜来时，胃里顿时满了，觉得这菜是无论如何也不能消受了。专家教授们在会场上对野花餐馆的看法使国爹惭愧得无地自容。作为H科研所的人他这么些日子来干了些什么事呢？他是帮了所里的倒忙的，他事实上被馆子里的一星半点余菜收买了。他没有尽力制止他们的高声大叫，因此严重地影响了大家的休息和工作。没有帮助和督促他们把卫生工作搞好，而使同志们心情不愉快。没有……咳，都数不过来，同志们提的所有意见都是与他有关的，很多很多时候他心慈手软迁就姑息了这些人的恶习。他甚至常用公家的电壶烧些开水给他们喝。有时候还让那些男佣和女佣东倒西歪躺在他的床上，允许他们一伙伙挤在传达室看他的黑白电视……种种，他很久以来就没想到这是个高雅的科研机关了。现在联系先生们的发言，他马上就改变了对野花餐馆的看法。他也认识到赶走这个餐馆的确是十分重要、是当务之急。此刻，那个女孩子托着一只瓷碟一脸喜气地说道："国爹，尝尝，刚从广州搞来的新鲜鱿鱼。"国爹残忍地拉长了老脸："不用了。"女孩子看他的脸，吓了一跳，一些汤倾了出来："国爹你怎么了？""不怎么。""你身子不舒服？""舒服。你把菜端打转。"女孩子皱起眉头："这，这，谁得罪了你国爹。""我得罪我了。"女孩子怕看脸色，嘟哝了一句什么，颤颤地欲转身。那待一旁的乡下婆婆看了这口福将要牺牲而不甘心，低声怨国爹："你也是，人家一片好意……"国爹旋即吼婆婆："要你多起一把×嘴。没有人讲你是哑巴。"老婆赶紧将头缩进房去。"还不死起去买菜做饭。"国爹看着那冷锅冷灶支使老婆。

那女孩子悻悻转回厨房，一小会带出来些女佣男佣，都来看没有看见过的国爹的脸色，小心问："国爹，你……"国爹正色道："今后你们就待在餐馆里，不要再往传达室跑来跑去的，影响办公，我负责不起。"他没有讲要他们走的事，那话应该由领导上来说，他不应该管他分外的事。国爹晓得做人头一要紧的是：忠实和本分。

这要撤掉餐馆的信息是否传到曲老板的耳朵里，不晓得。但H科研所的家属们很快都知道了。不过知道了也不外传，放在心里。这个决议对家属们震动较大。在餐馆去留的问题上，家属们很矛盾。一方面她们和她们的先生一样，深受其害。一进大门便闻油烟腥气，满目是鸡肠狗肚，堂堂一个科研机关不异于是自由市场。她们傍了各自丈夫的荣光而有了体面，现在就住在鸡肠狗肚的院内，还言什么体面？都不敢请朋友来家一聚了。另一方面，她们又深得了这餐馆的好处。从曲老板到全体佣人，对她们这些专家学者的家人是无条件客气的，只要有所求，必是大开绿灯和优惠。那些做学问的先生们，普遍是不问家务的，住家过世的若干难处自然就全堆在家属肩上。这个院子里的女人，既拥有别的院落的女人没有的荣耀又比人家多了很多艰辛。自从有了这个近在咫尺的餐馆，就顺理成章要带来一些生活上的方便：饭时来了客，加菜不赢，立马可去馆里取一样来，而且多只算成本费；上学的孩子的早餐如今是一律交给餐馆了，孩子们自个会去找自个的餐馆熟人为他们自个热忱服务，没有说吃不好的，如今独生子女一枝花，光是一个早餐便要操烂许多父母心；有些妇女没胆量弄死鲜鸡活鸭甚至鱼鳖，亦都可交给那些来自农村的勤快后生处置，甚至籴米买煤打油的粗活也委托了他们，那曲老板也常对这些辛劳的太太们说："看得起我曲某，有事就只管喊。别的忙难帮，力气上的事就不要客套。"这话是可以收买女人心的呢……一旦餐馆撤了，女人孩子会不习惯的，而不撤又无法忍受，因此家属们都在矛盾中保持着沉默，想这世上的事也真说不清白。

研究员老龙家的情形不一样。龙夫人听得这个消息，有些不安。她问老龙："真要他们走？"龙先生说："谁走？""全院人都晓得了,你还瞒我。""晓得什么?""看看看,还装糊涂。""晓得你还问我做什么?""你呀,什么事都不对我说的。""单位上的事你不要管!""好好好,我不管。"这夫人见先生上了些脾气,便立刻放软口气。她的贤惠是有口碑的,把个火爆的龙先生往往就调理得像个乖孩子。这时候龙夫人就找过一把梳子,转了话题:"我给你理理头发,你这样子走出去像个叫花子,哪里像个教授。"就给他梳理半白的一头硬发:"我晓得,你是不喜欢我了,嫌我老了,比不上以前,所以老发我的脾气。"这话一说龙先生就心软了。恰恰这女人就比他小了二十岁。当初他这小爱人如花似玉也是有口碑的。"你这话往哪里说?"龙先生道,便半卧于躺椅上边看一张报纸边由夫人抚弄脑壳。到了一定的火候,龙夫人又说:"依我看,能让他们走,当然是好。但恐怕没有那么便宜,你们这个码头好,姓曲的赚了钱。有钱不赚肯轻易丢了这个腊肉骨头么?再说他从不拖欠你们一分租金,还赞助过你们,还评上过先进个体户,你们要他走有理由,他不走也有道理……"先生打断她:"你就明白地说吧,你是不想他们走。""餐馆对所里家属子女的方便你也是晓得的。""对你不仅仅是方便,而且还有益可得,是不是。"龙先生白她一眼。"是的是的是的,是的又怎样?"夫人有些生气了,这话刺中了心底个别地方的要害——因是龙夫人有个堂侄女在餐馆里做事,餐馆一撤树倒猢狲散,堂侄女就要失业。当初不是她那住在老山里的堂哥常挑些红薯丝和辣椒干走几十里山路到城里卖了,换些纸钞勉强供她念完师范,怎么会有她吃"皇粮"住洋楼拿薪金的今天?那以后的一些年里,骨头极硬的堂哥拒绝接受她任何形式的报答,但临死之前却向她提了一个要求:设若她有办法的话,就替小女儿在城里找件活做，哪怕是扫街卖冰棒做保姆。堂哥也明白那国家粮是吃不上的，仅仅是让这个叫做画梅的姑娘来过一过城里的瘾，了了她一桩心愿，最终她一定还会回老家去的，因为她的根在山地。这画梅是堂哥五十岁上结下的秋瓜，视为掌上明珠，所以龙夫人是要想尽千方百计完成堂哥的临终嘱托的。

龙夫人曾把这件事情向在市里甚至省里都说得起话的丈夫提起过。当时丈夫说："我能够帮你的就是把画梅接到家里来，养起，让她过城市瘾。"龙夫人便不指望丈夫了。她本来就没指望他，只是想同他说说。其实龙先生的学生大部分都做了新时期的梯队队员搭着楼梯登上了高官要职，龙先生要往学生权力范围内塞一个排的文盲也是易如反掌的事。当然要是龙先生这样干也就不是龙先生了，她龙夫人若是图先生这个也就不是龙夫人了。然而不管龙夫人如何清高如何同丈夫一唱一和，这堂侄女的事还是要管的。后来 H 科研所改了门面，龙夫人一喜，马上便想到画梅。凭她的能量，她再也找不到别的什么空子了。她壮胆邀了卫副所长，去找曲老板，卫副所长在一旁敲边鼓，并介绍了龙夫人显赫的身份，那满脸胡茬的曲老板说："认得认得，大名鼎鼎的龙夫人，不认得还行……不过，店里暂时满了帮手，等等看吧。"龙夫人忙把堂侄女招来，做些由农村姑娘适应城市生活的演习辅导工作，静候佳音。然而一等就是许久，杳无音讯。这清高的龙夫人求人一次已下了极大的决心，成败全在此一着，是决不会再去催逼的了。且这一切竟全瞒着龙先生。倘先生知她竟邀了所里领导去通关办私事，那是会暴跳如雷的。一天，卫副所长看见经过武装而显得有眉有眼了的画梅，问龙夫人："是你的堂侄女吧？""是的。"龙夫人答。"没去馆子里做吧？""暂时还没去。""会去的吧？""看着办吧。"卫副所长面有窘色："是不是，你本人再去和曲老板谈谈？嫂子，说实在话，我不好再去谈。我出面就算是公事公办了。我说了硬话，他不收也得收。但我开了这个后门，日后有什么麻烦，我就硬不起腰杆来。真是，对不起。""你有难处，"龙夫人道，"何况你也尽了心。看着办吧。"龙夫人理解小卫的难处。不过她认为小卫喊她嫂子肯定是错了。小卫不应因老龙年龄大而顺水推舟称她嫂子。因而在她眼中小卫也成了半个书呆子。

　　后来形势有了急剧的变化。一日龙夫人下班回来，院里空气异常紧张，人们都站在屋外指手画脚，评头品足。龙夫人很快弄清了事情原委：是她的先生闯了大祸。事情很简单，这日连绵不断的小南风，径直将餐馆那轰隆隆作响的排烟机里排出的辛辣的油烟，源源送进龙先生的书房里，关上窗户也挡不住那无孔不入的气体的侵袭，呛成一团忍无可忍的龙先生于是不顾斯文冲下楼去，抄起一个拖把便大砸那排烟机，白铁的烟囱便被砸扁许多。龙夫人连忙奔上二楼去看急坏了的先生。只见他躺在睡椅里大口喘气，脸色惨白，龙夫人当即使尽百般柔情，很久才让先生喘出一口浊气来。夫人说："我就做饭，你就不去想刚才的事了吧。"先生叹一口气道："真是，我成了一介武夫，大打出手。"夫人道："不要紧，出了气就好。"但先生这一打，马上就打出个很好的形势。只隔一天，曲老板在大门口候着下班归来的龙夫人，躬身道歉说："龙夫人，真是对不起，让龙先生生气了。请转告先生，我们正在设法改进排烟管。待先生气消些后，我再登门赔礼好么……好像你那堂侄女已经来了吧，来了好，你叫她下午来上班。工钱呢，我不会亏待她的。"情况突变，龙夫人哽住了，一时不知说什么好。这样画梅便蹦蹦跳跳上班去了。这暴力换来的美好结果叫龙夫人哭笑不得，忐忑不安，等待着哪阵龙先生明白后大发雷霆。然而龙先生没有这样做，对她说："画梅有事做了？""唔，真是不好跟你讲。""有什么不好讲？我看你这些天心神不安，没有什么不安的，现在的事说不清楚，关键是这个地方不该开餐馆。""请你原谅我。"夫人悻悻道。"你又没有错，画梅也是凭劳动生活。"龙先生竟宽容地这么说。龙夫人高兴地亲拥着他："你真好。我也是不得已而为之呵。"龙先生叹一声："我也不晓得我错没错。"夫人道："你是对的。""不过那个老板也是很有心计很有手段的。"龙先生补充道。

　　龙先生很久没有正眼看那餐馆了。他要把窗外的烦事尽量挡开，以保持一种清静心境，他叫夫人买来一卷透明胶布，将窗门缝隙全堵了，再拉严厚窗帘，设两道防线。大白天开灯工作，热天则大开电扇，赤膊上阵，世界果然便清静了许多。

　　但是在最近的全所会议上，他又一反常态，变成赞成驱逐野花餐馆的强硬派。因为尽管他竭力躲避餐馆的外部侵袭，却又面临着无休无止的内部干扰——那寄住在家里的堂侄女往往天不亮就起床，深夜才进屋，尽管龙夫人嘱她轻巧再轻巧，厕所里解手冲水的声音总不可不响吧。对于干他们这个职业而千篇一律无不神经敏感的人来说，静谧中一个牙刷落地也无异于是晴天霹雳，何况是汹涌澎湃在夜间压力很大的龙头水响。这还不够，画梅那些同伴们，天天有跑上楼来解手洗澡的。大白天里，家属都上班去了，小孩都念书去了，是专家学者们正好关门干活的时候，但龙先生的思绪却被此起彼落的噪音一遍又一遍冲刷殆尽。那餐馆里是没有澡堂和厕所的，办公楼的厕所是依上下班时间开放的，画梅的几位挚友的排泄洗浴问题不由分说便寄托于龙先生的卫生间。龙先生怎么可以制止这些远离父母的孩子们最基本的生活需求呢？况且龙先生也是受苦人出身，年轻的时候闯进都市，睡过桥洞，偷过烧饼，受尽了富人白眼，他现在可不能像过去的富人那样歧视这些打工的人了。每当那些小心翼翼地来他家洗浴、方便的女孩子们发现他在屋里时，无不惶惶然，表现出内疚和无可奈何的尴尬表情。他实在不忍心伤害她们。那么，他容忍迁就了她们，他又干不干活了呢？他还有许多需要一个人静悄悄干的活，然而他已分明感到黄土至少已埋到了胸口，这临近黄昏的光阴是分秒值千金呵……看来一切祸害皆源于那个餐馆，要从根本上改变现状便得赶走它。至于迁移到了其他地方，他的妻侄女以及同伴是否有地方解手洗澡，他也顾不及了。也怪不得他狠心，眼不见耳不闻也就谈不上狠心。

但是曲老板真被赶走了，画梅也就肯定会失业，这是很明白的事。不是看僧面佛面，何以要照顾他的妻侄女呢？这么说来受直接损失的是他们龙家。龙先生知道他的生硬态度伤害了夫人，龙先生过意不去，便安慰道："万一撤了，画梅的事，再作计较。"夫人道："指望你还是指望我？我看还是让她回去吧，城里的瘾也让她过了，可以向堂哥交代了。"听这话时龙先生觉得很凄凉。但他决不会放下架子去找关系。也不准备改变他对赶走餐馆的态度，这事关系到大家。

当时市里有位领导同志对顾所长说："老顾啊，你们那堵墙什么时候打开呀。不能再封闭了吧，可不能拖全市的后腿呀。"顾所长的组织观念是不用说的。当即就找卫副所长商量："上面催得紧哪，我们这里又显眼，你看怎么办？""那就打开吧。""你有什么想法？""服从上级安排。""打开了怎么办？""门面出租，所里开支很紧张，急需补充，其实我们早该打开，有些单位说我们是端着金饭碗讨米。""好吧，那你就去办吧。"如此说来，顾所长觉得造成眼下这种局面，她是有责任的。这使她很不安。开过会后的第二天晚上，她准备微服私访，单独去野花餐馆看看。这天晚上她换了双旅游鞋，一个人沿着街道慢慢散步，她很久很久没有这样散过步了，有车坐和身体不适致使她失去了走长路的机会。顾所长在这个城市工作了好几十年。他们科研所所在的这个新区，原是一脉荒丘，一群群建筑物是在她眼皮底下陆续涌现出来的。在她的印象中，她现在走过的街道两旁，原来全是封闭式的办公楼，这树荫遮掩下宽畅的人行道，断黑就少有人迹了。缄默而严肃的高墙拖着恐怖的黑影子。现在呢？像他们所一样，每堵墙全向街道和行人敞开了，一个个店子灯火通亮，顾客拥挤不堪，这夜市足可与沿海城市媲美了。

顾所长心情很好地走到 H 科研所的办公楼前，她在野花餐馆这醒目的招牌下打住，细细品味那四个字，觉得很熟悉，但一时又想不起来是谁的手笔，便抬脚进了馆子。说句惭愧的话，她是头一次进这个馆子。而这馆子开张快三年了。开张的时候，餐馆里送来张"光临指导并小酌一盅"的请束。她没有去，她怎么可以去白吃人家一顿呢？个体户做点小本生意也是不容易的嘛。这时顾所长看见早已过了晚饭时光而馆子里却仍坐满了食客。生意很好，她想。突然有位在十月的季节里仍穿着件半透明衬衫把乳房和细腰束得使男人倾倒使女人自卑的迎宾小姐柔声招呼她："顾所长，您好。"接着有个中年妇女迎了上来，高声呼唤："顾所长您来了，难得难得，真是大驾光临。"说着便伸出一只温热的手，抄了她的胳膊："来来来，内面请。"便不由分说将她"请"到一个写有"雅座"二字的圆门洞里，雅座果然人少。女人拉开一扇屏风，内有一张小小方桌，铺了洁净的白桌布，四方摆着四张深红色底座靠背、不锈钢脚的时髦椅子，女人请顾所长坐下，吆一声："来茶。"很快雪白一只热气腾腾的茶壶就由一位俏丽女佣递了过来。"你是这餐馆里的吧？"所长问。"是的。""贵姓？""姓曲。""好像你们老板也姓曲。""我是他堂姐，替他管账。""一家班哪？""不全是。但自己人毕竟是自己人，如今生意难做。""我看生意蛮好。""托福托福，这要感谢您呐。不过也有淡时。竞争也厉害，左右周围都是餐馆，也难哩。""你坐着讲话嘛。""不敢。我们讲究站立服务。""你是老板，不是服务员嘛。""那就得罪您了。"那伶牙俐齿的中年妇女亲热地傍顾所长坐了下来。"你们老板呢？"所长问。"跑业务去了，听说林业局有个会。""会议也在你们这里吃？""我们吃得比宾馆、招待所便宜又好，人家愿意来。""难怪这么晚还有这么多人在吃。""那要吃到十二点哩。天热的时候，夜里一两点还有人吃。""那好啊，财源滚滚哪。""所长哇，这您就不了解了，谁想这么晚还服侍人呢？没得办法，顾客至上，他喊一声要吃，几块钱的生意也要做，夜深了也得做，不然会坏了名声，毁了招牌。从早干到晚，就是铁打的身子也受不了，不是图那几块钱，而是个信誉问题……尤其是这么晚了，后面宿舍里的老先生们都要休息，吵吵闹闹几多不好。有些人喝酒，一喝几个小时，生怕他们发酒癫，要是把机关的同志吵醒了您想想这如何得了。我们真是夜夜提心吊胆哪，生怕出事。可是如今一些人就是那样，有了几个钱就装大，心里的火气呢也特别大，真不好侍候。顾所长啊，干我们这行，名义上说是赚了钱，实际上是在做崽做孙，做叫花子。若是打扰了所里上班和同志们休息，还望所长您回去美言几句，有时候碰上那些蛮人子、二流子，实在是没办法，派出所都没办法。开馆子，最怕的就是这个，就担心这些人发酒癫、打架、骂人，砸烂了东西还得忍气吞声……还是你们好呵，清清闲闲拿薪水上班，与这些下层人隔得远。不是生活有难处，我们也真不想出来闯。""你的老家在哪里？""柘树坪，离市里一百六十里，您没去过吧？""没有。你们在家种地、养鱼、养鸡，开展家庭副业不是大有前途么？""所长啊，谈何容易，您没去过柘树坪，我也就不好说什么了。在家能赚钱，谁还愿出来？有道是'在家千般好，出门半时难'。不要讲其他的，住在你们这里，没得说的，人好领导好方方面面都好，但是美中还是有不足。就说一点吧，就是晚上下班锁了厕所门，我们夜里方便，要走过街，再往右拐三百米才有公共厕所，要是泻肚子，不拉在裤裆里才怪。好，好，不讲这个。脏。所长，您喝茶，这茶不坏。"所长捏着那小巧的杯子品茶："唔，茶不错，杯子也干净。"女人道："我弟弟老是说：钱要赚，但要赚得合理，心不能黑，要讲职业道德，要讲卫生。所以勉强把生意维持到这个样子。可有的马虎店子，房租都无法付清。现在的顾客心明眼亮，上一次当就不会再上当。""你弟弟也住柘树坪？""住柘树坪。""男子汉怎么不在家里作田种地当家做主？""讲起我弟弟这本经，就复杂了。""你讲讲？他在这里站住了脚，怕不简单吧。"顾所长下决心来体察民情，兴致就伴随着好。"顾所长，您不要笑话，我弟弟是蹲过班房的。""哦？""班房一蹲，他也就晓得如何做人了。""为什么事？""打架，打抱不平，失手伤了人。""判多久？""一年。但表现好，提前放了。但放回来，老婆走了，扔给他三个孩子。父亲气死了，扔给他一个病病歪歪的老娘。他是老大，下面还有未成家的弟妹。他回来一看这情形,晓得在柘树坪作田是养不起这么一家人的,一咬牙就出了门。所长,讲这些没意思吧?""往下讲。""家里不晓得他往哪里去了,反正是走了。但出门一个月便寄回来一百元钱。后来才明白,他去修过铁路,做过建筑工地的小工,当过搬运伕,干过很多苦活计,走了很多地方,吃够了苦,多少也赚了点钱,后来就来你们这里租门面开餐馆。之所以我要跟了来,扔下屋里不顾也要来,是要管死他这本账,他这人是条大眼虫,把钱不要紧,可是顾所长您晓得他的开支有多大吗?老娘要养老,三百六十天灶里煨着只药罐;三个儿女要读书要开支;还有两个弟弟等他安排成家,如今的世道,没五千元结不上一个婚,尤其是柘树坪地方穷,没人上门;另外,他才四十出头,未必就不再讨一房亲?那也是要花大钱的;还有,他当年失手打残的那个乡里人,本来是一次性赔了损失并且判了我弟弟的徒刑的,如今弟弟见那人生活不好,主动每月付些生活费,当初仇家,现在成了亲人了。您看您看,我弟弟不出来低三下四、拼命赚钱行吗?说句您不相信的话,曲中和如今算得一个有头有脸的老板了,上次为教育义捐捐款一次就拿了一千元,可是我却控制他只抽一元五角钱一包的烟。他如今口袋里有两种烟:一是自己抽的,一是待客的。待客的烟七元钱一包,如今街上游手好闲的小青年都抽这种名牌外国香烟。那些人把四元钱一包的国产高级香烟叫'猪婆烟'呢。'猪婆'的意思就不要谈了,被人瞧不米的东西。"这时候这女人招手叫来个女佣,吩咐点什么。又对陷入沉思的所长说:"等一下,我带您去看点东西。""看什么?""先不说。"这精明的能说会道的女人装些神秘样子。说着两个女孩子一人端两个小碟摆到顾所长眼前:一样凤爪、一样盐水花生、一样卤牛肉、一样臭豆腐干。顾所长脸上挂上了愠色:"这是干什么?"女人赔笑道:"您尝尝我们夜市上的小吃,检查检查质量,您还没有进过我们馆子哩。"顾所长看都不看一眼,手一推小碟:"你要这样,我就走。"女人见所长是真生气,忙吩咐撤下。后来顾所长拐弯抹角又问了些专家学者们提出来的一些公害问题,中年女人伶牙俐齿地解释了一番,后来顾所长觉得有些累了,便不再问,准备起身往回走。那女人便领她走到最端头的一间房子,那地板上竟东倒西歪睡着十来个人,看上去像农民。"这是怎么回事?"女人答:"这些食客是白吃白住的。""这如何说?""柘树坪的乡亲,以为曲中和发了横财,进城便来吃'大户',几乎天天有人来,多则两桌,少则三五人。您看看,曲中和经得起几下折腾……"所长点头道:"是有难处。都有难处。那么你们工人睡哪里?""睡饭厅里,撤掉桌子,铺上被絮就成了宿舍。出门在外,就谈不上条件了。""呵,呵,是这样。"所长郁郁地说。

顾所长出门时,已是十点半钟。但街上毫无夜色,比来时更为热闹。这时国爹发现了顾所长,忙留住她,一路小跑去告知卫副所长。卫副所长旋即出来陪同并叫出司机送所长。顾所长已觉疲惫,便接受下来。卫副所长随车去送她,问所长:"微服私访啊。"所长道:"很多东西我不了解,来看看。小卫,你看餐馆的事情如何办?""就照会议上大家的意见办吧。找个机会摊牌便是,不过肯定是有些麻纱要扯的。""那就再具体定个日子,我们先扯一扯。"卫副所长觉得所长这个口气比昨天温和疲软了许多。他说:"好的。"

所里还来不及组织人扯一扯撤走餐馆的事,便由顾所长带队领了六七位专家去北方某省参加一个每年一度的学术性会议。现在开会有了新发明,轮流做东,一年吃一个地方,减轻了组织者的负担。去年 H 科研所做东,被吃过了。不过对于 H 所来说,三四桌人的会议,在吃的问题上简直不算一回事。野花餐馆可以承包二十桌的会议。去年曲老板配合得很好,光室内卫生就整整搞了一个星期,接全国性的会议,不是好玩的,若是把那些"国宝"的肚子吃坏了,简直是犯罪。曲老板不抓大事,专管洗菜择菜这道工序。怕青菜里有农药,下午吃的菜,上午就要浸在水里,浸半天还要冲洗三四次。就是菜叶子里夹一条虫,这也将是严重的失误。

因是去年那个会议卫副所长表现出了出色的组织才能,今年的东道主点名邀请他去参会,怕重点邀请引起不必要的矛盾,另外调了个指标给他。通知是卫副所长处理的,他把自己的名字用毛笔涂了,因为今年开会的那个地方专家学者们都乐意去,他觉得应该腾出一个名额来。这件事 H 科研所代表团抵达目的地后才明白,大家为小卫的精神而感动。在火车上大家自然少不了要谈餐馆的事情,不谈它不可能,它干预他们的日常生活太多。有人就推断,为什么这么个乱七八糟的个体餐馆居然就干了三年还赶不走,那与行政所长小卫的偏袒是一定有关系的,而小卫被曲老板的烟酒所收买大概也在所难免。"当然啰,这不过是推断,无凭无据的,大家切切不可外传。"这位先生又把话往回说。大家也不否认这种推理。因是痛恨餐馆就可能要殃及其余种种了。但是一俟联系小卫这种默默奉献的风格以及他历来的为人,又觉得肯定是冤枉小卫了。他不是那种爱占小便宜的角色。

这次 H 科研所代表团在遥远的北方大出风头,倍受各代表团同仁看重。道理十分简单:去年在 H 科研所吃得好,招待好。如今的会议伙食标准是一天五至八元。"八元钱吃什么？我看就在我们底下的餐馆里就餐，从房租收入里补贴，来开会的老同志居多，饭要吃好，生活要安排好。另外还有个印象问题、影响问题，代表们来自全国各地，我们所我们市要给他们留下好感觉。"当时小卫是这样的指导思想。顾所长和同志们都表示同意。但所长叮嘱："可不能搞大吃大喝，铺张浪费啊。""您尽管放心。"小卫说。那一场毫无排场却又是美妙的吃，令一年后的外省同仁们还记忆犹新："我们也记不清吃了些什么，一餐究竟上了多少道菜，反正肚里早塞满了，口里还想吃，筷子止不住还往碗里伸。""好像根本就没有上过大鱼大肉，整鸡整鸭，又好像天下奇珍都吃过了。你们那家餐馆的水平真高。你们那位小卫是个魔术师，把这些实在吃过不少排场的老先生的胃口吊起老高，还没到吃饭时分就猜：'这顿会要什么花招？'人人像个馋鬼似的。""光是饭后的漱口水果就换了五六个品种，半夜还上夜宵，这样的会，只你们所开得起。先生们，能不能年年去你们那里开？……"吃过H科研所的同仁们，不绝的回忆和赞美。会议新增的面孔则是如听天书，把顾所长率领的团员一个个看成腰缠万贯的富翁。坚决地认定管教授的打过补巴的老式皮鞋是装穷叫苦，管教授是长满一身的嘴也解释不清。

今年的东道主与去年相比，就一个在天一个在地了，他们拿不出一分钱行政经费以外的"外水"来做"国宝"们的生活补贴。东道主所长面有惭色对顾所长说："咱们是同行，也就说直话了，你们不要笑话我们寒碜啊，实在是不敢怠慢诸位，但心有余而力不足，囊中羞涩啊。"又开玩笑说："去年你们那样干，既害苦了我们，恐怕还要害苦别人，让大家觉得在你们团面前，低人一等。"顾所长连忙说："哪能这么说，哪能这么说。我们做学问的，可不能把眼睛盯在饭桌上。"顾所长因身份倍长既暗中高兴又不好意思。这份突如其来的荣耀是她以及团员们始料不及的。那所长道:"话虽可以这么说,事实上就不可能不看饭桌了。知识分子也是人嘛,胃口的要求和所有人一样,有时候不过是故作清高罢了。诸位先生,恕我说得直了点哪,请不要见怪。"大家忙说没事。回头细想:他那话也实在挑不出多少刺。

与会期间,H科研所要求去看看东道主的院子,东道主所长表示欢迎,说:"一方面,热烈欢迎,二方面,只有清茶一杯,不知道矛不矛盾。"大家都觉得这所长很幽默风趣,很好接近。待H科研所的先生们一进入那造在远离闹市,依着一脉青山,被浓密树林覆盖而听不到汽车声,自然无油烟气袭击的独院后,联系起自己居所的喧闹拥挤,顿觉心情开阔愉快。这才是真正做学问的地方啊!于是赞不绝口,羡艳不已。"能有这么一个环境,我是心满意足了。"龙先生叹一声说。"对,对,对。"大家呼应。可那东道主所长在得意之余,又说:"可是诸位先生,你们知道我们中秋节的福利是什么吗?一人一盒月饼。你们中秋节的福利是什么?"有人就算出几样来:月饼那是应该有的,不过不是一盒,三盒或是五盒;一纸箱新疆马奶子葡萄,大致是二十斤装;一只烤鸭;一只活鸡;五斤香肠;一袋三四十斤重的泰国大米;五瓶什么名牌酱油;好像工会另外发给小朋友可口可乐和口香糖什么的。学者们回忆不全,因这些食物的领取全是家属们去办的。有人还回忆起:爱人还拎回来一大捆卫生纸,也属福利,说是从工厂里批发来的。这里一边数,那所长就不停地"啧啧"咂嘴,然后摊摊手:"你看,你看,可是我这所长就愧对兄弟们了。"

回宾馆后,龙先生不大高兴地评价东道主所长:"这个人,开口闭口吃呀钱呀，怎么领导一个科研单位？俗里俗气的。"没有人响应龙先生的话，恐是各自的想法有出入。一俟谈及"福利"二字，大家便要联想到一些贴身的体验——H科研所的左邻是个什么开发公司，右舍是一个百货纺织品批发部。所里没有出租房屋以前，和东道主所里差不多，也是一盒月饼打发一个中秋节的水平。而每逢节日以及高温季节，就有自家的孩子把左邻右舍分发的丰厚福利拿到饭桌上来宣传。孩子们互相串门，情况摸得确凿。于是爸爸妈妈爷爷奶奶便不得不破费了。以后有了餐馆的租金收入，一碗水就端平了，人家有的，科研所也有。但是有了就有了，有了也不稀奇了，久而久之，不曾意识到来之不易。来自哪里？有时候还埋怨西瓜分多了吃不赢，葡萄烂得太快。

今年的学术讨论中也开始掺入些不纯洁的内容，譬如说很多单位发言就大诉经费不足的苦，并联系H科研所的成功经验探讨如何开展以科养科、以富促科的新课题。就是在主持者的总结报告中，竟也一本正经地让H科研所的经营之道占了很多篇幅。好像是号召大家走H科研所的路子。还引用了一些文学性的语言，什么"人是铁，饭是钢""两条腿走路，一手抓科研，一手抓经济"，等等。无可否认的理论依据便是：政府有一定的困难，应该自力更生弥补不足，保障科研工作的正常运行，为专家学者提供条件。

尽管同志们对这些内容各有异议，但大家都有那种载誉归来的光荣感。在归途的火车上，大家不再讨论关于餐馆的话题，这话题看来是不太好展开去剖析了。

代表团出行的半月内，家中无大事。只是曲老板与食客打了一架，惹得大家都出来看热闹，算是一个小小故事。

不知是什么原因，曲老板同那高出他半个头的年轻后生就打起来了。可以想象无理的肯定是那浓眉横肉的后生，因为老板绝不会打跑他的顾客，他的生存目的是要掏食客的腰包而不是练打架。大概是嫌室内挤，就双双跳到后院的阔处来较量。曲老板从容地脱掉身上的毛绳褂子和汗衫，露出一身差不多像健美运动员样的肌肉来。他这身肌肉不脱衣外人是看不出的，因是他脸瘦，个头也不大。H科研所的大人和小孩却都明白，这曲老板在那两根大树间横绑一根铁棍，吊了一个大沙袋，每天早晨都要闷闷地进攻一阵。这身肌肉便是这般月积日累练起来的。以至院里的学生们有事无事也学了曲老板的样去打一阵沙袋。有些崇尚笔杆的先生们在制止自家小孩学习餐馆老板而失效后，悲哀地叹曰："终有一天，这里会改成武术馆，有人当教师嘛。"

现在这"教师"便稳稳地如铁塔般站在院当中，一使劲那肉疙瘩便一斤两斤地晃荡，"徒弟"们都从屋里跑出来看"师傅"露一手。大家都颤颤地在心里祈祷和预测：曲老板要赢，曲老板会赢！所有孩子在吃的方面得过曲老板的好处，大家都和他亲近。

曲老板须发倒竖，怒气冲天，用一根指头指着那高大后生，道："后生，你过来，我站着不动，先吃你三拳。然后你站好，吃我一拳。一比三，干不干？我们大男人打架，讲点文明，莫像妇女撒泼样搂搂抱抱的。你还有帮手吧。有，都来，有多少都来，统统用一比三的打法。你不要仗着你们人多，仗着你们是土地菩萨，就欺侮我这个外地人、乡下人。你们要晓得，乡下人也是人，鸭子赶急了也会回头呷一口。乡下人也要吃饭，你们不要自己有饱饭吃还来抢我们乡下人的饭碗,后生,我要告诉你们,我可是坐过班房的,屁股上本来就不蛮干净,莫要挑起我的坏性子。告诉你们,我既然有胆量来你们城里开馆子,来赚城里人的钱,就一定是不容易欺侮的,不是块抹布,喊捡起就捡起,喊丢开就丢开,没那么容易,要赶我走?要夺我的饭碗。先问问我这两个拳头。我一没犯法,二照合同付房租,凭什么赶我走。后生,你还有多少帮手,到齐了吗……"这时那雄赳赳出来准备打架的热血后生眼睁睁地看着曲老板骂街。听了一阵,拳头就散开了,没有待曲老板骂完,便撇开围观者往后走:"这个人是不是有神经病?喊打架先要作报告,一把妇女嘴,鸡巴毛,没一点劲。老说我还有人还有人,我有什么帮手。真是鸡巴毛……"他自言自语没趣地又进去馆子里再吃。那老板的堂姐就讨好地白送给这后生一碟青蛙肉。一切矛盾就于吃中化解了。

架没有打起来。待曲老板骂完,对手已无踪影。这场骂是给谁听的?在场看热闹的专家学者以及家属都明白不过。国爹气急败坏地制止,无奈体弱气衰的国爹既推不动这座铁塔又显得语气无力。骂完了,曲老板对国爹说:"请原谅我的冲动,国爹,幸好现在不是上班时间,同志们又还没上床休息,心里憋了气啊,出些就好些……你现在是看不起我了呵,怕我送的菜内面有毒,不干净。咳,咳,也不要紧,我想通了,我们这种人终究是要被人看不起的……"

曲老板天天起早床买菜和打沙袋。现在早起打沙袋时打得更猛烈。以前他打沙袋闷不出声,那是怕影响宿舍楼的休息。现在一边打一边发出雄浑的低吼声,有些恐怖和威胁的味道。

曲老板这些粗暴行径使人愤怒是不必说的。有专家便对卫副所长说要他出面去制止一下。卫副所长说："反正他们也待不长了，顾所长他们一回来，就解决，把前门封死，再改成办公室，出进都要经过传达室，外面的人出入要登记，矛盾就都解决了。这种人，说是没办法说的，一个人到了要人家去说、没有了自知之明就不可救药了的。"小卫不想再去说，同志们更不便出面。幸好曲老板气呼呼地表演了三五天，也就复了原态，不然大家都无心干活了。

曲老板的最新表现，给卫副所长造成了不好印象。他以前对他的看法一直不错，在个体户中间，他算是通情达理，爽快磊落的。教育义捐时，他刚开始做他的动员工作，他就表态支持。这事干得很体面，曲中和在全市大会上戴了花，H科研所也得了表扬。有一次所里搞学术论文征文评奖，由于奖金无来源，动员了些力量去企业活动，因为面子不大，多是空手而归，曲老板听说了这件事，主动送来了五百元现金，而且坚决不让在赞助单位的栏目里标出野花餐馆的名字。他埋怨卫副所长："你们也真是看我不起，有难处瞒了我。"又说："要讲出风头，我已经出过一次了。这样的名不能再扬了，那样不好。"为何不好，他不说。当时卫副所长觉得这个人很不错——尽管他明白姓曲的出钱是买些政治资本、买点人情，但能这样做仍要列入"不错"之列。他就是一毛不拔，又奈何他？但曲中和一场骂，便暴露出了本质的浅薄。倘说在不久前的会上同志们提出来要赶走餐馆而卫副所长还有些犹疑（那时候他受到了怎样一种眼光的包围啊。而且大家一定在心里想：卫某不知沾了野花餐馆多少油水），现在则是比较坚决。他认为这终究是个祸患，迟早要出事。

果然很快就出了事。顾所长率领代表团凯旋没几天，一日清早上班，就接到派出所一个电话，说野花餐馆老板姓曲的因嫖娼被抓起来了。通知餐馆所挂靠的单位领导去领人。办公室的同志要卫副所长接电话，小卫一听"领人"便勃然大怒，愤愤地说："单位领导都不在。"对方说："那就开具单位介绍信，叫餐馆带五百元罚金来领人。"小卫当即甩下了电话听筒，铁青着脸冷酷地说："又不是我们所里的干部，嫖娼也罢，杀人也罢，关我屁事，真是莫名其妙。要单位领导去领人，哼，我们堂堂正正的科研机构去干领人的事？我们出租门面，只管按月收租金，难道还要包政治思想工作，包人家不犯法？真是乱弹琴！"卫副所长吩咐办公室同志："凡餐馆的人来找，就说我不在。也不许开介绍信去领什么鸟人！"说着他狠摔房门而去。使办公室的同志半天还心"怦怦"跳。

很快那姓曲的中年妇女便来办公室找领导、求公章，无情地吃了闭门羹。这事便僵住了。餐馆的男佣女佣厨师都无心工作，三三两两聚在后院议论和着急。看来他们把自己的命运与老板贴得很紧，或者老板不曾亏待过谁因而有些情谊。听讲一个"抓"字，就已是很吓人的事，犯的事是重是轻尚不清楚，所以都很慌乱。那姓曲的女人见过些世面，并不失态，唬众人："讲什么，讲什么，都去干活。有什么了不得的？大不了就是困了个女人，现在是不是真困了还不清楚。谁不困女人？蠢宝痴汉才不困女人。你们老板打了五年光棍，被那负心女子抛弃，好作孽，就是困个把女人也是应该的，有什么了不起的。依我看他不会去嫖娼，不会！一定是误会了。谁是娼谁不是娼，脸上又没写个证明。没事的，大家照样干事……"曲姓女人的这番话，除了安抚部下，还说给所里的家属和干部听。

现在谈论男盗女娼之类的话题，最能吸引听众，覆盖面大概是最广的。不知怎么的很快就传到了管教授耳朵里，而且他还晓得了卫副所长发脾气拒绝帮忙的情节。当管教授来办公室证实这件丑闻的时候，办公室的同志就估计：将有更大的雷霆降临。在他们印象中，卫副所长对待很多事情还算是最宽容开明的，而一些老先生们的怪脾气则往往防不胜防。但出人意料的是管教授并没有刮风下雨，只是淡淡道："这些年轻人哪……那么我就替他走一趟吧。派出所那些人好像常来同我那崽玩。我不认得他们，他们认得我。"办公室的同志大为震惊，怀疑地问："管教授，您说您去领他？""是的。毕竟他与我们单位有些牵连。""您亲自去？""不能去？""当然……"

大家都不明白，管教授能够放下这个架子是有些渊源的。不久前有一次，管教授有一位身居要位的老同学来市里视察，打电话说他已摆脱书记、市长的包围，马上要来他家吃顿便饭，叙叙旧情，让他等着。放下电话，管教授懵了：他老婆去了女儿家里，他尚且吃过几顿面条了，他历来是茶来张嘴，饭来伸手，如何能做出一顿饭来？多年不见的同学，一顿饭可以打发吗？正在六神无主中，一声清亮的汽车喇叭声就落在院子当中了。管教授奔下楼去，便被从一辆豪华皇冠车中冒出来的白脑壳大汉一把搂住了。没有说话，就都从眼里沁出些泪水来，让一旁看热闹的餐馆的以及单位上的人看着心里都酸楚楚的。然后这红光满脸的要人挥手让车子和陪同回去，就拉着管教授的手往宿舍楼走。餐馆的员工迅速拖开那些挡道的箩筐和蔬菜，清出条大路来，供那要人行走。单位上有同志就说："要是管教授肯向他这老同学说一句话，我们还要出租什么门面，开什么餐馆。"显然大家已知来人轻重。有同事又道："讲那么远做什么？现在的市长，原来是顾所长她老倌子的部下哩。问题是难得撬开那金口玉牙呀。"这时曲老板也把脑壳移过来，傻乎乎地问："这老头坐的车还是要得，干什么活的？"有个女孩白他一眼："贩汽车的，和你们同行。"曲老板讨个没趣，下去问国爹。国爹说："我也说不出是几品。他的权有多大呢？打个比方：他要委任一个市长，就像把只茶碗从地下端到茶几上那样简单。"曲老板说："莫讲起吓人。""我又没说要你信。""那怎么不派个把排的枪兵搞保卫？""你晓得没安眼睛。"曲老板口里不信，心里信。他觉得这宿舍内面的人，都本事齐天，却是藏龙卧虎，不显真形，叫做"真人不露脸"。于是对这小院又平添许多崇仰。

老同学一说话就忘了一切。管教授听得隔壁批发部响了电铃，一看钟就到中午十二点了。那要人说："你别慌，我晓得嫂子不在，你只有面条招待我。我今天就是来吃你下的面条。有一年我感冒了，你煮面条给我吃时，没有放盐记得不？"管教授立刻就笑得泪花四溅，想这身居要位的老同学还保持旧时纯正品性也真是难得，那么招待一顿面条或许更会意味深长，到阎罗地府去还可回味。

管教授换袖欲下厨房时，门铃响了，一喜，以为是老婆回来了，赶忙开门，却是曲老板。他率部下送来热气腾腾的三菜一汤，外加盖紧了盖的竹篾蒸笼，那内面是可当饭的蒸饺。这雪里送的炭是没法拒绝的。管教授想：吃完再算账。便一股脑收了。要人说："你这个家伙，你跟我打了埋伏。"两人就关紧房门，无比惬意地吃将起来。要人连连说这餐饭是多年未有的痛快。

事后管教授十分感激曲老板的心细和热忱,持了钱去结账。曲老板说:"我收您的钱可以,那您怎么又不允许我付您写的招牌钱呢?"又说:"老先生,我可不是要巴结您,巴结您我就不用三菜一汤了。"

现在管教授想起那曲老板在关键时候帮过他,如今他也应去帮帮他。孔夫子说:来而不往非礼也。至于其他方面的问题也就不必想得很复杂了。再说,学术讨论会一程归来,对那餐馆的反感不知不觉就削弱了许多,印象里那姓曲的年轻人的优点也就跟着往弱点上盖。

管教授动身去派出所的时候,有个姑娘眼睛红红地说:"管伯伯,我跟您一路去。"管教授看着这姑娘面熟:"你,你好像是龙先生的妻侄女吧?""是的。""你也去?""是的。""你哭了?你哭什么?""我没哭。"姑娘扮一个苦笑。管教授觉得这孩子长得很可爱。"那就走吧。""好的。"姑娘便温柔地挽着先生的胳膊。这时身后一声喝:"画梅,你去哪里?"管教授扭头看,是龙夫人。姑娘怯怯答:"不去哪里。""你给我滚回来。"管教授没看见过那以温和出名的龙夫人发过这么大的火。姑娘紧紧挽着管教授的手,坚决地说:"不!"风度翩翩的龙夫人并不曾上前拉扯,只是恨恨地说:"好吧,你不听大人话,一定要去,那你就去吧。"扭头再不看画梅一眼。画梅立时涌出一眶泪来。

后来大家都弄明白了:原来这画梅姑娘铁了心要同有了三个子女的曲老板结婚。那曲老板十分地喜欢这纯朴灵巧的山地姑娘也是显而易见的,有佣人就常听得他梦中都呼唤画梅的名字。但这一身江湖气的男人,却无论如何也不愿使理想变作现实。他认定他不应该有这份艳福。他说他有儿有女结过婚,怎么也不会与一位黄花闺女成家，不该他所得的东西他若是占有了，一辈子都不得安宁……

老先生们没有想到：他们这个实在脏乱稠滞的地方，竟能孕育和诞生如此浪漫抒情的故事。

大家都明白：在这个城市里，只要是管教授出面的事，没有办不成的，关键是他出不出面。后来据管教授透露，曲老板这事，情节略有出入，"嫖"这个字义还有值得斟酌的余地，但出入并不等于否认。而在曲老板出了这种事之后，那画梅姑娘还是坚决地去接了他。

从东北开会归来后，稍事休整，顾所长主持召开全体会议。先介绍外面的情况。介绍毕，研究下一步工作。研究毕，讨论机关事务。卫副所长谈了餐馆问题。他谈了他的看法后，说："大家讨论讨论，如何撤好，如何组织人谈判。"顾所长说："大家发言吧。"

却没有人发言。

龙先生也没有发言。

顾所长说："怎么，拿不出方案？那就暂不议这件事。"于是她宣布讨论下一个问题……

今天开会时，楼下的餐馆表现很好，没有吵闹声。虽有不少食客，却静。离龙先生窗口最近的抽油烟机通风管，不知什么时候悄悄地移动了，换上了新管子，听不见声音了。

1992 年《人民文学》第 3 期；
1992 年《中篇小说选刊》第 4 期转载

没有驼铃的骆驼

　　五年前的中秋节，对于老于来说，是一个很重要的时刻。之所以重要，是他在这个傍晚有幸或者说有缘结识了一匹骆驼。

　　当太阳快要落下这个城市最高的一栋房子时，一匹高大的骆驼出现在老于的眼前。以前老于只在电视里和图片中看到过骆驼，面对一头真实的骆驼，他要仔细地看看。当过农民、挑夫、菜农的老于，养过牛、驴和马，分别同它们一起生活过几十年，他对能够给人们增加收入的牲口充满敬意，把它们当做朋友。关于骆驼，他知之甚少，只是听说过它们很能耐渴，喝一肚子水可以保得十天半个月，而且还能在烈日下干活，就为此，他早就想见识一下有点神奇的骆驼。

　　其时老于正在装修自家的房子，他作为菜农的身份，随着这套安置房装修完毕，便算是结束了，以后再是什么身份就不得而知了。老于从外墙脚手架上下来准备收工吃饭时，这匹披着落日余晖的骆驼就站在他的眼前，一个脸色黝黑、乱发披肩的汉子牵着它。骆驼的主人示意它继续前行，但是骆驼不再走了。老于看到骆驼的眼睛牢牢地看着他，与牲口做过几十年朋友的老于，知道这种眼神意味着什么，便毫不犹豫从那汉子手中接过了缰绳。

这是一匹来自远方的骆驼。

当老于给骆驼的主人煮上一海碗鸡蛋面，送上月饼和酒时，这个憔悴不堪的汉子告诉老于：他和他的骆驼，来自内蒙古大草原。

老于问：这么远啊，你们怎么来的？

走来的。

不是搭车？

没有骆驼坐的车。

走了多久？

三四个月吧。

来干什么？

那汉子不再回答老于的问题，将脸埋到了面碗里，吃得满头大汗。

那汉子说的话，老于半信半疑。信的是他那脸型像个内蒙古人，与电视里见过的一样；看他疲惫和饥渴的样子，像是走过长路的；他不愿吃米饭更乐于接受面条也是北方人的习惯。存疑的是牵着一头骆驼走进这个城市干什么？凭他有限的想象力，他找不出说服自己的理由来。不过这不重要，一匹骆驼和一个外地人，能设出什么骗局来？现在怪事多，电视里天天播，比这怪一百倍的事情都有，这事也就算不上怪了。

待那汉子吃过面后,老于问是不是要让骆驼也吃一顿粮食?如果它真是走了三四个月,没有吃过主食的它,一定会像它的主人一样饿,也该补充一点营养。汉子说不必了,骆驼有草吃就行了。老于再三坚持要请一请这匹象征吉祥的骆驼。汉子说,那就让它吃点玉米吧。老于就骑上摩托车去找玉米,一会儿他在附近一家食品加工厂买来了玉米。在夜色中老于听到骆驼愉快的咀嚼声,心就很舒服。

这天晚上骆驼和它的主人就睡在工地上。老于邀请汉子去他临时租住的屋里睡,被他拒绝了。他从骆驼身上卸下被褥,靠在新砌的砖墙上,一歪头就鼾声大作。鼾声伴着旁边骆驼的鼻息,老于突然觉得漆黑的夜空无比辽阔,这时老于就似乎听到了歌手德德玛的拿手金曲《美丽的草原我的家》。这是一首从读初中起就伴随着他的歌,他偶尔也去花钱不多的卡拉OK里玩玩,他不会唱别的歌,每去必唱这首歌,他所在的叫做月亮湾的菜农兄弟们都晓得他这首歌唱得很地道。也许是因为这首歌,他便爱上了那个只在电视里见过的内蒙古大草原。这匹骆驼给他带来了可以闻得到的草原气息,真是有缘。

有缘啊,有缘……老于回家后还叽叽歪歪重复着这话,老婆问他是不是病了,他就给老婆讲了今天的喜事。第二天天刚亮,老于就起来了。老婆问你起这么早干什么?老于说去看看骆驼。老婆说你做梦都叫着它,搂着我也叫它,它要是一头母骆驼,我看你就娶它做二房吧,反正又不违反婚姻法。老于说那好,你做老大,它做小二。

后来这匹骆驼果然就被当地人叫做小二。

骆驼的主人请求老于:让他在装修工地上打五天工赚钱。结算了工资后，就离开了他的骆驼。这个内蒙古汉子从老于的表现中，看出来他从心底里喜欢上了他的骆驼，走时他说，你要是真的喜欢它，就留下它吧，我看它跟着你，会比跟着我好。

老于不假思索就答应了下来，他说兄弟你信得过我，我也高兴接受，你开个价吧。老于现在手头宽裕，有一笔不菲的房屋拆迁补偿费。汉子说，我只是希望它活得好，买卖就不谈了。

老于说，要么我买下来，要么你领走，我不能白得你的宝贝。

汉子叹一口气说，这事以后再说吧，我想，我还会来的。

内蒙古汉子没有留下姓名和联系方式，五年来音讯全无。

与老于以及他们的祖先相处了千百年的月亮湾，因一条小小的河流而得名。老于和他的菜农兄弟们还没有完全搬进像真正城市一样的房子，小河便被填埋了，月亮湾这个古老的地名就消失了，被一个叫做"米斯尼"的名字替代了。米斯尼是一个大型的游乐场，昔日盛长着各种蔬菜的月亮湾，现在矗立着被缩小了的外国人的房子。米斯尼的外国意思是什么，老于他们不知道，被菜农们翻译成了"迷死你"。

"迷死你"乐园的入口离月亮湾的安置房，只有半里地。新打马桶三天香，刚开张的米斯尼果然"迷死你"，来看"外国房子"的人络绎不绝，停车位远远不够，汽车都停到安置房周边还没有硬化的地里了。

失去了菜地无事可干的老于整天牵着他的骆驼东逛西荡，很多时候他和骆驼挤到米斯尼进门的地方去看热闹。米斯尼买下月亮湾的菜地后，为了尊重当地人的记忆，给安置小区取了一个同样美丽的地名，叫做"月亮香邸"，住户们谁也不知道"香邸"是什么东西，但有一个"香"字在，怎么说也不是一件坏事。

月亮香邸的邻居们见老于成天与这头骆驼形影不离,就把骆驼称做了小二——正好小二也是一头母骆驼。老于不生气,说是英雄所见略同。

来米斯尼看"外国房子"的人一多,附近就搭起了很多棚子,像很多旅游景点一样的小生意有如雨后春笋般蓬勃了起来。有个照相的棚子是月亮香邸菜农的后代开的,小老板叫学妹子。学妹子一下就看中了老于的骆驼。她说老于你家小二闲着也是闲着,叫它来我这里上班吧。上什么班?不就是让人骑着它照相,这一点也不新鲜,很多旅游的地方都这么干,老于说我回去想想。其实学妹子首先做通了他老婆的工作。回去后老婆对老于说,小二闲着也是闲着,学妹子叫它去她那店子里上班呢。老于想想,现在的人说话怎么都一个腔调呢。不过照照相对于能够从内蒙古走到这里来的小二来说,倒也不是一件累活。但老于不同意老婆的说法,什么店子,那只是个棚子!听老于的口气,让小二去上班可以,到一个临时搭建的棚子里打工就有点委屈。

小二头一天上班,就赚了四十八块钱。收摊子的时候,学妹子给了老于五十块钱,然后潇洒地说,两块钱就不用找了,今天有二十四个人上了小二的背,上一次背两块钱,它今天的工资是四十八块钱。

老于为小二的收入感到高兴,但脸上很不好看,接过钱时他黑着脸对学妹子说,年轻妹子还没结婚,讲话注意一点,什么上不上背,上背是干什么你懂吗?它可是个母的。

学妹子就笑弯了腰,眼泪鼻涕一齐下,半天起不来,说,对,对不起……让那么多人,上了你家小二的背……

老于领着下了班的小二去附近待建的工地上找草吃,骆驼是慢性子，干什么都不急不缓，待它吃饱时，已经是晚上八点半了。老于刚进门，闺女就扑上来吊在他的颈根上。闺女有了好事，击败三十八个求职者，应聘成功，被梦寐以求的一家有外国专家加盟的园林设计公司看中。在同一天，老于家双喜临门，他认为这与小二加入他们的家族有关，它是一匹有福气的动物。

第二天，老于十分严肃地对学妹子说要谈谈小二上班的事。学妹子见那架势，说是不是要谈给小二加薪的事？才干一天就谈加薪，中国还没有这样的先例吧？

老于说不完全是。

那你的意思是要签一份用工合同啰？

大概是这个意思吧。

学妹子就笑了起来，和小二签合同可以，但它要会签字。它会写字吗？

老于说你这不是说横话吗？

学妹子说你才说横话哩。街坊邻居的，有话你不能直说吗？

老于说，动物和人一样，是有尊严的，如果你还是以每天上多少次背给小二计算工资，就是不尊重我们家小二。这样吧，你如果一定要招聘小二，就按月开工资，旺季淡季扯平了算。

具体的工资标准你有什么要求？

老于说这个你定，我不在乎它赚多少钱，只在乎它的尊严，不能按上多少次背来计算工资。

本来学妹子还要大笑一场的，见老于把这一句无关紧要的话看得太重，也就不敢笑了。

小二开始像一个工作人员一样拿工资上班了，老于每天陪它上班。月亮香邸离米斯尼的直线距离虽说只有几百米，但要经过一个地下通道、一个大单位的停车场和一座横跨街道的天桥，这都是不适宜动物单独行走的地方，必须护送。

小二上班有事干，那么漫长的大白天老于干什么？开始老于也没有想这个问题，他就在小二工作的旁边找个凳子坐下来抽烟看风景。其实也没有什么风景看，风景就是人，说白了看人也是看风景。来这里看"外国房子"的，大都是年轻情侣，大都也长得好看，值得一看。菜农的后代学妹子受了俊男靓女的影响，日渐也打扮得越来越好看了。因学妹子离得近，老于免不了是要多看她几眼的，这一点学妹子也注意到了，说你老盯着我看什么？老于说你没看我，怎么知道我看了你？学妹子说我背上有眼睛，我晓得你什么时候看了我，小二还不够你看的吗，真是吃着碗里，看着锅里。老于说，你不要以为你蛮俏，要不是陪小二，我看都不会看一眼你的照相馆。学妹子说，你什么也不干，在这里一待就是一整天，陪小二是假，看美女是真吧？老于骂道，放屁。学妹子说，好了好了，你偷看了我，我没生气你倒生了气。

经学妹子这一提醒，老于一算，他整天无所事事陪着小二上班，都有了些日子了，对于一个大半辈子与泥巴滚在一起的体力劳动者来说，这可是一个问题。那么问题出在哪里呢？出在上面给的拆迁费买房加装修还绰绰有余，只要不大手大脚，够他们老两口花上好些日子。女儿和儿子都在上班，连小二也能给家里抓收入了，这人一有了钱就不再思进取了，这可不是一件好事，不光是他过着游手好闲的日子，老婆也学会了打麻将，一天到晚滚在麻将馆里。老于觉得应该改变这种懒惰状况了。

但老于觉悟晚了，他想离开小二去干活已不可能。这天老于把小二送到米斯尼后，准备去找人介绍份工作。他只走了不到二十分钟，学妹子就打通了他的手机，叫他快点回去，说是骆驼小二状态不好。听说小二不好，老于一路小跑着往回赶，跑到学妹子的照相馆，见穿着红马甲的小二，好好地站在那里。他问，小二怎么啦，不是好好的吗？

学妹子说你一走它就不听使唤了，叫它趴下它不干，不趴下来客人怎么爬得上去？

老于说不会吧，老于叫了一声"沙"，骆驼立刻就俯首趴在地上。老于说起来，小二就站起来了。老于说，它怎么不听使唤了？你来试试。

学妹子叫了一声"沙"，小二又乖乖地趴下。学妹子拍着脑袋说这是怎么回事？

那个内蒙古人说"沙"是让骆驼趴下来的口令。在这个城市里，只有老于和学妹子知道这么叫它才会趴下。见小二没有出什么问题，老于便离开了这里。但一会儿学妹子又打了他的手机，说他一走，小二又不听口令了。

这时老于发现小二已经不能离开他了，他走到哪里，小二就会寸步不离跟到哪里。他停下来，它也会停下，他走它也走。看来老于只能暂时放下找事做的计划了。

按照那位内蒙古汉子的说法，骆驼有草吃就行了，老于觉得还应该吃点粮食，牲畜与人应该差不多，要吃粮，也要吃菜，那么骆驼就不能光吃草而不吃粮了。但事实上并不是这样，老于和他那做园林设计师助理的闺女探讨过这个问题。闺女不懂，便请教网络，现在什么不懂的都可以问网络。闺女告诉父亲，网络上的说法与他的看法完全相反，草才是骆驼的主食，而粮食相当于人吃的菜。老于懂了，但"菜"也是不能少的，每天得保障让小二吃上一份玉米。

骆驼吃饭的时间长啊,早餐要吃两个小时,晚餐也要吃两个小时。为了保障小二能够正常上班,老于每天得在上班前、下班后,领着小二去吃两个小时的草。几年来,老于过着天亮起床、晚上八点多才能吃上晚饭的生活。随着这个城市越来越大、建设得越来越美丽,能够让一匹骆驼吃的草也就越来越寻不着了。人工铺成的好看的草地倒是不少,但那毕竟是摆看的东西,小二不吃这种草。如果老于不领着小二去找吃的,它会活不下去的。老于想小二一定会无比怀念在故乡的大草原上信驼由缰的日子,只是它说不出来。

终于有一天,月亮香邸周边几里地的范围内,找不到骆驼喜欢吃的草了。属于骆驼的美食,在人类看来,却是影响城市文明形象的杂物,这个城市要达到上面认可的美丽标准,就必须花大气力永久性除掉一些不好看的东西。人定胜天,要干好这事不难,有水泥就行,天下还没有可以穿透水泥地的草。

好在天无绝驼之路,就在老于为骆驼断粮而陷于困境时,他突然发现小二居然可以改吃树叶——一天下班,那个有着一个巨大停车场的单位,有花农在修剪停车场周边的绿化带,被剪下来的枝叶堆在路边等待拖走,小二经过这一堆小叶女贞时,就不走了,甚至没有经老于的许可,扑上去就大嚼起来。这让老于心里的石头落下了地,都市草荒的忧虑顿时烟消云散,小二只要能吃这个,他就有办法让它吃上。过去月亮湾的农民,早餐非吃饭不可,说是吃饭饱肚子,干一上午的活会有力气。后来也不知是谁带的头,早餐改吃面条和包子了,这一改就都改过来了,反而没有人在早上煮饭吃了,也没见哪个吃了面食的人干活没有力气。哈,看来牲畜也是可以改变饮食习惯的。

令老于感到高兴的是，月亮香邸连接米斯尼以及周边其他机关所有被硬化的道路两侧，都千篇一律栽种着小叶女贞和冬青，它们被修剪到齐膝高就不让再往上长了。以前小二亦步亦趋跟着老于经过这些地方上下班，无暇顾及这些美味，也许吃惯了草的小二自己都不知道这种树叶也能果腹。

一天中午的太阳很毒，没有游客光顾，学妹子在她的棚子里打瞌睡，老于在棚子外面的阴影里打瞌睡，小二顶着太阳，忠实地站在岗位上，随时准备摆好姿势供人照相，来自草原和沙漠的它不怕热。老于稍稍眯了一会儿，睁眼看时，小二不见了，老于跳起来四处张望，见穿着红马甲的小二，在水泥马路对面的米斯尼乐园围墙边，有滋有味地品尝着小叶女贞的叶子。在小二的工作经历中，还从来没有发生过这种擅离职守的事情，也许是它认为老板都不聚精会神盯着游客的钱包了，它也就不必白摆姿势了。它的生活除了工作就是吃东西，现在不工作了，就可以去弄点吃的了。望着那被剪得有如人的小平头一般整齐的小叶女贞，老于觉得小二此举有损体面。正当老于准备过去制止时，这时他看见从米斯尼的罗马柱子间冲出来一个保安，这个保安一边朝骆驼跑来一边解皮带。就当保安手中的皮带快要抽到小二时，老于及时抓住了他的手。

老于说，你怎么打我的骆驼？

保安说，我打的是破坏公共财物的骆驼，不管是谁的我都要教训。

你怎么不讲一点道理，一上来就动武。

我讲道理它听得懂吗？

它听不懂，可我听得懂。

你是谁啊？

我是老于。

我不管你是老几。是它吃了树叶，又不是你吃树叶。你看你看，它几口就吃出个缺口来，多难看……

一些爱看热闹的游客围上来了。

老于再要说什么，这时学妹子已经拦在他前面了，这个平时有点泼辣的学妹子，表现得非常冷静，慢条斯理对那保安说，保安大哥，你们这里是要做生意的吧。

保安大声道：保护好公共财物，就是为了更好的做生意。

学妹子说，要是你们的经理在这里，就不会这么说话。我告诉你吧，一年前，"迷死你"这个进门的地方，就是这位骆驼的主人的家门口，你站着的这个地方，正是他家的大樟树活着的地方。老于，是不是？

老于说，正是正是，我们家那棵大樟树，说是有了三百岁了，是我爷爷的爷爷的爷爷栽的。月亮湾那条小河，就从树下流过，我小时候放牛，就坐在这里看着牛吃草……

学妹子说，是啊是啊，三百年的树，说没了就没了，变成"迷死你"的罗马柱子了……这位大哥，我说的话你听明白了吗？

保安说，树不树的与我有什么关系？我只管眼前的事。

他们在理论的时候，骆驼乘人不备，又吃了几口美味的树叶。保安看见了，举着皮带冲向骆驼。老于一把搂着他的腰，俩人几乎扭到一起了。这时学妹子看到，骆驼敏捷地跃步向前，用头轻轻地顶了一下保安，只见那有些虚胖的汉子一下被甩到了小叶女贞丛中，并深深地陷了进去。

学妹子伸出手去把他拉了起来,说,人家的骆驼有力气,你打不赢的,莫在这里出丑了,你进去对你们经理讲,就说月亮湾的人,明天会牵十头骆驼去乐园里吃草,那里曾经是我们的家……

这时老于赶紧拉着骆驼往马路对面走,怕它挨打。

回到摄影棚子,老于问学妹子,我们哪来的十头骆驼?

学妹子哈哈大笑,说你这人太老实了。

这事跟樟树有什么关系?

学妹子笑够了,说有没有关系,今明两天内,应该见分晓。

老于说,神经病。便去安抚骆驼,说小二你不要怕。

学妹子道,它把人家摞翻了,怕的不是它。没想到它会保护你吧?

老于说,那个内蒙古人讲,骆驼自卫靠的是头,今天算是见识了。

学妹子抛出的包袱,四个多小时后就解开了。快下班时,那个被小二当做绣球一样轻松抛丢的保安,领着米斯尼的一个经理,来到小二上班的照相棚子。这个戴着白手套说着外地话的经理派头很像经理,他以很优雅的姿态抚摸了一下骆驼柔软的鼻子,再取下手套和老于和学妹子握了握手。经理说的话老于基本上没有听懂,大概是向受惊的骆驼道歉。经理让那个保安也摸了摸小二的鼻子,以示歉意。经理要求老于,以后不要再让骆驼走过马路去,也不能再去啃树叶了。他开出的条件是每天补给骆驼二十块钱伙食费……

他们走后,老于说学妹子我搞不懂,怎么每天就多了二十块钱?

学妹子说,怎么不懂,因为米斯尼的大门口,曾经是你的家。

老于不解,这有什么关系吗?

学妹子说,这就是那个经理拜会你的原因。

老于想想,觉得明白了点什么,心想现在的年轻人真鬼。但是小二的问题还是没有解决啊,在这个城市里有钱什么都买得到,就是买不到骆驼吃的草。恰恰小二又品到了马路对面的好味道,如何能制止它不再去侵犯?为这个问题,晚上老于没有怎么睡,快天亮时刚合上眼睛,就做了一个梦:梦见小二的嘴巴变成了一把剪刀,整整齐齐把路边的冬青和小叶女贞剪了下来,再慢慢吞下。

老于想想这个梦,突然开了窍,拍了老婆一巴掌,大声说,小二有吃的了。在麻将桌上坐到凌晨三点的老婆被老于拍醒,气愤地踹了他一脚,骂道,你跟你小二睡去。

老于奋力爬起来,就往屋后的空地上走,当他走到骆驼身边时,它早已经准备好了,便跟着他出外去找早餐。

在通往米斯尼的几百米的道路上,时下已经打造得非常文明了,路边都是修剪得整齐划一的齐膝高的冬青或小叶女贞,连从菜农匆匆忙忙转化成市民的月亮湾人,尽管文明的步伐还有点滞后,但都不敢随便往那四季常青的树丛中丢烟头和吐口水了。今天老于没有把小二带到偏僻的地方去,就在离家门口不远的小叶女贞旁,老于停了下来,小二也停了下来。在小二的印象中,它从来没有在这里停顿过,尽管它闻到了这种南方植物的清香,但主人没有让它品尝的意思,它也就不认为这是可以吃的东西。可是现在停下来了。

老于一手托着小二柔软多肉的嘴巴,说小二我有话对你说,眼看着这个城市越来越文明,但是越来越没有你吃的东西了。我昨晚做了一个梦,发现你的嘴巴变成了一把剪刀,切切切,切切切,把枝叶切碎，大口大口吃进去。这说明什么问题呢？说明只要你的嘴巴能练得像剪刀一样好使，你就会活得非常好了。你看你眼前的这些美食，要是你不影响它们的美观，不用花农动手，而用你的小嘴巴来修剪，不是有吃不完的粮食么？这些枝叶一年四季都在长，你不吃，也会被花农剪下来当垃圾扔掉的。所以，你一定要学会把你的嘴巴当剪子用。从现在开始，我们就来学这门手艺，只要你肯努力，一定会学会……

东天撕开了一条缝，可以看见小叶女贞的绿颜色了。这时除了汽车在奔跑外，路上还没有一个行人，这正是学技术的时候。老于说，小二我们开始。枝叶的香气让小二神清气爽，它高兴地甩甩蹄子，一头就扎进树丛的深处。老于忙将手伸进树丛，拉出它的嘴巴，说只能吃长出来了的，不能咬坏这个平面，那个保安为什么要赶你？因为你破坏美观了，城里人讲美观，你要生存，就不能坏了城里人的好事。

为了让小二练出准确吞食冒尖的枝叶，老于半跪着用手掌伏在已经修剪好的如水似平整的枝叶上，让骆驼顺着他的手掌，剪食刚刚出头的叶子。一边是小二僵硬着颈根努力控制深度，不让嘴巴往下走，一边是老于不停地提醒骆驼，上点、下点、左边、右边……当阳光把人们从城市的每个小格子里拉出来、再分配到每个角落时，老于和他的骆驼还在聚精会神摸索和练习他们的动作。要不是一群上学的孩子围着他们观看并发出清脆的笑声，老于还不知道到了上班的时候。

老于找到几处没有或者很少有保安看管的绿化带，在没有行人或者行人很少的清晨和傍晚，训练小二的"剪刀功夫"。在他看来，做父母的辛辛苦苦送子女读书，最终的目的，不过是让他们学习一门可以吃上饭的本领。他现在所做的努力是一样的，也是在教小二学习一门吃饱肚子的本领。既然这匹骆驼来到了他的门下，也如他生下的子女，他有义务帮助它吃饱肚子。

送一个孩子读出个高中文化，都要花上十多年的工夫，而老于只花了两个月时间，就完全将小二的嘴巴打造成了一把有如花农的剪刀，小二不再需要老于半跪在地上去控制它的节奏和深度，进过餐后，能够完整地保留绿化带原有的几何线条，不会留下败笔。

小二这么快就学会了求生的本领，让老于非常高兴，一点也不亚于他花十多年的工夫将儿子读出专科毕业、女儿读出本科毕业的成功体验。小二毕业这天，老于让儿子骑着摩托载着他，跑到十几里地的乡间，割了一捆小二最爱吃的草，要好好地犒劳它一番。在这个城市里，小二最爱吃的食物，是一种根茎和叶子上都带刺的草，作为老牌的农民和菜农，老于都不知道这草叫什么名字，而这种被农民和文明城市都不喜欢的草，竟是骆驼最好的粮食。看着骆驼欢天喜地的独自享受盛宴，老于不无伤感地说，别说是你，不久连我们也看不到这种草了。

以后，凡是居住在月亮香邸和米斯尼附近的居民以及来玩的游客们，都会看到一头高大的骆驼，伸出它的长颈和那与它的身材极不相称的小嘴巴，精致而准确地"修剪"着道路两旁的绿化带。人们无不惊叹一头骆驼竟能具备一个花农一样的好手艺。在众多的绵绵不断的赞美后面，最开心的当然是骆驼的主人。

一些日子之后，随着骆驼小二的名声远扬，骆驼的主人老于也经常会收到过路者赐予他的微笑，人们羡慕老于养了一头聪明的骆驼。老于知道，这个荣誉是小二送给他的。不久，凡是小二光顾过的单位，都通过不同方式表示允许小二"修剪"他们管辖范围内的绿化带。

但这种斯文的"修剪",不够填饱小二的肚子,城市的美观决定了要让绿化带永远蓄着小平头,这样小二就只能像个采茶姑娘一样每天采摘才冒尖的叶子,大口咀嚼的痛快光景离它越来越远。尽管绿树成荫的米斯尼乐园近在咫尺,老于却不打算考虑让小二去亲近它。尽管那个得罪过小二的保安道过歉,但他还是不愿意看见这种狐假虎威的人。

可是从米斯尼那边飘过来的草木的清香,使越来越吃不饱的小二无法抵御诱惑,以前早晚两顿的饱食足可以支撑小二在上班时间心无旁骛,现在小二只要一有闲空,便会不由自主地往米斯尼那边张望,因它没有喉结,看不出来它是否吞了口水。小二的变化,学妹子看出来了,她们毕竟同事这么久,骆驼的一举一动,她都能够猜出来它想要干什么。学妹子提醒老于,说老于你发现小二有什么变化没有?

其实老于怎么会看不出来?只是他不愿讲出来,他说,变化很大啊,它成了会剪草的明星了。

学妹子说,这是人人所见的变化,不用我来说。

你说说看,是什么变化?

自从小二成了明星后,它就吃不饱了,身子也开始瘦了。

老于明知故问,是吗?

它是你的二老婆,有没有变化,还得外人说吗?

少绕舌头了,你说怎么办?

你看你看,对面乐园里的草木长得几好啊,几百亩地的绿啊,一百头骆驼也养得下啊……

莫打人家的主意了,他们给小二付过伙食费了的。

上次是小二乱嚼乱咬，有碍美观，而现在的小二成了个专业花农。

老于想了一会儿，说你莫嚼舌头了，你说怎么干好？

还是老套路，你牵着骆驼去米斯尼的大门口，给人家讲过去你们家那棵大樟树的故事。

收了人家的钱还这么干，是不是有点耍赖呢？

都这种时候了，还顾面子，那……就让小二饿着吧，据说骆驼是最耐饿的动物。

老于说，好吧，上一回你的鬼主意成功了，我就再信你一回。

学妹子提醒道，明天是情人节，人多，给小二弄朵花戴戴，用绸子的，便宜又不容易搞坏。身上的卫生也给搞一搞，刷刷毛什么的……

老于按照学妹子的指点，第二天米斯尼还没有开门就领着他的骆驼候在大门口一侧了。来有洋房子的地方过情人节的各种类型的情人果然很多，一大早就有不少人在售票窗口排队了，一点不亚于传统节假日的规模。

老于今天把小二打理得比学妹子要求的还要利索，那位骆驼的主人曾经交代过，南方人爱洗澡，但不能随便给骆驼洗澡，夏天洗洗尚可，其他时候就不要洗了，否则会弄出病的。看今天的架势，不能洗澡的小二就像洗过了一样。

学妹子交代过了，待米斯尼的工作人员一出现就开始讲他家那棵大樟树和小河的故事。但今天的情形不一样，一时还不能进园去看洋房子的情人们，就围着骆驼看。有一个蓄着长头发像导演又像诗人的青年彬彬有礼地对老于说，我可以抚摸一下您的骆驼吗？老于说，可以。

于是这个浪漫的青年说了一句很诗意的话:在这荡漾着欧美情调的地方,我们闻到了草原的气息。

一些人一时还没有明白这话的意思,而他的情人却是听懂了,她有几分骄傲地挽着诗人的手臂,对老于说,请问先生,我能与我的朋友一起和您的骆驼照张相吗?老于说,好。这对情人请人给摁了快门。然后女孩拿出一张钞票给老于。老于推辞,说今天情人节,不收费。于是情人们纷纷效仿诗人的角度与骆驼照相,这时他们才明白诗人说的草原,便是骆驼,多么诗意。

当大家忙于照相时,小二已经悄悄将嘴巴伸向了身边的绿化带。诗人的情人发现了小二的本领,便轻轻地制止了照相活动,让大家观看骆驼精致的贵族气十足的剪吃技能。在一片惊讶的嘘叹声中,这位姑娘要求老于讲一讲。老于就不客气地说这个城市已经不能提供一头骆驼的草料了,吃惯了面食的骆驼只得改吃大米,"大米"倒是不缺,但是要改变吃法,否则便不能吃,所以它就必须学会这门本领……诗人带头鼓掌表彰老于的富有诗意的讲述。这时老于发现米斯尼的铁门已经洞开了,但情人们都没有进去,在欣赏小二的优雅吃态。

老于还来不及讲述他脚下过去是一棵大樟树的故事,就发现那个皮肤有姑娘那么白的经理也在人群当中,可以看出他的眼睛已潮湿,显然被这一幕感动了。这时他站到骆驼身边,向大家挥挥手说,诸位朋友,我是米斯尼的业务经理,欢迎大家来这里度过情人节。同时我宣布:米斯尼围墙这一带两公里长的绿化带,将成为这匹骆驼的食堂,我们不能让一匹聪明伟岸的骆驼吃不饱……这时有人带头鼓掌。老于一看,是学妹子。不待那经理继续演说,学妹子便叫道,你们还应该允许这一匹聪明伟岸的骆驼,经常进到米斯尼里面参观。大家说对不对？

对，对，对……

面对一张张好看的情侣们期待的面孔，经理想了想，觉得游客认可的好事，应该不是一件坏事，便举起双手大声说，好！

学妹子又带头鼓掌，然后走到老于身边说，告诉诸位，这匹聪明伟岸的骆驼，就是这位先生的情人，他老婆是老大，他的情人叫小二。

众人就欢呼起来：小二，小二，小二……

这时那位诗人的情人递给老于两张门票，说今天我请你和你的情人游园。

米斯尼都开张几年了，老于是第一次进来。开张时米斯尼请所有拆迁户来玩过一次，老于没有来，他觉得那些缩小了的洋房子，跟他没有关系。他现在是陪小二来。小二也无意看房子，它在一排叫做"马甲子"的树丛前停下来就不走了，毫不客气却又是小心翼翼地品尝起来，这种带刺的枝叶，令小二胃口大开，从骆驼的咀嚼和吞咽速度来看，老于觉得这是小二在这个城市中吃得最开心的一顿饭。

小二优雅的吃态再一次引来情人们的围观。那个白净的经理又赶过来了。尽管没有学妹子起哄，经理对老于说，既然它这么喜欢这道菜，你让它每隔三天来吃一次吧，我会告诉门卫让你们进来的。

老于纠正经理的说法，对于骆驼来说，这不是菜，就是吃饭。

经理说，那就叫吃饭吧。

但是属于小二的好景不长，随着这个城市又开辟了几个好玩的地方，米斯尼的生意便日见清淡。后经高层人士牵线，几经波折，引进了数以亿计的资金来改造升级。学妹子的照相棚以及各种有损雅观的小摊小贩被彻底清除,人员另作妥善安置。

人是安顿好了,骆驼小二就没人管了。学妹子在发给小二最后一份工资时对老于说,我不再照相了,没法再带着小二了,你们打算怎么办?

老于说,小二又不是人,能怎么办。

学妹子说要是米斯尼的原班人马还在主事,我想他们会安排好小二的,他们之间都有感情了。

老于说,古人说得好,人走茶凉啊。

学妹子说,要是新班子不闻不问,我看你还是带着小二,去大门口讲樟树的故事……

新班子新思路新政策,除人之外的所有动物,今后都不能进入园区了,这意味着小二不但不能享受三天一次的大餐,围墙周边三十米的范围都不能靠近。看到米斯尼的霸王条款后,老于非常气愤,当即就牵着骆驼,跑到米斯尼的入口。在讲过两次过去的故事后,老于现在讲得流畅多了,入园的游客都围过来倾听。有人甚至发感慨说,我看这个建筑物的设计师水平一般般,要是把那三百年的老樟树留下来,让游客经过树下入园,不是很浪漫吗。

见围观的人越来越多,有保安试图制止老于,但如今的保安不会抽皮带。老于说我这是坐在我的院子里说话,你们管不着。

保安说这地早就征收了,不再是你家的了。

老于说,当年我那几亩地卖的钱,不够现在买一个厕所……

说着双方的火药味就浓了,这时小二就靠近了老于,竖起了耳朵,一派要保护他的架势,内行的人知道,这就是骆驼发怒的表现。老于见状就劝那保安,快离远点,丑话说在前面,要是骆驼伤了你，我可不负责任。

保安就冷笑，我还没有听说过骆驼伤人的事。

老于说，要不要试试？

有懂动物的游客发表评论说，看上去不伤人的动物，斗起狠来，往往比猛兽还厉害，不是说兔子追急了也会咬人吗。这么一说，保安看看小二那小脸盆般大的蹄子，就退了出去。见天要下雨了，老于觉得目的也达到了，就领着小二往家走。

果然晚上就有米斯尼的人寻到老于家来了。

老于一点也不惊讶陌生人怎么会准确地敲响他的家门——他家小二在月亮香邸周边几里的地方早出晚归溜达几年了，所有居民和外来经商务工的人都认识他们。老于知道，关于樟树的故事见效了，来人必是来谈骆驼的事情，不会有其他事。

米斯尼的新班子看来比过去的强，来人显然作过一些调查，知道骆驼眼下的困难。看上去他还是一个对付拆迁户的专家，是想好了对策才上门的。他说了一条原则，两个意见：原则是米斯尼从此以后要走高端经营路线，在游客眼中肯定是不能出现骆驼的，还包括所有动物。一个意见是这匹骆驼由米斯尼出钱买下来，然后捐赠给动物园，让它到那里过上不再流浪的生活。第二个意见是考虑主人与骆驼之间的感情太深，很难割舍，米斯尼打算安排老于去上班做花农，顺便把剪下来的树叶带回家来喂骆驼。老于是个痛快的人，他选择了后者。让小二去动物园过着寄人篱下的生活是万万不行的。再说有朝一日它的主人来接它怎么办？他只是承诺看护它，无权决定它的去留。

自从小二学会了文明的进食本领后，它就不必要老于朝夕陪伴了。老于去上班前，像孙悟空那样，在月亮香邸周边他认为安全的地域画了一个圈,并领着它按照路线走了几遭,他说小二你以后不要乱走呵,要不我去上班会不安心的。

米斯尼怎么发展,老于没有多少兴趣,他关心的是小二的粮食,他是为让小二生活得好才来上班的。他请其他几位花农同事吃了一顿饭,请他们存心给小二留点好吃的,尤其是诸如"马甲子""枸骨"之类的带刺的植物,千万不要当做垃圾处理了。

重组后的米斯尼有一个变化让老于很看好,那就是乐园里放的音乐有了改变,过去时代一些精彩的老歌,也被纳入园区的播放内容,比如说他每天都能听到《美丽的草原我的家》了,每当这首歌开播,他必放下手中的活,专心致志享受一番。

有一天老于发现了一件奇怪的事情。

这天老于在米斯尼的一个小山包上干活,正好《美丽的草原我的家》开播了,他站在这个可以俯瞰月亮香邸周边数十里的小高地上,尽情地享受着德德玛宽广而温婉的歌喉,待歌声响起,此时在他的感官中,这个城市的所有噪音都消失了,变成了一个安静的草原——尽管他只在电视里看见过草原。

这时老于看见了骆驼小二站在离他不到五十米远的过街天桥上,高高地昂着头,全神贯注张望着米斯尼乐园。老于要看看小二想干什么,是不是要逾越他曾经告诫过不能逾越的底线,走进米斯尼的绿化带?不是,它没有再前进一步。当德德玛的声音远去,小二也就掉头往回走了。

那么小二是不是在倾听那来自草原的歌?照说不会,它毕竟是一匹骆驼。

小二要干什么?老于是个固执的人,这个念头在他脑海中挥之不去。这天晚上大雾弥漫,月色暗淡,昔日灯火通明的城市,被推到了离视觉经验很远的地方，老于突然有了身处大漠的感觉，于是德德玛的歌声就远远地飘来。老于觉得他要和小二交流交流感受，他当即出门，招呼一直睡在他后窗一小块空地上的小二，和他出去走走。

他们在雾海中穿过一片建筑物，来到河边一块正待开工的空地上。当更浓的雾把城市浸染成空旷无际的草原时，老于说小二我给你唱一首你们家乡的歌吧。

老于吸一口气，深情地唱道："美丽的草原我的家，风吹绿草遍地花……"也许是环境捧场和目的驱使，唱罢老于觉得自己被自己感动了，眼睛里涌着泪水。演唱时老于一直看着小二，小二也全神贯注紧盯着他。老于说，小二你要是觉得我唱得好，就给点掌声吧，你没有手掌，就跺跺脚吧。小二果然就跺了跺脚。老于有点吃惊，说小二我再给你唱一遍，要是好听，你就再跺跺脚。唱毕，老于看见小二两条前腿交替着跺。老于吃惊不小。事不过三，老于再唱了一遍。小二四蹄跺动……这时老于惊讶得不知说什么好，难道它真是一匹通灵的牲口？

老于回家后闺女已经入睡，老于坚定地敲开了园林工程师的门说，闺女我今天碰到神奇的事情了。

女儿说，吵什么吵，这个世界会有什么神奇的事？

这事等我证实了再说。我问你，你们管米斯尼的园林吗？

不是管，是园林维护的合同关系。

那你跟他们熟吧？

你就说你有什么事嘛。

老于说，你找人跟那管放音乐的说说，每天上午十点钟左右，请他们放一放《美丽的草原我的家》那首歌。

女儿就笑：把我吵醒，原来是这么一件神奇的事。你这一辈子倒也坚贞，只结一次婚，只搞一次婚外情，只听一首歌。

第二天上午十点十分，老于听到了《美丽的草原我的家》。这时他已放下手中的活，准时来到了小山包上。不出所料，他看到小二已经在天桥上等待德德玛的声音。

一连十多天，老于和小二，准时在歌声中相会。

中秋节前一天，老于告知儿子、媳妇、女儿、女儿的男朋友，都要回家过中秋、吃月饼，他有要事相告。在这个月圆之夜，他向全体家庭成员讲述了他亲眼所见的神奇的故事，然后郑重其事地宣布：小二是五年前的今天来到我们家的，看来它是等不到它的主人来接它了，他要来，早就会来。明天我准备送小二回内蒙古去，那里才是它的家。一头骆驼的寿命一般是二十年左右，它如今差不多已到中年了，再不走，恐怕就没有力气回到它的故乡了。

2012年《十月》第5期